Belladonna

BELLA

DONNA

ADALYN
GRACE

BELLADONNA

Traduit de l'anglais (États-Unis)
par Hélène Bury

DE SAXUS

Ceci est une oeuvre de fiction.
Toute ressemblance avec des personnages, lieux, organisations
ou évènements existant ou ayant existé ne serait que purement fortuite.

AVERTISSEMENT DE CONTENU

EMPOISONNEMENT, FANTÔME, GORE, INCENDIE CRIMINEL, MALTRAITANCE, MEURTRE, MORT, MORT D'UN ANIMAL, MORT D'UN PROCHE, POSSESSION, SEXE, SEXISME, VIOLENCE

Belladonna
par Adalyn Grace

Belladonna
First published in Great Britain in 2021 by Hodder & Stoughton,
an Hachette UK company.

Illustration de jaquette (édition reliée) et couverture (édition brochée) : Elena Masci
Photos et illustrations : plantes © Antikva/Shutterstock.com ; ornements © L Studio Design/Shutterstock.com ; couronne florale, branches, baies, feuilles et papillons de nuit © Inna Sinano/Shutterstock.com ; couple dansant © Anna Ismagilova/Shutterstock.com ; cadre baroque et tapisserie © Slava Gerj/Shutterstock.com ; belladone en aquarelle © Ekzegera/Shutterstock.com ; texture murale noire © Ton Photographer 4289/Shutterstock.com ; vecteur d'angle de belladone © iStockphoto.com/Bokasana ; taches d'encre : © Ihnatovich Maryia.

Conception graphique couvertures, jaquette et pages de garde françaises :
Volodymyr Feshchuk – Eilean Books

Ouvrage publié sous la direction de Élodie Rémond

Composition et mise en pages
PCA

Le papier intérieur de cet ouvrage est composé de fibres naturelles, renouvelables, recyclables et fabriquées à partir de bois issu de forêts plantées expressément pour la fabrication de pâte à papier.

ISBN : 978-2-37876-289-6 (broché)
ISBN : 978-2-37876-290-2 (relié)
ISBN : 978-2-37876-291-9 (e-book)

Dépôt légal : mai 2023

1re édition
10 9 8 7 6 5 4 3 2 1

Achevé d'imprimer en République tchèque par FINIDR en avril 2023

Il y a une maison dans les bois
dotée d'une table arthurienne
et d'une généreuse planche de charcuterie.
Cette histoire est dédiée à ceux
qui se sont assis avec moi à cette table
et qui me donnent l'impression qu'écrire est magique.

PROLOGUE

Tout a commencé par les pleurs d'un bébé.

Emmaillotée dans un lange cramoisi aussi vif que le sang, Signa Farrow était le bébé de deux mois le plus saisissant de la fête, et sa mère avait bien l'intention de le faire savoir.

« Regardez-la », chantonnait sa mère, levant le nouveau-né mécontent pour que tous puissent l'admirer. « N'est-elle pas la créature la plus parfaite que vous ayez jamais vue ? » Rima Farrow brillait de mille feux et tournoyait avec son bébé dans la foule. Elle était entièrement drapée d'élégants joyaux, présents de son mari architecte. Sa robe de soie était d'un bleu cobalt profond, s'agitant par-dessus une crinoline plus large que quiconque aurait osé arborer en sa présence.

Les Farrow étaient l'une des familles les plus riches au monde ; tous ceux qui participaient à cette fête cherchaient à goûter ne serait-ce qu'à une infime fraction de leur richesse. C'est pourquoi ils affichaient de larges sourires dont ils savaient Rima friande, et ils gazouillaient à l'attention de l'enfant qu'elle portait avec tant d'affection.

« Elle est magnifique », dit une femme qui regardait Rima plutôt que le bébé tout en éventant sa peau moite pour lutter contre la chaleur de l'été.

« Parfaite », surenchérit une autre, ignorant à dessein le petit nez de travers de Signa et son cou tout plissé.

« Elle ressemblera à sa mère, je n'en doute pas. Elle se régalera des cœurs de prétendants dénués de méfiance en un rien de temps. » L'homme qui avait prononcé ces mots s'efforçait de ne pas s'attarder sur les yeux de Signa qui le perturbaient terriblement – l'un d'un bleu hivernal, l'autre couleur d'or fondu. Tous deux bien trop éveillés pour un nouveau-né.

Signa n'arrêtait pas de pleurer – elle était rouge de colère et avait la peau moite. Tous ceux qui l'observaient trouvaient cela normal, les étés à Fiore étaient revêtus d'une chape de chaleur et d'humidité. Que l'on se trouve à l'intérieur ou à l'extérieur, les gens luisaient d'une sueur qui couvrait leur peau comme un voile. C'est pourquoi aucun d'entre eux ne soupçonnait ce que le nouveau-né savait déjà : l'ange de la Mort s'était frayé un chemin dans le manoir de Queue-de-Loup. Signa sentait sa présence autour d'elle comme on sent la présence d'une mouche qui passe trop près de nous. L'ange de la Mort faisait frémir sa peau et se dresser les courts poils sur son cou. En sa présence Signa se calma, bercée par la fraîcheur qui se propageait à son approche.

Mais personne d'autre ne ressentait le même réconfort, car l'ange de la Mort ne venait que là où on l'appelait. Et cette nuit-là, on l'avait appelé à Queue-de-Loup, où du poison imprégnait chaque goutte de vin.

Les convives commencèrent par tousser. Des quintes de toux parcoururent la fête, mais les invités toussaient dans leurs jolis gants blancs et s'excusaient, pensant que c'était dû à ce qu'ils venaient de manger. Rima fut la première à présenter des symptômes. Une sueur froide lui chatouillait les tempes, et elle confia son enfant à une domestique alors qu'elle commençait à avoir le souffle court. « Excusez-moi », dit-elle en portant une main à sa gorge, pressant les doigts dans la sueur qui s'accumulait dans le creux de ses clavicules. Elle toussa de nouveau, et quand elle éloigna les mains de ses lèvres, du sang aussi rouge que la tenue de son nouveau-né tachait ses gants en satin.

L'ange de la Mort se tenait alors devant elle, et le nourrisson le vit poser une main sur l'épaule de Rima. Dans un dernier soupir, elle s'effondra.

L'ange de la Mort ne s'arrêta pas à Rima. Il parcourut la propriété, récoltant les pauvres âmes dont les visages s'empourpraient à mesure que leurs poitrines se serraient et que leurs respirations devenaient difficiles. Il se fraya un chemin entre les danseurs et les musiciens, leur volant leur souffle d'un simple contact glacial.

Certains s'avancèrent en direction de la porte, pensant que quelque chose dans l'air les rendait malades. Que s'ils pouvaient atteindre les jardins, ils seraient épargnés. Un par un, ils tombèrent comme des étoiles filantes, seuls ceux qui avaient la chance de ne pas encore avoir goûté le vin furent en mesure de s'échapper.

La domestique parvint tout juste à ramener Signa à la chambre d'enfant avant de tomber, elle aussi, les lèvres couvertes d'un sang couleur rubis tandis que l'ange de la Mort ralentissait son cœur et la laissait tomber au sol.

Même tout bébé, Signa ne se trouva pas perturbée par l'odeur nauséabonde de la mort. Plutôt que de céder à la panique qui l'entourait, l'enfant se concentra sur ce que personne d'autre ne voyait : la lueur bleuâtre des esprits translucides qui envahissaient le domaine à mesure que l'ange de la Mort les prélevait de leur enveloppe charnelle. Certains partaient paisiblement, prenant la main de leur partenaire en attendant leur escorte pour la vie après la mort. D'autres essayaient désespérément de retourner dans leur corps à coups de griffes, ou cherchaient à échapper à un faucheur d'âmes qui ne courait pas après ses proies.

Au milieu de tout ça, une Rima décédée et luisante se tenait en silence dans la chambre de Signa, et observait, l'air profondément renfrogné et le regard vide, l'ange de la Mort franchir le seuil de la porte. Ses pas ne faisaient pas de bruit. Il approcha du nouveau-né, une forme de ténèbres en éternel mouvement. Mais l'ange de la Mort n'avait pas besoin d'être vu ; il avait besoin d'être *ressenti*. Il était un poids sur la poitrine, ou un col trop serré. Une chute dans des eaux glaciales et mortelles.

Il faisait suffoquer. Il était de glace.

Et pourtant, quand il atteignit Signa pour réclamer son âme, elle qui était repue du lait empoisonné de sa mère, le bébé bâilla et se pelotonna au contact des ténèbres de l'ange de la Mort.

Il recula, ses ténèbres se retirant. Il essaya une fois de plus de revendiquer son âme, pourtant son toucher ne lui montrait pas les images de la courte vie de l'enfant. Au lieu de cela, il lui montrait ce qu'il n'avait jamais vu auparavant : des aperçus de son avenir.

Un avenir radieux et impossible.

Il décrivait des cercles autour de l'enfant, mais son toucher ne le tuait pas. Il était aussi perturbé par son existence qu'il était fasciné par ce qu'il avait vu.

Rima souhaitait rester et attendre que son enfant la rejoigne, mais l'ange de la Mort recula d'un pas et lui tendit la main. À la surprise de Rima, elle s'approcha et la saisit. « Son heure n'est pas venue, dit-il, mais la vôtre si. Venez avec moi. » Trop d'âmes attendaient de traverser, il ne pouvait s'attarder plus longtemps. Il reviendrait cependant. Il retrouverait cette enfant.

Main dans la main avec l'ange de la Mort, l'esprit de Rima jeta un dernier regard au bébé qu'ils laissaient derrière eux, seul dans une maison avec des cadavres pour seule compagnie. Elle pria pour que quelqu'un trouve Signa rapidement, et la protège.

De la même façon que la nuit avait commencé par les pleurs d'un bébé, elle finit dans les pleurs. Mais cette fois, personne n'était là pour l'entendre.

UN

On dit que cinq baies de belladone suffisent à tuer quelqu'un.

Juste cinq baies sucrées, prélevées directement sur la plante. Ou, comme Signa Farrow le préférait, écrasées et plongées dans une tasse de thé.

Ses sourcils noirs luisaient de sueur tandis qu'elle se penchait sur la tasse en cuivre fumante pour en inhaler les vapeurs. Il aurait certainement été plus facile de manger directement les baies, mais elle étudiait encore les effets que la belladone avait sur elle, et la dernière chose dont elle avait besoin, c'était que sa tante Magda la retrouve évanouie dans le jardin, la langue d'un violet vif.

Du moins, pas une fois de plus.

Cela faisait des semaines que Signa n'avait pas vu le faucheur d'âmes. Seul un dernier soupir le faisait sortir de sa cachette, et il ne repartait jamais les mains vides. Du moins, c'était généralement l'ordre des choses. Mais Signa Farrow ne pouvait pas mourir.

La première fois que Signa se rappelait l'avoir vu, elle avait cinq ans et était tombée dans les escaliers de la maison de sa grand-mère. Son cou s'était brisé et formait un angle étrange ; elle avait observé l'ange de la Mort du coin de l'œil depuis le sol froid. Elle comprenait vaguement que son jeune corps n'était pas censé supporter ce genre de chute, et se demandait s'il était venu la chercher. Pourtant il n'avait rien dit, avait regardé ses os se remettre en place avec grand bruit, et avait disparu quand elle s'était remise d'une chute qui aurait dû la tuer.

Elle avait attendu cinq ans avant de revoir l'ange de la Mort. Elle était au chevet de sa grand-mère quand il avait pris la main de cette dernière et avait aidé son âme à quitter son enveloppe charnelle. Elle était malade depuis des mois, et elle avait souri et embrassé le front de Signa avant de laisser l'ange de la Mort la guider vers une vie après la mort paisible.

Signa l'avait supplié de revenir. De ramener sa grand-mère dont elle tenait la main, et avait pleuré jusqu'à ce qu'elle n'ait plus de larmes à verser. Personne d'autre n'était capable de le voir, ni de voir les esprits qu'il menait de l'autre côté, et elle se demanda si tout cela était sa faute. Si elle en était responsable car elle était la jeune fille qui voyait l'ange de la Mort.

Elle ne se rappelait plus combien de temps elle était restée dans cette maison avant que quelqu'un ne sente l'odeur du cadavre et ne vienne la trouver, les cheveux emmêlés et les vêtements sales, pelotonnée au chevet de sa grand-mère. On l'avait chassée de la maison, la conduisant vers le premier de nombreux tuteurs à venir.

Elle avait passé les années suivantes à tester ses étranges capacités. Elle avait commencé par se piquer le doigt d'une épine pour regarder le sang faire des bulles puis disparaître sans laisser de trace. De là, ses expériences avaient évolué :

elle avait sauté depuis des rochers suffisamment hauts pour se briser des os en tombant. Signa s'était rendu compte qu'elle éprouvait une douleur vive, mais que quelques minutes plus tard elle se sentait suffisamment en forme pour se promener au bord de la falaise.

Mais elle n'avait jamais envisagé les baies de belladone comme une expérience, elle les avait simplement cueillies dans le jardin mal entretenu de sa tante plusieurs mois après son arrivée pensant qu'il s'agissait de myrtilles sauvages. Elle ne les savait pas vénéneuses jusqu'à ce qu'elle s'effondre dans les mauvaises herbes, la vision brouillée. L'ange de la Mort était alors apparu, et l'avait observée depuis un chêne. Même si Signa ne s'en était pas remise trop vite et avait pu lui parler, elle avait été distraite par sa tante Magda qui l'avait trouvée dans le jardin, une poignée d'herbe au diable à la main, la bouche tachée de violet. Cette dernière avait frôlé la crise cardiaque quand Signa s'était relevée d'un coup, le poison ayant quitté son système en quelques minutes.

Signa avait appris quelque chose ce jour-là : comment forcer l'ange de la Mort à sortir de sa cachette. Sachant cela, elle refusait de le laisser s'y dissimuler une minute de plus.

Elle porta le thé à ses lèvres, mais sa langue eut à peine le temps de goûter les chaudes vapeurs que la tasse de cuivre vola de ses mains. Elle tomba du banc de bois bancal sur lequel elle était perchée, vit la tasse s'écraser avec fracas par terre et le thé violet se répandre sur la pierre grise usée de la cuisine.

Signa tourna la tête pour trouver sa tante Magda qui la dévisageait, l'air sévère. C'est une expression du visage qu'elle arborait souvent, mais si on y regardait bien, on remarquait que sa fine lèvre inférieure et ses mains tannées tremblaient en présence de Signa. Que ses pupilles étaient dilatées et qu'une fine couche de sueur couvrait son front ridé.

« Tu crois que je ne sais pas ce que tu manigances, enfant-démon ? » Tante Magda ramassa la tasse. Elle en huma le contenu et jeta un coup d'œil à l'intérieur, se renfrognant à la vue de la purée de baies. « Sale gamine, tu accomplis l'œuvre du diable ! »

Tante Magda jeta la tasse sur Signa qui recula mais ne put éviter d'être frappée à l'épaule. Il restait suffisamment de liquide dans la tasse pour la brûler et pour que le jus de baies violet tache son manteau gris préféré. « Je t'avais prévenue de ce qui se passerait si tu pratiquais ta sorcellerie au sein de ma maison. »

Signa ne prêta pas attention aux brûlures sur sa peau et regarda sa tante droit dans les yeux. « Ce n'était que du thé. » Sa voix était si ferme que quiconque ne la connaissant pas aurait cru qu'elle disait vrai. Malheureusement, tante Magda la connaissait bien. Elle se considérait comme trop intelligente et trop pieuse pour se laisser piéger par une « sorcière ».

Signa ne se prenait pas réellement pour une sorcière, bien sûr. Même si elle aimait la botanique et regrettait bien souvent de ne pas connaître quelques sorts. Comme il serait merveilleux d'en jeter un pour nettoyer la poussière de ce taudis, ou pour se préparer à manger autre chose que du pain rassis ou n'importe quelle pitance qu'elle concoctait avec les rares ingrédients que Magda laissait à sa disposition.

« Fais tes valises » aboya tante Magda. Un courant d'air automnal se faufilait en sifflant par l'interstice de la fenêtre de la cuisine. Elle resserra son manteau autour de son corps frêle. Sa peau était grisonnante et, de temps à autre, sa poitrine était secouée par une toux grasse. À un moment, Signa regarda derrière sa tante dans la pénombre, pour voir si l'ange de la Mort venait la revendiquer comme elle le craignait depuis que la toux était apparue, une semaine plus tôt. « Tu dormiras dans l'abri de jardin ce soir. » Magda avait prononcé ces mots si froidement que les entrailles de Signa se nouèrent, et elle regretta d'avoir eu le malheur d'être recueillie par cette affreuse femme. Quel dommage qu'elle n'ait pas eu d'autres choix !

Étant donné l'héritage qui l'attendait le jour de son vingtième anniversaire et l'indemnité puisée dedans pour faire face à ses besoins, il était déjà arrivé que des tuteurs potentiels se battent pour l'accueillir. Sa grand-mère avait gagné la première bataille, par amour et non par cupidité. Quand elle était décédée, on avait envoyé Signa vivre avec le frère de sa mère, un jeune banquier bien portant à la belle propriété et à la vie amoureuse trépidante. Même s'il la laissait bien souvent seule, Signa ne gardait pas un mauvais souvenir des années passées avec lui. Elle avait même une amie pour lui tenir compagnie lors de ses escapades dans les bois et en mission d'espionnage à travers le quartier : Charlotte Killinger.

La vie amoureuse de son oncle s'était finalement avérée *trop* trépidante : à 30 ans, il était mort d'une maladie qu'il avait contractée d'une de ses nombreuses partenaires. Signa espérait que la famille de Charlotte la prendrait sous son aile après cela. C'était avant de découvrir que la mère de son amie était morte de la même maladie. Ce scandale avait efficacement mis un terme à l'amitié des jeunes filles, et Signa n'avait jamais reçu ne serait-ce qu'une lettre de la part de Charlotte depuis.

Signa avait 12 ans quand les rumeurs avaient commencé à courir, aggravées par la mort de son troisième tuteur suite à un accident tragique de calèche alors qu'il allait la chercher, puis par la mort de sa quatrième tutrice, noyée dans sa propre baignoire après avoir ingurgité un sédatif et trop d'alcool. *L'enfant est maudit par l'ange de la Mort,* disaient certains. *La plus méchante des sorcières, engendrée par le diable en personne. Où qu'elle aille, la faucheuse d'âmes la suit.* Signa ne disait jamais rien pour les dissuader car elle n'était pas convaincue qu'ils aient tort.

Elle faisait semblant de ne pas voir les esprits qu'elle croisait dans la rue ou avec lesquels elle partageait même des maisons espérant que, si elle n'interagissait pas, ils finiraient peut-être par disparaître. Malheureusement, faire semblant de ne pas les voir n'était pas chose aisée. Elle pensait parfois qu'ils voyaient clair dans son jeu et cela ne faisait qu'envenimer la situation : ils hurlaient dans la maison ou hantaient les miroirs, s'efforçant sans relâche de la surprendre et de lui faire peur en lui faisant des farces.

Heureusement, aucun esprit ne vivait chez sa tante Magda, même si cela n'améliorait guère la situation de Signa. Sa tante était du genre à passer des jours entiers dans des salons de jeux d'argent, pour rentrer systématiquement les poches vides. Elle ne s'inquiétait pas de banalités, comme remplir les placards de la cuisine ou s'assurer que Signa respirait correctement dans le taudis poussiéreux qu'elle appelait maison ; elle ne s'inquiétait que de l'indemnité qu'elle touchait pour l'héberger.

Signa comprenait que sa tante ait peur d'elle – elle s'y attendait, même – mais cela lui gâchait la vie. À quelques mois de son vingtième anniversaire, elle serait bientôt en mesure de réclamer son héritage et de se construire enfin une maison à elle. Une maison remplie de lumière et de chaleur, et surtout, de *gens*. Elle s'y baladerait dans une robe magnifique, attirant le regard de dizaines de beaux prétendants qui clameraient leur amour pour elle. Et Signa ne serait plus jamais seule.

Mais pour prétendre à cet avenir, elle devait confronter l'ange de la Mort. Le soir même, de préférence, avant qu'il ne revendique un autre tuteur et ne la maudisse plus encore.

« Fais tes valises, fillette, exigea tante Magda à nouveau, ses mains décharnées tremblantes. Je ne veux pas de toi dans ma maison ce soir. »

Ne s'arrêtant que pour ramasser la tasse par terre et examiner la nouvelle bosse sur le cuivre, Signa sortit de la cuisine en pressant le pas. L'escalier en bois branlant grogna sur son passage. Elle s'efforça de ne penser qu'au sol qui grinçait comme offensé par son poids et à la crasse qui recouvrait la maison du plancher au toit escarpé. Elle se concentra sur l'araignée qui vivait sur une toile parfaitement préservée dans un coin du plafond, hors de portée mais toujours en vue. Tout pour repousser ses idées noires – que quelque chose ne tournait pas rond chez elle. Qu'elle était un monstre. Que tout et tout le monde se porteraient mieux si elle était normale.

Magda croyait que Signa portait le diable dans son âme, et c'était peut-être vrai. Peut-être le diable était-il *effectivement* confortablement installé en elle, et c'était pour cela qu'il lui était impossible de mourir. Malgré tout, cette notion ne changeait rien à ce que Signa savait devoir faire.

La toux de tante Magda résonnait dans la maison, et Signa pressa le pas. Dans sa petite chambre au grenier, elle déplaça sa malle de voyage vers la porte pour empêcher un accès trop facile, et retourna au milieu de la pièce sur la pointe des pieds. Rassemblant ses jupons, elle s'assit par terre, retira son manteau et en extirpa les baies de belladone de sa poche. Elle les disposa devant elle, puis sortit un couteau de cuisine rouillé d'une autre poche et enroula le manche terni dans les replis de ses jupes pour y avoir facilement accès. Signa ramassa cinq baies et, sans savoir pourquoi, elle lissa ses cheveux noirs et ajusta son col pour s'assurer d'être présentable avant de laisser leur goût sucré exploser sur sa langue.

Le poison se manifesta tout d'abord dans sa poitrine, comme si quelqu'un l'avait ouverte en deux à l'aide d'un fer brûlant pour se saisir de ses poumons. Sa peau transpirait abondamment, de grosses perles de sueur coulaient de ses pores. Signa fut prise de haut-le-cœur quand la bile lui brûla la gorge, et ferma les yeux pour ne pas voir la pénombre qui l'entourait soudain et projetait d'étranges hallucinations.

Quelques instants plus tard, les effets de la belladone se dissipaient déjà : c'était une dose capable de tuer un être humain, mais Signa s'en remettait en quelques minutes. Il fallait cependant qu'elle reste dans cet état le plus longtemps possible car c'était ce qu'elle cherchait ; l'occasion de débusquer le faucheur d'âmes et de l'arrêter une bonne fois pour toutes.

Enfin, un vent glacé parcourut ses veines. C'était une présence familière qui la brûlait de l'intérieur et qui exigeait d'être reconnue. Signa ouvrit les yeux, et l'ange de la Mort se tenait devant elle.

À l'observer.

À attendre.

Sa présence était enivrante et familière, et elle surprit Signa, comme toujours – des ténèbres en mouvement qui prenaient la vague forme d'un être humain. Si sombres et dénuées de lumière qu'il était douloureux de les regarder. Et pourtant, Signa ne pouvait détourner le regard. Jamais. Elle était attirée par lui comme un papillon de nuit par une flamme. Et on aurait bien dit que c'était réciproque.

L'ange de la Mort n'attendait pas à distance cette fois, mais se pencha sur elle comme un vautour sur sa proie, les ténèbres dansant autour de lui. Signa leva les yeux vers l'abîme d'obscurité sans fin, et même si cela lui piquait les yeux, elle refusa de détourner le regard.

« Je préférerais que tu ne m'invoques pas chaque fois que l'envie t'en prend. » Ce n'était pas la voix à laquelle elle s'attendait. Elle n'était pas glaciale, ou rocailleuse, mais comme de l'eau dans une prairie : elle glissait sur sa peau et l'invitait à un bain de minuit. « Je n'ai pas que ça à faire, tu sais. »

Signa s'immobilisa, le souffle court. Cela faisait plus de dix-neuf ans qu'elle attendait d'entendre la voix de l'ange de la Mort, et il n'avait rien d'autre à lui dire ? Elle enroula ses doigts autour du manche du couteau et se renfrogna. « Si vous avez l'intention de me gâcher la vie, l'heure est venue de me dire pourquoi. »

L'ange de la Mort eut un mouvement de recul et, à ce moment-là, la chaleur s'engouffra en elle, mordant ses doigts engourdis. Elle ne s'était pas rendu compte qu'elle avait froid. « Tu crois que c'est mon dessein, Signa ? » L'incrédulité dans sa voix reflétait celle de Signa. « Te gâcher la vie ? »

Il y avait quelque chose d'inquiétant dans ses propos. Quelque chose de trop familier qui lui donnait des frissons. « Ne dites pas mon nom. Dans la bouche de l'ange de la Mort, on dirait une malédiction. »

Il rit. C'était un rire grave et mélodieux, et cela fit trembler ses ténèbres. « Ton nom n'est pas une malédiction, Petit Oiseau. J'apprécie juste sa saveur. »

Le rire de l'ange de la Mort lui procurait une drôle de sensation. Elle avait passé des années à préparer ce qu'elle lui dirait quand l'occasion se présenterait, mais elle ne savait plus quoi dire. Et même si elle avait su, à quoi bon ? Elle ne pouvait se laisser influencer par des mots intrigants – pas quand ses actions lui avaient gâché la vie, la privant de tous ses amis, ses tuteurs, de toutes les maisons qu'elle avait jamais connues. Ainsi, elle ne se laissa pas réfléchir trop longtemps ; il était temps de saisir cette opportunité et de voir si l'ange de la Mort avait un point faible.

Les mains tremblantes, elle serra fort le manche du couteau, luttant contre la lourdeur de ses bras pour rassembler ses forces. Puis elle le frappa en pleine poitrine.

DEUX

La lame glissa à travers les ténèbres, et Signa jura.

L'ange de la Mort baissa les yeux sur sa poitrine, et les ténèbres s'inclinèrent comme s'il penchait la tête. « Allons, allons, quel étrange comportement. Tu ne t'attendais quand même pas à ce que quelque chose d'aussi banal fonctionne sur moi ? »

Le visage de Signa se fit revêche face à son amusement, et elle retira le couteau. Elle espérait que la lame ferait *quelque chose*. Qu'elle le mettrait en garde, lui ferait comprendre qu'elle était sérieuse quand elle lui ordonnait de ne pas s'approcher d'elle. Elle voulait que l'ange de la Mort la considère comme dangereuse. Comme quelqu'un à qui il ne fallait pas chercher d'ennuis. Au lieu de cela, il se *moquait d'elle*.

Et à cause de son rire, Signa remarqua à peine les coups répétés sur la porte de sa chambre. Elle ne s'immobilisa que quand sa malle se mit à crisser contre le parquet et que tante Magda pénétra dans la pièce comme une furie en hurlant, blanche comme un linge et la peur du diable dans les yeux. Elle ne perdit pas de temps et, tremblante, elle attrapa une poignée des cheveux de Signa pour la forcer à se relever. Ses yeux se portèrent sur la fenêtre, comme si elle avait l'intention de la jeter dehors.

À côté de tante Magda, l'ange de la Mort se hérissa et rendit l'air irrespirable. Le froid glacial mordit la peau de Signa qui cherchait à se dégager de la poigne de sa tante. Et même si la jeune fille savait qu'elle ferait bien de dire à l'ange de la Mort d'arrêter, elle ne le fit pas. Les yeux de sa tante brûlaient de haine, et quand elle tenta de l'attraper par le cou, Signa serra les dents, prit sa tante par les épaules et lui fit perdre l'équilibre.

Dès qu'elle toucha sa tante peau contre peau, elle eut l'impression que le feu coulait dans ses veines. Sa tante tomba à la renverse, comme assommée, la respiration superficielle et sifflante. La couleur quittait ses joues, comme si le contact de Signa l'avait aspirée. Tante Magda trébucha sur un coin de la malle, et bascula en arrière dans un cri silencieux, les poumons vides.

Elle tomba par terre avec fracas et garda le silence peut-être pour la première fois de sa vie.

Le temps que Signa comprenne ce qui venait de se passer, il était trop tard pour aider sa tante dont les yeux vitreux et sans vie étaient rivés sur le plafond. L'ange de la Mort tournait autour d'elle et se pencha pour inspecter le cadavre.

« Bon, c'est une façon comme une autre de la faire taire. » Son ton était léger et gai, comme si tout cela n'était qu'une plaisanterie.

Signa n'avait pas seulement le souffle court, elle suffoquait de panique. « Qu'avez-vous fait ? »

C'est alors que l'ange de la Mort se redressa et lut la panique dans son regard. « Qu'est-ce que *j'ai* fait ? J'ai peur que tu ne te trompes, Petit Oiseau. » Il parlait lentement sur le ton qu'on utilise pour s'adresser aux enfants. « Respire profondément et écoute-moi. Nous n'avons pas beaucoup de temps... »

Signa n'entendit rien de ce qu'il dit. Quand elle baissa les yeux sur ses mains, elles étaient d'un bleu pâle, aussi translucides que celles d'un esprit. Elle les cacha derrière son dos et poussa un gémissement grave. « Ne vous approchez pas de moi ! le supplia-t-elle. Je vous en prie, n'approchez pas ! »

L'ange de la Mort répondit d'une voix tendue. Une pointe d'obscurité qui planait sur une prairie. « Comme si je n'avais pas essayé. » Il se détourna d'elle, et Signa le regarda se pencher sur le cadavre de sa tante pour en extraire son esprit.

L'esprit jeta un coup d'œil à Signa puis à l'ange de la Mort, puis écarquilla les yeux quand elle comprit. *« Sale sorcière. »*

On aurait dit que le sol se dérobait sous les pieds de Signa. Son esprit se repliait déjà sur elle-même, et sa vision s'étrécissait tandis qu'elle baissait les yeux sur ses mains tremblantes. Des mains qui l'avaient trahie. Des mains qui avaient ôté la vie.

« Qu'est-ce que j'ai fait ? » murmura-t-elle en se recroquevillant sur elle-même. *Qu'est-ce que j'ai fait, qu'est-ce que j'ai fait, qu'est-ce que j'ai fait ?* Et puis, quand elle comprit, horrifiée. « Qu'est-ce que je *vais* faire ?

— Tu vas commencer par respirer un grand coup. » Pour une raison qui lui échappait, la voix de l'ange de la Mort l'apaisait, ainsi que le silence de Magda, assise, qui étudiait son corps translucide, sous le choc. « Je t'assure, je ne m'attendais pas à...

— Qu'est-ce que j'en ai à faire de vos convictions ? Tout ça, c'est votre faute ! » Signa ne savait pas si elle avait envie de rire ou de pleurer, par conséquent le son qui s'échappa de sa gorge était un mélange des deux.

Les ténèbres qui constituaient l'ange de la Mort triplèrent de volume et l'obscurité enveloppa la pièce. « C'est *toi* qui m'as invoqué, *moi*. Je n'ai fait que venir où on m'appelait. Je ne suis pas ton ennemi… »

Au moins, à cette remarque, elle savait qu'elle pouvait rire. « Pas mon ennemi ? Vous êtes un nuage perpétuel sur mon existence. C'est à cause de vous que j'ai passé ma vie dans des endroits comme celui-ci, avec des gens comme *elle*, entourée d'esprits ! C'est à cause de vous si je suis malheureuse. Et regardez ce que vous avez fait cette fois. » Elle baissa les yeux sur le cadavre devant elle et enfouit son visage dans ses mains translucides comme les larmes lui brûlaient les yeux. « Vous m'avez maudite. Maintenant plus personne ne voudra m'épouser !

— T'épouser ? » L'ange de la Mort la dévisageait, incrédule. « C'est pour ça que tu pleures ? »

Ses sanglots redoublèrent, ses propos n'apaisant en rien son esprit qui s'emballait.

Si Signa avait levé les yeux, elle aurait vu les ténèbres de l'ange de la Mort s'affaisser. Elle l'aurait vu tendre la main vers elle pour la retirer avant qu'elle ne le rejette. Elle aurait vu ses ténèbres s'enrouler autour de la bouche de Magda pour la condamner au silence avant qu'elle ne puisse articuler d'autres cruautés.

« Je ne voulais pas que ça se passe comme ça. » À l'entendre, il paraissait sincère. « Notre temps est limité, et je sais que quoi que je te dise à l'heure actuelle, tu ne l'entendras pas. Mais je ne suis pas ton ennemi. Dans deux jours, je te le prouverai. Promets-moi d'attendre ici jusque-là. »

Signa ne promit rien du tout, mais ce n'était pas comme si elle avait quelque part où aller. Malgré tout, elle ne leva les yeux qu'une fois l'ange de la Mort parti, quand la chaleur envahit à nouveau la pièce, réveillant les sensations dans ses doigts et ses orteils et redonnant de la couleur à sa peau. Les effets de la belladone s'étaient estompés, lui laissant un terrible mal de tête et l'esprit plein de rage de sa tante pour seuls rappels de la venue de l'ange de la Mort.

Signa lui jeta un regard plein de larmes, et tante Magda se renfrogna. *« J'ai toujours su que tu avais le diable en toi. »*

Sans argumenter davantage, Signa se laissa tomber par terre pour se complaire dans son malheur.

Signa se tenait devant la porte tordue de la maison de sa défunte tante Magda plus tard ce soir-là, les bras repliés sur eux-mêmes tandis qu'elle attendait que le coroner ait terminé son travail.

Il se dépêchait – non parce qu'il était perturbé par le cadavre, mais parce qu'il avait peur de Signa, avec ses cheveux de jais et ses yeux aux drôles de couleurs, et de la foule de voisins qui observaient de loin, l'air entendu.

« Tu n'as jamais voulu que ça se passe comme ça, se murmurait Signa à elle-même pour supporter les regards anxieux des badauds. « Tu l'as peut-être *envisagé*, mais l'envisager et agir, ce sont deux choses bien différentes. Tu es quelqu'un de bien. Les gens pourraient apprendre à t'apprécier. C'est sa faute à lui. »

Sa faute à lui, sa faute à lui, sa faute à lui. C'était son nouveau mantra.

Signa détestait l'ange de la Mort encore plus qu'avant. Elle détestait ce qu'il avait fait d'elle. Même si... On ne pouvait pas dire qu'elle était triste que tante Magda ait disparu.

Enfin, presque disparu.

« Tu vas les laisser m'emmener ? dit l'esprit de tante Magda d'une voix rauque, en colère, même maintenant qu'elle était morte. *« Tu m'es redevable, fillette ! Tu vas les laisser me fourrer dans*

un sac comme ça ? Fais quelque chose, sale petite sorcière, je sais que tu me vois ! »

« Malheureusement, je t'entends aussi », marmonna Signa, se rendant compte qu'elle avait parlé tout haut quand l'homme qui soulevait le cadavre empaqueté de sa tante à l'arrière d'un équipage noir cligna des yeux en la regardant, surpris.

Ne sachant que faire, Signa fixa son regard entre lui et l'esprit flottant de sa tante jusqu'à ce que l'homme soit suffisamment mal à l'aise pour la prier de l'excuser, lui bredouillant toutes ses condoléances et qu'il la recontacterait.

Pendant tout ce temps, les voisins serraient fort les croix qui pendaient à leur cou et murmuraient qu'ils avaient toujours su que quelque chose ne tournait pas rond chez cette fille. Ils affirmaient à qui voulait l'entendre que Signa était une mauvaise graine, et que Magda n'aurait jamais dû inviter le diable chez elle. Il y avait même un esprit parmi eux vêtu d'une ample tunique blanche qui faisait encore et encore le signe de la croix tout en dévisageant Signa de ses yeux vides.

Elle s'efforçait de ne pas froncer les sourcils. Peu importait que leurs commérages la dérangent. Peu importait qu'elle aurait donné n'importe quoi pour n'avoir ne serait-ce qu'une personne à laquelle se confier… parce qu'ils n'avaient pas tort de la craindre. Signa s'était servie des pouvoirs du faucheur d'âmes.

Il lui restait à comprendre comment cela avait pu se produire.

Elle fut parcourue de picotements quand elle recula vers la maison de Magda, espérant que ni les voisins ni sa tante distraite – occupée à râler que l'on malmenait son cadavre alors que l'équipage du coroner disparaissait au bout de la rue – ne la suivraient comme elle s'éclipsait dans le jardin.

Le terme *jardin,* dans ce cas, était un bien grand mot. Au fil des années, la terre s'était décorée de mauvaises herbes et de fleurs sauvages dont Magda s'était souvent plainte, et que Signa avait passé des heures à entretenir du mieux qu'elle pouvait sans pelle ni cisailles. Si quelque chose allait lui manquer chez Magda, c'était son jardin.

Elle se fraya un chemin sous le saule, repoussant le feuillage touffu sur le côté pour pouvoir s'adosser au tronc de l'arbre. Mais elle n'était pas seule.

Sous les feuilles et les trèfles, couvert de poussière, se trouvait un oisillon tout juste sorti de sa coquille. Il était si nouveau dans ce monde que ses yeux étaient fermés, sa peau rose et nue, sans la moindre plume.

Signa se pencha pour inspecter la pauvre créature couverte de terre et de fourmis affamées qui avaient bien l'intention de la dévorer vivante. Les insectes avaient pris le dessus, impitoyables dans leur démarche. Signa ne pouvait s'empêcher de compatir avec la pauvre bête ; elle était comme elle – chassée du nid, censée se défendre par elle-même. Mais elle n'en était pas capable, contrairement à Signa ; car elle ne pouvait tromper la mort. Il serait plus clément de l'aider à mourir rapidement pour abréger ses souffrances.

La mort de Magda était un accident. Si Signa prenait une autre vie, à dessein cette fois, qu'est-ce que cela ferait d'elle ?

Elle ne voulait pas trop y réfléchir, pourtant elle savait qu'elle aurait besoin d'une réponse avant de se retrouver face à face avec quelqu'un à qui elle risquerait de faire du mal.

Elle enleva ses gants doucement, et caressa du bout du doigt la colonne vertébrale de l'oisillon, le débarrassant de quelques fourmis et de la poussière qui s'y était accumulée. Elle retint son souffle, attendant de voir s'il allait mourir. Curieusement, l'oisillon continuait de se contorsionner, le cœur battant.

Une fois de plus, elle posa un doigt nu sur l'oiseau, plus longtemps cette fois. Quand elle retira sa main, la créature respirait toujours.

Elle se laissa aller contre le tronc du saule, des larmes de soulagement lui picotant les yeux. Son toucher n'avait pas tué le pauvre oiseau. Son contact n'était pas *mortel*. Sauf... Sauf si c'était plus compliqué que ça.

Elle se rappela la belladone dans sa poche, et Signa en sortit cinq baies d'une main tremblante. S'assurant que le feuillage la cacherait à quiconque se promènerait dans le coin, elle fourra les baies dans sa bouche et les laissa éclater sur sa langue. Les symptômes se déclarèrent rapidement : la nausée, la vision troublée et là, devant elle, l'ange de la Mort se tenait à nouveau. Elle savait qu'il viendrait, mais elle refusait de lui adresser la parole ou le moindre regard, ravie de le voir garder ses distances. Elle tendit la main à nouveau pour caresser du doigt l'épine dorsale de l'oiseau et, cette fois, son cœur cessa de battre et il s'immobilisa dans un dernier soupir de soulagement.

Signa retira la main et la serra sur sa poitrine. Elle ne pouvait le nier : d'un simple contact de la peau, elle pouvait donner la mort. Mais ce n'était apparemment le cas que quand l'ange de la Mort était présent. Seulement quand Signa était dans cet état étrange, chancelant entre la vie et la mort.

Elle se posait tant de questions, pourtant elle ne jeta pas un regard à l'ange de la Mort quand elle se releva de son mieux, laissant l'oisillon par terre à la merci des fourmis comme elle retournait à la maison en trébuchant.

Elle était contente au moins que l'oisillon ne souffre plus. Contente que, si elle devait être un monstre, au moins elle pourrait faire preuve de miséricorde.

TROIS

Une calèche ivoire étincelante arriva deux jours plus tard. Les aboiements du chien d'un des voisins signalèrent son arrivée, et la poitrine de Signa se serra quand elle regarda par la fenêtre de la cuisine pour voir à quoi était dû tout ce vacarme. Elle vivait pour ainsi dire dans le jardin depuis la mort de sa tante pour faire ses adieux aux plantes et attendre que les jours s'écoulent, en faisant semblant de ne pas entendre l'esprit qui se déchaînait dans la maison. Tante Magda était insupportable, même morte : elle faisait voler les rideaux et hurlait sa frustration quand elle ne disait pas à Signa à quel point elle était une teigne ou qu'elle n'espionnait pas les voisins.

Signa avait reçu un courrier la veille : une missive scellée de cire rouge et signée d'un certain M. Elijah Hawthorne, qui l'invitait chez lui, au domaine de l'Épineuse. Signa fut surprise de reconnaître le nom du mari de Lillian, la petite-fille de Magda. Elle avait entendu Magda se plaindre de cette jeune femme, lui racontant des histoires sur le mondain fortuné qui lui avait coupé sa rente sans prévenir.

Signa avait étudié la lettre toute la journée jusqu'au petit matin le lendemain, convaincue que son imagination lui jouait des tours. Elle n'osait pas imaginer comment l'ange de la Mort avait arrangé l'affaire et, même si elle avait bien envie de refuser son offrande, Signa n'était pas idiote. Partir pour l'Épineuse était la meilleure option pour elle. Elle n'avait guère le choix que de mettre son thé de côté, de s'accrocher à la lettre d'Elijah, et de se dépêcher de sortir.

La calèche ne vacilla pas tandis qu'elle cliquetait sur les épaisses plantes rampantes et la mousse humide qui faisaient irruption entre les pavés fendus. Les deux chevaux à sa tête avaient une robe d'un noir profond et couverte de sueur ; leurs naseaux dégouttaient sous l'effort mais ils paraissaient bien portants et arboraient des muscles saillants. Signa ne put s'empêcher de penser à ses propres poignets décharnés et à ses maigres jambes, et d'être quelque peu jalouse de ces chevaux dont le régime alimentaire était certainement supérieur au sien. Les gigantesques étalons soufflèrent en s'arrêtant devant elle, et un cocher d'un certain âge descendit tant bien que mal. C'était un homme maigre comme un clou, grand, à la peau claire.

« Bonjour, mademoiselle. » Il porta la main à son haut-de-forme et ouvrit la porte de la calèche. « Je suppose que vous êtes la jeune fille qu'on m'a envoyé chercher ?

— J'en ai bien l'impression. » Signa tremblait comme un colibri. Quelqu'un était vraiment venu la chercher. Pour l'emporter vers une famille haut placée dans l'échelle sociale, où elle pourrait porter de magnifiques robes, boire le thé avec d'autres femmes et mener la vie à laquelle elle aspirait. Cela lui paraissait trop beau pour être vrai ; elle ne cessait de scruter la pénombre, s'attendant à ce que l'ange de la Mort apparaisse, se riant d'elle en lui avouant que ce n'était qu'une ruse.

« J'ai pour ordre de vous ramener sans plus tarder, dit le cocher. Un assez long voyage nous attend. Avez-vous des bagages ?

— Juste une malle, monsieur. Elle est à l'intérieur. Je peux aller la chercher… »

Le cocher rejeta son offre d'un geste de la main avec un sourire si franc que c'en était alarmant. Signa ne se rappelait pas la dernière fois qu'elle avait vu un sourire aussi sincère. « C'est inutile, mademoiselle. Tout le plaisir est pour moi. » Peu habituée à tant de politesse, elle ne put qu'acquiescer et le regarder se diriger vers la maison, avant de se demander si elle était censée rester là ou monter dans la calèche.

Signa n'attendit pas longtemps pour avoir la réponse ; une toux provenant de la voiture lui indiqua que le cocher n'était pas venu seul. Un garçon plus jeune qu'elle ne s'y attendait – une petite vingtaine tout au plus – émergea de la calèche. Le jeune homme était bien habillé, vêtu d'une redingote d'un noir profond et de bottes en cuir de la même couleur. Il était grand comme un saule et large comme un chêne, avec une tignasse de cheveux noirs comme la suie qui bouclaient derrière ses oreilles. Sa peau était bronzée par le soleil, et quelques taches de rousseur apparaissaient sous des yeux qui lui faisaient penser à de la fumée : d'un gris pâle avec un halo noir charbon autour de chaque iris. Une petite cicatrice traversait en diagonale l'arc de son sourcil gauche.

« Regarde-moi les finitions en or sur cet équipage ! Bien sûr, Lillian, ma petite-fille, a ressenti le besoin de montrer qu'elle était riche. Ce n'est pas comme si cette fille ingrate avait jamais pensé à m'aider moi. *Elle est idiote et affreuse, tout comme toi. »* Les propos de Magda dégoulinaient d'amertume tandis qu'elle tournait autour du garçon mais, pour une fois, Signa n'en avait que faire.

Signa ne connaissait que deux règles concernant les esprits : la première était que Magda ne pouvait hanter que la terre où elle était morte, et la seconde, que si l'on brûlait son corps, son esprit serait arraché à la terre contre sa volonté.

La première règle soulageait Signa, car elle impliquait qu'elle n'aurait jamais l'occasion de revoir sa redoutable tante.

« C'est un plaisir de vous rencontrer, monsieur. J'espère que vous avez fait bon voyage. » Signa s'éclaircit la gorge et fit preuve d'autant de politesse qu'elle en était capable. Elle essaya même de lui faire une révérence dans sa lourde robe en bombasine et son voile noir à plumes qui la grattaient, la seule tenue qu'elle semblait porter ces derniers temps.

Le jeune homme ne lui fit pas une réponse si formelle. Il lança un regard sévère au porche en mauvais état et au jardin mal entretenu, trop encombré pour que l'on puisse le traverser sans marcher sur les mauvaises herbes qui l'avaient envahi. « Je m'appelle Sylas Thorly, et je suis là au nom de M. Elijah Hawthorne pour escorter Miss Farrow jusqu'à son domaine, l'Épineuse. » Sa voix était un grondement grave, comme une tempête en approche. « Je suppose que c'est vous ? »

S'attendant à quelqu'un de la famille Hawthorne, Signa nota son nom de famille avec intérêt. « C'est bien moi.

— Merveilleux », dit-il d'une voix traînante, s'intéressant plus à ses gants en cuir noir qu'il lissait et qui lui allaient comme une seconde peau qu'à elle. « Montez dans la calèche. Comme Albert l'a mentionné, un long voyage nous attend.

— Si vous avez besoin de vous reposer, je pourrais préparer du thé… »

Sylas ajusta sa cravate sans guère lui prêter attention. « Je préférerais qu'on ne traîne pas dans ce taudis une minute de plus que nécessaire. »

Elle serra les dents mais insista. « Et les chevaux ? Ont-ils besoin de boire ? »

Sylas pencha la tête en arrière et plissa les yeux vers le ciel. Quand il inspira longuement, Signa cut l'impression qu'il cherchait sa patience perdue dans les nuages sans la trouver. « Vous êtes bien aimable. Mais les chevaux m'ont informé qu'eux aussi préféreraient ne pas traîner de peur d'attraper une maladie. Montez à présent, Miss Farrow. » Sylas fit un signe en direction de la calèche et offrit une main gantée pour l'aider à se hisser.

La voiture était petite, et Signa était tendue, serrée sur le côté pour ne pas cogner par accident les genoux de Sylas très écartés, bien trop à l'aise dans un si petit cadre. L'instant d'après, une fois son coffre de voyage chargé et Albert ayant repris sa place à la tête de l'équipage, le claquement des rênes résonna et les chevaux se mirent en route.

Les yeux gris cendré de Sylas croisèrent brièvement ceux de Signa avant qu'il ne se saisisse d'un journal et qu'il l'ouvre sur ses genoux. Ne sachant ce qu'elle devait faire, Signa chercha un autre exemplaire ou quoi que ce soit d'autre à lire, mais ne trouva rien. « Vous n'êtes donc pas un Hawthorne ? » demanda Signa qui ressentait le besoin de dire *quelque chose* quand elle avait de la compagnie. De ce qu'elle avait pu comprendre du livre que sa mère avait laissé pour elle, *Le Guide de la Beauté et du Savoir-Vivre d'une Lady*, il était scandaleux pour une femme célibataire de se retrouver seule avec un homme quel qu'il soit. Pourtant, à en croire le grand équipage et tout ce qu'elle avait entendu dire sur eux, elle ne doutait pas que les Hawthorne soient riches et de la haute société et, par conséquent, tout à fait respectables. Dans ce cas, peut-être le livre de Signa n'était-il plus à la page ? « Monsieur Hawthorne ne pouvait pas venir lui-même ? Ou Lillian ? »

Sylas soupira discrètement et étendit de son mieux ses longues jambes. Il était bien trop grand pour un si petit espace et devait courber le dos comme un corbeau perché sur un rondin. « Lillian est morte, et la fille de M. Hawthorne, Bliss, est malade. Donc non, ils ne pouvaient pas venir. »

Signa se raidit. L'ange de la Mort avait apparemment atteint l'Épineuse avant elle.

« Je suis navré que personne n'ait pu venir vous dire au revoir, marmonna Sylas, visiblement aussi mal à l'aise qu'elle pour faire la conversation.

— Ce n'est rien, j'ai l'habitude de me débrouiller toute seule. » De plus, la seule personne qui aurait pu être présente pour lui dire au revoir était sa tante Magda, que Signa espérait ne jamais revoir. Chaque esprit qui hantait la terre était attaché au monde par une émotion intense, comme la colère ou le chagrin. Elle avait vu des femmes pleurer, regardant par la fenêtre, et des esprits se disputer, coincés dans une boucle colérique. Signa s'y était habituée et était experte pour les éviter, car les esprits fréquentaient toujours les mêmes endroits jusqu'à ce qu'un jour ils décident de quitter ce monde.

Toutes ces années, elle n'avait connu que deux esprits qui avaient réussi à quitter ce monde. La plupart – comme sa tante Magda enragée qui hurlait à la porte de la calèche *« Tu ne vas quand même pas me laisser là, sorcière ! Tu n'oserais pas me laisser là !* – pouvaient passer des années à errer sur terre, se nourrissant de leurs émotions les plus virulentes.

Mais, malgré les remontrances de tante Magda, ils finirent par s'en aller, le long des rues pavées où l'odeur de la cannelle et de la pomme embaumait la brise d'automne. Signa soupira de contentement dès qu'ils furent trop loin pour que Magda les suive, écoutant Sylas tourner les pages de son journal de temps à autre.

« Vous semblez soulagée de partir », remarqua Sylas au bout d'un moment, sans quitter son journal des yeux.

Elle grogna sans réfléchir, tant il avait raison. « N'importe où vaut mieux qu'ici », dit-elle en appuyant la tête contre la fenêtre pour s'installer confortablement.

Elle n'avait pas remarqué que les doigts de Sylas s'étaient immobilisés sur les pages. Elle ne vit pas son visage s'obscurcir, sa mâchoire se serrer, ni son empressement à se replonger dans sa lecture.

Dans le cas contraire, elle aurait peut-être réfléchi à deux fois à l'Épineuse et à tout ce qui l'y attendait.

QUATRE

Signa ne s'attendait pas à ce qu'ils prennent le train pour rejoindre l'Épineuse. Quand elle sentit la fumée dans l'air pour la première fois, elle ferma les fenêtres de la calèche, pensant que l'odeur serait passagère. Mais quand la voiture ralentit, Sylas lui mit un fin ticket jaune dans la main. Elle n'avait jamais pris le train, mais elle avait lu dans les journaux qu'ils étaient très rapides : le nouveau moyen de transport ; un luxe moderne. Il fallut que Sylas s'éclaircisse la voix pour qu'elle reprenne ses esprits et qu'elle descende de la calèche. Dès que les talons de ses bottes touchèrent le sol, Signa fut emportée dans un autre monde.

La gare était un bâtiment impressionnant d'ardoises grises, orné d'une horloge des plus imposantes. Elle sonna l'heure, tel un gong résonnant dans toute la gare.

À l'intérieur, les sols érodés avaient jauni. Des mouches grouillaient autour de poubelles trop remplies, et il régnait une odeur de musc caractéristique d'un trop grand nombre de gens qui se dépêchent. Il y avait aussi un esprit. Un homme au long manteau noir avec des trous d'usure au niveau de l'ourlet était assis sur un banc et regardait solennellement les gens passer devant lui. Signa détourna le regard et l'évita largement.

Malgré la saleté, la gare avait quelque chose de grandiose. Des hommes d'affaires en costume s'aidaient de bâtons de marche des plus chics, et des femmes vêtues de bonnets et de robes en coton s'affairaient, chacun ayant quelque part où aller. Certains appréciaient les bancs disposés sur chaque quai, feuilletant un journal ou tirant une bouffée de leur cigare. D'autres se dépêchaient de traverser la gare, se cramponnant à leurs biens tout en levant les yeux vers l'horloge géante qui les surplombait.

Un homme d'un certain âge, la poitrine bombée de fierté, escortait une femme au large sourire qui ne cessait d'étudier une bague à son doigt. Par une habitude forgée dans sa solitude de longue date, Signa leur inventa une histoire dans sa tête, imaginant qu'ils étaient jeunes mariés et qu'ils partaient pour leur lune de miel. Elle se figura toutes les magnifiques robes rangées dans la malle de voyage de la femme, confectionnées dans des tissus les plus légers pour qu'elle sente l'air salé sur sa peau quand elle se baladerait en bord de mer avec son bien-aimé. Le désir s'immisça en Signa, si puissant qu'elle se contraignit à détourner le regard du couple. Qu'est-ce que cela faisait d'être une femme comme celle-ci ? De se laisser emporter d'un bout à l'autre du pays par un homme si beau qu'elle ne pouvait s'empêcher de sourire bêtement, tant elle était heureuse ?

À côté d'elle, Sylas murmura quelque chose. Signa acquiesça, faisant mine d'écouter, perdue dans ses rêveries et dans une foule plus conséquente que tout ce qu'elle avait jamais vu. Elle avait peine à se faufiler parmi tous ces gens tandis que Sylas et elle traversaient la gare, menés par un jeune préposé obligeant qui avait jeté un coup d'œil à son ticket et proposé de porter sa malle. Elle était imposante et lourde, mais Sylas ne proposa pas son aide au garçon. À vrai dire, il garda un visage fermé et ne dit rien, comme s'il voulait à tout prix éviter de le regarder.

« Vous aurez le compartiment pour vous toute seule, mademoiselle. » La voix du jeune homme était voilée par l'effort de porter le bagage. « Le plus beau de tout le train. »

Signa ne s'était jamais promenée dans un cadre aussi fréquenté, et où tout autour d'elle lui paraissait grandiose et immense. Où elle aurait pu se perdre pour toujours si elle se trompait de chemin ne serait-ce qu'un instant. Même si Sylas semblait avoir perpétuellement avalé une tarte aigre, elle était ravie de l'avoir avec elle au cas où elle se perdrait. « Vous voyagez souvent ? » demanda-t-elle.

La réponse lui vint du préposé à côté d'elle. « Pas souvent, mademoiselle. J'aimerais beaucoup, si je pouvais quand je ne travaille pas, mais ce n'est pas souvent. »

Signa se retourna pour jeter un coup d'œil là où elle avait vu Sylas pour la dernière fois, et découvrit alors qu'il avait disparu. Elle prit une courte inspiration et parcourut la foule du regard pour le retrouver : là, juste devant, qui montait dans le train.

Prise de panique, elle se retourna vers le préposé, passant les mains sous la malle de voyage qu'il portait. « Tenez, donnez-moi ça, dit-elle. Je vais prendre le relais. »

Il tressaillit mais resserra sa poigne sur la malle. « Cela ne m'embête vraiment pas, mademoiselle. C'est bien trop lourd pour une femme… »

Craignant de n'avoir guère le temps de parlementer, elle lui prit la malle des mains. Elle était, effectivement, extraordinairement lourde, faite d'acajou massif et fermée de serrures en fer. Elle n'était certainement pas prévue pour être portée par une femme en talons et en tenue de deuil, mais elle s'en sortirait. Sa poitrine qui se serrait – l'inquiétude d'être séparée de la seule personne qui savait où elle se rendait et qui pouvait l'aider si elle se perdait – était bien plus difficile à supporter que le poids supplémentaire.

« Merci beaucoup pour votre aide. Je vais me débrouiller à présent » fut tout ce que Signa dit au préposé avant de se dépêcher de rejoindre Sylas, s'efforçant de faire de grands pas malgré son dos vacillant et ses bras tremblants. Plusieurs personnes lui offrirent leur aide, mais le chef de train annonçait déjà un départ imminent, et Signa se concentra pour s'assurer qu'elle et ses affaires se trouvaient là où elles devaient être pour ne pas être séparées de ce diable de Sylas Thorly. Quand elle monta dans le train, sa peau luisait de sueur et elle respirait si péniblement que personne n'osait la regarder dans les yeux.

Même sous le poids de ses affaires, Signa prit le temps d'admirer la beauté du train. Il était bien plus raffiné qu'elle ne s'y attendait, avec des rampes en fer noir, de solides tables en bois et des bancs de cuir rouge de chaque côté. Son ticket indiquait un compartiment privé où Sylas l'attendait, se prélassant sur un somptueux siège de velours, les bottes posées sur le siège bordeaux assorti en face de lui. Il jeta un coup d'œil à Signa et fronça le nez.

« Mon Dieu. Je ne savais pas qu'une femme pouvait transpirer aussi abondamment. »

Si Signa avait réellement été une sorcière, elle l'aurait peut-être ébouillanté vivant. « Je ne serais pas en sueur si vous n'aviez pas décidé de partir en courant sans moi, *monsieur*. »

Là-dessus, Sylas émit un rire étouffé de mépris. Un bruit infect et repoussant. « J'aurais dû me douter que vous ne m'écoutiez pas. Si vous ne vous étiez pas laissée aller à la distraction, vous m'auriez entendu dire que je partais devant pour m'assurer que notre compartiment était en ordre. »

Signa se mordit la langue. Maintenant qu'il lui faisait la remarque, *oui*, elle se rappelait bien que Sylas lui avait dit quelque chose et que, *oui*, elle avait bien acquiescé. Cela dit, il aurait pu le clamer plus fort.

Choisissant de ne pas répondre, Signa entreprit d'installer son bagage dans l'espace de rangement au-dessus de leurs têtes. Compte tenu du poids de la malle, ses bras tremblèrent quand elle essaya de la soulever au-dessus de sa tête. Elle était reconnaissante d'avoir une excuse pour tourner le dos à Sylas, mais elle n'arrivait pas tout à fait à gérer la manœuvre. Ses muscles la faisaient souffrir, et après plusieurs minutes à passer outre et à ignorer la douleur, ils finirent par lâcher complètement.

Signa bascula en arrière, momentanément convaincue qu'elle rendrait bientôt de nouveau visite à l'ange de la Mort après s'être fait écraser par sa malle de voyage. Avant qu'elle ne tombe, Sylas se leva pour la soutenir. Signa rougit des pieds à la tête quand elle sentit son torse pressé contre son dos. Elle ne s'était jamais retrouvée aussi proche d'un homme.

Sylas ne semblait pas aussi surpris. Tandis qu'elle restait concentrée sur la fermeté de son torse, il fit un pas de côté pour lui prendre le bagage et le ranger dans le compartiment supérieur. « Pourquoi portez-vous quelque chose d'aussi lourd ? s'enquit-il. Si je n'avais pas été là, cette malle vous serait peut-être tombée sur la tête. Et alors, qu'auriez-vous fait ?

— Je suppose que je n'aurais plus eu de tête, répondit-elle, indignée. Et encore une fois, je n'aurais pas eu besoin de la porter si je n'avais pas dû vous courir après. J'ai eu peur que vous m'ayez abandonnée. »

Sylas se laissa aller dans son siège en reniflant, les jambes tendues de façon exaspérante. « Vous auriez dû me dire que vous marchiez si lentement. J'aurais peut-être pensé à vous porter, si j'avais su. »

Elle s'assit en face de lui et se demanda s'il avait pour objectif de tester sa patience avec son comportement insupportable. Gardant les genoux serrés pour ne pas cogner les siens, elle adressa à son escorte un sourire tranchant comme une lame de rasoir et lui demanda : « Est-ce que cela vous embêterait de vous asseoir un peu plus droit, M. Thorly ? »

Sylas baissa les yeux vers ses jambes. « Je ne suis pas bien assis ? »

Bon sang, elle aurait besoin de sang-froid pour interagir avec cet homme. Du bout de sa botte grise, Signa lui donna un petit coup dans le genou, puis dans l'autre : ils étaient trop écartés. « Vous êtes assis comme si vous étiez seul dans le compartiment. »

Il cligna lentement des yeux et, même si Signa savait qu'il avait compris, il ne se redressa pas ni ne s'excusa. Sylas se contenta de rire et de fermer les yeux, comme s'il avait l'intention de faire une sieste. « Le moins que l'on puisse dire c'est que vous n'y allez pas par quatre chemins. »

Elle faisait de son mieux pour faire preuve de bonnes manières, mais cet homme était exaspérant. Quelque chose dans son attitude distante et ses yeux qui ne la quittaient jamais – comme s'il avait déjà décidé que Signa était une calamité – faisait vaciller ses bonnes manières et des propos durs lui échappaient. Signa ne put s'empêcher de saisir sa robe et de la remonter jusqu'aux genoux, les libérant suffisamment pour les écarter comme le faisait Sylas. « On dirait que mes manières sont aussi impeccables que les vôtres. Je m'attendais à ce que quelqu'un dans votre position soit plus poli.

— Et à quelle position pensez-vous, Miss Farrow ?

— Celle d'escorter une lady.

— Une lady ? » Il entrouvrit les yeux, étudiant sa posture inconvenante et la robe remontée aux genoux avant de les refermer. « Dites-moi quand vous en aurez trouvé une, je me ferai un plaisir de l'escorter. »

Fais comme s'il n'était pas là, se dit-elle, se forçant à arborer un sourire assassin. *Tu vas devenir une lady. Posée, gracieuse et réservée.* Elle joignit les mains et remit sa robe en place.

Simulant le calme, Signa inspecta leur compartiment. À côté de Sylas se trouvait un chariot recouvert de sucreries et de pâtisseries. Il y avait des caramels au sel de mer, une boîte de roulés à la cannelle qui dégoulinaient d'un sirop épais et couverts de noix dorées, de toutes petites pâtisseries qui suintaient de confiture à la prune, et bien plus encore. Elle était tellement occupée à nourrir ses yeux qu'elle manqua de sursauter quand Sylas lui murmura : « Puis-je vous offrir un mouchoir, Miss Farrow ? Vous avez de la bave sur les lèvres. »

Elle s'évertua à ne pas lui lancer de regard méprisant, puis s'enquit : « Est-ce que c'est pour nous ? »

Il jeta un regard au chariot, mais aucune lumière ne s'alluma dans son regard. Ses lèvres ne s'en délectaient pas, et son estomac ne grondait pas de faim. « Ils doivent être inclus dans le service », dit-il. D'un ton monotone. Factuel. Comme s'ils n'avaient pas un festin de sucreries sous les yeux. Signa commençait à douter de son humanité.

Le Guide de la Beauté et du Savoir-Vivre d'une Lady revendiquait qu'il y avait des règles importantes à respecter quand on ne dînait pas seul. On utilisait des fourchettes précises selon les plats, et on mangeait les plats dans un certain ordre. Pourtant Signa avait une envie si féroce de manger ces pâtisseries que son estomac protesta devant tant de résistance. Bruyamment.

Elle se figea, attendant, horrifiée, pour s'assurer que Sylas n'avait pas entendu. La chance, cependant, était trop rarement de son côté.

Sylas haussa un fin sourcil en se penchant vers elle et lui prit la main. Malgré ses deux mains gantées, elle se raidit quand il y glissa un mouchoir.

Il lui dit d'un ton faussement compatissant « Vous avez l'air de souffrir. »

Elle serra fermement les doigts sur le mouchoir, pensant au million de choses qu'elle aimerait lui répondre, aucune polie ou convenable. Au lieu de cela, elle dit : « J'ai beaucoup mangé au petit-déjeuner. Ce serait inconvenant de céder à la tentation. »

Le sourire de Sylas rappelait une faux. Un sourire surprenant, fugace et acéré. Présent un instant, disparu le suivant. « L'offense serait de voir tant de nourriture se perdre, Miss Farrow. Surtout quand elle a été achetée pour vous. Faites preuve de respect envers M. Hawthorne et mangez. »

Peut-être Sylas n'était-il pas si terrible que ça après tout. Signa n'avait pas besoin qu'on le lui dise deux fois, et elle approcha le chariot d'elle. Elle se saisit aussitôt d'une tartelette à la crème anglaise d'un jaune vif et aux framboises glacées, le tout parsemé de sucre glace. Comme il n'y avait ni couverts ni assiettes, elle ôta ses gants, les posa à côté d'elle et mangea avec les doigts.

« Allez-vous faire preuve d'impolitesse à l'attention de M. Hawthorne, vous ? » défia-t-elle Sylas entre deux bouchées, faisant de son mieux pour ne pas gémir de plaisir en savourant cette délicieuse tartelette. Cela faisait des années que Signa n'avait pas mangé quelque chose d'aussi sucré. Elle l'engloutit en une minute, passant aussitôt à un roulé à la cannelle.

Sylas cligna des yeux en regardant les pâtisseries, comme si l'idée d'en manger une ne lui avait jamais traversé l'esprit. Il étudia le chariot, passant chaque article en revue avant de choisir un tout petit pain brioché parsemé de marmelade d'orange. Tout en le mangeant, sa posture se fit moins sévère et son front plissé moins sinistre. Dès qu'il eut fini son petit pain brioché, il reporta son regard sur le chariot pour choisir une autre viennoiserie.

« Dites-m'en plus sur votre travail pour les Hawthorne », lui suggéra Signa tandis qu'il choisissait une petite tarte aux fruits. C'était un sujet assez simple, rien de trop personnel ni de trop épineux. Pourtant, Sylas hésita avant de répondre.

« Je travaillais en étroite collaboration avec sa femme, mais je serais surpris qu'Elijah sache que j'existe.

— Il vous a envoyé pour m'escorter, insista Signa en s'efforçant de ne pas se lécher les doigts. Il doit bien savoir qui vous êtes. »

Sylas prit une énorme bouchée, puis répondit : « C'est un membre du personnel qui m'a envoyé. La fille de M. Hawthorne se meurt de la même maladie que sa femme : il n'est pas en état de se rappeler le nom de qui que ce soit pour l'instant. »

Elle était ravie d'avoir comme excuse la bouche pleine de caramel pour envisager son avenir à l'Épineuse. Peut-être ce voyage n'était-il rien qu'une cruelle plaisanterie ; peut-être arriverait-elle seulement pour constater que l'ange de la Mort avait déjà réclamé son dû sur tous ses occupants. Peut-être était-ce son coup suivant dans un jeu d'échecs complexe, et elle n'était qu'un pion. Ou alors... peut-être essayait-il réellement de faire ses preuves à ses yeux.

« C'est à mon tour de vous poser une question, dit Sylas. Savez-vous à quoi vous vous engagez en venant vous installer à l'Épineuse ? »

Elle ne savait pas grand-chose de ce domaine, et même si sa question était perturbante, cela ne changeait en rien sa réponse. « Peu importe. Je n'ai nulle part ailleurs où aller. »

Sylas regardait par la fenêtre à côté de lui, de lointaines rues pavées qui menaient à un océan scintillant. Signa s'interrogea : le domaine de l'Épineuse se situait-il près de l'océan ?

Ou peut-être près d'une forêt, ou encore était-il entouré de collines à perte de vue ?

« Lillian aurait voulu que vous soyez accueillie à l'Épineuse, finit par ajouter Sylas. Elle n'était pas du genre à refuser une orpheline. »

Orpheline. Signa détestait ce mot – détestait que ce soit, pour bien des gens, un mot qui suffise à les définir, elle et sa situation. « Et le domaine ? s'enquit-elle, se dépêchant de changer de sujet. Existe-t-il depuis longtemps ?

— L'Épineuse est un domaine magnifique. Il paraît qu'il se transmet depuis des générations. »

Signa s'efforça de ne pas grimacer en terminant une tartelette. Un bâtiment aussi vieux grouillait probablement d'esprits, ceux-là mêmes qu'elle essayait d'éviter. « Et M. Hawthorne est un homme d'affaires ? demanda-t-elle plutôt que de laisser ses pensées s'égarer. Il travaille dans la banque ? »

Elle fut surprise de voir les lèvres de Sylas se courber. « Pas dans la banque, non. Les Hawthorne possèdent le club de gentlemen le plus populaire du pays. Ses membres sont des ducs et des comtes. Des princes, même, du moins c'est ce que j'ai entendu dire. Les gens les plus riches et les plus influents uniquement. Cela occupe une bonne partie de son temps. »

À ces mots, Signa fronça le nez. L'idée d'un club réservé aux gentlemen les plus riches lui paraissait ridicule. « Existe-t-il un club pour les femmes également ? »

Le front de Sylas se plissa de confusion. « Pour les femmes ? Bien sûr que non.

— Et un pour tout le monde, alors ? »

Il se renfrogna plus encore. « Ça n'existe pas non plus.

— C'est bien dommage. » Signa posa la tête contre la fenêtre. « S'ils étaient plus ouverts, les Hawthorne seraient deux fois plus riches. » Les mots lui venaient de plus en plus facilement car elle était à l'aise dans ce compartiment, même avec Sylas. Il était bourru, mais pas cruel. Et sur l'heure qu'ils avaient passée ensemble, son air soucieux s'était grandement estompé. « Est-ce que vous travaillez là, vous aussi, M. Thorly ? Au club ? »

Ses yeux se posèrent sur le chariot et passèrent en revue ce qu'il restait de viennoiseries. « Non. Je travaillais dans le jardin, mais il a été fermé à la mort de Mme Hawthorne. Depuis, je m'occupe des chevaux. »

Signa posa les yeux sur les bottes de Sylas : un cuir de trop bonne qualité et pas aussi usé qu'elle s'y serait attendue pour quelqu'un qui passait son temps dans une écurie. Le cuir de ses gants paraissait neuf également, tout comme son manteau avec ses boutons d'argent briqués et ses petits boutons de manchette couleur rubis. Il ne semblait pas avoir de raison de mentir, et pourtant Signa avait du mal à croire que M. Hawthorne ait envoyé un garçon d'écurie pour venir la chercher. Pour l'instant, elle ne ferait pas de commentaire, décidant qu'il valait mieux ne pas tendre l'atmosphère.

« Pourquoi ont-ils fermé le jardin ? » Signa prit un autre caramel sur le chariot et se laissa aller contre le coussin en velours de son siège. L'excitation lui brûlait les veines, mais le sucre lui donnait l'impression d'une grande fatigue, et ses yeux se fermaient chaque fois qu'elle regardait l'océan.

« Parce que c'est là que Mme Hawthorne passait le plus clair de son temps. Elle y est enterrée, sous les fleurs. » Sa voix égale avait quelque chose de calmant. Pas d'inflexions surprises. Pas d'émotions qui transparaissent. Juste un ondoiement constant qui la berçait et lui permettait de se détendre.

« Sa mort a-t-elle été plaisante ? » La question lui brûlait les lèvres, et elle regretta aussitôt de l'avoir prononcée. *Plaisant* était un terme que l'on associait rarement à la mort. Mais heureusement, Sylas comprit ce qu'elle lui demandait.

« Je suppose que vous avez déjà vu une fleur flétrir, Miss Farrow ? C'est à ça que cela m'a fait penser, de voir Lillian dépérir. Elle était comme une fleur magnifique, chérie de tous ceux qui la connaissaient. Même la maladie l'aimait tant qu'elle ne lui accorda que peu de répit. Elle la voulait pour elle toute seule, alors elle lui a pris la vie brusquement.

— Et de quelle maladie s'agissait-il ? »

Il baissa les sourcils. « C'était un tel mystère que les médecins n'ont jamais su lui donner de nom. Un jour, Lillian allait bien, elle était en bonne santé, le lendemain elle vomissait du sang. Quelques jours plus tard, elle perdit sa capacité à parler. La maladie avait infecté sa bouche, et elle finit par perdre sa langue. »

Signa se tourna à nouveau vers la fenêtre, même si elle voyait Sylas gigoter du coin de l'œil. « Je suis navré si je vous ai offensée. » Il paraissait sincère. « Ce n'est pas un sujet de conversation approprié. Mes excuses. »

Il ne voyait pas que Signa serrait fort les poings, enfoncés dans les replis de sa robe. « Je ne suis pas offensée, monsieur, dit-elle. C'est juste que je me demande parfois pourquoi la mort est si inutilement cruelle. »

Son front plissé réagit à ses propos. « Je crois que, pour quelqu'un dans de telles souffrances, la mort est accueillie comme une délivrance. »

Signa chercha à voir le vrai dans ce qu'il disait. Mais elle ne voyait que le sang sur les lèvres de sa tante Magda et le vide dans son regard quand elle était tombée. Elle ne pensait qu'à la haine de sa tante qui l'avait empêchée de partir pour la vie après la mort et l'avait ancrée sur Terre pour Dieu seul savait combien de temps. « Peut-être, dit-elle, sa voix à peine un murmure, mais je ne crois pas que la mort en soit moins cruelle pour autant.

— Et pourquoi dites-vous cela ? »

Elle posa les mains sur ses genoux, faisant au mieux pour ne pas laisser poindre l'amertume dans sa voix. « Parce que la mort n'est un répit que pour les morts, M. Thorly. Elle se moque bien de ceux qu'elle laisse derrière elle. »

CINQ

Les feuilles d'érable avaient quelque chose d'étrange. Celles qui recouvraient ici et là la pelouse de l'Épineuse étaient d'une couleur des plus profondes : certaines nuances riches de café, d'autres du rouge bruni du sang séché.

Les routes jonchées de trous que leur second attelage avait parcourues depuis l'arrivée en train se transformèrent en pavés impeccables, si blancs et parfaits qu'on aurait dit que quelqu'un avait dû les nettoyer un par un à genoux. De hautes haies parfaitement entretenues longeaient la route sans fin qui menait au domaine, certaines taillées en élégantes spirales ou en forme de chevaux ou de cygnes.

La façade de l'Épineuse était majestueuse : un manoir imposant de grès brun semblable à celui qu'elle avait imaginé pour ses parents, situé au cœur de collines qui viraient au jaune pour accueillir l'automne. Il présentait des fenêtres qui faisaient au moins trois fois la taille de Signa, des toits rouges pointus protégés par des sculptures de bêtes ailées, et des calèches finement laquées tirées par des chevaux tout en muscles qui franchissaient au trot un portail en fer couvert de jasmin et de lierre.

Des dizaines de personnes flânaient sur la pelouse. Des gentlemen et des ladies vêtus de leurs plus beaux costumes et des tournures les plus tape-à-l'œil entraient et sortaient du manoir, des flûtes de champagne précautionneusement en équilibre entre leurs doigts, et le rire dans la voix.

On était bien loin de chez tante Magda ; où que regarde Signa, les signes de richesse étaient évidents. Des piliers imposants incrustés de volutes en or encadraient la cour. Au deuxième étage du manoir, des vitraux délicats aux millions de couleurs brillaient au-dessus d'un balcon. Même la terre elle-même semblait riche, et l'herbe plus sauvage et pleine de vie que celle qu'on trouvait de l'autre côté du portail. Aucune mauvaise herbe en vue, et de toutes petites fleurs sauvages jaunes et orange fleurissaient partout sur les collines, s'étendant jusqu'à un épais bosquet au loin : le début de la forêt.

Aucun paysage ne lui avait jamais coupé le souffle à ce point ; Signa pressa le visage contre la fenêtre de la calèche, soufflant de la buée sur le verre à mesure que le paysage se dévoilait sous ses yeux. Elle avait l'impression d'être un vairon dans une mare au printemps, petite et insignifiante entourée de tant de beauté.

Quand la calèche s'arrêta doucement, il lui fallut une bonne dose de volonté pour ne pas oublier ses manières et ouvrir la porte d'un coup pour partir précipitamment explorer le domaine, mais, au lieu de cela, d'attendre que le cocher descende et vienne lui ouvrir la porte. Quand il le fit, l'air vif d'automne attrapa Signa par les épaules, portant l'odeur de la sève et de la terre et faisant voler les feuilles à ses pieds. Il se glissa dans ses boucles noires, et elle s'imprégna de son accueil tout en remontant le chemin qui menait au magnifique manoir.

Sous le porche imposant, trois personnes attendaient Signa et l'étudiaient de loin : un homme corpulent d'un certain âge, une femme discrète, et un jeune homme à l'expression extrêmement sévère. L'homme le plus jeune se tenait sur le seuil de l'Épineuse dans un costume bleu marine raffiné qui lui allait comme un gant, les épaules redressées tandis qu'il observait les invités qui entraient progressivement. Il était bien trop jeune pour être le tuteur de Signa, pourtant la fierté de sa posture prouvait qu'il était à son aise au manoir.

Il ne servait à rien de rester plantée là, pourtant Signa attendit un instant supplémentaire, regrettant aussitôt de ne pas avoir de miroir à sa disposition. Même une large étendue d'eau ou une pierre polie aurait fait l'affaire – n'importe quoi pour pouvoir étudier son reflet – et s'assurer qu'elle était présentable. Elle lissa sa robe de deuil pour aplatir la bombasine et la rendre plus convenable. « Ça ne peut pas être M. Hawthorne, si ? Il paraît si jeune. Dites-moi vite, suis-je présentable ? » Elle se retourna vers Sylas qui la parcourut de haut en bas de ses yeux d'un gris cendré. Quand il remarqua l'inquiétude dans sa voix, il s'adoucit quelque peu.

« Ce n'est pas Elijah, dit-il. Et vous êtes présentable, Miss Farrow. Si l'on considère le voyage que nous venons d'effectuer, je suis certain qu'ils comprendraient que vous ayez l'air hagard. »

Elle se demanda si c'était censé la rassurer. « Si vous pouviez me présenter, M. Thorly, je vous en serais reconnaissante. »

Mais Sylas eut un mouvement de recul et inclina la tête. « Croyez-moi quand je vous affirme qu'il ne vaudrait mieux pas. Monsieur Hawthorne n'a guère prévenu le personnel de votre arrivée, et les domestiques n'apprécieraient pas que quelqu'un de mon statut ait été envoyé pour escorter une lady comme vous. Vous allez devoir gérer les présentations toute seule, j'en ai peur. »

Elle n'eut pas le temps de l'interroger plus avant car, déjà, Sylas s'échappait et descendait la colline derrière elle en direction des écuries. Se retrouvant seule parmi les feuilles d'érable tombées par terre, la panique cognant dans sa poitrine, Signa avala sa salive et s'efforça de cesser de gigoter en repensant aux leçons sur les présentations du livre de savoir-vivre de sa mère.

1. *Une femme devrait toujours sourire.*
2. *Une femme ne devrait jamais serrer la main qu'on lui présente, mais l'accepter d'une pression cordiale.*
3. *Pour une femme, l'humilité et la pudeur sont les deux vertus les plus respectées. Elles doivent être pratiquées à tout moment.*

Signa avait du mal à croire que qui que ce soit doive obéir à la troisième règle. Même si, pour assurer son avenir, elle essaierait. Les jupes à la main, Signa entreprit de rejoindre le manoir. Des yeux curieux et des murmures peu discrets la suivaient et, pas à pas, Signa regretta de ne pas avoir à disposition un trou suffisamment profond pour pouvoir se cacher.

Il était malpoli d'apparaître en tenue de deuil à une soirée, mais elle n'avait pas vraiment le choix ! Ce n'était pas une bonne idée de la part de son nouveau tuteur d'organiser ce genre d'événement ce jour-là, mais elle n'était pas en position de lui faire la remarque.

Quand elle approcha du jeune homme à la porte, Signa remarqua à sa peau lisse et ses yeux intenses qu'il était encore plus jeune qu'elle ne le pensait, à peine vingt ans. De près, il lui faisait penser à un renard, avec ses yeux vert vif amicaux mais un peu trop plissés quand il les baissa sur elle. Le soleil avait délavé ses cheveux. Ils n'étaient ni roux, ni blonds, mais une étrange couleur entre les deux. Une riche teinte rappelant la moisson, un blond cuivré artificiel et vif. Il serra la mâchoire en l'étudiant, s'efforçant clairement de cacher sa désapprobation.

« Miss Farrow ? » s'enquit l'homme plus âgé à côté de lui. Il était corpulent, le teint olive, vêtu d'un superbe costume noir. Bien qu'un sourire apparaisse sous sa grosse moustache noire, ses yeux étaient sombres et fatigués. « Bienvenue. Je suis Charles Warwick, le majordome de l'Épineuse.

— C'est un miracle que vous soyez arrivée, dit le plus jeune, baissant le menton pour l'inspecter. Père ne nous a prévenus de votre arrivée que ce matin. Bienvenue, cousine. Je suis Percy Hawthorne. »

Signa tendit la main et, quand son cousin l'accepta après une seconde d'hésitation, elle fit de son mieux pour serrer sa main d'une pression cordiale. Les lèvres de Percy se durcirent en une fine ligne quand il retira sa main et la plaça dans son dos. Peut-être avait-elle exercé trop de pression, dans ce cas. Ou peut-être sa pression n'était-elle pas assez cordiale ? Ou cette situation exigeait-elle une révérence et pas du tout de poignée de main ? *Le Guide de la Beauté et du Savoir-Vivre d'une Lady* aurait vraiment dû être plus précis.

« Nous sommes ravis de vous accueillir, Miss Farrow. » Signa fut soulagée de porter son attention sur une femme potelée aux douces boucles blond vénitien qui portait une robe d'un bleu myosotis. « Êtes-vous accompagnée ? » La femme jeta un coup d'œil derrière Signa, comme si elle s'attendait à ce que quelqu'un apparaisse. Quand elle constata que ce n'était pas le cas, elle prit Signa par les épaules. « Ce n'est pas grave. Je m'appelle Marjorie Hargreaves, je suis la gouvernante de la fille du maître de maison, et la vôtre également à présent. Votre chambre est prête. » Sa voix était douce comme une chanson. « Si vous avez besoin de quoi que ce soit, je serais ravie de… » Elle sursauta au bruit d'un verre qui se brisait quelque part près de l'entrée du manoir, suivi de rires qui paraissaient… enivrés, pour rester poli.

Les yeux de Percy s'enflammèrent, mais cela ne dura qu'un instant, le temps qu'il se reprenne. « Warwick veillera à ce que vos bagages soient montés dans votre chambre au plus vite. Vous ne devriez pas avoir de mal à trouver vos marques. »

Marjorie lui fit signe de les suivre dans l'Épineuse et, une fois à l'intérieur, Signa sut que son cousin avait raison. Le manoir était plus majestueux que tout ce qu'elle avait imaginé ; ils auraient pu la loger dans une stalle avec les chevaux, elle aurait été bien installée. Tout était mieux que de vivre chez tante Magda, mais l'Épineuse était d'un tout autre standing. Tout de même, il y avait vraiment beaucoup de monde.

« Monsieur Hawthorne célèbre quelque chose ? » demanda-t-elle, espérant que la réponse lui confirmerait que c'était bien une occasion particulière. Percy se renfrogna, et bien qu'il ait ouvert la bouche pour répondre, Warwick le devança. « N'y faites pas attention pour le moment. Si vous voulez participer, ne vous inquiétez pas. Vous aurez bien d'autres soirées auxquelles prendre part à l'avenir, quand vous serez convenablement habillée et préparée. »

Signa passa une main moite sur sa robe. « Venez, l'invita Marjorie d'un sourire aimable. Vous devez être fatiguée après ce long voyage. » Elle sursauta au bruit d'un nouvel objet qui se brisait, suivi de rires encore plus tonitruants dans la salle de bal, mais elle ne détourna jamais le regard de Signa.

L'attention de Percy, en revanche, était divisée. « J'ai hâte d'apprendre à vous connaître, cousine. Bienvenue à l'Épineuse. » Chapeau à la main, il s'inclina devant elle avant de tourner les talons et de se diriger vers le bruit de verre brisé, Warwick le suivant de près. Et même si l'esprit curieux de Signa s'en inquiéta, Marjorie ne laissa pas le temps à ses pensées de s'attarder.

« Venez, répéta Marjorie. Je vais vous mener à votre suite. »

Marjorie escorta Signa le long d'un des deux majestueux escaliers en acajou qui menaient au premier étage de cette gigantesque bâtisse à deux étages. La gouvernante lui faisait la conversation poliment, mais ne cessait de jeter des coups d'œil en bas, tendant le cou pour apercevoir la fête. Marjorie était si distraite qu'elle ne remarqua pas l'homme appuyé sur la rampe d'escalier sculptée en forme de branches d'un arbre noueux et qui s'enroulait jusqu'au sommet des deux escaliers.

Signa, elle, l'avait remarqué. Elle avait remarqué ses cheveux noirs comme du charbon, son long nez pointu, et ses yeux sinistres qui n'en avaient que pour Marjorie. Quand l'étranger se pencha en avant pour attraper sa main, cette dernière bondit de surprise.

« Comment se fait-il que vous soyez une femme si difficile à trouver, Miss Hargreaves ? » Sa voix était grave et déplaisante, comme s'il parlait avec quelque chose de logé au fond de la gorge. Ses chaussures étaient faites du cuir le plus raffiné que Signa ait jamais vu, et son costume d'un noir riche semblait avoir été taillé sur mesure, avec des boutons en argent fondu. Il s'accrochait fermement à une canne – un objet magnifique en bois de rose avec une poignée en cuivre sculptée en forme de crâne d'oiseau. « Je vous ai cherchée partout.

— Posez encore une main sur moi, et je vous ferai basculer par-dessus cette balustrade, Byron. » Marjorie dégagea sa main, la plaçant ensuite sur le dos de Signa pour la pousser en avant.

« Allons, Signa. Ne faites pas attention aux invités. Ils n'ont pas le droit de monter dans les étages.

— Je ne suis pas un invité, Miss Hargreaves... » la contredit l'homme en question, mais Marjorie ne lui accorda pas une minute de plus. Elles se dépêchèrent de monter les escaliers, à la grande déception de Signa. Elle n'aimait guère les puzzles, car elle avait la fâcheuse tendance à vouloir les résoudre à tout prix. La vie, selon elle, serait bien plus simple si l'on avait toutes les réponses présentées devant nous.

Elle n'était là que depuis une heure, et déjà l'Épineuse éveillait grandement sa curiosité. Il était étrange que M. Hawthorne organise une soirée le jour de son arrivée, sans parler d'envoyer un garçon d'écurie l'escorter et garder sa venue secrète jusqu'au dernier moment. Et que pouvaient-ils bien célébrer en bas si tôt dans la journée, avec des rires et le bruit de verre brisé qui résonnaient ? Signa aurait voulu poser la question, mais la tension apparente dans le cou de Marjorie la mettait en garde : ce n'était pas le moment. Signa n'était pas en position de force, bien au contraire, et elle devrait abattre avec prudence le peu de cartes en sa possession.

Sa peau la démangeait, et elle se demanda si tout cela était une sorte de piège. Une ruse élaborée par l'ange de la Mort. Savait-il qu'Elijah l'inviterait à vivre chez lui ? L'ange de la Mort avait-il tout manigancé, et si oui, comment ?

Signa eut l'impression d'une marche interminable à travers de longs couloirs mal éclairés avant d'arriver à sa nouvelle chambre, pratiquement aussi grande que la maison tout entière de tante Magda, avec un salon, une chambre, et sa propre salle de bains, le tout relié en une suite. Dans le salon, le papier peint était un magnifique treillage de différentes teintes de vert, avec des rideaux de velours or drapés sur des portes en verre qui s'ouvraient sur un balcon.

Un somptueux parquet d'acajou était recouvert d'un très grand tapis persan, orné d'émeraude et d'or, et Signa n'avait qu'une idée : enrouler ses orteils dans ses poils. Le plafond était d'un blanc éclatant, avec d'épaisses moulures ornées de vignes et de flore sculptées avec maestria. Elles étaient en accord parfait avec les pivoines jaunes qui fleurissaient dans de fins vases en verre sur le manteau de la cheminée. De somptueuses chaises de lecture étaient disposées méticuleusement autour de l'âtre, tandis qu'une délicate table à dessin en bois se trouvait derrière, près de la fenêtre. La lumière qui s'échappait de l'espace entre les rideaux formait comme un halo dessus, chaleureux et accueillant.

Le cœur de Signa se serra comme elle s'imprégnait de tout cela. Elle n'avait jamais connu de cadre plus magnifique et, elle ne savait comment, tout ça était pour *elle*. « Pourrai-je rencontrer M. Hawthorne ce soir ? demanda-t-elle. J'aimerais le remercier de m'accueillir dans son manoir.

— Le maître de maison est très occupé », répondit Marjorie en aidant une Signa distraite à enlever son manteau. Elle entreprit de le ranger dans l'armoire, mais lorsqu'elle aperçut la tache de baies de belladone en l'inspectant de plus près, elle fronça le nez et passa le manteau sur son bras pour qu'on procède à son nettoyage. « Mais je vais lui demander quels sont ses projets pour vous, et je vous assure que nous allons bien nous occuper de vous. Nous prendrons vos mesures pour faire confectionner de nouvelles robes demain matin, après vos leçons. »

Les cheveux de Signa lui fouettèrent le visage quand elle se retourna pour faire face à Marjorie. Elle était incapable de dissimuler l'excitation dans sa voix. « Mes leçons ? »

Le rire de Marjorie était aussi doux que la soie. « Vous êtes une jeune femme, Miss Farrow, et je suis la gouvernante du domaine. Je ne sais pas de quoi votre éducation a été faite jusqu'à présent, mais tant que vous serez ici, je me dois de vous préparer au mariage, et au jour où vous devrez gérer votre propre maison. Je suppose que vous n'avez pas encore fait votre entrée en société ?

— Vous supposez bien. » Encore une fois, on distinguait une pointe d'espoir dans sa voix. L'excitation de se voir offrir ce à quoi elle avait toujours aspiré : faire ses débuts en société. Assister à des fêtes et être courtisée par de beaux prétendants pour ensuite parler d'eux avec des amies en prenant le thé. Rien que cette idée menaçait de faire exploser son cœur. Tout était là, à portée de main.

« Alors j'ai beaucoup à vous apprendre, et très peu de temps pour le faire. » Marjorie posa sa main libre sur sa hanche, toujours souriante. « Que pensez-vous de commencer demain ? »

Malgré la fatigue, Signa aurait commencé sur-le-champ si Marjorie avait accepté. Une palpitation dans son cœur la rendait impatiente et fébrile. Mais elle devait encore attendre six mois avant de recevoir son héritage, et si elle voulait tenir jusque-là – si elle voulait bénéficier d'une certaine liberté et de la vie dont elle rêvait –, alors elle devait s'assurer que l'ange de la Mort ne mettrait les mains sur aucun des occupants de l'Épineuse. Sans parler du fait qu'elle devrait surveiller également ses propres mains.

Même si elle savait qu'elles ne feraient de mal à personne pour l'instant, elle les plaça dans son dos malgré tout et sourit. « Demain, c'est parfait.

— Merveilleux. » Marjorie réajusta le manteau sur son bras. « Vous pouvez prendre le reste de l'après-midi pour vous installer dans ce cas. Vous pouvez explorer les étages, mais je vous demanderai de ne pas vous rendre au rez-de-chaussée en présence des invités. Ce soir, nous vous apporterons votre dîner, alors, je vous en prie, détendez-vous. Je suis sûre que vous êtes épuisée. »

Elle l'était. Mais quand Marjorie franchit la porte et la laissa se refermer doucement derrière elle, Signa savait qu'elle n'allait guère se détendre. Dès qu'elle n'entendit plus le bruit des pas de la gouvernante au bout du couloir, Signa rouvrit la porte.

Après tout, Marjorie lui avait *suggéré* d'explorer les étages.

SIX

Signa avait l'habitude de trouver comment s'occuper. Comme elle n'avait pas grand-chose à faire de ses journées et peu de gens avec qui converser, elle avait passé de nombreux après-midi à regarder par la fenêtre ou à se promener dehors, curieuse d'en apprendre davantage sur ses voisins, quelle que soit la maison où elle habitait. Certains étaient plus intéressants que d'autres, invitant discrètement des étrangers chez eux quand leur partenaire était absent, ou partageant les derniers commérages en prenant le thé avec une amie, commérages que Signa entendait par hasard comme elle se promenait justement près d'une fenêtre ouverte. Elle ne côtoyait jamais ces gens et ne pouvait pas faire grand-chose des informations qu'elle glanait ainsi. Mais ce qui l'intéressait, c'était d'inventer des histoires pour combler ce qu'elle ne savait pas de la vie de ces derniers. Elle tenait à résoudre les puzzles qu'elle s'inventait dans la tête, et elle échafaudait mentalement des histoires concernant des individus dont elle ne serait jamais proche.

L'Épineuse représentait déjà un puzzle, bien trop intéressant pour qu'elle n'entreprenne pas d'enquêter. Signa compta à rebours à partir de soixante avant de s'aventurer discrètement dans les couloirs mal éclairés, longeant les murs et comptant sur la pénombre pour la cacher tandis qu'elle rejoignait l'escalier sur la pointe des pieds. Techniquement, elle n'enfreignait aucune règle tant qu'elle restait sur le palier.

Elle s'accroupit et jeta un coup d'œil à travers la rampe d'escalier et les branches sculptées qui l'ornaient, pour observer la fête plus bas. Sous cet angle, elle ne pouvait qu'entrevoir ce qui se passait, et elle devait tendre l'oreille pour entendre les conversations par-dessus les variations d'un piano et d'un violon. Elle n'observait l'assemblée que par fragments : des lumières vives, des bouts de murs dorés, des plateaux d'argent. Des flûtes en cristal remplies de champagne et de ses bulles, des gâteaux miniatures dorés présentés à des femmes aux magnifiques robes et à des hommes en véritable queue-de-pie. Ceux qui ne mangeaient pas buvaient ou dansaient sur la musique qui remplissait la salle de bal. Cependant leur façon de danser ne correspondait pas du tout à ce à quoi elle s'attendait.

La grand-mère de Signa lui avait souvent raconté des histoires illustrant l'amour de sa mère pour les fêtes. Rima avait rencontré le père de Signa à un bal, et sa grand-mère avait toujours promis à Signa qu'elle connaîtrait le même destin. Elles n'avaient jamais abordé le fait que c'était l'amour de Rima pour les fêtes qui avait fini par lui voler la vie, préférant romancer son passage sur cette terre. Pendant des années, Signa avait écouté les histoires de sa mère, racontées avec beaucoup de douceur par sa grand-mère qui lui brossait les cheveux ou la bordait le soir, comme si raconter ces histoires permettait de la garder en vie. Signa adorait les écouter et imaginer qu'elle suivrait bientôt l'exemple de sa mère. Mais son enfance ne s'était pas passée comme elle l'avait espéré, et ces histoires la remplissaient maintenant d'une profonde convoitise pour ces femmes vêtues de soie et de dentelle, avec leurs boucles délicates et le rouge sur leurs joues. En les observant, elle se demandait où se trouvait son bel étranger, l'homme qui l'entraînerait sur la piste pour danser la valse – qu'elle maîtriserait parfaitement, bien sûr, même si elle n'avait jamais dansé ailleurs que dans sa chambre.

Mais si le livre de savoir-vivre que Rima avait laissé derrière elle décrivait bien ce à quoi devait ressembler une fête, celle de l'Épineuse ne respectait aucune des règles du manuel. Dans une fête, les dames devaient avoir un carnet de bal. Les musiques devaient varier pour chaque danse, avec une multitude de règles à respecter pour chacune. Les femmes ne devaient pas boire plus d'une flûte de champagne, ni rire bruyamment, ni danser librement. Pourtant, à l'Épineuse, personne ne faisait attention à la bienséance.

Les femmes qui traversaient la salle de bal en trébuchant pour prendre l'air avaient les joues toutes rouges et hoquetaient en s'éventant. Elles se servaient de leurs éventails pour repousser les mains avides qui cherchaient à les entraîner dans une danse, et préféraient partir à la recherche des généreux gâteaux au glaçage rosé et parsemés de doré. Personne ne semblait prêter attention aux deux femmes cachées dans un coin, pressées l'une contre l'autre à tel point que le rouge monta aux joues de Signa ; elle n'avait jamais vu deux personnes s'étreindre si ouvertement.

Soit son livre de bienséance était plus dépassé qu'elle ne l'avait cru, soit cette fête ne rassemblait pas des gens respectables.

Il fallut un moment à Signa pour remarquer un visage familier dans la foule : Percy se tenant devant la salle de bal, le poing serré sur une flûte de champagne, tandis que des acclamations s'élevaient à l'intérieur. Tout le monde étant si distrait, Signa descendit d'une marche pour mieux voir. Elle distinguait à peine l'homme qui se tenait debout sur le dossier d'une chaise, cherchant l'équilibre théâtralement tandis que la chaise basculait. L'homme en question frappa des mains pour obtenir l'attention de la foule. Il semblait bien s'amuser, tout comme les invités paraissaient apprécier le spectacle qu'il donnait.

Percy, en revanche, avait le regard noir. De même que l'homme plus âgé au long nez à côté de lui, celui qui avait saisi plus tôt Marjorie par la main. Byron. « Quelqu'un doit mettre un terme à tout ça », exigea Percy. Son visage était si sévère que Signa envisagea de retrouver discrètement la sécurité de sa chambre, sachant qu'elle ne devait pas se mêler de tout ça. Mais personne ne l'avait encore remarquée, et la curiosité la cloua sur place : elle se recroquevilla dans la pénombre pour observer la scène.

« Ce sera pire si l'un de nous deux fait un scandale, dit l'homme, pinçant les lèvres quand Percy s'éloigna hors de portée.

— Combien de mois devons-nous rester là à regarder ? Combien de temps devons-nous le laisser poursuivre cette mascarade ? Mon père n'est pas un enfant, et cette maison n'est pas un cirque ! Cela fait six mois, mon oncle. » Percy serrait le poing si fort, que s'il n'avait pas jeté sa flûte de cristal par terre à ce moment-là, elle aurait probablement explosé dans sa main. L'homme aux cheveux bruns soupira et recula de plusieurs pas tandis que Percy s'avançait, réclamant l'attention de tous, les yeux se tournant vers lui, curieux, y compris ceux de l'homme sur la chaise qui, Signa le comprenait à présent, était Elijah Hawthorne.

Il avait les joues roses et les yeux brillants, était svelte et grand avec des cheveux blonds ondulés. Il dégageait une prestance, une exubérance qui laissait pressentir qu'il pouvait conquérir le monde d'un sourire. Un habitué de la compagnie des comtes et des princes, mais qui paraissait encore plus majestueux qu'eux.

« Étant donné le temps qu'ils passent chez nous, je me suis dit que la moindre des politesses serait d'adresser quelques mots à vos invités, Père. » Le sourire de Percy était pincé alors qu'il regardait derrière Elijah la pièce pleine d'invités qui paraissaient totalement désintéressés à l'idée d'écouter quelque chose d'aussi sérieux. « Je voulais prendre le temps de vous remercier d'être venus assister à cette perpétuelle célébration de ma défunte mère. »

La musique se tut et Elijah descendit de sa chaise, les yeux rivés sur son fils qui ne vacillait pas sous les hoquets surpris de la salle.

« Si l'on considère qu'elle ne pouvait pas manger, danser, être heureuse, ni même respirer pendant ses derniers jours, je suis sûr qu'elle aurait apprécié que vous en profitiez abondamment. » Percy redressa les épaules. « Et merci à mon père, qui s'entête à organiser ces soirées en son honneur, pour que nous puissions continuer à célébrer sa mort ensemble. » Il leva une nouvelle flûte de champagne pour le toast.

Personne n'osait bouger, tous attendaient que le maître de l'Épineuse s'exprime. Qu'il punisse son fils de s'être emporté, ou qu'il trouve comment arranger cette situation scandaleuse. Au lieu de cela, Elijah trouva une assiette avec un petit gâteau, s'en saisit, retira un de ses gants, prit le dessert d'une main et en croqua une bouchée en approchant de son fils. Puis, si rapidement qu'on aurait pu le rater d'un clignement des yeux, Elijah enfourna le reste du gâteau dans la bouche de Percy.

« Allons, Percy. » Elijah riait. « Tu es trop tendu. Est-ce si grave de vouloir se détendre ne serait-ce qu'une nuit ? »

Un hoquet de consternation parcourut la foule que Signa ne voyait pas comme Percy trébucha, recracha le gâteau et essuya du glaçage rose sur ses lèvres, l'air furieux. Elle n'entendit pas ce qu'il dit à son père ; elle vit simplement ses lèvres bouger pour cracher les mots avant de le repousser et s'éloigner.

Des rires s'élevèrent quand Percy s'éloigna et Elijah tendit la main pour qu'on lui donne une autre flûte de champagne. « Alors, dit-il en remontant sur sa chaise – la musique s'élevant à nouveau comme si elle ne s'était jamais arrêtée –, où en étions-nous ? »

Percy quitta la pièce comme une furie, se précipitant vers les escaliers alors même que Byron essayait de le retenir. Il était si rapide que Signa eut à peine le temps de se relever, incapable de se retirer dans la pénombre avant qu'il ne la remarque. Le regard amer de Percy se posa sur elle.

« Content de vous revoir, cousine. » Il parlait les dents serrées, s'efforçant de calmer ses poings qui tremblaient tout en passant en revue la robe noire de Signa, qui ne s'était pas encore changée. « Vous êtes venue profiter de la fête ?

— Je suis navrée. Je n'avais encore jamais assisté à un bal, et… j'ai cru… Je voulais juste voir à quoi ça ressemblait. » Elle n'avait pas le cœur de lui dire qu'il avait encore du glaçage sur le menton. Elle avait du mal à parler ; elle avait l'impression que toute parole plus forte qu'un murmure pourrait le briser.

Percy n'avait pas le même problème. Sa voix était un pistolet chargé, prêt à abattre ceux qui se mettraient sur son chemin. « Eh bien maintenant, vous le savez. Ma mère est morte il y a des mois et depuis, il organise ces fêtes ridicules. Elles durent parfois plusieurs jours. Ou quelques heures s'il est pris par la mauvaise humeur et met tout le monde à la porte. Je me demande pourquoi les gens continuent de venir, mais ces déviants qui ne pensent qu'à gravir l'échelle sociale n'ont rien de mieux à faire de leur temps. »

Signa n'aurait su dire si parler l'aidait à se défouler ou ne faisait que l'énerver davantage. Quoi qu'il en soit, il valait sans doute mieux ne pas l'arrêter. « Je suis navrée… » commença-t-elle, mais il la coupa en levant la main.

« Peu importe, cousine. » Il frotta le reste de glaçage sur son menton et la bouscula pour continuer à monter les escaliers. « Considérez ça comme votre cadeau de bienvenue à l'Épineuse. »

SEPT

C'était un soulagement que Percy n'ait pas traîné. Incapable de le consoler, Signa s'était contentée de le regarder monter les escaliers, marmonnant qu'il avait besoin de se changer les idées. Après avoir décidé qu'il valait mieux ne pas traîner non plus – de peur de se faire surprendre par quelqu'un d'autre –, Signa quitta sa cachette dans la pénombre. Elle avait la ferme intention de retourner dans sa chambre pour essayer d'avoir les idées claires sur la situation pour le moins étrange dont elle venait d'être témoin. Seulement, dès qu'elle posa les pieds sur le palier, elle aperçut brièvement du coin de l'œil une lumière blanche.

Elle se retourna, la peur lui serrant la poitrine, et cligna des yeux pour y voir plus clair. Quand elle regarda à nouveau, il n'y avait rien.

Peut-être était-elle plus fatiguée qu'elle ne le pensait. Le voyage avait été long après tout.

Du moins c'est ce qu'elle se dit tandis qu'elle parcourait les couloirs, peinant à retrouver sa chambre dans ce qui lui paraissait être un labyrinthe sans fin. L'Épineuse était plus sinistre qu'elle ne s'y attendait. Elle se frotta les bras et se força à poser un pied devant l'autre.

Même si le manoir grouillait de monde au rez-de-chaussée, plus Signa s'avançait dans les profondeurs du premier étage, plus le manoir devenait vide et sinistre. Pas de petits gâteaux saupoudrés de doré en vue, et rien de plus que le faible murmure d'un violon au loin. Disparus les piliers de marbre blanc qui lui renvoyaient son reflet sur son passage. À leur place, d'étranges appliques de fer lui faisaient penser à des nids d'oiseaux. Comme les branches le long de la rampe d'escalier, ils étaient de confection très élaborée, avec plusieurs bouts de fer semblables à des brindilles qui en sortaient et une bougie dégageant peu de lumière dominant au centre de chacun.

Elle regarda derrière elle et, à nouveau, une lumière blanche trembla dans sa vision périphérique. Cette fois, Signa aurait juré avoir vu un visage.

Elle se détourna aussitôt, retenant son souffle. Si c'était *bel et bien* un esprit, avec un peu de chance il ne s'était pas rendu compte qu'elle l'avait vu. Elle poursuivit sa route, déterminée à faire comme si elle n'avait rien vu et à retrouver sa chambre. Il était pourtant difficile d'ignorer l'air froid sur sa peau tandis qu'elle passait devant des murs sans fin ornés de peintures deux fois plus grandes qu'elle, chacune avec son cadre doré et représentant une personne qui avait certainement vécu un jour à l'Épineuse. La simple quantité de tableaux était loin d'être rassurante : ce domaine devait grouiller d'esprits.

Elle arriva devant le portrait d'un homme aux nombreuses médailles et aux cheveux presque aussi orange que ceux de Percy. Il avait un fusil sur l'épaule, l'autre main posée sur le dos de son chien, un whippet. La peinture était suspendue à côté d'une grande pièce avec deux canapés de cuir de la couleur de la mélasse brûlée et des étagères chargées de livres qui sentaient le renfermé et prenaient tout le mur de gauche.

Signa traversa l'épais tapis rouge jusqu'aux étagères et se saisit d'un des ouvrages, déçue de découvrir qu'il ne s'agissait que d'un livre comptable. Elle ne se rappelait plus la dernière fois qu'elle s'était retrouvée entourée de livres – quand elle vivait avec son oncle peut-être ? – et reposa le tome sur l'étagère en bougonnant.

Elle étudia ensuite un grand bureau en bois de rose sur lequel étaient éparpillés des pots d'encre et des bouts de parchemin. Il y avait aussi des coupures de journaux. Certains concernaient le club de gentlemen Grey's, il y avait aussi un avis d'obsèques pour Lillian Rose Hawthorne. Elle le ramassa, mais dès qu'elle toucha le parchemin, de la mousse jaillit du papier et s'enroula autour de ses doigts. Elle n'avait jamais lâché quelque chose aussi vite.

Portant la main à sa poitrine, Signa se maudit en silence d'avoir été si bête. Si l'esprit n'avait pas encore compris qu'elle pouvait le voir, il le savait certainement à présent. Elle devait se montrer plus prudente.

Se disant que cette pièce, avec son bureau et ses livres de comptes devait être celle où travaillait Elijah, Signa quitta le bureau sans rien toucher d'autre. Dès qu'elle mit un pied dans le couloir, la sensation de picotement lui revint comme un moucheron sur la peau, et quand elle passa devant le portrait suivant, elle aurait juré que ses yeux la suivaient à chaque pas. Cette impression lui était familière, et elle refusait d'y céder, surtout quand elle avait une vie normale à portée de main. Déterminée à s'en saisir, elle pressa le pas. Pourtant, quelle que soit la direction qu'elle prenait, les couloirs semblaient interminables. Plus elle s'aventurait dans les profondeurs du manoir, plus elle avait la chair de poule. Elle se retourna pour constater que personne ne la suivait. Pas d'humain. Pas d'esprit. Pas même le faucheur d'âmes lui-même.

Tout ça, c'est dans ta tête, se dit-elle. *Tu n'es tout simplement pas habituée à vivre dans un si grand manoir.*

Signa avait vu beaucoup d'esprits de son vivant – bien trop, à vrai dire – et elle savait que leur présence la fatiguait et lui donnait froid, un froid que même le feu ne pouvait réchauffer. C'était le même froid qui parcourait ses veines à cet instant. Un froid qui venait de la pièce d'à côté, qui l'attendait.

La peinture à côté de la porte représentait une femme à la peau pâle et aux cheveux tel un rayon de soleil. Elle avait un sourire chaleureux et généreux, mais c'étaient ses yeux qui empêchaient Signa de détourner le regard : l'un bleu, l'autre noisette. Si semblables aux siens que Signa retint sa respiration. Elle n'avait jamais vu personne avec des yeux comme les siens, n'avait même jamais imaginé que ce soit possible.

Signa tendit la main vers le bouton de porte, mais dès qu'elle toucha le cuivre, elle entendit une affreuse toux grasse provenant d'une pièce derrière elle. Elle se tourna dans cette direction, et aussitôt le froid qui la parcourait s'envola, le sort brisé. La chaleur l'envahit tout entière, et pourtant, elle tressaillit. Qui d'autre, se demanda-t-elle, pourrait être dans les étages comme elle, et non pas à la fête en bas ? Sa curiosité l'emporta sur son attrait pour les morts : Signa traversa le couloir jusqu'à la porte d'où provenait le bruit et la poussa sans frapper.

À part sa couleur, la suite était la copie parfaite de la sienne – avec une magnifique salle de lecture aux nuances bleu pâle et argentées, teintées du rougeoiement d'un feu qui ronflait sous un manteau de cheminée ivoire poli. L'endroit était charmant, mais il y faisait peut-être un peu froid. D'ailleurs, on n'aurait guère dit que quelqu'un y vivait. Il n'y avait pas de livres sur la table de lecture, ni plumes ou parchemins éparpillés sur le bureau. Elle traversa la pièce doucement, faisant attention à ne pas faire de bruit comme elle approchait de la chambre attenante. La porte était ouverte, et même si elle essayait d'être discrète, la personne à l'intérieur l'entendit.

« Qui est là ? »

Signa hésita sur le seuil de la chambre. Une jeune fille très maigre, presque squelettique, se trouvait dans le lit ; sa peau était translucide comme si elle n'avait jamais vu le soleil de sa vie. Ses cheveux étaient d'un jaune pâle comme de la paille séchée, la couleur délavée. Ses yeux étaient dénués de toute vie, comme si quelqu'un les avait creusés pour les laisser vides, insondables. Quand elle fronçait les sourcils, on voyait le contour de son crâne.

« Qui êtes-vous ? » La jeune fille se renfrogna, ses lèvres d'un rose très pâle, comme une rose flétrie par l'hiver.

« Vous devez être la fille d'Elijah. » Signa entra dans la chambre et ferma la porte, ravie d'avoir trouvé une excuse pour laisser derrière elle le couloir sinistre et l'esprit qui l'attendait. « J'ai entendu dire que vous étiez malade. » Mais elle n'avait pas saisi la gravité de la situation.

La jeune fille émit un rire crispé. « J'ai un nom. Je m'appelle Bliss. » Elle ne semblait pas avoir l'énergie de se redresser de ses oreillers, mais son regard furieux ne faiblissait jamais. « Que faites-vous dans ma chambre ? Les domestiques ont interdiction d'entrer sans permission.

— Veuillez m'excuser, mais je ne suis pas une domestique. Je suis votre cousine, Signa Farrow. » Elle savait qu'elle n'aurait aucun mal à trouver une excuse pour s'éclipser. Bliss ne semblait plus très loin de frapper à la porte de l'ange de la Mort, et Signa refusait de jouer un rôle dans cette histoire. Pourtant, quelque chose chez elle rivait les pieds de Signa au sol. Peut-être était-ce parce que la dernière fois que Signa avait parlé à une fille de son âge remontait à des années plus tôt, quand elle côtoyait Charlotte Killinger. Ou peut-être était-ce le désespoir dans les yeux de Bliss, et le fait qu'elle semblait être autant en manque de compagnie que Signa. Quelle que soit la raison, Signa resta avec elle.

« C'est plutôt lugubre ici », dit Signa, s'arrêtant un instant pour parcourir la pénombre du regard à la recherche de l'ange de la Mort. Quand elle ne l'aperçut pas, elle se détendit, satisfaite. « Et si j'ouvrais une fenêtre ?

— Pensez-vous que je suis incapable d'ouvrir une fenêtre par moi-même ? » Même si elle ne cherchait pas à mettre Signa à la porte, chacun des mots de Bliss était tranchant et aussi mortel que du poison. Signa soupçonnait que si elle demandait à Bliss de chanter un hymne, la jeune fille le manierait comme une arme.

Signa n'avait rien à répondre à ça. Un simple regard de travers risquait de donner envie à sa cousine de lui arracher la tête et de la jeter par la fenêtre. Plutôt que de répondre, elle s'assit au bord du lit à baldaquin. Sa curiosité lui faisait le même effet que du café, elle tremblait du bout des doigts et jouait avec l'ourlet de sa robe. Signa dévisagea sa cousine pour évaluer la situation. La peau pâle, les yeux mornes, un corps frêle… Mais Bliss ne sentait pas la mort. Elle n'avait pas l'odeur douceâtre de la pourriture et de la maladie. Ses ongles étaient cassants mais ni jaunes ni gris. Et ses gigantesques yeux bleus, malgré leur venin et les cernes de fatigue qui les assombrissaient, n'étaient pas voilés. « Qu'est-ce que vous avez ? demanda Signa.

— Quel culot !, répliqua Bliss d'un ton méprisant. Si nous le savions, je ne serais peut-être pas clouée au lit toute la journée. » Elle laissa retomber sa tête sur son oreiller et soupira. « Bon sang, ils auraient au moins pu m'envoyer quelqu'un de bonne compagnie. »

Signa avait la vague impression que Bliss savait bien que personne ne l'avait envoyée et qu'elle voulait juste la blesser. Elle fit comme si elle n'avait pas entendu et porta son regard sur la porte, repensant au portrait de la femme aux yeux vairons comme les siens. « Je n'aurais jamais cru qu'un manoir si grand puisse paraître si vide, même avec autant de gens dedans, dit Signa d'un air absent. Qui d'autre vit à cet étage ? J'ai cru entendre quelqu'un dans la chambre en face de la vôtre. »

L'air se fit si glaçant que Signa regretta d'avoir laissé Marjorie lui prendre son manteau. Les yeux de Bliss se transformèrent en stalactites, prêtes à l'empaler.

« C'est impossible, murmura-t-elle. C'est la chambre de ma mère. Personne n'y a mis les pieds depuis des mois. »

Avant que Signa ait pu se rendre compte de ce que ces mots pourraient impliquer pour quelqu'un qui n'était pas aussi proche de l'ange de la Mort qu'elle, elle demanda : « Vous voulez dire *c'était*, n'est-ce pas ? Votre mère était Lillian Hawthorne ? »

Ces mots suffirent à faire fondre la glace en Bliss et à la noyer. Elle devint d'un blanc spectral ; même ses lèvres pâlirent. Elle ouvrit la bouche pour répondre, mais la surprise l'arrêta avant qu'elle ne s'exprime. Signa ne comprit que trop tard son indélicatesse.

« Oh, Bliss, je ne voulais pas… » Elle n'eut pas le temps de finir de s'excuser, cette dernière la poussa littéralement du lit, enfonçant son talon dans la cuisse de Signa.

« Dégagez ! cracha-t-elle. Sans cœur, dégagez de ma chambre ! »

Signa manqua de tomber du lit, et se maudit d'avoir fait preuve de tant d'insensibilité. « Je suis navrée ! » Elle tendit la main pour la poser sur l'épaule de Bliss. « Je ne voulais pas… ». Encore une fois, elle fut interrompue, mais cette fois ce fut par une soudaine inspiration. Dès qu'elle posa la main sur Bliss, elle ne vit plus qu'elle, et elle ne sentit plus que… Eh bien, c'était difficile à décrire. Elle n'avait jamais rien ressenti de tel – elle était submergée par un sentiment intense qui la clouait sur place et perturbait sa respiration.

Quel que soit ce sentiment, Bliss ne semblait pas le partager.

« Sortez d'ici ! gronda-t-elle. Imbécile, dégagez... » Ses yeux s'écarquillèrent, et elle se plia en deux sans prévenir, la poitrine crépitante et secouée d'une violente crise de toux grasse. Bliss se couvrit la bouche avec les draps et les tacha d'un profond cramoisi. À chaque toux, les draps s'assombrissaient.

Signa sentit les poils de son cou se hérisser quand une vague froide balaya la chambre. Elle ne savait que trop bien ce que ce froid apportait – *qui* ce froid apportait – et la colère s'empara d'elle.

« Oh non, je ne crois pas », grogna-t-elle en avertissement. Peut-être avait-elle été bête de venir. Peut-être tout cela n'était-il qu'une ruse pour la maudire plus encore. Quoi qu'il en soit, Signa ne s'attarda pas pour confirmer l'arrivée de l'ange de la Mort. Au lieu de cela, elle tourna les talons et courut aussi vite que ses jambes voulaient bien la porter – le long du couloir, puis des escaliers, jusqu'au premier domestique qu'elle put trouver. À la recherche de quelqu'un qui aurait une chance de sauver Bliss et d'arrêter l'ange de la Mort.

Elle avait seulement besoin de tenir six mois. *Six mois*, et pourtant elle n'avait même pas tenu une journée sans faire entrer l'ange de la Mort dans l'Épineuse.

HUIT

Heureusement, Signa Farrow ne tua personne cette nuit-là. Après des heures passées à observer des gens entrer et sortir de la chambre de Bliss, le calme revenait peu à peu. Signa regardait par l'entrebâillement de la porte de sa chambre, surprise de constater qu'elle se trouvait au bout du même couloir que celle de Bliss : soit les esprits, soit sa propre paranoïa s'étaient joués d'elle plus tôt pour qu'elle se perde de la sorte.

À présent, quand elle jetait un œil dans le couloir, seule une poignée de silhouettes s'attardaient à la lueur de bougies devant la porte de Bliss. Elle plissa les yeux pour voir si l'ange de la Mort était parmi elles, et fut soulagée de ne pas le trouver. Il y avait cependant quelqu'un d'autre, quelqu'un que Signa était de plus en plus curieuse de rencontrer : Elijah Hawthorne. Il lui tournait le dos, mais elle le voyait mieux qu'elle ne l'avait aperçu plus tôt dans la soirée. Il était très grand et si maigre que c'en était inquiétant, avec des cheveux d'un blond très vif. Plus vif que les étoiles elles-mêmes, peut-être.

Signa s'avança d'un pas devant sa porte pour mieux voir et, dès qu'elle posa le pied sur le plancher, la latte grinça si fort qu'Elijah et les serviteurs se turent et se retournèrent pour chercher d'où provenait le bruit. Signa se figea. Elle respirait à peine car tous les regards se posaient soudain sur elle. Elijah n'eut besoin que de quatre pas pour qu'elle voie enfin son visage clairement.

Il était sévère. Fatigué, et sans la moindre pointe de l'exubérance dont elle avait été témoin plus tôt. Difficile de croire qu'il s'agissait du même homme.

« Qui est-ce ? » Il s'adressa aux domestiques d'une voix dure et quelque peu pâteuse. Puis il se tourna vers Signa. « Qui êtes-vous ? »

C'est Marjorie qui répondit, apparaissant derrière lui et le saisissant fermement par l'épaule. « C'est Signa Farrow, votre nouvelle pupille. » Marjorie le touchait avec une certaine familiarité. Une certaine aise. Et, Signa le remarqua, son attitude n'était pas du tout appropriée pour une gouvernante.

« Ma pupille ? » Elijah oscillait et s'appuya contre un mur tandis que Marjorie poussait un soupir. Elle jeta un regard tout à fait contrit à Signa.

« Oui, monsieur. Votre pupille. Elle est arrivée ce matin… avec la lettre que vous lui aviez adressée ?

— Ah, cette pupille-là. » Se dégageant du mur, Elijah parcourut le reste de chemin entre lui et Signa qui se tenait aussi droite que possible, la poitrine si serrée qu'elle craignait qu'elle n'explose.

« Bonjour, monsieur. » Sa voix était plus douce qu'elle ne l'aurait voulu, plus faible que la bienséance ne l'exigeait. Alors elle s'efforça de parler un peu plus fort. « Merci pour votre hospitalité. »

Elijah fit une grimace et ferma fort les yeux, pressant une paume sur sa tempe. « Doucement, jeune fille. Vous cherchez à réveiller les morts ? »

Elle bredouilla, ne sachant que répondre à une question aussi ridicule. « Au… Au contraire, monsieur, je les préfère endormis. »

Elijah fit un pas de plus pour pouvoir l'étudier de près. Aussitôt, il recula, la respiration sifflante. « Mon Dieu. Vos yeux. »

Signa tressaillit et posa une main sur sa joue, juste sous son œil doré. C'était une réaction typique, elle était habituée à provoquer la surprise chez les gens qu'elle rencontrait. Mais Elijah n'avait pas l'air surpris ; il semblait presque avoir peur.

« Je peux les couvrir s'ils vous embêtent, monsieur », dit-elle, se préparant à faire demi-tour pour aller chercher un bout de tissu quelconque. Quelque chose qu'elle pourrait attacher autour de sa tête. Mais avant qu'elle puisse retourner dans sa chambre pour en trouver un, Elijah saisit son poignet.

« Êtes-vous là pour me rappeler mes péchés, mon enfant ? Êtes-vous mon passé revenu me hanter ? Un fantôme pour me rappeler ce que j'ai fait ? » Il était à bout de souffle. Aussitôt, Signa se rappela le portrait dans le couloir et comprit que la femme représentée était Lillian. Mais qu'en était-il de l'esprit qui l'avait appelée dans cette chambre ? Celui qui l'avait suivie. S'agissait-il également de Lillian ?

Derrière Elijah, les épaules de Marjorie s'affaissèrent. « Lâchez la fille, Elijah. Elle n'est pas un fantôme. Le sang qui coule dans ses veines est tout simplement le même que celui de votre femme. »

Son visage se fit alors plus froid, chaque ligne tranchante comme le verre. Doucement, il relâcha son poignet. Il examina Signa plus amplement, étudia ses cheveux – beaucoup plus foncés que les boucles dorées de Lillian – et sa peau, bien plus cireuse. « Pardonnez-moi, dit-il, même si son ton était loin d'implorer le pardon. Il est possible que j'aie un peu trop bu. L'espace d'un instant, j'ai cru que vous étiez quelqu'un que j'ai connu par le passé. Mais s'il est vrai que vous êtes ma pupille, alors je suppose qu'il est de mon devoir de vous réprimander pour être encore debout à cette heure déraisonnable. »

Signa ne pouvait ravaler la boule dans sa gorge. Elle se débrouilla pour parler malgré tout. « J'avais du mal à dormir. Je voulais m'assurer que Bliss était… » En bonne santé ? En vie ? « Saine et sauve pour ce soir. »

Elijah pinça les lèvres. « Vous avez rencontré ma fille ? » Cela parut surprendre Marjorie également. Elle plissa les yeux.

« Seulement brièvement, monsieur. J'ai entendu tousser, et je suis allée vérifier qu'elle allait bien.

— C'est donc vous qui avez demandé de l'aide, alors. »

Ce n'était peut-être pas très honnête de sa part, mais Signa acquiesça, oubliant de préciser que c'était elle qui avait *déclenché* la quinte de toux de Bliss.

« Alors assurez-vous de recommencer si vous entendez quoi que ce soit. » Elijah ne la regardait plus. « Maintenant, allez vous coucher, mon enfant. Nous approchons de l'heure réservée aux fantômes. »

Signa frissonna. « Oui, monsieur. »

Il s'éloigna, s'appuyant de nouveau contre le mur, et le regard sévère que Marjorie jeta à Signa lui indiqua qu'elle ferait bien de l'imiter. Elle tourna le bouton de sa porte et disparut dans sa suite. Bizarrement, ce n'était pas le souvenir d'Elijah lui saisissant le poignet, ni sa réaction en voyant ses yeux qui lui trottaient dans la tête tandis qu'elle foulait le tapis somptueux du salon pour rejoindre la chambre. C'étaient les derniers mots qu'il avait prononcés : « l'heure réservée aux fantômes. »

Elle s'assit au bord du lit à baldaquin. Sa malle était posée au pied, toujours bien fermée. Après avoir été privée de ses affaires si longtemps, elle n'avait qu'une envie : déballer sa malle. Mais elle avait beau essayer, Signa n'arrivait pas à se convaincre même de l'entrouvrir. Après cette soirée, elle ne doutait pas qu'un incident couperait court à son séjour à l'Épineuse. S'il y avait bien une constante dans sa vie, c'était qu'où qu'elle aille, l'ange de la Mort la retrouvait. Elle ne savait comment ni pourquoi, ni s'il s'agissait d'un jeu complexe censé lui infliger une torture sempiternelle tandis qu'il l'observait, riait et appréciait le spectacle.

Elle comptait bien le découvrir, cependant. Et, même si cela devait lui coûter la vie, elle l'arrêterait.

Il était bien passé minuit, l'heure du crime, quand Signa se réveilla au son de cris et du bruissement de feuilles d'érable qui pénétraient dans sa chambre par la fenêtre. Elle ne se rappelait pas l'avoir laissée ouverte, pourtant elle l'était bien, et une odeur de pluie et de terre mouillée imprégnait la pièce.

Signa s'extirpa de la chaleur du lit pour aller jeter un coup d'œil dans la nuit. Les minutes passèrent sans que les cris reprennent ; elle referma la fenêtre et se dirigea vers le lit. Pourtant, elle remarqua du coin de l'œil en passant devant le miroir que son reflet ne bougeait pas. Une sensation de picotements lui parcourut le cou, et elle s'arrêta pour examiner le miroir, espérant être victime d'une illusion d'optique. Mais quand son reflet la dévisagea en retour, ses contours flous et un sourire aux lèvres que Signa n'arborait pas, elle comprit que ce n'en était pas une.

Elle étouffa un cri en s'éloignant précipitamment du miroir quand un éclat de lumière blanche s'en échappa et s'enfuit sous la porte. Elle sut aussitôt qu'il s'agissait de l'esprit auquel elle avait eu affaire plus tôt, et cette fois elle ne pourrait pas faire semblant de ne pas l'avoir vu.

Signa ne s'embêta pas à mettre son manteau ou ses bottes, ne perdant pas de temps pour ouvrir vivement la porte et courir après la lumière dans le couloir. Maintenant que l'esprit savait qu'elle pouvait le voir, Signa n'avait d'autre choix que de lui faire face. Dans le cas contraire, il y avait fort à parier que cette saleté ne la laisserait jamais tranquille.

L'Épineuse ne grinça même pas sous ses pas quand elle descendit précipitamment les escaliers, et les gonds se turent quand elle ouvrit la porte d'entrée pour s'enfoncer dans la nuit froide. Elle serra aussitôt ses bras autour d'elle, car sa légère chemise de nuit blanche n'empêchait absolument pas le froid qui régnait de la pénétrer jusqu'à la moelle.

« Y a quelqu'un ? Qui va là ? » Pas à pas, elle força ses pieds engourdis à avancer vers les cris qui la traversaient et la rongeaient de l'intérieur. Plus les cris s'intensifiaient, plus le monde sous ses pieds flétrissait. La mousse sur le tronc d'un érable sécha pour virer au marron foncé tandis que les feuilles se mouraient et tombaient, emportées par une soudaine rafale de vent. On aurait dit que la terre elle-même la mettait en garde de ce qui l'attendait, et qu'elle ferait bien de faire demi-tour. Pourtant, Signa poursuivit son chemin jusqu'à ce qu'elle aperçoive l'origine des cris.

Une femme à la peau translucide et aux doux cheveux gris qui volaient derrière elle comme une incarnation du vent était assise au creux d'un arbre, vêtue d'une robe couleur argent qui rappelait la lune basse dans le ciel. Les cris de l'esprit cessèrent à l'approche de Signa, et il leva soudain les yeux vers elle. Les pas de la jeune fille se firent hésitants sur les ronces mortes quand le regard de l'esprit glissa lentement sur elle pour la jauger. Elle s'efforça de cacher la peur qui la saisissait et lui enjoignait de prendre ses jambes à son cou.

L'esprit glissa vers elle sans prévenir – sans un bruit – et quand Signa chercha à reculer, des racines mortes s'élevèrent du sol et s'enroulèrent autour de ses chevilles pour la retenir. Elle tomba sur le dos, frissonnant et maudissant son sort tandis que l'esprit la surplombait.

Il était magnifique, la peau lisse et des cheveux clairs ondulés qui retombaient sur ses épaules. Mais plus Signa l'étudiait, plus il devenait gris, les lèvres d'un bleu tirant sur le noir et les ongles de la même couleur. Pourtant c'étaient ses yeux dont Signa ne pouvait détourner le regard : l'un bleu, l'autre noisette. Des yeux vairons comme les siens. Comme ceux de la femme sur le portrait qu'elle avait vu plus tôt dans la journée.

Lillian Hawthorne.

De près, Signa remarqua que la bouche de l'esprit était tout droit sortie d'un cauchemar, remplie de plaies sanglantes qui suintaient et suppuraient sur ses gencives. Sa langue était une bouillie pourpre inutile, comme si on l'avait brûlée. Lillian essaya de s'exprimer, mais elle ne pouvait que gémir, et plus Signa criait au monstre de la laisser tranquille, plus il gémissait en retour.

Lillian tendit la main comme pour se saisir de Signa, mais celle-ci enfonça ses ongles dans les racines et les déchira, libérant ses chevilles. Enragée, Lillian hurla tandis que Signa se relevait.

« Ne vous approchez pas de moi ! » gronda Signa. L'esprit tressaillit en notant la dureté dans sa voix. Mais ce répit n'était que temporaire, et l'air renfrogné, Lillian s'avança à nouveau.

Signa se pencha pour ramasser une poignée de terre et la jeter au visage de l'esprit. « Je me moque de qui vous êtes, laissez-moi tranquille ! » Afin de ne pas réveiller tout l'Épineuse, elle siffla les mots qu'elle voulait hurler, et cela la mettait encore plus en colère contre l'esprit. « Laissez-moi tranquille, ou je retrouverai votre cadavre et je le brûlerai jusqu'à ce qu'il ne soit plus qu'un monceau de cendres ! »

Comme Lillian nettoyait la terre que Signa lui avait lancée, ses lèvres noircies se tordirent en ce que Signa supposa être un air méprisant. Mais la menace la garda à distance.

« Que voulez-vous ? maugréa Signa. Pourquoi m'avoir attirée ici ? » Elle n'avait pas envie d'avoir affaire à Lillian, et pourtant, cette dernière était morte d'une façon qui, il fallait bien l'admettre, éveillait grandement sa curiosité. Et la curiosité était quelque chose d'insatiable et de tenace.

L'esprit de Lillian hésita, puis montra du doigt ses lèvres noires.

« Vous ne pouvez pas parler ? » s'enquit Signa, et l'esprit secoua ses cheveux pâles ondulés en grognant. Ce n'était pas la première fois que Signa rencontrait un esprit incapable de s'exprimer. Certaines rues étaient remplies de soldats de guerres anciennes dont elle ne voulait rien savoir, et trop souvent les esprits étaient criblés de trous sur la poitrine ou le visage.

« Je sais qui vous êtes. » Signa recula de quelques pas pour se rassurer. « Je sais que c'est vous qui me guettiez dans la maison tout à l'heure. Qu'attendez-vous de moi ? »

Les esprits n'avaient pas besoin de respirer, mais on aurait dit que Lillian prenait une grande inspiration pour ne pas perdre patience. Elle ne s'avança pas vers Signa mais brisa la frêle branche d'un arbre. L'espace d'un instant, Signa se demanda si elle ferait mieux de s'enfuir en courant, mais plutôt que de s'en servir pour écharper Signa, Lillian s'accroupit, lissa un coin de terre, et se servit de la branche pour écrire dans la poussière. Quand elle eut terminé, Lillian jeta la branche et montra son œuvre du doigt.

Signa était bien consciente que sa curiosité pourrait bien causer sa perte un jour, mais elle s'avança pour lire le message. Son estomac se tordit aussitôt, et elle se tourna vers Lillian pour lui demander une explication. L'esprit s'évaporait en petites volutes de fumée aux extrémités. Si Signa avait bien appris quelque chose après toutes ces années à voir des esprits, c'est qu'ils n'étaient pas libres de se promener comme bon leur semblait. Plus ils s'aventuraient loin de là où ils étaient morts, plus ils luttaient pour rester sur terre.

Clairement, Lillian était loin de là où elle était morte, et il ne lui restait plus beaucoup de temps. Elle se retira en direction du bois qui longeait la propriété, jusqu'à ce qu'il ne reste plus d'elle que les mots qu'elle avait tracés dans la terre.

Viens dans mon jardin et sauve-la.

Signa comprit aussitôt que Lillian parlait de Bliss.

Bliss, que l'ange de la Mort convoitait.

Bliss, à qui Signa s'était sentie reliée pour des raisons qu'elle n'aurait su expliquer.

Bliss dont la mort raviverait les rumeurs. Dont la mort mettrait certainement Signa à la rue d'une maison de plus, une maison qu'elle ne pouvait se permettre de perdre.

Et puis elle prit conscience d'une chose : si elle la sauvait, alors elle arrêterait l'ange de la Mort. Elle le *vaincrait*. Et si elle y parvenait, peut-être la laisserait-il enfin tranquille, et la laisserait-il vivre la vie à laquelle elle aspirait. Une vie de lumière, où elle n'aurait plus jamais affaire à lui, ni à ces affreux esprits. Une vie entourée de gens, une vie de fêtes et de camaraderie, et où elle *vivrait*, tout simplement.

Il était idiot de conclure un marché avec un esprit, mais si cela lui permettait de vaincre l'ange de la Mort, Signa était prête à tout.

NEUF

Marjorie tint parole, la tenue de deuil de Signa serait bientôt de l'histoire ancienne.

La modiste arriva à l'aube dans la suite de Signa, traînant derrière elle une malle pleine de tissus.

Signa avait à peine fermé l'œil de la nuit et – si l'on ajoutait à cela son long voyage et le fait qu'elle avait passé la nuit dernière avec un esprit – elle ne pensait qu'à se rouler en boule dans son lit pour le reste de la journée.

Jusqu'à ce qu'elle se souvienne qu'elle commençait ses leçons ce jour-là.

« Allons, Signa. Seuls les morts dorment à cette heure. » Marjorie, qui suivait la modiste, soupira. « Le maître n'acceptera pas que vous vous promeniez en habits de faucheuse. Il est temps d'ajouter un peu de couleur à votre garde-robe et de vous préparer pour votre entrée dans le monde. »

Signa se leva, comme ressuscitée d'entre les morts, les jambes lourdes et clignant des yeux face au soleil levant. Elle avait l'impression que seules quelques minutes s'étaient écoulées depuis qu'elle s'était couchée. Depuis sa malheureuse rencontre avec l'esprit de Lillian. Et pourtant, elle fit appel à toute son énergie face à cette promesse d'une nouvelle garde-robe et traîna les pieds jusqu'au salon. Une charmante jeune femme que Marjorie lui présenta sous le nom d'Elaine, sa nouvelle femme de chambre, entreprit de peigner ses cheveux sombres et ondulés pour dégager son visage tandis que la modiste s'affairait autour de sa taille avec un mètre ruban.

La modiste était âgée, avec autant de rides que d'années vécues gravées sur son visage. Des yeux bruns en boutons de bottine étaient éclipsés par des lunettes rondes qui ne semblaient pas servir à grand-chose si l'on considérait à quel point la femme se penchait sur Signa, s'approchant pour lire les chiffres sur le mètre ruban.

« Vous êtes trop maigre, jeune fille, désapprouva-t-elle. Rien qu'une brindille avec des seins. »

Signa se tourna vers la fenêtre, déterminée à ne pas leur laisser lire la honte sur son visage. Sa simple chemise de nuit ne cachait guère ses côtes pointues, et elle les effleura de ses mains anxieuses. Marjorie leur jeta un coup d'œil, elle aussi, ces os trop pointus qui faisaient saillie sous sa peau. Signa avait fait de son mieux, quand elle habitait avec Magda, mais elle était trop jeune pour avoir accès à son héritage par elle-même, et la maigre indemnité que l'on accordait à Magda partait directement dans les maisons de jeu. Sa tante aurait probablement été *contente* qu'elle meure de faim. Tout ce qui lui importait – tout ce qui semblait importer à la plupart de ses tuteurs –, c'était comment obtenir une partie de la fortune de Signa.

« Laissez de la marge dans les robes » donna pour instruction Marjorie à la couturière, détournant le regard des côtes de Signa et faisant semblant d'aider Elaine à arranger ses cheveux. « Elle aura les joues dodues d'un bébé en un rien de temps. »

La couturière grogna, satisfaite. Une fois les mesures de Signa prises en notes dans un calepin de poche en cuir, elle tint des échantillons de tissus aux multiples couleurs devant le visage de la jeune fille. Elle travaillait devant un miroir orné d'argent, dont Signa se servait pour jeter de rapides coups d'œil et voir de quoi elle avait l'air, s'attendant à moitié à ce que son reflet se mette à bouger de son propre chef, comme il l'avait fait la nuit précédente. Elle avait encore de la terre sous les ongles, ainsi que sous la plante des pieds. Elle feignit de ne pas remarquer quand la modiste les inspecta en se renfrognant.

Signa ne savait guère ce que coûtait la confection d'une garde-robe, mais elle l'imaginait bien. Et c'était bien plus qu'aucun tuteur avait jamais dépensé pour elle. Elijah était visiblement déterminé à ce que Signa quitte sa tenue de deuil. Tandis que Marjorie était subjuguée par des couleurs pastel comme le rose, le champagne et le pervenche, les yeux de Signa s'égaraient sur les verts sombres comme la forêt et les rouges aussi vifs que le sang. Pourtant, elle ne dit rien, car, que savait-elle de la mode ? Si elle voulait trouver sa place en société, elle devrait faire confiance à Marjorie pour faire le bon choix, et se satisfaire de tons fades sans se plaindre.

La modiste laissa une robe avant de partir : une robe de jour jaune pâle, avec des rubans bleus et de la dentelle blanche. Elle aurait voulu refuser cette robe qui manquait de goût, mais elle leva les bras quand Elaine l'aida à l'enfiler. Si c'était le style en vogue, peu importait qu'elle ait l'impression que cela lui aille ou non, ou si elle était à l'aise dedans.

« Cela fera l'affaire pour l'instant, dit Marjorie tandis qu'Elaine laçait le corset. Du moins le temps que vos robes soient prêtes. »

L'adjectif le moins négatif que Signa pouvait envisager pour la robe était *hideuse*. Elle était aussi d'une gaieté entêtante, ce qui contrastait avec l'état dans lequel se trouvait l'Épineuse. Elle ressemblait peut-être à une banane sur pattes, mais elle tint sa langue et ne se plaignit pas une fois la robe enfilée, demandant simplement : « Et *quand* les robes seront-elles prêtes ? »

Le rire de Marjorie était poli et discret, le parfait exemple de ce que recommandait *Le Guide de la Beauté et du Savoir-Vivre d'une Lady*. Signa se nota mentalement de s'entraîner à l'imiter plus tard. « La modiste travaille vite. Maintenant venez, c'est l'heure de vos leçons. Le maître aurait ma tête s'il nous voyait flâner. »

De ce qu'elle avait vu d'Elijah, Signa en doutait fortement. Malgré cela elle suivit Marjorie hors de la chambre et dans le couloir, s'efforçant de ne pas prêter attention à sa peau qui la picotait, sensation due à l'impression que plusieurs dizaines de portraits la suivaient du regard.

Les picotements cessèrent quand elles descendirent à l'étage inférieur, et Signa fut soulagée de constater que ce matin-là, l'Épineuse ne ressemblait en rien à la veille. Il n'y avait plus de musique, plus de robes de bal qui remplissaient les couloirs, ni les rires qui les suivaient de près. À la place ne restait que le bruit discret d'un balai sur le marbre.

« N'oubliez pas, on ne flâne pas », la poussa doucement Marjorie quand Signa s'arrêta un peu trop longtemps sur une marche de l'escalier pour étudier l'étrange décor qui prédominait dans tout le manoir. On aurait dit les escaliers sculptés dans un arbre. Les bougeoirs en fer ressemblaient à des nids d'oiseaux. Et, comme Signa étudiait son environnement, elle en vit un autre qui avait la forme d'une tête de renard, et un lustre avait des branches qui rappelaient des épis.

La personne qui avait imaginé cet endroit avait une âme étrange. Une âme, décida Signa, qui souhaitait de tout son cœur que le manoir soit hanté.

Le moins que l'on puisse dire, c'est que son vœu avait été exaucé.

Signa ressentait toujours l'intense fatigue de la nuit précédente passée avec un esprit tandis qu'elle suivait Marjorie dans le petit salon, une pièce aussi majestueuse que les autres mais peut-être mieux éclairée par ses deux fenêtres en baie. Les murs étaient d'un jaune beurre encore plus vif que celui de l'affreuse robe de Signa, et ils étaient parfaits pour capter la lumière. Des touches féminines ornaient la pièce, complètement en décalage avec le premier étage masculin. Il y avait d'élégantes volutes gravées dans les moulures, un petit tapis à motifs aux couleurs vives, et des coussins délicats à fleurs aux garnitures en dentelle. Percy et Bliss étaient assis sur ces coussins et buvaient à petites gorgées des tasses de thé fumant.

Bliss n'avait pas meilleure mine que la veille, avec son teint cireux et ses épaules voûtées, mais on lisait la vivacité dans son regard. Une volonté d'être assise sur un divan à boire son thé plutôt que d'être coincée seule dans sa chambre, même si ses mains tremblaient chaque fois qu'elle portait la tasse à ses lèvres.

« Ma chère sœur m'a affirmé s'être réveillée revigorée, annonça Percy dès que les yeux surpris de Marjorie se posèrent sur la jeune fille. Je me suis dit qu'un peu d'air frais et de compagnie lui feraient du bien. »

Marjorie pinça les lèvres. Plutôt que de débattre, cependant, elle se détourna et ouvrit les fenêtres pour laisser entrer le vent frais. « Très bien, alors. Vous avez peut-être raison. »

Signa se redressa en présence de ses cousins. Une journée passée à l'Épineuse, et elle avait déjà la sensation de leur avoir fait à tous les deux une impression épouvantable. Elle voulait faire ses preuves à leurs yeux, même si cela s'avérait difficile entre ses paupières lourdes et son envie de bâiller.

Quelle plaie, ces vieux esprits bornés. Elle ne voulait pas penser à Lillian, ni aux morts, ni à autre chose qu'à ses leçons et la nouvelle famille avec laquelle elle habitait désormais. Elle voulait étudier, les impressionner, prouver qu'elle était prête à entrer en société pour commencer une nouvelle phase de sa vie. Une où elle espérait avoir bien plus de liens avec les vivants, et bien moins avec les morts.

Repoussant ses cheveux par-dessus ses épaules, elle se concentra et sourit à ses cousins. « Je suis ravie de constater que vous allez bien tous les deux ce matin.

— Nous sommes ravis que vous alliez bien également », dit Percy tandis que Bliss posait sa tasse sur la soucoupe en équilibre sur ses genoux.

« Avez-vous déjà eu une gouvernante, Miss Farrow ? s'enquit Marjorie tout en s'asseyant sur un petit pouf rond devant Signa.

— Étant donné ses manières, j'aurais tendance à croire que non, marmonna Bliss tout bas, avant de boire une gorgée. Marjorie lui jeta un regard assassin.

— Prétendez-vous que les vôtres soient meilleures ? » la réprimanda la gouvernante.

Bliss se renfrogna et Signa sentit la honte l'envahir, brûlante. Mais que le diable l'emporte si elle laissait Bliss voir que ses propos l'avaient blessée. « Il m'est arrivé d'avoir une gouvernante..., leur dit Signa. De temps à autre. »

Quoi qu'en ait pensé Marjorie, elle ne laissa rien paraître. « Et des leçons ? »

Plutôt que d'admettre combien de temps s'était écoulé depuis sa dernière véritable leçon, Signa répondit : « Je sais lire, je connais mon alphabet. L'arithmétique aussi. » Seulement les bases, puisque personne n'était resté suffisamment longtemps pour lui en apprendre davantage.

Marjorie arbora un sourire aux lèvres qu'on pouvait lui envier. « Et la musique ? »

Ne voulant pas accorder à ses cousins plus de matière à se moquer en admettant qu'elle n'avait que rarement joué, Signa répondit : « Je suppose que je suis très douée pour l'écouter. »

Bliss s'étouffa avec son thé et Percy lui donna un coup de coude, lui intimant de se taire entre deux de ses propres ricanements.

Marjorie fit mine de ne pas les entendre. « C'est noté. Pourquoi ne pas commencer par là dans ce cas ? Avec des leçons de déchiffrage de partitions et de piano. »

Même si c'était frustrant, Signa avait été suffisamment moquée dans sa vie pour être en mesure d'ignorer ses cousins. Elle acquiesça et préféra s'imaginer dans le manoir qui lui appartiendrait un jour, assise sur le banc d'un pianoforte, à jouer avec une grâce altière. Sa rêverie ne dura pas longtemps, cependant, car une vague de froid lui parcourut l'échine.

« Miss Farrow ? » La voix de Marjorie était distante.

Signa ne *voyait* pas Lillian, mais les cris lointains cherchaient à capter son attention.

Pas d'esprits, se dit Signa, feignant de ne rien entendre. *Pense à ton avenir. Au travail que tu dois accomplir pour entrer en société. Les gens normaux ne parlent pas aux morts, Signa.*

Pourtant, elle ne pouvait s'empêcher d'écouter. On aurait dit que les autres l'entendaient aussi, car Bliss s'était figée, comme inanimée. La tasse de porcelaine lui glissa des mains et tomba sur ses genoux, le thé chaud tachant sa robe. Percy se redressa d'un coup, tout comme Marjorie.

« Ciel, Miss Hawthorne ! » La gouvernante fit un geste à l'attention de Percy. « Aidez votre sœur à retourner dans sa chambre, et allez chercher Elaine. Bliss va devoir changer de robe. Et tant que vous y êtes, trouvez un meilleur usage de votre temps, vous aussi, Percy. Impossible de se concentrer avec vous deux. »

Marjorie attendit que Percy aide sa sœur – ses yeux toujours hagards et angoissés – et qu'ils sortent de la pièce avant de se tourner vers Signa. « À présent, ne faites plus attention à eux ni au bruit. C'est simplement le vent. » Elle prit Signa par la main et la mena jusqu'au banc noir d'un magnifique piano à queue aux lignes pures qui valait sans doute autant que la maison entière de tante Magda, si ce n'est plus. Il n'y avait aucune trace de poussière dessus. « Il souffle toujours plus fort à cette époque de l'année. On dirait que le diable en personne martèle le sol juste dehors. »

Signa savait pertinemment que le vent n'avait rien à voir avec ça, mais elle n'avait d'autre choix que d'acquiescer. Elle s'assit, luttant contre l'envie de se faire toute petite sur son siège comme Marjorie la faisait se redresser et élancer son cou, plaçant les mains de Signa en position sur le clavier.

« Maintenant, dit Marjorie, commençons par les gammes. » Les muscles de Signa souffraient de maintenir une posture aussi rigide, elle avait déjà mal. Mais si c'était nécessaire pour donner vie à sa vision et s'assurer une place dans la société, elle le ferait. Signa appuya sur la première note, et ravala une grimace quand son doigt s'en releva mouillé. Elle se raidit tout entière, ses muscles se nouant, car il n'y avait rien sur le piano. Pourtant, quand elle leva le doigt, elle vit de la boue séchée dessus et de tout petits vers surgissaient entre les touches.

« Vos gammes, Signa », insista Marjorie qui ne voyait visiblement pas ce qui se passait sous le bout des doigts de son élève. Elle ne voyait pas que les pieds de Signa s'enfonçaient dans une poussière qui n'était pas là, ni que ses doigts étaient devenus des juchoirs pour les vers de terre qui s'y enroulaient.

Le message de Lillian était on ne peut plus clair : Signa devait se dépêcher de découvrir le jardin, ou l'esprit ne trouverait jamais le repos.

Mais en attendant, Signa s'arma de courage et appuya sur les touches boueuses du piano. Elle refusait d'arrêter de jouer.

DIX

Des heures s'écoulèrent avant que Signa puisse sortir, étirer son dos qui la faisait souffrir tandis que le vent la cinglait. L'air était frais, mais pas au point qu'une écharpe et un ventre plein de thé chaud ne puissent y remédier. Elle accueillait la fraîcheur de bon cœur après tant de temps passé à ses leçons.

En une seule journée, elle avait presque oublié le contraste saisissant entre l'intérieur et l'extérieur du domaine. Ici, entourée de landes sans fin à l'herbe jaunissante, de fleurs sauvages qui jaillissaient de terre, et d'une couverture dorée de feuilles éparpillées sur le sol, le cadre était féerique. L'après-midi était paisible ; personne n'entrait ni ne sortait de la maison en dansant. Pas d'étrangers vêtus de leurs plus beaux atours. Signa ne savait pas ce que les cuisiniers préparaient, mais des effluves de cuisson et de sucre réchauffaient l'atmosphère, et son estomac gronda même si Marjorie lui avait proposé plus de scones qu'elle n'avait été capable d'en avaler.

Mais elle aurait le temps de manger des pâtisseries plus tard, quand ses mains ne seraient pas couvertes de boue, de vers et de poussière qui n'y étaient pas vraiment.

Viens dans mon jardin et sauve-la.

Signa se *rendrait* jusqu'au jardin, mais elle devait d'abord le trouver.

Derrière le manoir, des landes escarpées s'étendaient à l'infini. Devant, des haies parfaitement taillées et un bosquet d'érables s'élevaient. Et bien au-delà de l'Épineuse, une rangée d'arbres marquait l'entrée de la forêt. Pas de jardin en vue.

Signa aurait pu croire qu'on se jouait d'elle si elle n'avait eu cette conversation avec Sylas deux jours plus tôt : il lui avait dit avoir travaillé avec Lillian dans son jardin. Même si Signa ne supportait pas l'idée de lui demander de l'aide, c'était sa meilleure option. La différence de classe était si importante entre eux qu'il n'oserait certainement pas la dénoncer et dire qu'elle mettait son nez dans ce qui ne la regardait pas.

C'est pourquoi Signa remonta son affreuse robe jaune et traversa la pelouse soigneusement tondue jusqu'aux écuries, sa poigne sur ses jupons se resserrant lorsqu'elle approcha des bêtes qui s'ébrouaient et tapaient du pied. Les chevaux de l'Épineuse étaient des bêtes impressionnantes, aux robes lustrées et aux couleurs variées : noir profond, blanc pur, et riche alezan. Ils avaient l'air à leur aise dans leurs grands box, mais Signa ne faisait guère confiance aux battants de bois qui les empêchaient d'en sortir. Si ces bêtes le voulaient, elles étaient suffisamment intelligentes pour y parvenir.

Signa parcourut les écuries sur la pointe des pieds en jetant un coup d'œil dans les box, entourée de chevaux qui tendaient leur encolure vers elle pour tenter de capter son attention. L'un d'eux alla jusqu'à essayer d'attraper sa robe au niveau de l'épaule du bout des lèvres, et Signa eut un mouvement de recul pour lui mettre un petit coup ferme sur le nez. « Ce ne sont pas des manières ! l'admonesta-t-elle en lissant sa robe. Avoir les mains baladeuses n'est pas une façon d'attirer l'attention d'une femme. »

Le cheval s'ébroua, indigné. Il était plus petit que les autres, mais ne paraissait pas plus jeune. Comparée aux robes lustrées des autres, la sienne était d'un alezan quelconque, de la couleur du caramel brûlé. Par rapport aux autres, il était dégingandé et bizarre. « Eh bien, dit-elle en l'observant, les mains sur les hanches, tu as une drôle d'allure ! »

En réponse, le cheval tendit l'encolure pour s'attaquer une fois de plus à sa robe. Elle était en train de reculer, perdant l'équilibre à vouloir ôter le tissu de la bouche du cheval, quand quelqu'un se mit à rire. C'était un rire généreux qui envoyait de petits frissons le long de sa colonne vertébrale. Elle le reconnut aussitôt.

Signa se retourna ; elle n'avait pas entendu Sylas approcher. Il était toujours aussi grand, ses cheveux noirs, lissés en arrière cette fois, mettaient en valeur les magnifiques traits de son visage. Malgré l'air frais d'automne, Sylas ne portait qu'un pantalon et une tunique en coton à manches longues. Son col était ouvert, ses manches relevées sur des bras musclés comme s'il était en train de travailler, mais ses bottes et ses gants noirs n'étaient entachés d'aucune poussière. Ils étaient faits d'un cuir trop beau – et trop bien entretenu pour un garçon d'écurie.

Sylas appuya ses avant-bras sur un tas de balles de foin. À ses côtés, un grand chien gris était assis, vigilant, les oreilles dressées et la tête penchée.

« Je ne savais pas que les Hawthorne avaient un chien », fit Signa, ne sachant que dire, et agacée de voir sa langue devenir inutile et engourdie en présence du jeune homme. Malgré son impolitesse, n'ayant jamais connu de garçon de son âge… jamais… Signa s'en retrouvait avec la langue liée, plus qu'elle ne voulait bien l'admettre.

« Ah oui, répondit Sylas. C'est une bête féroce, d'ailleurs. Dressée à tuer quiconque pénétrerait sur le domaine. »

Signa recula nerveusement d'un pas. Mais à ce moment-là, le chien laissa pendre sa langue et se roula joyeusement sur le dos. Signa jeta un regard à Sylas.

« J'ai dit qu'on l'avait dressé, précisa Sylas. Pas qu'il écoutait. Et il m'appartient à moi, pas aux Hawthorne. Il s'appelle Gundry. »

Signa se pencha pour gratouiller le ventre que lui présentait Gundry. Elle rit quand le chien haleta et se tortilla pour lui lécher la main. Signa avait toujours voulu un animal de compagnie – n'importe quel animal à vrai dire. Elle avait rêvé d'avoir un chat, ou un chien. Même un rat aurait fait l'affaire, dès l'instant où il lui tenait compagnie. Mais comme elle déménageait très souvent, elle n'osait en demander un, de peur qu'il lui arrive quelque chose, ou que l'un de ses tuteurs refuse de la laisser emmener son animal de compagnie dans sa nouvelle demeure. Elle n'avait jamais envisagé un cheval, étant donné la taille de l'animal, mais elle supposait que ce serait également un merveilleux compagnon.

« Montez-vous à cheval, Miss Farrow ? » La voix de Sylas était aussi froide que la brise qui les entourait. Elle repoussait le cheval pénible qui s'attaquait à ses cheveux, et il la taquina : « Vous avez l'air de savoir y faire avec les chevaux.

— Ah oui, j'avais presque oublié à quel point vos manières étaient irréprochables. » Signa passa une main sur ses cheveux pour s'assurer qu'ils étaient bien attachés. « Cela fait longtemps que je n'ai pas côtoyé de chevaux. Mon défunt oncle en avait quelques-uns, mais ils ont été vendus quand il est décédé, et il ne voulait pas que je les monte. Mais les siens n'étaient pas aussi imposants.

— L'équitation était une passion commune aux deux maîtres. » Sylas s'approcha du cheval qui embêtait Signa et posa la main à plat sur son chanfrein. Il se calma aussitôt, et souffla de contentement. « Maître Hawthorne ne vient plus que rarement les voir à présent, mais c'est à lui que l'on doit ces chevaux. Il a toujours aimé les belles choses. »

Signa jeta un coup d'œil au plus petit cheval, celui qui l'embêtait, et Sylas rit. « Lui, c'est Balwin, il est beau à sa manière. On raconte qu'il a su charmer Lillian à l'époque – ils l'ont acheté dans une auberge où ils s'étaient arrêtés pendant leurs vacances d'été. C'est un cheval divertissant, mais capricieux. Il n'en fait qu'à sa tête. »

Sylas Thorly, l'homme qui l'avait terrorisée toute une journée par sa singularité, s'était pris d'affection pour un étrange cheval et un grand chien gris qu'on aurait dit moitié loup. Elle ne l'aurait jamais deviné.

« Je suis venue emprunter un cheval, dit-elle, déterminée. Je veux voir le jardin de Lillian. »

La surprise se lut brièvement sur le visage de Sylas avant qu'il n'acquiesce. « Alors choisissez votre monture. Pas Balwin : il aurait besoin d'une balade, mais il aime mettre ses cavaliers à l'épreuve.

— Et celui-ci ? » Signa montra du doigt un magnifique étalon noir dont la robe brillait tant qu'on l'aurait dite humide.

— Que penseriez-vous de prendre plutôt une des juments plus âgées ? Comme la blanche, sur la droite ? » Sylas désigna une monture robuste, mais les yeux de Signa s'arrêtèrent plutôt sur la magnifique jument dorée à côté d'elle. Cette jument était un peu plus grande et avait les yeux bien plus vifs. Elle s'ébroua et tapa du pied pour la saluer gentiment, comme si elle invitait la jeune fille à s'approcher et à la saluer en retour.

« Et elle ? » demanda-t-elle, acceptant l'invitation de la jument en lui présentant la paume de la main pour qu'elle la sente et la lèche.

Sylas baissa le menton. « Elle… est gentille, mais elle n'est pas sortie depuis un moment. Choisissez-en peut-être une autre… Miss Farrow, qu'est-ce que vous fabriquez ?

— C'est elle que je veux. » Signa ouvrait déjà les verrous du box pour entrer et revendiquer sa monture, attirée par la jument dorée comme par aucune autre. La jument cligna ses yeux chocolat en regardant Signa et souffla, baissant la tête comme pour se soumettre. La jeune fille accepta sa soumission et passa les doigts sur l'encolure velouteuse de la monture pour finir par lui gratter derrière les oreilles.

« A-t-elle un *problème* ? s'enquit Signa, et la jument regarda Sylas, comme pour exiger de lui une réponse polie.

— Bien sûr que non. » Sylas soupira et saisit la selle et le filet à côté du box avant de suivre Signa à l'intérieur pour harnacher la jument. « C'est juste que Mitra était la jument de Lillian. Mais il est bien temps que l'on te fasse faire une promenade digne de ce nom, pas vrai jeune fille ? » Il caressa l'encolure de la jument plus doucement que Signa ne s'y serait attendue. Elle se rendit compte qu'elle le dévisageait, son ton léger lui réchauffant la peau.

« Attendez dehors. » La voix de Sylas n'avait pas la même douceur quand il s'adressait à Signa, qui sursauta. « Je vais la préparer. »

ONZE

Quand Sylas sortit des écuries quinze minutes plus tard, il portait une grande cape épaisse bleu marine et tenait la bride de non pas un, mais de deux chevaux, le chien haletant à ses pieds. À côté de sa beauté dorée marchait Balwin, le pénible étalon alezan qui voulait à tout prix manger les cheveux de Sylas.

« M'avez-vous amené deux options ? » Elle ne voyait pas quoi dire d'autre.

Sylas n'était pas trop occupé à repousser Balwin pour émettre un petit renâclement. « Je viens avec vous. Le jardin de Lillian se situe dans les bois. Vous n'êtes clairement pas montée à cheval depuis un bon moment, et si je vous laissais vous y rendre sans escorte, M. Hawthorne aurait ma tête. »

Signa s'efforça de ne pas serrer les dents. Comme si elle sentait son agacement, Mitra s'approcha d'elle et poussa son épaule de la tête. Signa posa à son tour une main de chaque côté de l'encolure, et caressa sa douce robe. Elle sentait son pouls fébrile sous ses doigts. Le cœur de la jument qui battait à cent à l'heure, et sa respiration impatiente, irrégulière.

Elles allaient bien ensemble, aussi empressées l'une que l'autre de vagabonder librement. Mais quand Signa voulut monter à cheval, elle hésita. Même si elle était grande, les étriers n'étaient pas à sa portée. Elle enroula les bras autour de l'encolure de Mitra et essaya de se hisser sur son dos, mais la jument hennit et s'ébroua pour se débarrasser d'elle.

Derrière elle, Sylas lui demanda d'une voix hilare : « Besoin d'aide ? »

La tête haute, Signa fit comme si elle ne l'avait pas entendu et tenta à nouveau, s'accrochant à sa monture comme si sa vie en dépendait tout en essayant de passer un pied dans l'étrier. Mitra gratta le sol tandis que Signa, pendue à son encolure, glissait mais refusait de s'avouer vaincue.

« Bon sang, qu'est-ce que vous êtes têtue. » Cette fois, Sylas ne posa pas la question avant de poser les mains sur ses hanches et de soulever Signa sur le dos de la jument. Il le fit d'un seul mouvement fluide, comme si elle était aussi légère qu'une plume. Le cœur de Signa palpita, mais Sylas ne sembla pas s'émouvoir de ce contact si intime ; il caressa la croupe de Mitra, s'assura que Signa avait bien les pieds dans les étriers et se hissa sur le dos de Balwin.

Sous sa cavalière, Mitra frémit d'impatience. Elle n'attendit aucun ordre pour partir au trot. Les secousses étaient si intenses que Signa commença à glisser de sa selle. Elle enroula les rênes autour de ses poings et pencha son buste vers l'avant pour se stabiliser. Puis Sylas s'avança à côté d'elle et abattit un bâton sur la croupe de Mitra. Signa aurait voulu lui adresser un rugissement de fureur car cela poussa sa monture à accélérer dans un hennissement, mais les secousses se calmèrent en quelques secondes.

Signa se redressa, jetant un coup d'œil à Sylas dont la malice dansait dans son regard tandis qu'ils traversaient la lande au grand galop, les collines onduleuses de fleurs sauvages et les zones humides qui ralentissaient leurs montures. Ils approchaient progressivement des bois jusqu'à ce que la poitrine de Signa brûle de désir de l'atteindre.

Viens dans mon jardin. L'esprit de Lillian l'attirait, la guidait. *Viens dans mon jardin.*

La chair de poule parcourut les bras et les jambes de Signa. Elle n'avait jamais vu d'esprit aussi en colère, et la dernière chose dont elle avait besoin était d'être terrorisée par Lillian Hawthorne. Pire encore – même si elle ne souhaitait pas l'admettre à haute voix –, Signa sentait la curiosité enfoncer ses griffes en elle. Des pièces d'un puzzle éparpillées à tout-va qu'elle voulait assembler correctement.

Elle voulait savoir ce que l'esprit attendait d'elle, et comment une femme si jeune, si belle, était morte dans un jardin secret caché au beau milieu d'un bois si loin de l'Épineuse.

Signa appliqua une légère pression sur les flancs de Mitra, et la jument répondit aussitôt. C'était la jument de Lillian après tout ; peut-être ressentait-elle l'appel de l'esprit, elle aussi.

Dans leur hâte, elles distancèrent Sylas qui les appelait pour les dissuader de se précipiter tête baissée dans les bois. Si Mitra parcourait la lande de façon experte sans jamais dévier de son chemin, Sylas avait du mal à faire avancer le turbulent Balwin. Sa voix se faisait lointaine aux oreilles de Signa, ses protestations de moins en moins audibles. Signa ne l'attendit pas – ne *pouvait* pas l'attendre. Les bois l'appelaient, et elle plongea au cœur de la bête, laissant sa mâchoire se refermer sur elle pour l'avaler tout entière.

Les bois la consommèrent, la ceignant si férocement que les cris frustrés de Sylas et le bruit des sabots de Balwin se turent, le seul murmure résonnant encore à ses oreilles le doux bruissement des arbres à l'automne, leurs feuilles un mélange d'oranges rappelant la moisson et de vert nuit.

Il ne fallut pas longtemps pour que l'herbe jaunissante s'accroche aux balzanes de Mitra. Les bois tiraient sur les jupons de Signa, sur la crinière de Mitra, égratignant et éraflant leur peau, avides de sang. Signa essaya de protéger sa monture de son mieux, mais les branches étaient basses et sauvages, et griffaient les flancs de la jument.

Du coin de l'œil elle aperçut une lumière blanche si furtive qu'elle aurait pu la manquer si elle avait cligné des yeux. Elle réapparut quelques secondes plus tard, disparaissant vers la droite, où les arbres étaient fendus en deux ou avaient été déracinés. Signa poursuivit ce qu'elle savait être l'esprit de Lillian qui la mena dans une clairière et jusqu'à un portail en fer fixé sur un mur de pierres érodées. Elle poussa le portail, mais découvrit qu'un cadenas le bloquait en son centre, couvert de lierre et de plantes grimpantes.

Elle était ravie que personne ne soit là pour entendre ses jurons tout à fait indignes d'une lady tandis qu'elle étudiait le mur du jardin, trois fois plus grand qu'elle et qu'elle ne saurait escalader, même en montant sur le dos de Mitra. Elle secoua le cadenas, la frustration grandissant en constatant qu'il ne bougeait pas d'un pouce.

Comment était-elle censée trouver la clé d'un jardin qui était visiblement abandonné depuis des mois ? Ce n'était pas comme si elle pouvait la demander à Elijah ; Sylas savait probablement déjà que l'endroit était fermé à clé et l'avait fait venir jusqu'ici pour rien, juste pour se moquer d'elle. Les mains serrées sur les rênes, Signa était sur le point de faire demi-tour pour retrouver Sylas et lui dire ce qu'elle pensait de lui quand une autre lumière blanche remua dans sa vision périphérique.

Lillian était là, à observer, se cachant dans l'ombre du portail de fer. Ses cheveux étaient pâles comme du beurre, et son visage était couvert de mousse ; des plantes rampantes tressées en décomposition entraient et sortaient du trou béant à l'emplacement de sa bouche. Des yeux creux observaient son environnement, cachés par les feuilles de lierre. Des yeux creux qui ne regardaient pas Signa, mais derrière elle, par terre.

Signa se retourna vers de petites baies noires qui lui étaient familières – de la belladone – et ne comprit que trop bien, sa poitrine lui donnant l'impression de se fendre en deux.

La dernière fois qu'elle avait mangé de la belladone – la nuit où elle avait parlé à l'ange de la Mort –, elle s'était approprié ses pouvoirs. Et si elle était capable de renouveler cette expérience ? Elle l'avait vu traverser des murs. Elle l'avait vu disparaître dans la pénombre, et reprendre forme à volonté. En serait-elle capable, elle aussi ?

Signa mit pied à terre, serrant les dents à la vue des baies de belladone qui l'attendaient à ses pieds. Elle n'avait pas eu l'intention d'approcher à nouveau l'ange de la Mort tant qu'elle n'aurait pas trouvé le moyen de le détruire et de mettre un terme à sa fichue malédiction. Mais si elle voulait que Lillian la laisse tranquille, elle n'avait pas le choix.

La peur au ventre, elle se pencha pour cueillir les baies, remplissant ses poches et les paumes de ses mains.

L'ange de la Mort planait dans l'air comme une tempête en approche, lourde et sombre. Signa sentit son poids l'étouffer, la mettre en garde. Même le vent était mordant comme une lame quand le monde ralentit autour d'elle, comme si le temps s'était arrêté.

Mais l'ange de la Mort ne la toucherait pas. Il ne le faisait jamais.

Signa posa cinq baies sur sa langue et attendit que son sang la brûle et que des frissons lui parcourent l'échine. Il ne fallut pas longtemps pour que le poison lui ceigne les entrailles. Pour que sa vision se trouble et que le bois lui donne l'impression de n'être plus qu'un tunnel, pour qu'un pouvoir à nul autre pareil prenne vie en elle, lui faisant signe de venir et d'y goûter.

L'ange de la Mort était arrivé.

DOUZE

La présence de l'ange de la Mort glaçait le sang de Signa jusqu'à la moelle et la brûlait – un lac glacé dans lequel elle aurait plongé la tête la première. Mais plutôt que de la laisser remonter à la surface pour respirer, il l'étreignait dans ces eaux glaciales sans la moindre intention de la relâcher.

« Bonjour, Petit Oiseau. Tu es venue me poignarder à nouveau ? »

Sa voix était un baume pour la chair de poule qui l'assaillait, et le ventre de Signa se tordit d'agacement face à l'effet qu'il avait sur elle. Ce n'était pas de la colère, ni de la peur, mais une profonde curiosité sous-jacente dont elle ne semblait pouvoir se débarrasser.

« Dites-moi si je peux me servir de vos autres pouvoirs », exigea-t-elle. S'il n'hésitait pas à être direct, elle n'hésiterait pas non plus.

Elle leva le menton et se tourna vers lui. Ou du moins, elle pensait lui faire face. C'était difficile à déterminer, étant donné sa forme. L'ange de la Mort n'était guère que l'ombre des arbres. Une obscurité qui subsistait dans les recoins que la lumière ne pouvait pas tout à fait atteindre. Il n'était nulle part et partout à la fois, ses ténèbres se regroupant doucement par terre, dévorant le sol de la forêt et le baignant d'obscurité jusqu'à ce qu'il soit là. Pas de visage, pas de bouche, mais la forme d'un homme qui la surplombait.

« Dis-moi, Signa, commença l'ange de la Mort comme s'il n'avait pas entendu sa question, as-tu peur de moi ? » Ses ténèbres se resserrèrent jusqu'à ce que sa forme se fasse plus petite, moins imposante. « La plupart des gens ont peur de la mort. Ils en ont peur toute leur vie, même s'ils ne me voient que lors de leur dernier soupir. Une poignée d'humains a l'œil plus aiguisé, bien sûr. Ceux qui passent leur vie à essayer de créer un pont entre les vivants et les morts, et qui entraperçoivent ce qui se passe derrière le voile. Mais quand je me tiens devant eux, même eux sont assez sages pour avoir peur de moi. Pourtant tu m'as appelé à maintes reprises. Tu m'as interrogé. Tu es même allée jusqu'à essayer de m'assassiner. » Même si ses propos étaient sombres, Signa ne manqua pas la pointe d'humour dans sa voix. Elle éveilla une terrible colère en elle.

« Est-ce que je vous amuse, *monsieur* ? » Elle serra les dents en regardant les ténèbres danser parmi les arbres.

« Parfois. » Sa voix était à peine un murmure dans le vent rugissant, mais elle l'entendait aussi clairement que si elle émanait de ses propres pensées. « Et parfois tu m'agaces profondément. En revanche, tu me fascines toujours. »

L'ange de la Mort parlait par énigmes. Elle résista tant bien que mal à lever les yeux au ciel devant sa prolixité et dut poser deux baies supplémentaires sur sa langue.

« Dites-moi ce que je peux faire d'autre avec vos pouvoirs, fit-elle, plus ferme cette fois mais parlant à voix basse au cas où Sylas ne serait pas loin. Vous m'avez dit cette nuit-là que vous pouviez m'expliquer, alors allez-y. Et vite. » Si l'ange de la Mort avait des yeux, elle s'imaginait soutenir son regard.

Les arbres se turent quand il parla. « Ici, dans cet espace entre les morts et les vivants, on dirait que tu es capable de bien plus que de me déranger en permanence, Petit Oiseau. Je ne connais pas l'étendue de tes capacités, mais je pense que tu as à peine effleuré la surface. »

Signa ravala la peur qui grondait dans sa gorge, ses soupçons confirmés. « Comment est-ce possible ? Que m'avez-vous fait ? »

Quand le sol sous ses pieds se mit à trembler, elle comprit qu'elle n'avait pas posé la bonne question. « Tu es bien prompte à m'accuser, dit l'ange de la Mort, mais sache que *je* n'ai *rien* fait. Je ne suis pas responsable de tes dons. Je ne suis pas responsable de ce qui est arrivé à ta tante, même si je le regrette parfois. Ce qu'elle t'a fait subir… Si tu n'avais pas voulu la garder en vie, je l'aurais peut-être réclamée bien plus tôt.

— Le fait que je ne souhaite pas la mort de quelqu'un ne vous a jamais arrêté auparavant. » Elle était tendue comme un ressort prêt à bondir. « Dois-je croire que vous n'avez rien à voir avec les morts qui me suivent où que j'aille ? Que je suis seule responsable de tout ça ? »

La nuit s'intensifia plus encore quand l'ange de la Mort s'avança. « Tu n'es absolument pas responsable de ces morts. La première vie que tu as prise est celle de Magda. Même moi je ne m'y attendais pas. »

Si ce qu'il disait était vrai, et si même lui ne s'y était pas attendu, alors… « *Comment est-ce possible ?* »

Le vent sembla lui murmurer la réponse. « Tu ne vois pas les esprits sans raison, Signa. Tu ne peux pas traverser le voile entre la vie et la mort sans raison. Même si je n'ai pas encore pu confirmer *pourquoi*, il semblerait que tes soupçons soient exacts. Quand tu es ici – que tu as franchi le voile et que tu es capable de me voir – il semblerait que tu aies accès à un arsenal de pouvoirs semblables aux miens. »

Signa ressentit un étrange mélange de soulagement et d'horreur. La bile lui monta à la gorge quand elle eut la confirmation de ce qu'elle avait fait. Aucune des autres morts n'était sa faute, ce qui était un soulagement, bien sûr. Pourtant la mort de Magda était bien *sa* faute. Sa tante était morte de ses mains, et rien que cette idée lui donnait envie de se recroqueviller contre l'arbre le plus proche et de vomir.

« Écoute, murmura l'ange de la Mort. Des règles importantes ont été enfreintes cette nuit-là. La vie et la mort sont un jeu d'équilibre, Signa. Un équilibre qui doit sans cesse être maintenu, sinon le chaos s'abattra sur le monde. Magda n'était pas censée mourir ce soir-là. Quand on prend une vie, une autre doit être épargnée. Le comprends-tu ? »

Ses propos, oui, mais la réalité derrière eux ? Signa avait peine à la saisir. L'ange de la Mort soupira, un souffle sur ses joues quand ses ténèbres s'approchèrent d'elle. « Quand tu as tué Magda, expliqua-t-il, la voix fatiguée, j'ai dû donner sa vie à quelqu'un d'autre qui aurait dû mourir cette nuit-là. Je l'ai donnée à Bliss. »

Elle leva les yeux brusquement. « Bliss serait morte ? » Même si elle ne la connaissait pas depuis longtemps, Signa avait vu à quel point l'âme de Bliss brillait férocement. La jeune fille était trop jeune, trop innocente, et sa volonté trop forte pour mourir avant d'avoir la chance de vivre vraiment. Même si elle savait qu'elle n'aurait pas dû, que ce n'était pas bien, savoir que la mort de sa tante Magda avait sauvé Bliss lui permettait de se sentir… mieux.

Elle aurait accepté de recommencer si on lui avait laissé le choix.

« Vous avez sauvé Bliss ?

— *Tu* as sauvé Bliss, la corrigea-t-il. Mais tu as tué quelqu'un d'autre pour ce faire. Comprends-tu ce que je te raconte, Signa ? Tout a un prix. »

Signa resta un long moment sans parler, obnubilée par ce qu'il venait de lui révéler.

Elle avait sauvé Bliss.

Elle ne l'avait pas condamnée à une mort soudaine. Elle ne l'avait pas maudite, ne l'avait pas tuée, ni n'était la raison de ses souffrances. Au contraire, pour la première fois, Signa avait *sauvé* quelqu'un.

Ses pensées se bousculaient et elle appuya les mains sur sa poitrine haletante pour calmer son cœur. Dans cet espace entre la vie et la mort, elle avait les pouvoirs du faucheur d'âmes. Si c'était suffisamment vrai pour pouvoir prendre et donner la vie, que pouvait-elle faire d'autre de ces pouvoirs ? Dans un recoin de son esprit, quelque chose se tramait, mais elle devait en apprendre davantage avant de pouvoir passer à l'action.

« Lillian m'a contactée hier soir, admit soudain Signa, murmurant comme pour éviter que l'esprit ne l'entende.

— Je ne suis pas surpris, dit-il. Tes actes ont déjà sauvé sa fille une fois. Bliss et toi êtes liées à présent.

— Saviez-vous que cela se produirait ? demanda-t-elle, plus courageuse que jamais, le regard plongé dans les profondeurs de ses ténèbres. Saviez-vous que je viendrais ici, à l'Épineuse ?

— Je savais que Bliss devait mourir ce soir-là, tout comme je savais que les Hawthorne étaient ta dernière famille vivante. Je l'ai épargnée pour qu'ils t'accueillent ici, mais je ne peux pas guérir ses maux. »

Peut-être n'était-il pas judicieux de défier l'ange de la Mort, mais elle n'en avait que faire. « Suis-je vraiment la bienvenue, ou suis-je là à cause de vous ? Quel sort avez-vous jeté aux Hawthorne pour qu'ils m'acceptent chez eux ?

— Je n'ai jeté aucun sort, lui répondit-il. J'ai simplement accéléré la procédure à l'aide d'un courrier. Malgré ce que tu penses de moi, je te veux en sécurité et dans une maison stable. Si j'avais choisi quelqu'un d'autre que Bliss, cette opportunité se serait envolée. »

Signa digéra l'information, ne sachant que croire. Il n'avait pas *l'air* de mentir, mais en même temps, cela restait l'ange de la Mort. C'était sans doute lui qui avait inventé la duperie.

— Lillian m'attend. » Elle se tourna vers le portail. « Là, à l'intérieur du jardin. » Du jardin *sous clé.*

« Comment penses-tu entrer ? » Une fois de plus, une pointe d'amusement exaspérante transparaissait dans sa voix. « Grimper au lierre ? Je crois que j'aimerais bien voir ça. »

Signa fit semblant de ne pas l'avoir entendu. S'il disait vrai et qu'elle pouvait réellement se servir de ses pouvoirs, alors elle avait une solution. S'il pouvait devenir immatériel – s'il pouvait devenir les ténèbres personnifiées – qu'est-ce qui l'en empêchait ? Elle hésitait seulement parce qu'elle n'était pas sûre de *comment* utiliser ces pouvoirs. La nuit où elle avait tué tante Magda, elle n'avait pas l'intention de lui faire quoi que ce soit si ce n'est la tenir à distance.

« Êtes-vous capable de traverser les murs ? demanda Signa, même si elle pensait déjà connaître la réponse.

— Je peux tout traverser, répondit l'ange de la Mort, l'inflexion de sa voix laissant transparaître sa curiosité.

— Donc si je voulais traverser le portail du jardin…

— Tu n'aurais qu'à faire appel à tes pouvoirs, exprimer une intention claire, et passer à l'acte.

— Et mon corps ? Resterai-je entière ou deviendrai-je un esprit ? »

Le petit rire de l'ange de la Mort était un profond grondement qui faisait trembler le sol. « Tu resteras toi-même. Tu as juste besoin d'être ici avec moi, de l'autre côté du voile. Pourquoi ne pas essayer ? »

Elle n'avait pas vraiment le choix.

Inspirant profondément par le nez, Signa s'efforça de faire appel à ses pouvoirs – ce qui lui paraissait ridicule puisqu'elle ne ressentait rien et était toujours à moitié convaincue que tout ça n'était qu'un ingénieux mensonge tiré par les cheveux – et courut droit sur les épaisses barres de fer du portail du jardin.

À sa surprise, elle ne se cogna pas la tête la première dans le portail. Mais elle ne le *traversa* pas tout à fait non plus. Du moins pas complètement.

Les arbres et la terre tremblèrent quand le rire de l'ange dc la Mort secoua Signa jusqu'aux os. Elle ne le pensait même pas capable de produire pareil boucan, mais en l'entendant, elle sentit la chaleur lui monter aux joues. Car elle était coincée dans le portail, l'avant de son corps dans le jardin, et l'arrière toujours avec l'ange de la Mort.

Elle avait l'impression d'avoir quelque chose de dur *à l'intérieur*. Du métal froid et mordant qui frottait contre ses entrailles. Ses mains tremblaient tant tout cela ne lui paraissait pas naturel, comme si on l'avait coupée en deux.

« J'ai oublié de préciser, ajouta l'ange de la Mort de sa voix claire comme de l'eau, si tes pouvoirs sont semblables aux miens, alors nos capacités dépendent de notre intention. Tu peux faire tout ce que tu veux, mais si tu doutes de toi une seule seconde… Voilà le résultat. » Il se remit à rire, et Signa ne put s'empêcher de remarquer que les étoiles clignotaient à ce bruit comme si, elles aussi, trouvaient la jeune fille ridicule.

Quelle était l'étendue des pouvoirs de l'ange de la Mort exactement ? Quelle était l'étendue de ses pouvoirs à *elle* ?

Signa se dépêcha de jeter quelques baies supplémentaires dans sa bouche, ne souhaitant pas découvrir ce qui se passerait si elle devait retrouver son état physique dans cette position

– ou pire encore, si Sylas devait la trouver ainsi. « Allez-vous m'aider, siffla-t-elle, ou simplement rester là à rire, espèce de tas de ténèbres inutiles ? »

L'ange de la Mort cessa de rire doucement. « Allons, allons, Petit Oiseau. Il te suffit de me demander de l'aide et je te l'accorderai. »

Elle bouillait d'agacement et cela commençait à déborder. « Sortez-moi de là avant que...

— Avant que les baies ne fassent plus effet et que tu redeviennes mortelle ? Ou avant que le garçon ne retrouve que ton arrière-train ? » Même si Signa ne le voyait pas, elle se figea en sentant les ténèbres l'effleurer et lui glacer la peau. « Personne n'a jamais osé me parler comme tu le fais. Pourquoi es-tu si polie avec les autres ? Si sage et douce, et pourtant si acerbe avec moi ? Demande-moi gentiment, Signa Farrow. »

Elle roula des yeux. « Peut-être est-ce lié au fait qu'à chaque fois que je vous vois, quelqu'un meurt. » Mais ce n'était pas la seule raison. Peut-être était-ce parce que l'ange de la Mort ne pouvait pas exister – n'aurait pas *dû* exister, et que Signa n'était pas tout à fait convaincue qu'il ne fasse pas partie de sa propre imagination. Quelqu'un qu'elle aurait inventé dans sa solitude, pour justifier les événements étranges qui se produisaient autour d'elle.

Ou peut-être était-ce parce que l'ange de la Mort existait bel et bien, et qu'à son contact, Signa était trop à l'aise. Une fois les masques tombés, ses propos se faisaient tranchants et plus venimeux. C'était peut-être aussi parce qu'elle n'avait pas besoin de l'impressionner. Pas besoin de respecter les convenances sociales et de remettre en question la moindre de ses pensées et de ses actions. Avec lui, inutile de faire semblant. Peut-être était-ce simplement sa vraie personnalité.

« Vous m'avez étudiée ? demanda-t-elle.

— Il se trouve que tu fais passer le temps plus vite. Sinon je m'ennuie et succombe à la lassitude, et qui d'autre pourrais-je embêter ? » Sa réponse la surprit : si culottée, si franche.

Elle détesta se sentir rougir. « Si l'on considère que vous me trouvez tout à fait fascinante, vous feriez bien de m'aider à sortir de là avant que je ne me solidifie et que je fasse une hémorragie interne à cause de ces *barres de fer* qui me transpercent les *organes*. » L'ange de la Mort attendit, immobile, patient et bien plus amusé par la situation qu'il n'aurait dû l'être, jusqu'à ce que Signa ajoute un « *S'il vous plaît* » concis et amer.

« Ah, voilà qui est mieux. Je suis ravi de te voir progresser. » Il se tenait devant elle à présent, ses ténèbres se tendant vers elle. Lui tendant… Une main ? Signa n'avait jamais rien vu d'un tant soit peu humain chez l'ange de la Mort, mais c'était bien une main enveloppée de ténèbres. Une main qui hésita en suspens un moment avant d'enrouler ses doigts autour des siens. La vie autour d'eux se figea, prenant une inspiration.

Puis le monde expira à nouveau quand l'ange de la Mort l'attira dans le jardin.

TREIZE

Le jardin n'avait pas autant dépéri que Signa le craignait. La première chose qu'elle entendit en pénétrant à l'intérieur était le doux clapotis de l'eau, accompagné d'une chorale de grenouilles qui coassaient. La terre était riche et propice à l'automne, avec une abondance d'aconits, des chrysanthèmes orange et rouges odorants, des pensées dont le violet profond mordait sur leurs pétales jaunes, des hamamélis en fleurs, et des dizaines de plantes saisissantes qu'elle n'avait encore jamais vues. En face d'eux s'étendaient des rangées d'herbes médicinales qui n'avaient pas été cueillies et avaient bruni et, plus loin, des buissons de solanacées. Même si personne ne s'en occupait plus, le jardin ne donnait pas l'impression d'abandon de celui de tante Magda. Embrasé par le soleil couchant, ce jardin paraissait vivant et débordant de magie.

Signa essaya d'imaginer à quoi il ressemblerait lors d'une chaude journée d'été, comment Lillian en aurait profité avec le chant des oiseaux et le doux bourdonnement des insectes, allongée dans l'herbe, à prendre le soleil. Ou peut-être à pique-niquer.

Lillian, Lillian, Lillian. Le nom résonnait autour d'elle comme si le jardin ouvrait la voie jusqu'à la défunte, guidant Signa plus avant.

« Sa mort a-t-elle été paisible ? » C'était la même question qu'elle avait posée à Sylas. Cette fois, cependant, elle s'adressait directement à la source.

L'ange de la Mort s'attardait à ses côtés, et la tension électrifia l'air. « Malgré ce que tu sembles penser de moi, je ne suis pas un monstre. On ne peut pas toujours éviter la douleur, mais j'essaie de rendre la mort paisible quand je peux. Je ne peux pas emmener chacun dans un état de béatitude, mais j'essaie. »

À sa surprise, elle se rendit compte qu'elle le croyait. « Et pour Lillian ?

— Je ne me rappelle pas toutes les vies, Petit Oiseau, car il y en a beaucoup trop, et je ne peux pas te dire grand-chose. Ce que je sais, c'est que ce jardin était son endroit préféré au monde, et qu'elle est enterrée au fond, près de la mare. Veux-tu que je t'amène à elle ? »

Signa frissonna. « Oui, s'il vous plaît. »

L'ange de la Mort guida Signa à travers le jardin comme s'il était déjà venu des centaines de fois. En le suivant, Signa se demanda combien de temps Lillian avait été malade. Combien de fois elle s'était retrouvée si proche des portes de la mort qu'il était venu s'asseoir avec elle dans ce jardin, attendant de voir si elle l'appellerait enfin ?

Bien que verdie par les algues, la mare grouillait de vie. C'était un endroit paisible, avec des feuilles d'érable mortes et des lys qui poussaient sur la berge. De petites grenouilles marron se creusaient un trou dans la terre humide ou se cachaient entre les cailloux qui délimitaient la mare. On distinguait de tout petits vairons dans l'eau, et deux bancs de chêne étaient disposés devant, tous deux couverts d'une mousse humide. Derrière les bancs, vers le fond du jardin, se trouvait la tombe jonchée d'un bouquet de fleurs fanées et de davantage de mousse.

« Sois prudente quand tu t'adresses à Lillian. » La voix de l'ange de la Mort avait perdu toute trace d'amusement. « Cela demande beaucoup d'énergie aux esprits, c'est pourquoi ils ne communiquent pas souvent avec les vivants. Si un esprit est suffisamment en colère, il pourrait essayer de te posséder. »

Signa ne savait même pas jusque-là que c'était *possible*. Mais encore une fois, elle n'avait jamais rencontré un esprit aussi malveillant que Lillian. Elle dut se reprendre quelques instants avant de s'approcher de la tombe. En chemin, elle détacha une fleur de lys de sa tige et la posa délicatement à côté du bouquet fané.

« Vous m'avez demandé de venir, murmura Signa, tapotant le sol de la main. Je suis là, Lillian. Venez me dire ce que vous attendez de moi. »

Son cœur se serra quand le froid l'envahit comme des milliers d'aiguilles lui transperçant la peau. La bile lui brûlait la gorge.

Quand elle leva les yeux, Lillian flottait au-dessus du bord de l'eau.

Sa bouche n'était plus un grand trou noir ; ses lèvres étaient charnues à présent et avaient la forme d'un cœur. Elles étaient couvertes de cloques et de plaies, et Signa était convaincue que la langue de la femme serait toujours une masse informe de chair pourrie si elle essayait de lui parler mais, dans l'ensemble, elle avait l'air plus humaine.

À supposer que les humains puissent briller d'un blanc tirant sur le bleu et voler au-dessus du sol.

L'ange de la Mort s'avança et offrit sa main à l'esprit, mais elle recula comme si son toucher était empoisonné et résista à son appel. Sa proposition d'une vie après la mort.

« Vous ne pouvez pas tout simplement l'emmener ? » s'enquit Signa, et l'ange de la Mort se raidit, comme si le simple fait de le suggérer était honteux.

« Je ne le ferai pas contre sa volonté. Elle viendra quand elle sera prête. » Là-dessus il baissa la tête et se retira dans ses ténèbres.

Quand elles ne furent plus que toutes les deux, les lèvres de Lillian se courbèrent en un léger sourire. Mais ses lèvres étaient trop gercées et abîmées pour supporter le mouvement, et une des plaies se rouvrit, suintant d'un sang noir qui laissa une traînée sur son menton. Si l'esprit le remarqua, elle n'en avait que faire.

Signa était soulagée qu'aucun des Hawthorne ne la voie dans cet état. Tout chez elle rappelait que les morts n'avaient pas leur place dans le monde des vivants. Lillian aurait terrifié même ceux qui l'aimaient le plus.

« Lillian », murmura Signa. L'esprit ne pouvant pas articuler de mots, elle devrait faire simple. « Êtes-vous consciente d'être morte ? »

Selon son expérience, nombre d'esprits ne le reconnaissaient jamais et continuaient de se comporter comme s'ils étaient toujours en vie. Pourtant, à sa surprise, Lillian acquiesça.

Bien. C'était un bon début. « Les médecins disent que vous étiez malade. L'avez-vous été longtemps ? »

Le visage de l'esprit se tordit, et son comportement se fit plus inquiétant. Elle flotta jusqu'à sa tombe et se pencha sur le sol recouvert de lierre, en prenant une tige dans ses deux mains. Relevant les yeux vers Signa derrière ses cils irisés, Lillian dévisagea fixement la jeune fille tout en la déchirant en mille morceaux, jusqu'à ce que les muscles du cou de Signa se tendent.

« Ange de la Mort, interpella Signa sans jamais quitter Lillian des yeux. Savez-vous comment Lillian est morte ? Savez-vous quel mal l'a accablée ? »

Il prit forme, adossé à un arbre, et répondit d'un ton qui ne trahissait aucune émotion. « J'ai bien peur de ne pas en savoir plus qu'elle. »

Ça l'avançait bien. Signa grogna, s'efforçant de calmer son cœur qui battait la chamade tandis que Lillian continuait de déchirer le lierre, puis s'arrêta soudain à la vue d'un caillou à côté de sa tombe. Lillian s'en saisit et, de ses mains tremblantes, dessina un seul mot dans la poussière, d'une écriture si peu soignée qu'on avait peine à la lire : *tuer*.

Le mot était si peu rassurant qu'il fallut toute la détermination de Signa pour rester où elle était quand son instinct la pressait de partir en courant. « Avez-vous… tué quelqu'un ? » demanda-t-elle, sur quoi Lillian se renfrogna. L'esprit désigna les plaies sur ses lèvres, puis elle-même, et Signa en eut le souffle coupé quand elle comprit enfin.

Si Lillian disait bien ce que Signa pensait… La situation allait grandement changer et deviendrait bien plus compliquée que Signa l'aurait voulu. Quelque chose en elle la poussait à faire demi-tour et s'échapper dès maintenant, avant que ça n'aille plus loin. Avant qu'elle n'apprenne un secret dont elle ne voulait rien savoir.

Mais Signa ne pouvait pas s'en aller. Elle n'aurait pas pu bouger les pieds si elle l'avait voulu. Alors plutôt que de s'enfuir, elle se força à demander, « Lillian, essayez-vous de me dire qu'on vous a assassinée ? »

Jetant le caillou, Lillian se tourna vers Signa en acquiesçant vigoureusement. Aussitôt, Signa relia les différentes pièces du puzzle. La mort soudaine, les visites des médecins qui n'avaient mené à rien, l'esprit en colère, et à présent...

« Bliss. L'histoire se répète, n'est-ce pas ? Quoi qu'ait pu vous tuer – quelle que soit la personne qui ait pu vous tuer, elle est revenue s'occuper de votre fille. C'est bien ça ? »

Lillian disparut en un clin d'œil et réapparut près d'un petit buisson de baies de l'autre côté du jardin.

Signa se précipita vers elle et ouvrit le poing, où elle tenait toujours une petite poignée de baies, à moitié écrasées dans la paume de sa main à présent. Elle les tendit vers Lillian, dont les yeux noircirent quand Signa lui demanda : « Du poison ? Vous pensez avoir été empoisonnée ? »

L'esprit fut pris d'une violente secousse. Réprimant ses tremblements, Signa osa ajouter : « Était-ce par un habitant de l'Épineuse ? »

Une autre violente secousse. Les plaies sur les lèvres de Lillian suppurèrent, passant de violet à un noir affreux avant de se déchirer et de laisser couler le sang sur ses lèvres, le long de son menton, et tacher le haut de sa robe. Elle fut prise de spasmes, acquiesçant furieusement de la tête, terrifiante. « Qui ? s'enquit Signa tandis que les yeux de Lillian s'illuminaient, flamboyaient. Était-ce un des cuisiniers ? Une femme de chambre ? La gouvernante ? Quelqu'un en qui vous aviez confiance ?

— Ça suffit ! » L'ange de la Mort se tenait au côté de Signa, ses ténèbres l'assaillant pour la faire reculer. « Ne brusque pas les morts, Signa. Elle n'en sait rien. »

Son avertissement arrivait trop tard. Le cou de l'esprit se plia et se brisa à force d'être secoué dans une direction puis dans l'autre, à acquiescer, nier, à se tordre. Du sang se déversa de la bouche de Lillian, et le clair de lune illumina la chair de sa langue en lambeaux quand elle rejeta la tête en arrière et poussa un cri si strident et grinçant que Signa tomba à genoux. Le vent fouetta l'eau de la mare et jeta les grenouilles qui coassaient dans les arbres, tachant de leur sang leurs branches propres.

L'ange de la Mort se tenait devant elle, ses ténèbres comme une armure la protégeant du carnage.

« Que se passe-t-il ? » cria-t-elle, les mains collées à ses oreilles bourdonnantes tandis qu'elle essayait de voir ce qui se tramait derrière lui.

« Tu l'as poussée trop loin. » L'obscurité s'étendit autour d'eux, créant une barrière. « Les esprits récalcitrants ne sont pas censés se rappeler leurs derniers instants. On ne sait jamais comment ils vont réagir. »

Signa se pencha pour contourner l'ange de la Mort et voir Lillian saisir l'affreux bout de langue au fond de sa gorge. Elle enfonça ses ongles crasseux et tachés de terre dedans, extirpant des bouts de chair. Elle en rejeta un morceau ensanglanté par terre avant d'y retourner, comme si elle essayait d'arracher sa langue tout entière.

Mais le vent se calma enfin, et le cou de Lillian se remit en place correctement. Elle porta le regard sur Signa, sur les bouts de langue qui disparaissaient déjà. Sur les arbres tachés de sang sur lesquels plusieurs grenouilles étaient empalées.

Elle se tourna vers l'ange de la Mort, et des larmes inondèrent ses yeux, noires et sanglantes.

Puis Lillian disparut, et l'électricité dans l'air avec elle.

L'ange de la Mort retira les ténèbres entourant Signa, qui se précipita jusqu'à l'arbre le plus proche pour vomir. Elle était glacée, incapable de se réchauffer, ses mains tremblaient alors même qu'elle les appuyait sur le tronc pour se stabiliser. À l'extérieur du jardin, Mitra hennit en entendant le bruit de sabots au loin.

« Il est temps de partir » fut tout ce que l'ange de la Mort lui dit en la prenant par les épaules pour la remettre sur pied et lui faire traverser le jardin.

« Savez-vous qui a fait ça ? » Les mots lui vinrent tout seuls, mais elle avait du mal à articuler.

« Si je le savais, je te le dirais. Je ne suis pas omniscient, Signa. Quand je touche quelqu'un, j'aperçois des bouts de sa vie. Mais je ne sais que ce qu'il sait, et même si Lillian pense avoir été assassinée, elle ne sait pas qui a manigancé tout ça. » Gundry grattait le sol devant le portail. Il cessa de renifler aussitôt et releva les yeux, la langue pendante quand il vit Signa traverser le portail tant bien que mal. Il regarda également l'ange de la Mort, et se mit à remuer la queue.

« Il peut vous voir ? » Après tout ce dont elle avait été témoin ce jour-là, elle ne comprenait pas bien pourquoi cela lui paraissait si surprenant. Elle avait déjà vu des esprits interagir avec des animaux, mais l'ange de la Mort, c'était encore autre chose. Comme quelqu'un qui ne devrait même pas exister.

« Tous les animaux peuvent me voir », répondit-il en caressant la tête du chien. Elle eut l'impression d'apercevoir un léger sourire derrière ses ténèbres, mais quand elle cligna des yeux, il n'y avait plus rien.

Cela faisait beaucoup. Beaucoup de choses qu'elle ignorait encore. Beaucoup d'informations qu'elle arrivait à peine à intégrer.

Elle avait les pouvoirs de l'ange de la Mort.

Lillian avait été assassinée.

Et maintenant, pour sauver Bliss, il revenait à Signa de découvrir le responsable.

QUATORZE

Quand Sylas la trouva, Signa s'appuyait sur Mitra et s'agrippait aux rênes pour tenir debout. Sylas avait les cheveux en bataille et truffés de brindilles, comme s'il était tombé dans les buissons. Sous lui, Balwin semblait ravi et pas du tout essoufflé.

« Miss Farrow ! » Sylas poussa un soupir de soulagement. « Vous n'auriez pas dû partir comme ça !

— Ce n'est pas ma faute si vous n'êtes pas capable de suivre », parvint-elle à répondre. Elle s'essuya la bouche de l'avant-bras et prit plusieurs grandes inspirations d'air frais, le laissant envahir ses poumons et la ragaillardir. Elle ne s'était jamais rendu compte qu'interagir avec un esprit la fatiguait autant, mais à ce stade, elle arrivait à peine à lever les mains. Elle ne sentait plus Mitra à côté d'elle qui la maintenait debout. Elle ne ressentait *plus rien*.

« Signa ? » La voix de Sylas était faible. « Vous vous sentez bien ?

— Pas du tout, articula-t-elle tant bien que mal. Je crois… Je crois que j'ai mangé quelque chose qui ne me réussit pas. »

Elle ne cessait de trembler, incapable de se débarrasser de cette sensation de froid intense qui la ceignait jusqu'à la moelle. Elle ne pensait qu'à une chose : ils devaient se dépêcher de rentrer car l'assassin de Bliss se baladait librement quelque part dans l'Épineuse.

Signa grogna quand Sylas la hissa sur le dos de Balwin. Elle voulut protester quand il passa les bras autour de sa taille pour la maintenir devant lui sur la selle mais, pour être honnête, elle y voyait à peine. Elle s'efforça de ne pas tressaillir à son contact. D'accepter son aide et de se rappeler qu'elle ne pouvait plus lui faire de mal maintenant que la belladone s'était dissipée et ne coulait plus dans ses veines.

« Si vous devez vider votre estomac, la prévint-il, assurez-vous de ne pas le faire sur mes bottes. »

Elle ne lui promit rien. Elle avait l'impression qu'on lui avait assené un coup à la tempe à l'aide d'une batte de cricket. Son estomac menaçait de se vider à tout moment, et même si Sylas avait enlevé sa cape pour la poser sur ses épaules, elle n'arrêtait pas de trembler.

« Que vous est-il arrivé ? » Malgré sa gentillesse, Sylas parlait d'une voix quelque peu sévère. « Ça vous arrive souvent de tomber malade comme ça ? Ou seulement quand vous disparaissez batifoler dans les bois ?

— Je n'appellerais pas ça batifoler, répliqua Signa, enroulant ses doigts dans la cape qu'il lui offrait. Et non, ça ne m'arrive pas souvent. Je crois avoir vu quelque chose dans la forêt. » Elle décida de glisser un bout de vérité dans ses propos, juste assez pour le laisser perplexe. « J'avais l'impression que quelque chose m'appelait dans les bois. »

Avec sa poitrine contre son dos, elle le sentit se crisper. Le chaud lui monta aux joues, et elle s'efforça de ne pas penser à cette situation tout à fait inappropriée, ni à la sensation de ses cuisses musclées autour d'elle, et de se concentrer plutôt sur le fait qu'il ne semblait plus respirer. « Quelque chose ne va pas ?

— Rien dont vous devriez vous inquiéter...

— Je peux en juger par moi-même, le coupa-t-elle, faisant preuve de plus de courage avec Sylas qu'elle n'en avait généralement. Quoi que ce soit, dites-le-moi. »

Pendant un temps, on n'entendit que le bruissement des feuilles sous les sabots des chevaux. Signa se retourna pour le regarder et, quand ses yeux gris cendré croisèrent les siens à la faible lueur du clair de lune, elle en eut la bouche sèche.

Tout chez cet homme l'agaçait le jour où ils s'étaient rencontrés. À présent, cependant, elle était frustrée de ressentir le contraire. Elle porta son attention sur la tunique aux manches retroussées, ses larges épaules, sur son col échancré qui laissait paraître une partie de son torse... Puis elle détourna le regard en jeune lady bien élevée qu'elle était et fit semblant de ne pas fondre à son contact tout en ayant envie de le rouer de coups.

Heureusement, Sylas ne sembla pas remarquer son conflit intérieur. « Des rumeurs courent au sujet de l'Épineuse. » Son murmure était aussi troublant que la forêt sombre qui les entourait. « J'aurais voulu vous en parler le jour où je suis venu vous chercher, mais je ne savais pas comment m'y prendre. Si un autre foyer avait pu vous accueillir, je l'aurais peut-être fait. » Ils devaient se pencher pour éviter les branches qui s'accrochaient à eux, et quand l'une d'elles menaça de déchirer la manche de sa cape empruntée, il s'arrêta pour l'aider à se libérer de ses doigts agiles. Une fois fait, elle s'avança dans la selle et s'éclaircit la voix.

« Vous disiez ? » Elle ne pouvait que prier pour ne pas rougir.

Il se renfrogna quelque peu mais poursuivit néanmoins. « Je disais que, la nuit, les domestiques prétendent entendre une femme hurler. Certains refusent de parcourir les couloirs une fois la nuit tombée de peur de croiser un fantôme. On parle d'une femme blonde vêtue d'une robe blanche qui vous observe un instant avant de disparaître. Et maître Hawthorne… C'est le plus mal en point. Je crois qu'il l'entend, lui aussi. Je crois que c'est pour cela qu'il ne dort plus, qu'il ne mange plus, qu'il ne fait plus grand-chose.

— À part organiser des soirées », ajouta Signa. Les soirées les plus démesurées et les plus audacieuses dont elle ait jamais entendu parler.

« Pour couvrir ses cris j'imagine, le défendit Sylas. Pour la tenir à distance, et oublier. Je connais les Hawthorne depuis longtemps, et je vous assure qu'il ne s'est pas toujours comporté de la sorte. »

Ils étaient donc au courant pour l'esprit de Lillian. Ils n'étaient peut-être pas capables de la voir, mais ils étaient conscients de sa présence. Signa poussa un soupir et se laissa aller contre Sylas. Elle était si soulagée que, si elle en avait eu l'énergie, elle aurait passé ses bras autour de l'encolure de Balwin pour l'embrasser. L'ange de la Mort lui avait dit que certaines personnes étaient capables de jeter un coup d'œil derrière le voile des vivants. Même s'ils ne voyaient probablement pas Lillian comme elle, ils savaient qu'elle les hantait. Si quelqu'un soupçonnait Signa de voir l'esprit de Lillian, ça ne les choquerait pas. La chance semblait enfin avoir décidé de lui accorder ses faveurs.

« Et vous ? » Elle devenait bien trop à l'aise à se laisser aller contre Sylas, mais elle n'y pouvait rien car la fatigue l'assaillait. « Croyez-vous aux fantômes, M. Thorly ?

— Ne me prenez pas pour un imbécile, Miss Farrow. Dans un cadre comme l'Épineuse, comment pourrait-il en aller autrement ? »

Ces mots résonnèrent comme une musique enchanteresse à ses oreilles ; Signa n'avait jamais rien entendu d'aussi doux.

« Alors vous comprendrez quand je vous affirme que l'on m'a forcée à quitter le manoir et à pénétrer dans les bois ce soir.

— Quelle que soit votre raison, vous devez vous montrer plus prudente. Vous n'avez pas cessé de frissonner depuis que je vous ai retrouvée. » Il ajusta la cape qu'il avait posée sur ses épaules pour renforcer ses propos. « Si quelqu'un découvre que cela s'est produit et que je ne l'ai pas signalé, je perdrai mon emploi. Je ne suis pas loyal envers vous, mais envers mon employeur. Si vous voulez que je prenne ce risque, vous allez devoir me donner une bonne raison. »

Signa se tortura l'esprit pour inventer une histoire crédible qu'elle raconterait si magistralement qu'elle pourrait se sortir de cette situation sans lui en dévoiler davantage, mais elle avait mal aux tempes et il lui brûlait de le *dire*, tout simplement. D'expliquer à quelqu'un ce qui se passait réellement, pour ne pas avoir à tout gérer seule. Il y avait quelque chose chez Sylas, dans sa façon de s'exprimer – de façon directe et factuelle – qui laissait penser à Signa qu'il la croirait peut-être. C'était pour la même raison que, en sa compagnie, elle se sentait plus épanouie. Elle avait réussi à discuter franchement avec lui sans qu'il prenne ses jambes à son cou. Sans parler du fait qu'il avait déjà admis croire que l'esprit de Lillian hantait le domaine des Hawthorne.

Elle inspira si brusquement que Mitra rabattit les oreilles.

« Si je vous le dis, murmura Signa, vous devez jurer de n'en parler à âme qui vive. »

Sylas était visiblement aussi aisément dévoré par la curiosité que Signa. Un sourire dans la voix, il se pencha vers elle et répondit : « C'est promis.

— À *personne* ? Même si vous me trouvez ridicule ?

— Je vous trouve déjà ridicule, répliqua-t-il avant que Signa ne se retourne et lui lance un regard furieux. Très bien, oui, j'accepte de n'en parler à âme qui vive sur cette terre quoi que vous ayez à me dire. À présent, allez-vous maintenir le suspense encore longtemps ? Crachez le morceau.

— Je voulais trouver sa tombe. »

Il la dévisagea platement. « Êtes-vous fascinée par le macabre, Miss Farrow ? »

Il n'y avait pas de bonne formulation pour le dire. Signa fit la seule chose en son pouvoir – elle redressa les épaules et affirma : « J'ai des raisons de croire que Lillian n'est pas morte de causes naturelles. Qu'elle a été assassinée, et si nous ne trouvons pas le responsable, Bliss mourra, elle aussi. »

Pendant un long moment, elle eut pour seule réponse le hululement lointain d'une chouette. Signa se recroquevilla en tendant l'oreille tandis qu'ils traversaient la lande, s'attendant à ce que Sylas l'emmène chez le médecin le plus proche et demande à la faire enfermer. À sa surprise cependant, sa première réaction fut « *Nous* ? »

Signa passa les doigts dans la crinière de Balwin. Elle n'avait pas eu l'intention de le formuler ainsi, mais maintenant que c'était fait… Il devenait évident que cette situation était si grave qu'elle ne pourrait la gérer seule. Elle avait besoin d'aide, et Sylas connaissait l'Épineuse. Il connaissait les Hawthorne et avait accès au personnel comme elle ne l'aurait jamais. Il pourrait l'aider.

Elle n'eut pas besoin de répondre avant d'arriver aux écuries. Quand Sylas l'aida à descendre de Balwin, elle lui prit la main. Il tressauta et, l'espace d'un instant, Signa craignit que la belladone fasse toujours effet. Peut-être avait-elle toujours accès à ses pouvoirs et lui avait-elle ôté la vie. Mais ils portaient des gants tous les deux, et il la dévisageait de ses yeux sombres et curieux en battant des paupières.

« J'ai besoin que vous me racontiez tout ce que vous savez sur les Hawthorne », le pressa-t-elle. Elle comprit que l'excitation lui avait fait hausser le ton quand Sylas se pencha vers elle pour poser un doigt sur ses lèvres au plus vite, le contact si intime qu'elle en eut la gorge sèche.

« Miss Farrow, je travaille aux écuries. » Il regarda derrière elle, s'assurant que personne ne les regardait quand il l'entraîna à l'intérieur. « Je ne suis pas censé colporter des commérages sur ceux qui me paient…

— J'ai remarqué vos bottes, M. Thorly. J'ai remarqué votre façon de vous habiller, et il est évident aux yeux de quiconque vous a vu que vous souhaitez devenir plus qu'un garçon d'écurie. » Quelque chose s'illumina dans son regard. Quelque chose à quoi Signa s'accrocha et sur lequel elle s'appuya. « Imaginez ce qui se passerait si vous sauviez Bliss. Si vous les débarrassiez du fantôme de Lillian et redonniez un peu de tranquillité d'esprit à Elijah. Si vous mettiez à nouveau les pieds dans les écuries après ça, ce serait pour monter votre propre cheval. Vous n'auriez plus jamais besoin de travailler. »

Sylas ôta les brides et les selles des chevaux, et son front plissé indiqua à Signa que les engrenages se mettaient en route dans sa tête. « Si quelqu'un découvrait votre implication et si l'on vous licenciait pour quelque raison que ce soit, ajouta-t-elle pour l'amadouer plus encore, je vous embaucherais dès que je revendiquerais mon héritage. Servez-vous de votre position pour m'aider, M. Thorly. Soyez mon confident, mes oreilles, et votre avenir sera loin de se cantonner aux écuries.

— Vous êtes une belle baratineuse », répliqua-t-il. Une fois les chevaux enfermés dans leurs box et le harnachement rangé, il se hissa sur une balle de foin et demanda : « Vous me paieriez de vos propres deniers pour que je vous aide à élucider le meurtre d'un membre d'une famille que vous venez tout juste de rencontrer ?

— Les Hawthorne se sont montrés généreux envers moi, dit-elle malgré le regard scrutateur du jeune homme dont elle étudiait une petite cicatrice sur le sourcil. De plus, ce n'est pas comme si je manquais d'argent. »

Perplexe, le rire qu'il émit n'était guère qu'un petit souffle d'air. « Je suppose que vous n'avez pas tort. Alors très bien. Nous avons un accord, Miss Farrow. »

Elle s'efforça de cacher sa surprise. Elle avait toujours su que l'argent conférait un certain pouvoir. Qu'il gouvernait le monde. Mais c'était la première fois qu'elle en faisait l'expérience personnellement, de voir à quel point cela pouvait avoir une influence déterminante. Elle s'accorda un infime instant pour détendre ses épaules et savourer le soulagement de ne plus être seule dans ce guêpier. Elle en savait trop peu sur les Hawthorne et n'avait pas assez de temps pour tout gérer toute seule. Elle avait *besoin* de quelqu'un comme Sylas, et il avait fortement à y gagner, lui aussi. Tout le monde en avait toujours eu après son argent, et si c'était nécessaire pour qu'il l'aide, alors qu'il en soit ainsi.

« Dites-moi tout ce que vous savez, le pressa-t-elle à nouveau. Y a-t-il quelqu'un qui n'appréciait pas Lillian ?

— La société tout entière n'aimait pas Lillian. » Il lissa de la main ses cheveux noir d'encre comme la nuit. « Vous avez pu constater par vous-même la fortune de la famille. Et je parie que vous avez déjà été témoin de ce que la jalousie et la cupidité peuvent faire aux gens. Ils n'avaient pas besoin de la connaître pour ne pas l'aimer. »

Pleine d'amertume, elle songea à ce qui était arrivé à ses parents, puis à la façon dont tous ses tuteurs s'étaient occupés d'elle au fil des années. Bien que son amie Charlotte ait considérablement agrémenté de tendres souvenirs le temps passé chez son oncle, plus elle grandissait, plus elle repensait à toutes les occasions pour lesquelles il l'avait laissée seule. À sa façon de dépenser l'argent prévu pour prendre soin d'elle pour acheter des vêtements importés et des cadeaux somptueux pour ses maîtresses. Elle avait passé le plus clair de ses nuits enfermée dans sa chambre, à s'efforcer de couvrir les bruits étranges émis par des invitées qu'elle n'avait jamais eu le droit de rencontrer.

Seule la grand-mère de Signa l'avait vraiment aimée, les autres n'en avaient qu'après sa fortune. Certains avaient fait preuve de suffisamment de décence pour la nourrir et la maintenir au chaud, mais elle n'avait jamais eu l'impression d'être importante à leurs yeux. Jamais eu l'impression d'être autre chose que la fillette invisible à la fortune rondelette.

Lisant la réponse sur son visage, Sylas acquiesça. « Lillian était une femme merveilleuse, mais les Hawthorne seront toujours une cible, peu importe leur gentillesse. Certains tueraient pour de l'argent, Signa. Certains transforment les mensonges en mots doux et en sourires plus doux encore. Vous feriez bien de ne pas l'oublier. »

Elle doutait d'avoir ce problème un jour. Des étrangers avaient parfois fait preuve de gentillesse envers elle, certainement. Jusqu'à ce qu'ils la voient parler à un esprit ou qu'ils apprennent les rumeurs sur son compte, et alors ils fuyaient. Même une fois qu'elle aurait touché son héritage, elle n'imaginait pas que cela changerait, sauf si elle se trouvait un bon mari et se faisait un nom dans la haute société.

Cela pourrait-il changer ?

« Si ce que vous dites est vrai, dit Signa, alors pourquoi devrais-je vous faire confiance ? Vous avez été bien prompt à accepter mon argent. »

Sa réponse fut simple. Ferme. « Vous ne devriez faire confiance qu'à vous-même, Miss Farrow. Mais pour Bliss, je vais vous aider. Commençons par le commencement, nous devons vous ramener au manoir sans éveiller les soupçons. » Sylas se leva et lui tendit sa main gantée.

Les épaules tendues, Signa accepta. Il la mena dans un box où son chien, Gundry, était allongé dans le foin. L'animal grogna quand Sylas le poussa et se pencha pour dégager du passage plusieurs balles de foin. Signa ne put s'empêcher de remarquer ses muscles qui se contractaient dans le dos tandis qu'il travaillait, profitant de ce qu'il était distrait par sa tâche pour observer un physique masculin. Cela éveillait de plus en plus sa curiosité.

« Posez la main à plat sur ce panneau et appuyez. » Les balles de foin cachaient un mur de pierre. Signa suivit ses instructions et appuya sur la pierre. Elle émit un déclic et bougea sous sa main. « Maintenant, faites-la tourner », dit-il.

Quand elle le fit, le mur glissa et s'ouvrit sur un passage secret baigné d'obscurité. Pas de lumière, pas de bruit, juste un courant d'air et un labyrinthe sans fin devant eux.

Sylas saisit une lampe à huile sur un des établis de l'écurie. Gundry se leva, s'étira en bâillant, et s'avança à pas de loup au côté de son maître. « Quelqu'un vous a-t-il montré les tunnels qui mènent à l'Épineuse ? »

Sylas leva la lampe et Signa plongea son regard dans l'obscurité devant elle. Les poils se hérissèrent sur ses bras. « Jamais. Où mènent-ils ?

— Ceux-là ? Dans le garde-manger de la cuisine, répondit Sylas. Je suis convaincu qu'il y en a une dizaine d'autres, mais je n'en connais que quelques-uns. Je ne crois pas que l'on s'en serve encore, mais celui-ci était censé être une sortie de secours pour les domestiques en cas d'incendie dans les cuisines. Il en existe d'autres dont les employés de maison se servaient pour ne pas être vus de ceux qui vivent au manoir. Les tunnels sont sombres, mais ils vous permettront de rejoindre le manoir sans que personne vous voie. Si quelqu'un devait vous voir émerger des cuisines, dites-lui que vous vous êtes perdue en explorant la propriété et que vous avez eu besoin d'un casse-croûte tardif car vous aviez raté le dîner. À présent – il baissa la tête pour pénétrer dans le tunnel et lui tendit la main –, me faites-vous confiance pour vous escorter ? »

Elle eut le sentiment d'une question piège. Sylas l'avait mise en garde de ne pas lui faire confiance. De ne faire confiance à *personne*. Et pourtant elle tendit la main vers lui, empressée de sentir à nouveau la caresse de sa main sur elle. « Pas le moins du monde.

— Très bien, Miss Farrow. À présent, allons-y. » Il enroula ses doigts autour des siens, et l'entraîna dans les tunnels.

Selon Sylas, les fêtes à l'Épineuse n'étaient pas rares.

« Lillian n'aimait rien tant que la compagnie et une raison de faire la fête », dit-il tandis qu'ils avançaient lentement, prudemment dans le tunnel. La façon dont il parlait d'elle permettait à Signa de se représenter quelqu'un de bien plus distingué que l'esprit fantomatique qu'elle avait rencontré. Cela lui faisait penser à sa façon d'imaginer sa propre mère : comme quelqu'un fait pour être sous le feu des projecteurs. Le genre de femme qui prenait vie sous les lumières éblouissantes et la musique, faite pour porter une robe de bal, et dont le sourire charmait tous ceux qui la voyaient.

Cela rendait plus facile de croire Sylas quand il affirmait que tous ceux qui la rencontraient tombaient amoureux de Lillian, et qu'Elijah n'avait pas fait exception. « On raconte qu'il n'était pas connu pour sa galanterie à l'époque, ni comme étant du genre à se contenter d'une seule femme, murmura-t-il. Tout cela a changé quand il l'a rencontrée.

— Le meurtrier pourrait-il être une ancienne amante éconduite ? » Signa plissa les yeux, se servant de la faible lueur émise par la lampe que Sylas tenait pour voir où elle posait les pieds.

« Peut-être. » Il leva la lampe plus haut, pour mieux répartir la lumière. « J'ai entendu dire que le frère d'Elijah avait aussi un faible pour Lillian, même s'il était rare de trouver une âme qui ne soit pas sous le charme. Lillian disait toujours que l'Épineuse était un endroit trop majestueux pour qu'ils soient les seuls à en profiter. Les invités allaient et venaient constamment. »

Signa acquiesça, mais son instinct lui disait qu'il y avait autre chose derrière tout ça. Lillian était morte empoisonnée, seule dans son jardin. Signa savait pertinemment qu'avec la belladone, la mort était rapide si on en consommait suffisamment. Pourtant Lillian avait été malade pendant des mois, ce qui supposait que quelqu'un lui avait fait ingérer le poison par petites doses, suffisamment adroitement pour que sa mort soit lente et douloureuse. Ils ne cherchaient pas une fréquentation quelconque qui n'appréciait pas les Hawthorne ; ils cherchaient quelqu'un qui avait le temps d'être précis. Quelqu'un qui avait accès au manoir régulièrement.

« Est-ce qu'un membre du personnel en voulait à Lillian ? demanda-t-elle en réarrangeant les pièces du puzzle dans sa tête.

— Non, répondit Sylas, confiant. Tous ceux qui travaillaient à l'Épineuse de son vivant aimaient Lillian. »

Signa n'était pas sûre de croire que quiconque puisse être aimé et admiré à ce point. Cette femme devait bien entretenir des discordes avec *quelqu'un*. « Et Elijah ? »

Sylas dodelina de la tête pour réfléchir. « Ils l'aimaient moins. Ce n'est pas qu'ils ne l'appréciaient pas ; Elijah a toujours été un homme d'affaires avant tout, le reste venait après. Il passait le plus clair de son temps dans son bureau et au club de gentlemen. »

Signa se rappela une personne qui n'avait clairement rien contre Elijah. Signa n'avait pas été sans remarquer que Marjorie lui avait caressé le bras, ni sa façon de s'adresser à lui, avec une familiarité inconvenante pour un membre du personnel. Mais cela ne prouvait rien. S'il y avait quelque chose entre Marjorie et Elijah, il pouvait s'agir d'une relation récente.

Signa s'appuya d'une main sur le mur du tunnel pour garder l'équilibre, ses pensées allant bien trop vite pour faire attention à ses pas. « Dites-m'en plus sur son travail.

— Le Grey's est une affaire de famille, répondit-il. Je crois que les Hawthorne s'y investissent plus par fierté qu'autre chose. C'est l'arrière-grand-père d'Elijah, Grey Hawthorne, qui l'a fondé, il est dans la famille depuis des générations, et leur donne accès à des gens des plus influents à l'intérieur comme à l'extérieur du pays. En tant que fils aîné, Elijah l'a hérité de son père. Il le gère avec son frère, Byron, et un jour, c'est Percy qui s'en occupera. »

Il fallut un moment à Signa pour se rappeler le nom ; pour se rappeler l'homme qui les avait arrêtées, elle et Marjorie, dans les escaliers cette première nuit à l'Épineuse. Celui qui avait fait ressortir la repartie cinglante de Marjorie – Byron. C'est avec le frère d'Elijah que Percy discutait cette nuit-là. Le même frère qui avait eu un faible pour Lillian.

« Byron n'a pas d'enfants ?

— Même si c'était le cas, Percy est l'aîné d'Elijah et tout lui revient, dit Sylas. Mais non. Il ne s'est jamais marié. »

De plus en plus de pièces de puzzle se mélangeaient dans sa tête, et aucune ne s'emboîtait. Quelque chose lui échappait, quelque chose que Signa ne voyait pas. Heureusement, ce n'était que sa deuxième nuit au manoir. Maintenant qu'elle avait accepté d'aider Lillian, peut-être aurait-elle une chance de dormir sans que l'esprit l'embête. De *réfléchir* et de prendre des nouvelles de Bliss pour trouver comment le poison lui était administré.

« J'ai rencontré Byron ma première nuit ici, mentionna Signa. Il paraissait en colère, mais je n'ai jamais compris pourquoi. »

Sylas saisit le dos de la cape prêtée à Signa et la déporta sur le côté avant qu'elle ne trébuche à cause d'un petit trou. Il le fit sans effort, et Signa fut soulagée qu'il ne puisse constater sa gêne dans l'obscurité. Elle jeta un regard en coin à ses cheveux noirs ébouriffés en un sombre halo, remarquant à nouveau à quel point il était robuste. Comme un tronc d'arbre ambulant en réalité. Un tronc d'arbre avec des muscles. C'était impressionnant.

« Elijah n'a pas remis les pieds au club depuis la mort de Lillian, dit-il, esquissant un sourire quand il surprit Signa à le dévisager. La rumeur court qu'il n'est plus capable de le gérer, pourtant il en est l'unique propriétaire et refuse de laisser Byron reprendre le flambeau. »

Si Sylas disait vrai, alors c'était peut-être pour cela que Byron était présent à l'Épineuse, à discuter avec Percy, le soir où elle était arrivée. Sa relation avec Percy était-elle le moyen pour lui de prendre le contrôle du club ? Elle allait poser la question à haute voix quand le bout de sa botte se prit dans un autre trou dans le sol. Elle aurait dû tomber – elle sentit l'inertie l'entraîner et elle se prépara à heurter le sol –, pourtant Sylas fut plus rapide qu'elle et se servit de sa main libre pour l'attraper par les épaules ; le visage de Signa heurta sa poitrine.

Pendant un long moment, elle resta figée, à se demander si c'était une raison suffisante pour feindre sa propre mort et éviter d'avoir plus honte encore. Elle finit par décider que l'embarras en valait la peine et leva les yeux vers lui, tout doucement ; tous ses muscles la trahirent quand elle vit que ses yeux gris cendré la dévisageaient en retour.

« Vous arrive-t-il de regarder où vous allez ? » Sa voix était grave et animée. « Vous auriez pu vous blesser.

— Je vais très bien, merci. » Si près de lui, elle ne pouvait s'empêcher d'étudier les discrètes taches de rousseur sous ses yeux.

« Alors vous voulez bien me lâcher ? Nous sommes arrivés. »

Elle ne s'était pas rendu compte qu'elle s'était accrochée à sa chemise et elle le relâcha aussitôt. Le fait qu'elle ne soit pas tout simplement morte de honte était vraiment la preuve qu'elle était incapable de mourir. « Merci de m'avoir raccompagnée, M. Thorly, déclara-t-elle en reculant et en lissant sa robe. Je tâcherai de rendre visite à Bliss demain pour voir ce que je peux découvrir.

— Et moi je fouillerai les cuisines ce soir et je discuterai avec les cuisiniers. » Il pencha la tête vers elle, sa joue droite arborant une fossette qu'elle n'avait pas encore remarquée. « Si je découvre quoi que ce soit, je vous préviendrai. » Il y avait une porte devant eux, petite et encastrée dans le mur. « Elle vous mènera au garde-manger, dit-il. Dormez bien, Miss Farrow. Ne vous inquiétez pas, nous découvrirons ce qui se passe à l'Épineuse. »

QUINZE

Signa repoussa un sac de patates presque aussi grand qu'elle pour se faufiler par la petite ouverture dans le garde-manger des cuisines. Quand elle le poussa, il bascula et une dizaine de patates tombèrent par terre. Dans le silence de la nuit, leur chute paraissait suffire à ébranler le domaine de l'Épineuse tout entier. Elle maudit sa malchance en remettant tout en place, cachant la porte du tunnel donnant sur le garde-manger. Retirant ses gants, elle les rangea dans son corsage et s'efforça d'avoir l'air d'être sur le point d'aller se coucher au cas où quelqu'un viendrait voir ce qu'il se passait. Comme personne ne venait, Signa rassembla ses jupons, traversa la cuisine et passa le petit salon sur la pointe des pieds. Elle avait atteint le pied des escaliers quand une voix bourrue l'interpella. « Par tous les diables, que faites-vous debout à cette heure ? »

Signa se retourna pour découvrir Elijah Hawthorne qui la dévisageait par la porte ouverte du petit salon. Il était vêtu d'une chemise de nuit, mais la fatigue sur son visage indiquait clairement qu'il n'avait pas dormi. Peut-être depuis des jours, étant donné les cernes sous ses yeux.

Elle resserra autour d'elle la cape que Sylas lui avait prêtée, remerciant les ténèbres de la cacher. Un regard à ses jupons boueux, et Elijah se rendrait compte que Signa ne s'était pas encore couchée. « Bonsoir, monsieur. » Elle se dépêcha de passer en revue la liste de toutes les excuses possibles, toutes un poids sur sa conscience. « J'avais du mal à dormir.

— Du coup, vous vous êtes dit que vous alliez vous promener ? » Ses yeux intelligents passèrent à la cuisine derrière elle, et le sang de Signa ne fit qu'un tour – il savait. Ou du moins il la soupçonnait. Après tout, il était chez lui. Il connaissait probablement chacun des tunnels. Pourtant, si Elijah comprit, il ne dit rien. Au lieu de cela, il fit signe à Signa de le rejoindre à la petite table ronde où il était assis, devant les murs jaune beurre. Même si Signa détestait la couleur, elle devait bien admettre que la pièce était douillette dans l'ensemble, et ce n'était pas peu dire pour qu'elle puisse l'admirer même sous le poids de la sévérité du regard d'Elijah.

« Venez vous asseoir, mon enfant. » Il y avait un damier devant lui, et tandis que Signa se joignait à lui, il plaçait les pions. « Vous savez jouer ?

— Oui », répondit-elle sans préciser qu'elle n'avait jamais joué que contre elle-même. Elle avait l'impression que c'était la bonne réponse pour ne pas perdre une opportunité de discuter avec l'homme qui éveillait tant sa curiosité. Elle se saisit alors des pions noirs, faisant attention à garder ses jupons cachés sous sa cape.

« Je comprends votre incapacité à dormir. » Elijah la laissa commencer, et garda les yeux rivés sur le damier sans la regarder. « Ma demeure n'est pas accueillante, j'en ai bien peur. Mais je dois vous mettre en garde contre vos escapades nocturnes, surtout aussi tard dans la nuit. Les nuits dans ce manoir sont souvent difficiles pour ceux qui n'ont pas le cœur bien accroché. »

Signa attendit qu'il avance un pion vers le centre du damier, puis bougea l'un des siens avant de répondre. « Je suis consciente des rumeurs qui courent, mais ne vous inquiétez pas, j'ai le cœur bien accroché. Ces fantômes sont-ils la raison pour laquelle vous n'êtes pas couché vous non plus, monsieur ? »

Sa mâchoire se contracta. Un mouvement si bref qu'elle l'aurait raté si elle ne l'avait pas étudié de près. « L'entendez-vous, vous aussi, mon enfant ? » Il passa par-dessus un de ses pions pour gagner le milieu de l'échiquier. « Entendez-vous ses cris ? »

Elle avait beau tendre l'oreille, elle n'entendait pas l'ombre d'un bruit dans l'Épineuse. « Je n'entends personne, monsieur. Pas en ce moment. »

Elijah demeurait imperturbable tandis qu'elle s'efforçait de prendre ses pions. « Alors vous comprenez le problème. Je ne peux pas dormir quand je l'entends errer dans les couloirs, les hanter, mais je n'arrive pas à fermer l'œil de la nuit quand elle n'est pas là, car je me demande si je l'entendrai à nouveau un jour. »

Il prit un autre pion à Signa, distraite, car dans l'obscurité, elle voyait enfin à qui elle avait affaire – pas un imbécile, comme elle l'avait cru la première fois qu'elle l'avait vu, ni un alcoolique, mais un homme qui perdait pied. Qui avait bien du mal à tenir le coup. Elijah passa une main sur son visage, ses cheveux grisonnants trop longs et trop ébouriffés pour les standards de la société.

Elle se rendit compte trop tard que, même dans cet état, c'était Elijah qui menait la conversation. « Si j'avais eu l'impression d'avoir le choix, je n'aurais jamais pris de pupille. » Il ne la regardait pas, gardait les yeux sur le damier, comme s'il résolvait son propre puzzle.

Signa fut surprise de la pointe d'amertume qui l'envahit à ces mots. C'était logique qu'Elijah ne veuille pas d'elle – elle arrivait avec un lourd passé, et pour quelqu'un d'aussi fortuné, il n'avait aucun avantage à l'accueillir à l'Épineuse. Mais l'entendre le dire à haute voix la blessait plus qu'elle ne voulait bien l'admettre.

« Je lis l'intelligence dans votre regard, jeune fille, reprit Elijah. Vous n'êtes pas assez bête pour penser que je suis le genre d'homme à oublier de mettre mon manteau si je n'ai pas quelqu'un pour le faire à ma place. Un jour vous suffit à savoir, je n'en doute pas, que ma femme est morte et que ma fille la suivra bientôt. Et mon fils… Mon Dieu, mon fils. J'ai manqué à mes engagements envers lui tant de fois. Pourtant, si Lillian avait été au courant de votre situation quand votre grand-mère est décédée, elle aurait exigé de vous accueillir parmi nous. Par malchance, nous n'en avons été informés que récemment, sinon elle vous aurait accordé une vie merveilleuse. Elle était comme ça, paix à son âme. Elle accueillait n'importe qui avec beaucoup d'amour. En son souvenir, je n'avais d'autre choix que de vous faire venir. »

Elijah ferma la bouche d'un bruit sec, comme s'il avait décidé qu'il en avait trop dit sur le sujet. Une ombre passa sur son visage, et il laissa Signa prendre deux de ses pions.

« J'ai passé dix-neuf ans sans parents, monsieur, lui répondit-elle. Je n'ai que faire d'en avoir tout à coup. Je vous suis reconnaissante de m'avoir accueillie, et cela me suffit. Être seule me convient très bien. »

À sa surprise, Elijah se mit à rire. C'était un bruit doux, guère plus qu'un sifflement. « Moi aussi je le croyais avant. »

Signa n'eut pas l'occasion de répondre, car Elijah balaya le reste de ses pions d'un coup final. Elle en resta bouche bée quand il prit ses derniers pions d'un seul coup fluide. « Ceux qui jouent la défensive au jeu de dames perdront toujours. »

Il n'attendit pas qu'elle se lève. Il ne lui offrit pas sa main pour l'aider. « Bonne nuit, Signa. Je prie pour que nous trouvions le sommeil et que nous ne nous croisions pas ici la nuit prochaine. »

Visiblement, si elle devait retrouver Sylas à des heures indues la nuit prochaine, elle aurait besoin de dénicher un nouveau tunnel. Ou alors apprendre finalement à traverser les murs. Signa attendit, à fixer le damier et à rejouer la partie jusqu'à ce que les bruits de pas d'Elijah s'estompent. Quand ce fut le cas, elle se dirigea vers les escaliers.

Son pauvre cœur fut surpris de découvrir qu'elle n'était pas seule. Percy était assis en haut des escaliers. Si ses cheveux n'avaient pas été aussi vifs qu'une flamme, elle aurait bien pu trébucher sur lui dans la pénombre.

« Percy ! » Elle porta une main à sa poitrine. « Que faites-vous là ?

— Je ne voulais pas vous faire peur. » Sa voix n'était qu'un murmure. « Je descendais boire un verre quand je vous ai entendus tous les deux, et je… Pardonnez-moi d'avoir écouté aux portes. Cela fait si longtemps que je n'ai pas eu de vraie conversation avec mon père. J'avais presque oublié qu'il en était capable. » Ses épaules s'affaissèrent comme une fleur se flétrissant. « C'était sa pièce favorite, vous savez. C'est pour ça qu'il s'y rend si souvent. Cette maison a toujours été si étrange et si lugubre, et elle voulait une pièce qui soit la sienne, où elle se sente bien. Père s'est disputé avec elle sur le choix de la couleur pendant très longtemps – il détestait ce jaune. Mais ma mère a toujours su obtenir ce qu'elle voulait. Parfois je le vois dans cette pièce, simplement à fixer les murs, à se remémorer. »

Signa visualisait presque Lillian se faufiler dans les couloirs, prendre le thé dans le petit salon et réfléchir à la décoration. Elle semblait avoir connu une vie bien différente – une famille bien différente – de celle que Signa apprenait à connaître. « Vous arrive-t-il de lui parler ? » demanda-t-elle, le cœur lourd. Elle avait l'impression que, même s'il le nierait peut-être, Elijah avait grand besoin de compagnie.

Le visage de Percy se rembrunit. « Mon père n'a jamais été très présent. Marjorie me donnait des cours, et oncle Byron m'a appris à me comporter en gentleman. Mon père et moi ne parlions que de deux sujets : l'affaire dont j'hériterais un jour, et mon obligation à conserver les apparences et à maintenir le statut de la famille. Pendant vingt-deux ans, c'était ce qui nous liait. Et maintenant il a rompu ce lien sans explication. Donc non, nous ne nous parlons plus, car nous ne nous connaissons même pas. »

Il fallut un moment à Signa avant de pouvoir répondre. Comme elle avait une expérience de la mort différente de celle des autres et dans l'ensemble frustrante, elle choisit ses mots avec le plus grand soin. « Le chagrin est quelque chose d'étrange, Percy, car personne n'en fait la même expérience. » Elle n'avait pas l'habitude de réconforter quelqu'un. Elle ne savait pas si elle faisait ce qu'il fallait mais elle tendit la main pour la poser sur la sienne ; elle savait seulement que c'était ce qu'elle avait toujours souhaité quand elle n'allait pas bien. Que quelqu'un s'assoie avec elle et la prenne par la main, savoir qu'on était là pour elle.

Percy avait besoin d'une présence – c'était clair à sa façon de garder les yeux rivés au sol, à l'affaissement de ses épaules – et Signa était ravie d'être là pour lui. Elle s'assit à ses côtés, tapotant sa main doucement en disant : « Je suis navrée que vous traversiez cette épreuve. Je pense qu'il aimait très fort votre mère. »

Il posa les yeux sur la main de Signa, l'air renfrogné. « Plus que tout au monde. Mais ça n'excuse pas le fait de nous abandonner quand nous, nous avons toujours besoin de lui. »

Signa ne le comprenait que trop bien. Elle avait passé des années à regarder tous ceux qu'elle connaissait se transformer en fantômes – même ceux qui étaient toujours en vie. « Vous avez raison, acquiesça-t-elle. Mais c'est un homme intelligent, et je suis convaincue qu'il retrouvera son chemin jusqu'à vous. Il a peut-être simplement besoin d'encore un peu de temps. »

Percy tourna sa main dans les siennes. « Merci, cousine. Pour le bien de cette famille, j'espère que vous avez raison. »

Il se leva et lui offrit une main pour l'aider à se relever également. Ce faisant, il aperçut les jupons boueux de Signa qui dépassaient de sa cape. Il ne dit rien, mais de profondes lignes se creusèrent sur son front ; il posa une main dans le creux de ses reins et la guida vers les profondeurs de la maison, comme si elle risquait de s'enfuir. « Venez, cousine, insista-t-il, quelles que soient les épreuves que nous devions endurer, elles seront encore là après une nuit de sommeil. »

SEIZE

Pendant des semaines, Bliss fut maintenue à l'isolement. Ses seuls visiteurs étaient Elijah et les médecins qui s'occupaient d'elle. Chaque jour, Signa cherchait à se faufiler dans la chambre de sa cousine sans se faire remarquer pour voir comment elle allait, mais elle se retrouvait face à une porte fermée à clé, était prise par ses leçons, ou surveillée par l'œil vigilant d'Elijah qui passait ses soirées au chevet de Bliss, s'assurant qu'il ne lui arrivait rien pendant son sommeil.

Ce matin-là, ses projets se trouvèrent contrariés quand Marjorie fit irruption dans sa suite, des robes plein les bras – des robes pour le thé, des robes de voyage que l'on pouvait porter également en journée et d'autres plus sophistiquées avec des tissus plus somptueux conçues pour les soirées. Elles étaient bien plus jolies que la robe jaune de jour qu'elle avait été contrainte de porter si souvent, mais elle ne pouvait s'empêcher d'être un peu triste devant leurs couleurs pastel et mornes.

« Dépêchez-vous de vous préparer. » Marjorie tendit à Signa une robe pour le thé d'une douce couleur pervenche. « Vous aurez bientôt de la visite. »

Cela réveilla Signa aussitôt – comment pouvait-elle avoir de la visite alors qu'elle ne connaissait personne ?

« J'ai organisé un thé pour vous, avec des jeunes filles de votre âge, précisa Marjorie. Je me suis dit que vous aimeriez vous faire des amies ici après avoir dû quitter les vôtres dans la précipitation. Toutes ces filles sont des amies de Bliss et viennent de familles fortunées. Elles ne sont pas mariées et sont de bonne compagnie. »

Signa n'en doutait pas, mais elle demanda malgré tout : « Et je dois les rencontrer maintenant ? »

Le visage de Marjorie se fit sévère. « Qu'entendez-vous par là ? J'avais l'impression que c'était ce que vous vouliez.

— Tout à fait ! » s'empressa de répondre Signa. Bien sûr que c'était ce qu'elle voulait – avoir de la compagnie et mettre un pied dans la haute société était ce dont elle avait *toujours* rêvé –, mais elle aurait préféré un autre jour. « Je voulais simplement dire que j'espérais voir Bliss aujourd'hui. »

Cela sembla apaiser Marjorie, dont le sourire se fit compatissant. « Je vois. Malheureusement, le médecin est avec Miss Hawthorne. Vous pourrez aller la voir cet après-midi, après vos leçons. »

Signa aurait bien exigé qu'on lui laisse rendre visite à sa cousine quelques instants, mais quand Elaine arriva aussitôt pour aider Signa à s'habiller, elle se rendit compte que l'effort serait vain. Bliss devrait attendre encore un peu.

La robe glissa sur sa peau comme de la soie, faite d'une étoffe rare – la famille n'avait pas regardé à la dépense. Sa couleur était assortie aux murs du petit salon dans lequel elles prendraient le thé, lacée dans le dos, laissant de la place à Signa pour s'étoffer avec un régime alimentaire plus consistant. Pour l'instant, elle était un peu trop grande, ce qui en faisait la tenue la plus confortable qu'elle ait jamais portée, étant donné que l'on n'était pas censé porter un corset sous une robe pour le thé.

Quand Signa fut enfin prête, elle avait certainement *l'air* respectable, mais elle cherchait désespérément à emporter *Le Guide de la Beauté et du Savoir-Vivre d'une Lady* avec elle. Il était posé sur son secrétaire, et elle glissa un doigt délicat le long de son dos immaculé. Sa mère serait-elle fière de la voir ainsi vêtue ? L'aurait-elle habillée dans le même style ? Et aurait-elle attaché ses cheveux noirs en tresse comme Marjorie le faisait, pour dégager son visage délicat et son cou gracieux ?

« Elles doivent être arrivées, la pressa Marjorie. Venez. »

Signa retira sa main du livre. Elle le connaissait par cœur, avait étudié ses pages du début à la fin tant de fois qu'elle ne les comptait plus. À présent, l'heure était venue de les mettre en pratique.

Elle descendit les escaliers derrière Marjorie, passant entre deux domestiques nerveuses qui l'évitèrent au dernier moment, préparant l'Épineuse pour une nouvelle fête. Son cœur cognait à chaque pas. Elle ne se laisserait pas se mettre dans l'embarras comme elle l'avait fait avec Bliss – elle n'oublierait pas de tenir sa langue ne serait-ce qu'un instant.

Trois jeunes femmes l'attendaient dans le petit salon, assises autour d'une table ronde qui paraissait ridiculement petite et intime. Marjorie les présenta comme étant Lady Diana Blackwater, une fille plutôt quelconque à la peau claire, des cheveux châtain terne, et des yeux en boutons de bottine rappelant ceux d'un rat ; Lady Eliza Wakefield, au long visage albâtre et aux anglaises blondes, et…

Signa crut que ses jambes allaient céder quand elle vit les yeux noisette qui la dévisageaient en retour. Charlotte Killinger portait une robe de jour rayée bleu et blanc, les épaules redressées, le cou long et délicat. Sa vieille amie était encore plus belle que dans ses souvenirs – sa peau chaude d'un brun riche rayonnait, les joues légèrement teintées de rouge. Elle était plus grande et n'avait plus les joues rondes de son enfance, mais restait clairement la jeune fille que Signa avait connue. L'amie à laquelle elle pensait encore aujourd'hui, mais à laquelle elle n'avait pas parlé depuis le scandale entre l'oncle de l'une et la mère de l'autre des années auparavant.

Charlotte était bouche bée, les yeux écarquillés comme ceux d'une biche, puis elle inclina la tête dans un salut gracieux. « C'est bien aimable de votre part de nous inviter.

— Oh oui, c'est certain ! Nous étions si curieuses de rencontrer la nouvelle pupille des Hawthorne », intervint Diana d'une voix chantante après avoir incliné hâtivement la tête. Sa voix était stridente, mais Signa n'y prêta guère attention car son cœur battait à cent à l'heure. Cela faisait si longtemps qu'elle voulait revoir Charlotte. Mais pourquoi ce vœu devait-il s'exaucer aujourd'hui ? Maintenant qu'elle pensait enfin avoir droit à un nouveau départ où les rumeurs du passé ne reviendraient plus la hanter ?

Signa trébucha, les jambes engourdies, quand Marjorie la poussa doucement du coude vers sa chaise. Un des domestiques leur servit un thé fumant tandis qu'un autre leur présentait des petits pains briochés et des pâtisseries. Charlotte les remercia, mais les deux autres invitées les ignorèrent totalement. Elles étaient fascinées par Signa, et leurs yeux se mirent à briller dès que Marjorie franchit la porte.

Eliza lui sourit de l'autre côté de la table. « Eh bien, vous êtes bien menue. » Impossible de dire si c'était un compliment ou une insulte. Eliza se pencha vers elle, ses longues boucles frôlant la nappe. « Vous plaisez-vous chez les Hawthorne ? C'est vraiment une famille très intéressante.

— Intéressante ? répéta Signa, la gorge sèche et douloureuse. Comment ça ?

— Les fêtes, pour commencer. » Eliza rit, comme si la question était ridicule. « Sans parler de la fortune, des rumeurs, du mystère. Je suppose que vous ne pouvez pas être au courant puisque vous venez tout juste d'arriver, mais en ville on ne parle que de la famille qui vous accueille. »

Signa osa jeter un coup d'œil à Charlotte, assise bien droite dans sa chaise, buvant son thé à petites gorgées en silence. Elle n'avait pas dit un mot et étudiait la peinture d'un magnifique jardin au printemps.

Le Guide de la Beauté et du Savoir-Vivre d'une Lady était clair sur les commérages : *Évitez les médisances.* Signa était d'accord, elle ne voulait pas colporter des commérages sur ceux qui s'étaient montrés si bons avec elle. Mais les yeux d'Eliza brillaient de curiosité, et sa langue était prête à déverser du poison, si bien que Signa mordit à l'hameçon dans l'espoir d'obtenir l'information qu'elle cherchait. Elle tendit la main vers un scone aux myrtilles et se pencha en avant avec une discrète inspiration.

« Des rumeurs ? demanda-t-elle d'un ton qui laissait penser qu'elle n'aurait jamais imaginé que quelque chose d'aussi affreux soit possible. Vous devez certainement vous tromper ? De quel genre de rumeurs s'agit-il ?

— Toutes sortes, intervint Diana. Que des fantômes hantent l'Épineuse. Que peut-être Mme Hawthorne – la pauvre – a décidé de mettre un terme à sa vie après avoir découvert que son mari avait eu une ribambelle d'aventures torrides, une foule d'enfants illégitimes et qu'il devait maintenant subvenir à leurs besoins. On raconte même que les domestiques sont de mèche et œuvrent contre la famille. »

Ces allégations semblaient fondées sur des ouï-dire, mais Signa rangea ces informations comme autant de pièces du puzzle à étudier plus tard. « Les Hawthorne sont des gens étonnants », dit Signa, choisissant ses mots avec soin. Elle n'avait aucune certitude que ses propos ne quitteraient pas cette pièce ni qu'elle ne serait pas cataloguée comme une commère. « Mais ils sont également très généreux de m'accueillir chez eux alors qu'ils viennent de subir une si lourde perte. »

Diana émit un bruit du fond de la gorge. « Je suis sûre que votre fortune les a aidés à prendre leur décision. » Elle s'adossa à son siège et étudia ses gants blancs à fanfreluches. « Mon père dit que l'affaire familiale de M. Hawthorne est en train de faire faillite et que vous allez hériter d'une fortune plus grande encore que la leur. »

Signa ne se privait pas sur la dose de beurre qu'elle tartinait sur son scone, son cœur battant si fort que même son cou commençait à transpirer. Cette conversation était bien moins instructive et détendue qu'elle ne l'avait imaginé.

Charlotte leva les yeux à ce moment-là. « Elle vient tout juste d'arriver, Diana », dit-elle d'une voix douce entre deux gorgées de thé. « Je doute qu'elle sache grand-chose au sujet des Hawthorne. »

Eliza pinça les lèvres, et Signa se saisit d'un autre scone. Elle se disait que, si elle ne savait pas quoi répondre, tant qu'elle aurait la bouche pleine, elle pourrait gagner du temps et laisser les autres parler.

Mais c'était avant qu'un courant d'air froid ne traverse la pièce.

« A-t-on ouvert une fenêtre ? frissonna Eliza. Je ne pensais pas que j'aurais besoin d'un manteau pour prendre le thé. »

Signa ne savait que trop bien ce que ce courant d'air impliquait, et s'étouffa avec ce qu'elle avait dans la bouche. Elle s'efforça de rester discrète en tournant la tête pour voir l'ange de la Mort à côté d'elle, assis sur une chaise de ténèbres près de Diana. Il croisa une jambe de ténèbres sur l'autre et, dans sa main, des ténèbres supplémentaires formaient une tasse de thé imaginaire, qu'il leva pour la saluer. *Excuse-moi, j'ai oublié de mettre ma robe et mes gants.*

Il n'avait pas prononcé les mots à voix haute, mais ils semblaient résonner dans sa tête.

Il était dans sa tête.

Elle serra les poings sur ses jupes et contrôla sa respiration. *Non. Non non non non.* Rien de tout cela ne se passait comme prévu.

D'abord Charlotte et maintenant… non. Signa n'avait pas mangé de belladone ; elle n'avait pas voyagé jusqu'au voile qui séparait les morts et les vivants pour avoir accès à lui. Toute sa vie, elle n'avait pu voir l'ange de la Mort que quand il était présent pour une raison précise, quand quelqu'un proche d'elle était mourant. Elle aurait préféré essayer de le tuer à nouveau plutôt que de le laisser emmener une de ces filles, et elle s'efforça de lui transmettre le message par le regard noir qu'elle lui adressa. Il sembla s'en amuser, un rire étouffé retentissant dans sa tête et remplissant sa poitrine.

Détends-toi, Petit Oiseau. Je suis simplement venu par intérêt pour les commérages.

Diana prit une bouchée délicate de scone, inconsciente du monstre qui faisait semblant de boire à petites gorgées du thé de ténèbres fumant à côté d'elle. Un simple contact, un frôlement de ses ténèbres, et ces filles mourraient. Signa avait la gorge trop serrée pour avaler le bout de scone qui y était coincé. Elle s'étouffa avec et saisit sa tasse pour engloutir la moitié de son thé en une fois.

Même si Charlotte faisait attention à ne pas la dévisager, Diana se mit à rire. « Grands Dieux, ne me dites pas qu'on ne vous nourrit pas ici ? Vous mangez comme si vous n'aviez pas vu de nourriture de la semaine. Et vos clavicules… Très pointues. »

Les épaules de Signa s'affaissèrent. Elle savait qu'elle n'aurait pas dû manger aussi vite, bien sûr. Elle savait qu'elle devait prendre son temps, manger par petites bouchées, feindre de ne pas trouver les pâtisseries délicieuses et de ne pas avoir désespérément envie de tout dévorer, et préférer faire preuve de délicatesse et simuler l'indifférence envers la nourriture.

À côté d'elle, l'ange de la Mort posa sa tasse. *Apprécies-tu cette femme ? Je pourrais la contaminer d'une peste inoffensive, peut-être. Ou alors on pourrait lui donner la variole ? Avoir la peau abîmée ferait du bien à sa vanité.*

Reconnaissant le manque de sérieux dans sa voix, elle lui jeta un bref regard mécontent, à la suite duquel il soupira. *Très bien, gâche mon plaisir.*

Entre Charlotte d'un côté et l'ange de la Mort de l'autre, il était tout à fait futile d'essayer de se concentrer. Diana et Eliza menaient la conversation, et quand elles remarquèrent que cela faisait un moment que Signa n'avait même pas murmuré de réponse à leurs commérages, Eliza tourna vers elle ses yeux bruns insipides pour lui poser une question indiscrète : « Avez-vous déjà un prétendant, Miss Farrow ? »

L'ange de la Mort se leva et s'approcha d'Eliza pour la surplomber, si près d'elle que la gorge de Signa se serra. *Ne fais pas attention à moi*, dit-il. *Vas-y, réponds. Quelqu'un a-t-il attiré ton attention, Petit Oiseau ?*

Elle serra les poings. Elle aurait voulu du plus profond de son être exiger qu'il s'en aille, mais elle n'avait aucun moyen de le lui faire savoir en présence de ses invitées qui la dévisageaient. Remarquant son combat intérieur, l'ange de la Mort lui dit : *Tu devrais pouvoir me répondre, tu sais. Si tu peux m'entendre, je parierais que tu peux répondre.*

Elle essaya, impatiente de lui demander de la laisser tranquille assez longtemps pour qu'elle puisse glaner des informations sur les Hawthorne, ou au moins trouver le moyen de parler à Charlotte en privé. Pourtant, malgré tous ses efforts pour lui faire parvenir ses pensées, il ne réagissait pas comme s'il les entendait.

« Avez-vous l'intention d'entrer en société ici, Miss Farrow ? » demanda prudemment Charlotte.

Signa tenait sa tasse de porcelaine des deux mains, les yeux rivés sur son amie. Même si Charlotte la rendait nerveuse, même si elle en savait beaucoup trop et avait le pouvoir de compromettre sa réputation… Signa était malgré tout soulagée par sa présence. Soulagée d'avoir enfin retrouvé sa vieille amie et de pouvoir constater par elle-même qu'elle était en bonne santé et toujours aussi belle. « J'espère faire mes débuts cette saison, oui », lui répondit Signa, appréciant l'effet que cela lui faisait de le dire à voix haute.

Eliza tapa des mains. « Oh, vous devez organiser une fête pour célébrer ça ! Invitez-nous et nous veillerons à ce que vous sachiez tout sur tous les bons partis de la saison… » Elle porta la main à sa gorge, le souffle coupé un instant quand l'ange de la Mort la contourna.

Je serai invité à ta fête ? J'aime beaucoup danser.

Il ne serait invité à rien, et même si Signa aurait aimé le lui dire, elle continua de sourire et demanda à Eliza : « Quels hommes devraient entrer en société cette saison ? »

L'agitation autour de la table fut immédiate. Eliza se pencha vers elle, brandissant sa fourchette en parlant. « Je crois que vous voudrez garder un œil sur mon cousin, Lord Everett Wakefield. »

Charlotte se ragaillardit à ce nom, les yeux brillants. « Il est arrivé ? demanda-t-elle, ce sur quoi Eliza acquiesça.

— Il y a tout juste trois jours. Il se joindra à nous jusqu'à la fin de l'été pour voir s'il peut trouver une femme digne de lui. Je me demande également sur qui *votre* cousin va jeter son dévolu. Il doit hériter de l'affaire familiale qui représente une fortune, vous savez. »

Eliza avait raison, à supposer qu'Elijah ne ruine pas ses perspectives d'avenir. Signa repensa à deux nuits plus tôt, quand elle avait vu Elijah fourrer un gâteau dans la bouche de son fils. Elle ne pouvait imaginer l'embarras de Percy, ne pouvait imaginer ce que l'on devait ressentir à voir son père se perdre à ce point dans son deuil.

La famille Hawthorne était fragile. Il suffirait que quelqu'un donne un coup sec pour qu'elle se brise.

Quand Signa tendit la main vers un autre scone, Diana éloigna l'assiette avec un petit sourire qui raidit la colonne vertébrale de Signa. Elle se redressa et retira sa main dans le doute.

Mange-le. L'ange de la Mort lui parlait froidement. *Si tu as faim, mange le scone.*

Mais l'ange de la Mort n'avait aucune emprise sur la haute société, il ne connaissait pas les enjeux politiques auxquels il ne prenait pas part.

Ne pas trop boire ni manger, ni trop peu. Juste ce qu'il faut. Voilà ce qu'enseignait son livre sur la bienséance. Signa ne savait simplement pas ce que l'on qualifiait de *trop*. À présent, elle savait que c'était trois scones. C'est pourquoi malgré les encouragements de l'ange de la Mort, elle n'en prit pas un de plus, même quand Diana recommença à mettre son nez dans les affaires des Hawthorne, à la recherche de commérages qu'elle répéterait sans aucun doute. Il était impossible de se détendre dans ce contexte. Elle était plus sur ses gardes que jamais, à se surveiller de la tête aux pieds – de là où elle reposait son petit doigt jusqu'au rythme de sa respiration. Ses gorgées étaient-elles trop rapides ? Ajoutait-elle la dose appropriée de sucre à son thé ?

L'épuisement lui pesait sur les épaules ; fréquenter ses semblables lui demanderait plus de travail qu'elle ne l'aurait cru.

Signa avait attendu ce jour si longtemps ; celui où elle ferait partie de la haute société et pourrait s'asseoir et discuter avec ses amies. Celui où d'autres s'intéresseraient à elle, et où elle profiterait enfin de la compagnie à laquelle elle aspirait depuis si longtemps. Pourtant quand Marjorie revint au salon, Signa avait l'impression qu'une éternité s'était écoulée. Elle ne voulait plus que deux choses : être libérée et faire une bonne sieste.

Charlotte fut la dernière à partir et, à la surprise de Signa, refusa de s'attarder. Elle passa rapidement Signa en revue et souffla un « Je suis ravie de voir que tu vas bien » avant de saisir ses jupons et de suivre Marjorie dehors.

Des larmes brûlèrent les yeux de Signa. Charlotte l'avait reconnue. Elle l'avait reconnue et pourtant… Cela ne représentait rien à ses yeux. Peut-être tout ce temps passé ensemble – cette amitié – représentait plus pour Signa que pour Charlotte.

Elle avait oublié que l'ange de la Mort se tenait derrière elle jusqu'à ce qu'il maugrée : « Deux de ces jeunes filles se sont comportées comme si on venait de leur enlever leur laisse. »

Se frottant les yeux, Signa se retourna vers lui. « Qu'est-ce que vous faites encore là ? »

À nouveau les ténèbres autour de lui bougèrent et formèrent une table sur laquelle il posa les pieds. « Bonjour à toi aussi. Je suis venu voir comment tu t'adaptais à ta nouvelle vie.

— J'aurais préféré que vous vous absteniez. » Signa se détourna et arpenta le salon ; elle ne voulait pas qu'il la voie si secouée. « Comment pouvez-vous être là d'ailleurs ? »

Il réfléchit un instant, basculant en arrière sa chaise de ténèbres. « Tu as sauvé la vie de Bliss pour l'instant, mais ça ne veut pas dire qu'elle soit guérie. » Il redressa sa chaise, et la regarda. « Je suis là parce qu'elle chancelle toujours sur le pont qui sépare les vivants et les morts. Il semblerait qu'à cause de ça, quand nous sommes tous deux suffisamment proches d'elle, tu puisses me voir. Jusqu'à aujourd'hui je n'étais pas sûr que ce serait le cas. »

Maudit soit ce fichu lien qui les unissait. Elle aurait fait n'importe quoi pour couvrir ce voile menant à la vie après la mort et ne plus jamais le voir. « Et pourquoi puis-je vous entendre dans ma tête ?

— Pour la même raison que tu entends ma voix quand je parle à voix haute, je suppose. »

S'il avait été un être physique, Signa l'aurait secoué. Comme ce n'était pas le cas, elle tourna les talons et se dirigea vers lui avec une colère qui l'enhardissait. « Vous ne voyiez pas que j'étais occupée ? gronda-t-elle. C'était *important* pour moi. »

L'ange de la Mort se tourna comme s'il pouvait voir les filles à travers les murs. « *Pourquoi* ? Je pensais que ce genre de créatures n'avaient d'importance que pour leur mère. Cela ne t'a pas paru étrange que deux d'entre elles ne te posent des questions que sur ta fortune et ta famille ? Elles ne t'ont pas demandé grand-chose sur *toi*. »

Même si c'était vrai, elle n'avait absolument pas envie d'être d'accord avec lui. Têtue, elle répondit : « Ce seront bientôt mes amies.

— Amies ? » Il se leva, la table et la chaise qu'il avait formées s'évaporant. « Pourquoi ? Je ne t'avais jamais vue aussi…

— Aussi bavarde ? insista Signa. Vous ne m'aviez jamais vue en bonne compagnie ? »

Ils étaient presque poitrine contre poitrine immatérielle à présent. Si proche de lui, la peau de Signa bouillonnait, non pas de peur, mais de pouvoir. De détermination. Il était l'ange de la Mort, et cela voulait dire qu'elle n'avait pas besoin de faire attention à ce qu'elle disait. Elle n'avait pas besoin de l'impressionner.

L'ange de la Mort se pencha de sorte que son visage de ténèbres plane au-dessus du sien, un souffle les séparant. « Je ne t'avais jamais vue aussi sage et si tristement contenue. » Un scone s'envola alors pour la frapper en pleine poitrine. Elle faillit ne pas le rattraper avant qu'il tombe par terre. « Il te faisait envie, n'est-ce pas ? Pourquoi laisses-tu l'opinion de quelqu'un d'autre t'empêcher de le manger ? »

Elle enfonça les doigts dans la pâte du scone. « C'était de la politesse. Il y a des règles à respecter...

— Tu avais faim. Et si tu as faim, tu dois manger. Au diable tes règles. » Son ton avait quelque chose de sinistre. Une déception acerbe qui, à sa grande frustration, la rongeait.

« Et qu'est-ce que ça peut vous faire ? »

La question alluma une rage brûlante dans ses yeux. Un brasier qui le fit se tenir à nouveau devant elle, aspirant l'air de la pièce. « Ça me fait que tu vaux mieux que ça. Tu n'es pas faite pour être docile ni pour te priver. Si seulement tu acceptais qui tu es, imagine le pouvoir entre tes mains. Imagine ce dont tu serais capable.

— Vous voulez dire les vies que je pourrais prendre ? » Signa s'approcha. « Les esprits auxquels je pourrais parler ? Les ordres des morts que je pourrais exécuter ? Je n'ai pas besoin de l'imaginer, c'est déjà ma vie. Cette vie me consume, et je n'en veux pas.

— Comment peux-tu le savoir ? s'enquit-il. Tu ne fais que courir, comment pourrais-tu savoir ce que tu veux vraiment ? Tu préfères passer ta vie à faire semblant d'être ce que tu étais avec ces filles ? »

Elle lui jeta le scone et, à sa surprise, il ne le traversa pas comme le couteau l'avait fait quand elle l'avait poignardé. Il l'attrapa.

« Partez, dit-elle une fois qu'elle eut réussi à étouffer sa surprise. Vous ne me connaissez pas, et vous ne me connaîtrez jamais. Comme vous l'avez dit un jour, nous sommes tous les deux très occupés, et vous ne faites que me distraire. »

Il émit un hoquet méprisant, un son si humain. Si masculin. « Je suis venu te proposer mon aide. Un meurtre serait bien plus simple à résoudre, j'imagine, si tu savais te servir de tes capacités.

— Ce ne sera pas nécessaire, dit-elle, sans vouloir étudier son offre. Je sais déjà parler aux esprits...

— Alors tu ne vois pas l'intérêt d'être capable de traverser les murs ? demanda-t-il. De modifier ton corps pour que personne ne te voie ? De devenir la nuit elle-même et de t'immerger dans ses ténèbres ? Imagine tous ceux que tu pourrais espionner. »

Ce seraient des pouvoirs utiles, effectivement, mais l'admettre impliquait d'accepter son aide, et elle n'avait pas la moindre envie de les divertir, lui et son ego, plus longtemps que nécessaire.

« Toute ma vie, je n'ai rien voulu tant que de me débarrasser de vous. » Elle redressa les épaules devant les ténèbres qui la surplombaient. « J'ai prié, nuit après nuit, mort après mort, pour que vous me laissiez tranquille. Et maintenant vous voulez me proposer votre aide ? » Elle n'avait pas les mots. Pas assez de férocité en elle pour lui dire tout ce qu'elle en pensait. « Je vous déteste, et je déteste tout ce que vous m'avez fait subir. Je vais résoudre ce meurtre, et je le ferai sans vous. »

Autour d'eux, le jour s'éclipsa. L'obscurité dévorait tout à mesure que l'ange de la Mort grandissait, sa colère si palpable qu'elle en devenait étouffante. Au-dessus d'eux, le lustre se mit à trembler, ses lumières vacillant comme à l'approche d'une tempête. Les rayons du soleil qui entraient par les fenêtres s'éteignirent comme des bougies.

« Tu n'as plus le choix. » La voix de l'ange de la Mort fit trembler les murs, faisant tomber deux tasses de porcelaine par terre. « J'en ai assez de ces jeux. Je te connais mieux que tu ne le crois, tout comme je sais que tu ne te débarrasseras jamais de moi, Petit Oiseau. De même que je ne me débarrasserai jamais de toi. »

Les murs cessèrent de trembler et la lumière pénétra à nouveau dans le salon à mesure que l'ange de la Mort regroupait ses ténèbres. « Nos leçons commenceront à minuit. À tout à l'heure. »

Elle allait lui hurler que ce n'était pas la peine qu'il se déplace. Mais dès qu'elle ouvrit la bouche, un scone s'envola de la table jusque dans sa bouche, étouffant les protestations que l'ange de la Mort refusait d'entendre.

DIX-SEPT

Signa avait en équilibre sur la tête un livre si lourd qu'il lui donnait la migraine.

« Attention à votre équilibre, Signa, l'avertit Marjorie. Et à votre grâce. Marchez avec grâce. »

Depuis un coin de la pièce, confortablement allongé sur un canapé de velours vert, Percy rit. Étant donné qu'il n'avait rien à faire là, Marjorie lui jeta un regard noir, mais il était loin d'être contrarié. Il avait clairement annoncé qu'il venait dans le seul but d'observer sa cousine essayer d'apprendre les bonnes manières – et que ses tentatives l'amusaient grandement. Malgré tout, l'inquiétude se lisait sur ses sourcils roux froncés et à la façon dont ses yeux se posaient brièvement sur les domestiques qui se dépêchaient dans les couloirs pour préparer la fête qui commencerait le soir même.

Marjorie et lui faisaient semblant de ne pas les remarquer et, par conséquent, Signa suivait leur exemple, elle qui savait pourquoi la fête était un sujet délicat pour le jeune homme.

« Avec *grâce,* Signa », répéta Percy, étirant le mot sur un ton des plus désinvoltes. Signa n'avait jamais eu de frère, mais elle imaginait que si elle en avait un, il serait tout aussi agaçant que lui. On aurait dit qu'il savait que sa politesse n'était qu'une mascarade. Comme s'il le lisait sur son visage et qu'il essayait de lui extirper la vérité. Elle fit tout ce qui était en son pouvoir pour ignorer ses propos, espérant maintenir l'illusion qu'elle était une jeune femme respectable.

Après sa rencontre fortuite avec Elijah la nuit précédente cependant, il paraissait peu probable que le maître de l'Épineuse se préoccupe de ses actions ou de son comportement. Tant qu'elle ne mettrait pas le feu au manoir, il serait sans doute témoin de ses étranges comportements sans sourciller.

Cela lui fit penser à Percy qui attendait en haut des escaliers, à observer son père avec envie. Ce n'était pas du tout la même version devant elle à présent – un Percy détendu aux manières insouciantes, un jeune gentleman bien comme il faut sans le moindre souci.

Qu'avait voulu dire Elijah en affirmant qu'il avait manqué à ses engagements envers son fils bien trop souvent ? Signa était si distraite par ce flot incessant de pensées qu'elle trébucha sur le tapis persan et vit l'encyclopédie tomber de sa tête sur le sol. Elle jura tout bas, sans se rendre compte qu'elle avait parlé à voix haute jusqu'à ce que Percy se torde de rire et que Marjorie lève les bras au ciel de frustration.

« Surveillez votre langage, Signa ! Je vous jure, vous êtes impossibles tous les deux aujourd'hui ! »

Signa eut le bon sens de rougir et de baisser la tête en s'excusant, mais Percy adressa à la gouvernante un sourire à la décontraction insolente, bien trop charmeur pour son propre bien. Signa résista à l'envie de lever les yeux au ciel quand la résolution de Marjorie s'effrita à la vue du sourire du garçon. La gouvernante soupira et ramassa le livre par terre.

« Je ne sais pas ce que vous avez aujourd'hui, Signa, mais vous n'êtes bonne à rien. » Son commentaire était factuel et ne cherchait en rien à blesser. « Et vous, Percy. Je croyais vous avoir dit hier de trouver quelque chose de plus utile à faire de votre temps. »

Il joignit les mains derrière son cou, le menton fier. « Mes excuses, Miss Hargreaves. Je voulais juste m'assurer que ma chère cousine se sentait la bienvenue parmi nous. »

Plus Marjorie fixait Percy, plus ses yeux s'adoucissaient, jusqu'à ce qu'elle se laisse enfin fléchir. « Oh, très bien. Puisqu'il paraît évident que nous n'irons pas plus loin dans vos leçons, vous pouvez rendre visite à votre cousine dans sa chambre, Signa. »

Percy se ragaillardit. « Vous allez rendre visite à Bliss ? Je peux me joindre à vous ?

— Bien sûr, vous devriez l'accompagner, décida Marjorie pour tous les deux. Apportez-lui quelques pâtisseries du petit-déjeuner. Je suis sûre que cela lui fera plaisir. »

Signa pria pour que Marjorie ait raison. Elle aurait besoin d'une offrande étant donné comment s'était passée sa première visite à Bliss.

Percy marchait aussi vite que Signa, tout aussi pressé qu'elle de voir sa sœur. « Si elle souffre de la même maladie qui a emmené ma mère, la dernière chose dont elle a besoin est d'être enfermée dans sa chambre, dit-il tandis qu'ils montaient les escaliers deux par deux. Tout le monde ne cesse de lui répéter de se reposer. Je suis convaincu qu'elle s'ennuie à mourir. »

Signa n'avait pas besoin d'imaginer l'ennui ou la solitude que cela engendrait. Si la visite se passait bien, peut-être Bliss l'autoriserait-elle à venir plus souvent.

« A-t-elle les mêmes symptômes que votre mère ? » Signa parlait à voix basse.

« Exactement les mêmes, oui. Même si la langue de Bliss n'est pas encore infestée de plaies, et si ses hallucinations sont moins sévères que celles de ma mère. » Le ton de Percy était devenu froid, peiné, et Signa savait qu'il ne fallait pas insister même si elle en avait très envie. Cela montrait combien elle avait mûri, songea-t-elle, qu'elle fasse preuve de compassion et qu'elle comprenne que tout le monde n'était pas aussi à l'aise qu'elle pour parler des défunts.

Elle écouta Percy changer de sujet pour discourir sur les portraits devant lesquels ils passaient, désignant du doigt les ancêtres masculins qui avaient eu la charge de l'Épineuse avant son père. Il en parlait fièrement, les épaules redressées et l'air confiant. « Des hommes formidables qui ont construit un empire. »

Il ne parut pas nécessaire à Signa de mentionner le fait qu'un club de gentlemen n'offrait rien de plus que le thé qu'elle avait partagé avec de jeunes femmes ce matin, avec à boire, à manger, et des commérages avec des gens de statut social similaire – sauf qu'elle n'avait pas payé d'honoraires d'adhésion pour y participer. Malgré cela, elle comprenait la fierté qu'elle lisait dans le regard de Percy. Le Grey's avait réussi aux Hawthorne, et c'était à lui de pérenniser cet héritage.

Après avoir passé ce qui devait être une dizaine de portraits d'hommes renfrognés en costume, ils frappèrent doucement à la porte de Bliss et attendirent la permission d'entrer. Rien n'avait bougé d'un iota dans son salon. L'air y était assommant et leur pesa quand ils pénétrèrent dans la pièce sur le tapis somptueux. Elle était en vie, mais sa chambre était celle d'un fantôme.

Une pression grandissante dans la poitrine de Signa se calma quand elle vit Bliss assise dans son lit, appuyée contre la tête de lit. Aussi malade fût-elle, la jeune fille ne se renfrogna pas à la vue de Signa comme la dernière fois. Au lieu de cela, elle vit son frère et afficha un large sourire.

« Percy ! Où étiez-vous passé ? J'ai bien failli commencer à compter les fils des rideaux tant je m'ennuyais. Qu'est-ce que vous m'apportez ? »

Son sourire s'élargit quand il lui présenta un scone, et elle tendit vivement la main pour le prendre. « Mon Dieu, ça fait un moment que j'attends qu'ils en refassent au citron. » Elle mordit dedans et poussa un gémissement comme si c'était la première fois de la semaine qu'elle mangeait.

Percy déposa le reste des pâtisseries et remua les cheveux blonds comme la paille de Bliss avant d'approcher une petite chaise en fer pour s'asseoir à côté d'elle. « Je dirai aux cuisines d'en faire plus souvent si vous les aimez tant. »

Signa attendait sur le seuil de la chambre de Bliss, les mains jointes devant elle. Elle s'y attarda le temps que Percy s'installe, et regarda sa pomme d'Adam monter et descendre comme il étudiait sa petite sœur – son corps pâle et décharné. Ses cheveux secs, ternes. Les poches sous ses yeux et ses lèvres pâles comme les miettes qu'elle en essuyait. Percy lui prit la main, si fragile, et Signa remarqua pour la première fois à quel point ils étaient différents. Percy avait des taches de rousseur, Bliss un teint de porcelaine. Lui avait des cheveux brûlants comme un feu d'été, elle dépourvus de couleur. Ils partageaient la bouche sévère de leur père et la sombre façon dont ses yeux se plissaient aux coins, comme s'ils étaient en perpétuelle contemplation, dans le cas de Percy, ou constamment agacés, dans le cas de Bliss. Malgré leurs différences, côte à côte, on ne pouvait nier que le même sang coulait dans leurs veines.

« Elle va entrer, demanda Bliss, ou elle va rester plantée là à laisser le courant d'air passer ? »

Percy se pencha vers sa sœur d'un air conspirateur, même s'il parla assez fort pour que Signa l'entende. « Faites attention, Bee. Il faut penser à parler tout bas quand il y a des faons sauvages dans les parages. Il ne faudrait pas leur faire peur. »

Redressant les épaules, Signa pénétra dans la chambre le menton haut. « Je ne suis pas un faon. »

La jeune fille se tourna vers elle avec un sourire qui manqua de couper le souffle de Signa. C'était une sensation similaire à ce qu'elle avait ressenti la première fois qu'elle avait vu Bliss – comme si elles étaient reliées par un lien indestructible. Ce devait être le lien dont l'ange de la Mort avait parlé, qui s'était créé quand elle avait sauvé la vie de Bliss sans le savoir.

Elle connaissait à peine cette créature malade qui avait bien du mal à quitter son lit, mais dont le regard pouvait empaler n'importe qui. Malgré cela, Signa se sentait attirée par elle. Elle ne savait pas ce que cela voulait dire, ni pourquoi elle avait ces capacités. Mais ce qu'elle savait en revanche, c'est qu'elle ferait tout ce qui était en son pouvoir pour sauver la vie de Bliss, et pour ce faire, elle devait d'abord trouver l'origine du poison.

« Je tenais à m'excuser pour l'autre soir. C'était... malpoli de ma part de dire ce que j'ai dit. Je n'ai jamais su trouver les mots. » Signa s'assit tout au bout du lit, du côté opposé à Percy. Elle était prête à bondir et s'enfuir à tout moment.

La glace dans les yeux de Bliss fondit tandis qu'elle léchait les restes de sucre sur le bout de ses doigts. « Vous devriez travailler ce point. » Sa langue était d'un rose très pâle. Presque blanche.

La chair de poule parcourut les bras de Signa comme des araignées, et un poids lui pesa sur l'estomac avant qu'elle ne remarque que le froid dans la pièce était dû à une fenêtre ouverte, et non à la présence de l'ange de la Mort. Son absence aurait donné de l'espoir à Signa si elle n'avait pas su que Bliss bénéficiait seulement d'un sursis et que son meurtrier était encore dans la nature.

« Je ne vous remercierai pas de m'avoir sauvée l'autre jour, puisque c'était votre faute si je n'allais pas bien. » Les mots de Bliss étaient aussi tranchants que dans les souvenirs de Signa, chacun sa propre entaille. « Mais je ne refuserai pas votre compagnie non plus, car je n'ai jamais eu de cousine jusqu'ici. Resterez-vous longtemps avec nous ? »

C'est Percy qui répondit. « Père a demandé à la modiste de lui préparer une garde-robe pour la saison. »

Le visage de Bliss s'assombrit. « Je suppose que je devrais être contente qu'il s'occupe de quelqu'un. Mais si vous avez besoin de robes, vous auriez pu prendre les miennes. Je n'en ai plus besoin, et beaucoup ne seront jamais portées.

— Bliss...

— Oh taisez-vous, Percy. Ce n'est pas ce que je veux dire. Elles ne me vont plus, et je doute que mon corps redevienne un jour ce qu'il était. » À chaque mot, le mordant de sa voix s'émoussait. « Maintenant, parlez-moi de l'entreprise familiale. Avez-vous eu des nouvelles ? »

Sa prise sur la main de Bliss se raffermit, et Signa eut l'impression qu'il y avait autre chose derrière ce dialogue entre frère et sœur qu'elle ne pouvait comprendre. « Notre oncle est actuellement en route pour venir essayer de lui faire entendre raison, mais j'ai bien peur que Père ne se croie au-delà de tout reproche. »

Bliss manifesta sa désapprobation en claquant la langue. « Je suis sûre qu'il va céder un de ces jours. Il faut continuer d'essayer.

— Il n'a pas cédé depuis que vous êtes tombée malade, Bliss...

— Et quand était-ce, exactement ? » se dépêcha de demander Signa, s'efforçant de ne pas rentrer la tête dans les épaules sous le poids des yeux qui se tournèrent vers elle, surpris. « Je pose la question par simple curiosité. Quand êtes-vous tombée malade ? »

Bliss fit semblant d'être choquée. « Je suis *malade* ? Ciel, je suis surprise que vous l'ayez remarqué. Personne n'ose en parler en ma présence. » Elle émit du fond de la gorge un hoquet amusé avant de poser la tête sur les oreillers. « Environ un mois après la mort de ma mère. »

Celui qui était derrière tout ça n'avait pas perdu de temps. Signa posa son regard sur une petite pile de chocolats sur la table de chevet de Bliss, à côté d'une tasse de thé. Elle traversa la chambre jusqu'à la table et prit un des chocolats, s'efforçant d'être discrète quand elle mordit dedans. Signa n'aurait su dire si elle était soulagée ou déçue de constater que ce n'était que du chocolat normal, mais elle en reprit une bouchée. Ses yeux se posèrent ensuite sur le thé, et elle tendit la main pour s'en saisir avant d'avoir inventé une excuse.

Bliss se releva d'un bond, le regard assassin. « N'y pensez *même pas* ! C'est mon médicament. »

Quand Bliss tendit la main pour reprendre la délicate tasse de porcelaine, Signa recula pour être hors de portée et avala une gorgée. C'est alors qu'elle reconnut le goût – à peine un soupçon de cette baie amère, pas assez pour être remarqué par quelqu'un qui n'en connaissait pas déjà la saveur.

C'était donc ça. Voilà comment quelqu'un maintenait Bliss malade.

La tasse était presque encore pleine, le liquide froid. « Depuis combien de temps prenez-vous ce médicament ?

— Depuis le jour où je suis tombée malade, répondit Bliss en lui lançant un regard furieux. Cela me fait mal à l'estomac si je le bois trop vite. Reposez-moi ça. »

Elle n'obéit pas. Au lieu de cela, Signa se rendit à la fenêtre et jeta le thé dehors.

« Vous avez perdu la tête ? » Percy arracha la tasse de porcelaine des mains de Signa. Pour autant qu'on sache, c'est peut-être ce qui maintient ma sœur en vie !

— Au contraire, c'est ce qui la rend malade. » Signa ne voulait pas leur dire qu'elle savait ce qui se passait, de peur que le meurtrier ne l'apprenne et n'essaie d'autres tactiques. « Qui vous a donné ça ? »

Bliss fit la moue et fronça les sourcils. « Ma femme de chambre me l'apporte tous les matins.

— Et comment s'appelle-t-elle ?

— Elaine. Mais je ne vois pas pourquoi… »

Signa reconnut aussitôt le nom comme celui de la domestique qui l'avait aidée à s'habiller. « Qui vous l'a prescrit ?

— Un de ses *docteurs*. » Percy croisa les bras sur sa poitrine. « Et un plus compétent que vous, je n'en doute pas ! »

Même Signa savait qu'un docteur ne prescrirait jamais de belladone. Quelqu'un la rajoutait au breuvage – peut-être pas dans toutes les tasses, mais dans un certain nombre.

« Cela vous paraîtra peut-être étrange, commença-t-elle, hésitante, mais Bliss, je ne pense pas que vous soyez malade. »

Percy saisit le poignet de Signa et serra si fort qu'elle tressaillit, certaine qu'elle en garderait des hématomes. « Ne remplissez pas de sornettes la tête de ma sœur. C'est la même maladie qui a emporté notre mère… »

Signa libéra son bras et le regarda droit dans les yeux. « Ce n'est pas un médicament. Je le sais car j'en reconnais le goût. C'est de la belladone, on l'extrait des baies qui poussent dans les bois non loin d'ici. Quelqu'un l'empoisonne. »

Bliss ne bougea pas pendant un long moment, la bouche entrouverte. « Percy, commença-t-elle, mais son frère secoua la tête.

— L'un des docteurs s'en serait rendu compte depuis le temps s'il s'agissait d'un empoisonnement. » Il était catégorique, accentuant chaque mot. « Signa ne fait que supposer.

— Je ne suppose rien, dit-elle, faisant preuve d'autant de conviction que possible. J'en reconnais le goût. Et si vous ne me croyez pas, constatez-le vous-même. Bliss, la prochaine fois qu'on vous apporte votre médicament, ne le buvez pas. Mais ne le refusez pas non plus, ou vous pourriez mettre la puce à l'oreille du coupable. Attendez d'être seule, et trouvez un endroit sûr pour en disposer. Percy, vous devriez vous montrer prudent également. Qui peut dire que vous ne serez pas le suivant ? »

Il était toujours sceptique, comme l'indiquaient les plis sur son front.

« Devrais-je en parler au docteur ? » On sentait la fragilité dans la voix de Bliss, mais hormis cela, elle gérait la nouvelle bien mieux que Signa ne s'y serait attendue. « Et Père ? Il mérite de le savoir, n'est-ce pas ? S'il y a un risque que ce qui est arrivé à Mère ne soit pas un accident ? »

Signa songea à Elijah, à la façon dont il avait fourré un gâteau dans la bouche de son fils, les poches sous ses yeux, comme il était hanté et incapable de dormir. Son comportement était trop fantasque, trop imprévisible. Il ne serait pas prudent de lui faire confiance, et il ne lui paraissait guère sage non plus d'informer qui que ce soit – y compris le docteur actuel de Bliss – de ce qu'ils venaient de découvrir. Sans parler du fait qu'il était bien suspect qu'aucun des docteurs de Bliss ne se soit rendu compte de ce qui se passait.

« Le mieux que nous puissions faire pour aider votre père est de vous protéger, tous les deux, dit Signa. Ce qui veut dire que, pour l'instant, ce secret reste entre nous. Soyez prudents avec vos repas. Ne mangez pas de confiture. Pas de réduction de baies sur vos rôtis. Buvez votre thé, mais jetez-le si le goût est suspect. Vous devez manger, tous les deux, et vous ne devez pas éveiller les soupçons. Mais prenez toutes les précautions possibles. » Elle n'osa pas mentionner que Sylas connaissait leur secret lui aussi. Il ne lui paraissait pas sage de le mentionner, et Signa aurait encore besoin de son aide et de ses contacts avec les domestiques de l'Épineuse – surtout maintenant qu'elle avait une piste.

Elaine.

Bliss soupira et laissa retomber sa tête comme un poids mort sur les oreillers, se pelotonnant dans les draps comme pour se faire plus petite.

« Nous découvrirons qui se cache derrière tout ça, lui promit Signa avec verve pour la convaincre et se convaincre elle-même par la même occasion. Nous allons y mettre un terme, et vous vous en sortirez. Je ne vous laisserai pas mourir, Bliss. »

Elle le pensait. Bliss ne s'était pas vu accorder une deuxième chance sans raison. Signa était liée à son destin, et elle ferait tout ce qui était en son pouvoir pour vaincre l'ange de la Mort une bonne fois pour toutes.

DIX-HUIT

Plus tard dans la soirée, le ventre plein et accablée d'un violent mal de tête suite aux événements de la journée, Signa fut soulagée de trouver Elaine qui l'attendait dans le salon pour l'aider à se préparer à aller se coucher.

« Bonsoir, Elaine », dit-elle à la jeune femme qui n'était peut-être que de quelques années son aînée.

La servante garda le regard baissé et le menton rentré, lui adressant un léger signe de tête. « Bonsoir, miss. » Elle avait préparé une chemise en coton pour Signa, qui tendit les mains pour qu'Elaine lui enlève ses gants blancs en peau de chevreau et l'aide à enfiler ses vêtements de nuit, comme elle le faisait chaque soir.

La langue de Signa lui brûlait de mille questions, mais elle devait y aller doucement pour obtenir l'information qu'elle cherchait. *Le Guide de la Beauté et du Savoir-Vivre d'une Lady* ne lui apprenait pas grand-chose sur les interactions avec les domestiques considérées comme acceptables, sans doute parce que toute personne en position de lire ce livre devait déjà le savoir. Son oncle avait une poignée de domestiques et leur parlait très peu, pourtant Signa n'avait pas confiance en sa tactique de redresser les épaules et de garder le nez en l'air, car cela ne l'aiderait clairement pas quand son objectif était d'aider Elaine à se détendre et à lui parler franchement.

« Cela fait longtemps que vous travaillez pour les Hawthorne ? » demanda Signa en s'approchant du miroir, adressant un sourire amical à Elaine qui saisit une brosse en ivoire et commença à passer les poils de sanglier dans les cheveux de Signa.

« Pas longtemps, miss. » La tension dans les épaules d'Elaine indiquait qu'elle avait aussi peur que Signa de dire ce qu'il ne fallait pas. Signa dut s'éclaircir la gorge et attendre dans un silence gênant avant qu'Elaine ajoute : « Madame Lillian m'a embauchée il y a un peu plus d'un an, paix à son âme. » Elle arrêta de brosser les cheveux pour faire le signe de la croix.

« Vous étiez sa femme de chambre ? » Signa espéra que sa voix dénotait une curiosité suffisamment sincère pour calmer les inquiétudes de son interlocutrice. Si l'on en croyait la difficulté à obtenir des informations d'Elaine, les domestiques et les occupants de l'Épineuse ne discutaient pas souvent.

« Pas la sienne, rectifia Elaine, mais celle de la jeune miss, Bliss. Sa précédente femme de chambre était partie se retirer en bord de mer.

— L'Épineuse est un endroit lugubre, n'est-ce pas ? médita Signa. Je peux comprendre que le bord de mer soit une destination plus attirante.

— Tout à fait, miss. » Elaine se mit à parler tout bas d'un air grave. « On dit que cet endroit est hanté. »

Ah, voilà qui devenait intéressant. « Ma maison de famille est en bord de mer, lui dit Signa, sans avoir besoin de feindre la nostalgie dans sa voix. Elle s'appelle Queue-de-Loup. Je ne m'en souviens que très peu, car je ne l'ai connue qu'étant toute jeune. J'ai hâte d'en hériter, même si je dois admettre que l'idée de m'occuper d'une si grande maison me paraisse plutôt intimidante. J'imagine que ça me prendra un temps fou rien que pour embaucher tout le personnel nécessaire. »

Les mains d'Elaine hésitèrent un instant avant de reprendre le brossage, et Signa sut que ses mots avaient eu l'effet escompté. Car qui choisirait le lugubre domaine de l'Épineuse plutôt que celui de Queue-de-Loup en bord de mer ? Si elle avait la moindre chance de gagner sa place là-bas, Elaine voudrait la saisir. Ce qui voulait dire que Signa avait désormais une personne de plus de son côté, qu'Elaine en soit consciente ou non.

« Vous êtes très douée, ajouta Signa. C'est un miracle que vous ayez le temps de vous occuper de moi et de Miss Hawthorne. Ça ne doit pas être facile. »

Cette fois, Elaine n'hésita pas. « Merci, miss. Mais je dois admettre que la jeune Miss Hawthorne ne requiert plus beaucoup de mon temps actuellement. »

Signa étudia le visage de la femme de chambre dans le miroir. Une toute petite ride d'inquiétude fronçait ses sourcils. Elle semblait sincèrement triste, et Signa se rendit compte que depuis le temps qu'Elaine s'occupait d'elle, elle n'avait jamais cru être en présence d'un potentiel assassin.

« Non, dit Signa dans un soupir, avec l'impression que sa piste lui filait déjà entre les doigts. Je suppose que non. Je suppose que vous l'aidez à s'habiller et à prendre ses médicaments ? »

Elaine acquiesça. « C'est chose aisée de la servir. Son thé et ses repas sont confectionnés dans les cuisines. Je ne fais que les déposer. Alors ne vous inquiétez pas, miss. J'aurai toujours le temps pour vous. »

Même si cela ne la réconfortait pas vraiment, Signa sourit et demanda : « Je connais les rumeurs concernant feue la maîtresse Hawthorne. Mais dites-moi, Elaine, y a-t-il des rumeurs concernant d'autres fantômes à l'Épineuse ? » C'était une idée en passant, mais une idée qui la préoccupait de plus en plus à bien y réfléchir. Pourquoi n'y aurait-il pas plus de fantômes à l'Épineuse quand les Hawthorne en étaient propriétaires depuis des générations ?

Quand Elaine se rapetissa et posa la brosse au pied du miroir, cela confirma les soupçons de Signa.

« Les domestiques parlent d'un homme dans la bibliothèque, dit-elle. Ils disent que les livres tombent des étagères tout seuls, mais je n'y suis jamais rentrée pour le constater par moi-même. »

Signa ne savait même pas qu'il y avait une *bibliothèque* à l'Épineuse. Mais si un autre esprit habitait l'Épineuse, peut-être saurait-il parler – cela vaudrait alors la peine de lui rendre visite.

Une fois Signa jugée prête à aller se coucher, Elaine repartit au salon pour récupérer un plateau sur lequel se trouvaient une théière brûlante, un petit pot de miel et un biscuit. Au moment où Signa se saisissait de son thé, un carré sombre glissa sous la porte.

Elaine plissa le front en se baissant pour le ramasser, brandissant une enveloppe noire avec un magnifique sceau de cire dorée. « Peut-être est-ce de la part d'un de vos cousins ? » essaya de deviner Elaine.

Signa s'en saisit, laissant glisser ses doigts sur le parchemin délicat. Elle n'aurait su dire pourquoi, mais elle savait déjà que ce n'était pas le cas. « Ou peut-être est-ce Miss Hargreaves qui détaille mon programme de leçons pour demain. » Elle ne pensait pas que ce soit ça non plus, mais cela suffit pour qu'Elaine acquiesce, satisfaite.

Même si Signa mourait d'envie de déchirer l'enveloppe, elle la déposa sur ses genoux et se servit en miel avec désinvolture.

« Merci, Elaine. » Son ton était poli, léger, mais elle espérait être claire dans son intention de la congédier.

« Passez une bonne soirée, Miss Farrow. » Avec un bref dernier regard à l'enveloppe, Elaine baissa la tête et sortit.

Dès que la porte se referma, Signa décacheta la missive. Sur un épais bout de parchemin se trouvaient trois lignes de la plus belle écriture qu'elle ait jamais vue :

Retrouvez-moi aux écuries à la onzième heure ce soir, et habillez-vous chaudement.

Nous nous rendrons au Grey's à cheval.

—S

DIX-NEUF

La fête battait son plein ce soir-là. La musique émanait de la salle de bal, les trilles du piano à queue se répercutant contre les murs. L'excitation régnait autant que le jour où Signa était arrivée pour la première fois à l'Épineuse, les robes étaient aussi élégantes et éblouissantes que ce soir-là, et les petits fours proposés sur des plateaux d'argent tout aussi voluptueux.

Signa ne fit qu'entrapercevoir les festivités. L'épaisse robe en laine qu'elle avait enfilée – mais sans corset, car elle était incapable de l'attacher toute seule – était loin des velours importés et des soies qu'arboraient les convives. Elle se faufila entre les domestiques, évitant le regard de ceux qui auraient pu lui demander ce qu'elle manigançait. L'ange de la Mort avait raison – cela aurait été tellement plus facile si elle avait pu faire appel à ses fichus pouvoirs.

Mais pour ce faire, elle devait se trouver dans l'état étrange entre la vie et la mort qui nécessitait de l'invoquer, et après ce qu'elle lui avait dit cet après-midi, c'était la dernière personne qu'elle avait envie de voir.

Elle avait de très bonnes raisons de détester l'ange de la Mort. De très bonnes raisons d'être en colère et de le lui dire.

Alors pourquoi se sentait-elle coupable ?

Signa descendit nerveusement les escaliers, tête baissée. Elle s'apprêtait à quitter la maison quand son visage entra en collision avec le torse de quelqu'un. Elle fut projetée en arrière, remarquant tout d'abord la canne en bois de rose dans le poing serré de l'homme, avant de se faire toute petite sous le poids du regard scrutateur de Byron Hawthorne.

Il l'étudia de bas en haut, le coin des lèvres retroussé, et s'arrêta sur ses yeux. Il en eut soudain le souffle coupé, et devint de plus en plus pâle. « Lillian ? » Les mots lui échappèrent avant qu'il ait pu les retenir, et il secoua la tête. « Non. Tu es cette gamine qui était avec Marjorie, n'est-ce pas ? La nouvelle pupille de mon frère. Où crois-tu aller, vêtue comme ça ? »

Un mot de travers, et il lui ferait remonter les escaliers, Signa le savait. Elle réfléchit soigneusement à son mensonge et décida qu'il valait mieux jouer le rôle que cet homme attendait d'elle – une jeune fille idiote. « Je… Je voulais juste voir la fête, monsieur. »

Elle déglutit car, même si elle jouait la comédie, elle était réellement mal à l'aise avec lui. Il poussa un grognement dédaigneux et la prit par le poignet comme s'il avait l'intention de la traîner dans les escaliers. Ils n'avaient fait qu'un pas quand quelque chose au bout du couloir attira son attention. Signa suivit son regard ; il avait les yeux rivés sur les cheveux blond vénitien de Marjorie, qui s'échappait de la fête et prenait la direction des cuisines.

Byron relâcha la main de Signa. « Retourne dans ta chambre, fillette », exigea-t-il, mais il ne la regardait plus. « Ce n'est pas un endroit pour les enfants.

— Bien sûr, monsieur. » Elle acquiesça, mais dès qu'il se détourna pour suivre Marjorie, Signa saisit cette opportunité pour s'échapper dans la nuit, n'osant jeter un coup d'œil derrière elle pour s'assurer que personne ne l'avait vue. Quiconque la remarquerait partir furtivement retrouver un jeune homme à cette heure se ferait des idées, et à en croire son livre de bienséance, cela signerait son arrêt de mort, socialement parlant.

Sylas l'attendait dans les écuries et avait préparé leurs montures – Mitra de nouveau pour Signa, et un étalon noir comme le ciel qui les surplombait pour lui, un qui rappelait à Signa les magnifiques bêtes qui étaient venues la chercher chez tante Magda. Gundry était aux pieds de Sylas, les yeux du chien d'un ambre riche. Il avait le nez en l'air et les yeux vifs, s'assurant que personne n'oserait approcher son maître de trop près.

« Il vous en a fallu du temps. » Sylas jeta un coup d'œil à sa robe en laine et enleva aussitôt sa cape noire, la posant sur ses épaules sans attendre sa permission. « Vous avez décidé de vous arrêter en chemin pour des scones ?

— Si seulement ! » Signa ferma le poing sur la cape, trop gênée pour le remercier tandis qu'il lui remettait les rênes de Mitra. Glissant le pied dans l'étrier, Signa s'efforça de se hisser sur le dos de la jument.

N'étant pas d'humeur à perdre du temps, Sylas la saisit par la taille et la hissa sur sa monture, s'assurant qu'elle était bien installée sur sa selle. Cette fois, elle fit de son mieux pour ne pas tressaillir à son contact.

« C'est une chevauchée d'une demi-heure. » Il monta sur son étalon avec une grâce admirable. « Restez proche de Mitra pour profiter de sa chaleur – on ne s'arrêtera pas en route.

— Et je peux savoir pourquoi on se rend au Grey's déjà ? » Elle était censée retrouver l'ange de la Mort dans une heure seulement. Même si elle n'avait pas particulièrement envie de le voir, elle ne souhaitait pas découvrir ce qu'il ferait si elle était en retard pour la « leçon » ridicule qu'il avait prévue.

« J'étais avec les chevaux cet après-midi quand j'ai entendu votre gouvernante discuter avec Byron Hawthorne, lui dit Sylas avec animation. Le Grey's sera fermé pour travaux ce soir, et elle doit l'y rejoindre. Il veut lui montrer quelque chose – quelque chose qui pourrait "la convaincre" d'après lui. Si on peut s'y rendre avant eux, nous pourrons peut-être déterminer de quoi il s'agit. »

Cela expliquait l'empressement dans les yeux de Byron quand il avait vu Marjorie. « Je les ai vus à l'intérieur, ils prenaient la direction des cuisines », dit Signa.

Sylas serra les dents. « Ils vont sans doute se servir de la distraction de la fête pour prendre la calèche. Nous ferions bien de nous dépêcher. »

Gundry trépignait aux pieds de l'étalon, ses yeux ambre brillants, les muscles tendus, impatient de partir. Signa se demanda s'il tenait plus du chien ou du loup. Elle commençait à soupçonner qu'il était plus proche du loup. « Le chien vient avec nous ?

— Bien sûr. Si nous avons de la compagnie, il nous préviendra avant qu'ils ne nous voient. À présent, allons-y. »

Signa avait encore des questions – principalement à quel point ils auraient des ennuis si on les découvrait – mais elle n'eut pas l'occasion de les poser car Sylas donna à son coursier un léger coup de talon et partit au galop. Mitra n'attendit pas la permission de le suivre. Le vent piquait les joues de Signa et elle rabattit la capuche de la cape qu'elle avait sur les épaules. Une fois emmitouflée, elle fut surprise de constater qu'elle ne sentait pas le foin ni le fumier, mais les bois en hiver et l'odeur puissante et fraîche du pin.

Elle resserra la cape autour d'elle et suivit Sylas qui semblait à l'aise sous le ciel étoilé. Il ne frissonnait pas, contrairement à elle, mais laissait aller sa tête en arrière pour regarder le ciel. Ses cheveux noirs volaient librement, aussi sauvages et fougueux que sa façon de monter à cheval. À ses côtés, Gundry courait à toute allure, soufflant sous l'effort et la langue pendante, appréciant chaque instant de cette excursion. Sylas croisa le regard du chien qui suscita un sourire malicieux chez son maître. Il rejeta la tête en arrière et hurla à la lune. Gundry l'imita, un appel aussi beau qu'obsédant qui se répercuta à travers la lande.

À observer Sylas, Signa s'adoucit. Il lui semblait que, chaque jour, elle en découvrait un nouvel aspect. Celui-ci était son préféré jusqu'ici.

Ils chevauchèrent en silence encore un long moment, accompagnés uniquement par le bruit des bêtes qui les entouraient. Le souffle des chevaux, le pas lourd des sabots comme ils faisaient la course à travers la lande. Le halètement de Gundry qui ne ralentissait jamais même quand le terrain changeait sous ses pattes, l'herbe se transformant en gravats puis en pavés.

Sylas ralentit sa monture avant de l'arrêter, et Signa l'imita. Quand ils mirent pied à terre, Sylas attacha les rênes des chevaux autour d'un tronc d'arbre sans serrer. « Nous continuons à pied. Gardez votre capuche sur la tête. » Emmitouflée dans la bonne odeur des bois, elle n'allait pas protester.

Gundry partit devant pour renifler les rues. Elles étaient longées de boutiques de chapeliers, de couturières et même d'un petit apothicaire, chaque bâtiment fermé pour la nuit. Pourtant, les lumières d'un pub plus loin dans la rue brillaient, et il valait mieux ne pas prendre de risque.

« Byron et Marjorie. Croyez-vous que l'un d'entre eux puisse être le meurtrier ? » Le murmure de Signa résonna dans la rue pavée vide. C'était étrange d'être dehors à cette heure – étrange de se trouver en ville *tout court*, mais Signa n'avait pas peur. Elle avait passé trop de temps avec la nuit pour avoir peur.

Et c'était également le cas de Sylas, visiblement. Étant donné sa taille de géant, il aurait été plus logique que la nuit ait peur de *lui*. Il avait une démarche confiante, se tenait droit, le menton en l'air. « Je n'en suis pas sûr. Mais si quelqu'un s'en prend aux Hawthorne, il doit y avoir une raison. Byron a clairement un mobile – le Grey's est la source de revenus des Hawthorne. C'est leur héritage. Quant à Marjorie...

— Il y a quelque chose entre elle et Elijah », dit Signa, ce qui lui valut un battement de paupières surpris de Sylas. Le remarquant, elle haussa un sourcil. « Pensez-vous être le seul capable d'un travail d'investigation ? »

Sylas posa une main sur son épaule, dirigeant Signa sur le côté de sorte qu'ils longent les bâtiments. « Restez dans la pénombre, détective. Si quelqu'un vous voit vous balader à cette heure, ils penseront que vous avez quelque chose à vendre.

— Mais je n'ai rien à... Oh. » La chaleur lui monta aux joues. « Et ils ne penseraient pas la même chose de vous ?

— Ils trouveraient ça scandaleux, mais c'est vous qui subiriez la majorité du stigmate social. Si j'étais d'un statut social plus élevé, on attendrait de moi que je vous épouse. Mais vous avez de la chance dans ce monde, Miss Farrow, car vous avez les moyens de prendre soin de vous quoi que la société pense de vous. La plupart des gens n'ont pas cette chance. » Il passa son bras dans celui de Signa et l'entraîna vers un bâtiment en pierres grises – le plus haut de la rue, avec une gigantesque baie vitrée incurvée près de l'entrée.

Signa ne parvint pas à étudier plus précisément le bâtiment car elle avait le visage en feu. Ce genre de contact n'était absolument pas acceptable socialement. Ils étaient de statuts très différents, n'avaient aucune relation familiale, et cette intimité était presque aussi scandaleuse que si elle vendait son corps dans les rues. Peu importait qu'elle ait de l'argent ; elle ne voulait pas *acheter* l'affection des gens. Elle voulait qu'on l'apprécie et qu'on la respecte vraiment. Et pourtant... Elle n'aurait jamais cru que le bras d'un homme puisse être aussi ferme. Que des épaules puissent être aussi solides, des mains si fortes.

Sylas était peut-être une des créatures les plus agaçantes sur terre et pourtant, elle ne pouvait en détourner le regard.

Quelles qu'aient été les serrures du Grey's, Sylas ne perdit pas de temps accroupi devant elles, il les crocheta avec une facilité déconcertante. Il pénétra à l'intérieur, glissant ses mains gantées dans ses poches. « J'ai de l'entraînement », dit-il quand il remarqua qu'elle prenait ses distances et le dévisageait, incrédule. « Les cadenas sur les box se grippent tout le temps, et on ne peut pas vraiment laisser les chevaux coincés à l'intérieur. »

Signa acquiesça en franchissant le seuil, mais elle eut l'impression que ses membres s'étaient figés. Qu'elle avait été idiote de venir. Accepter de voyager à une demi-heure de chez elle au beau milieu de la nuit avec un homme qu'elle connaissait à peine. Un homme qui était venu à bout d'une serrure sans la moindre difficulté.

Où avait-il bien pu apprendre ce genre de technique ? Était-elle en danger ? Peut-être avait-elle été bête de lui faire confiance – mais elle supposait qu'il était inutile de trop s'inquiéter. Si Sylas essayait de s'en prendre à elle, il lui suffirait de faire appel à ses pouvoirs. D'appeler l'ange de la Mort et de mettre un terme à la vie du jeune homme. Elle porta instinctivement les mains à ses poches, mais elles étaient vides.

Elle avait laissé sa belladone dans les poches de sa robe de jour.

Des perles de sueur se formèrent sur son front, et sa respiration devint laborieuse quand Gundry émit un long gémissement qui transperça la nuit, suivi par le bruit de sabots et des roues d'une calèche sur les pavés. Sans perdre une seconde, Sylas ferma la porte et saisit la main de Signa. Elle n'eut pas le temps de lui demander ce qu'il fabriquait – pas le temps de regarder autour d'elle – avant d'être poussée dans un placard à manteaux. Sylas la suivit, trébucha et souffla quand il se cogna la tête sur quelque chose qu'elle ne voyait pas dans le noir. « Faites-moi un peu de place ! »

Signa regroupa ses jupons, mais cela n'accorda guère plus de place à Sylas. Ils étaient pratiquement l'un sur l'autre comme il s'efforçait de rentrer dans le placard. Il essaya de prendre appui sur le mur, mais le cuir de ses gants frôla la taille de Signa. Elle émit un hoquet de surprise et lui donna un coup de pied dans une de ses bottes.

Sylas siffla : « N'ayez pas une si piètre opinion de moi, Miss Farrow. Si j'essayais de vous séduire, mes méthodes seraient bien plus flagrantes. »

Sa remarque fut interrompue quand des bruits de ferraille leur parvinrent de la porte opposée à celle par laquelle ils étaient entrés. Jetant un regard noir à Signa pour lui demander silencieusement de se tenir, Sylas ferma la porte du placard.

Signa était convaincue qu'il n'y avait pas le moindre recoin de son corps que Sylas ne touchait pas, et elle s'efforçait très très fort de ne pas penser aux moindres recoins de son corps à lui. Qu'elle soit sortie sans corset ne faisait qu'aggraver la situation, car chaque frôlement l'ébranlait d'autant plus, et la pression de Sylas contre elle était d'autant plus périlleuse. Ce n'était pas le moment opportun pour qu'un sentiment si ardent s'éveille en elle, pourtant c'est ce qu'il fit, faisant accélérer son cœur et laissant divaguer son esprit. Elle se demanda ce que cela lui ferait d'enrouler ses doigts dans ses cheveux de suie, ou quelle serait la sensation de ses lèvres sur les siennes. À quoi ressemblerait son corps sous toutes ces épaisseurs…

« Il y a quelqu'un, murmura Sylas, et Signa manqua de le taper à nouveau.

— Ça paraît évident. » Sortie de sa stupeur, elle essayait de regarder à travers les fines lattes de bois de la porte. Même s'il faisait trop sombre pour distinguer ses yeux, elle aurait juré que Sylas la regardait avant de se pencher et l'imiter, cherchant à voir entre les lattes au-dessus d'elle.

Quand la poignée de la porte d'entrée cliqueta, Signa inspira et retint sa respiration, de peur qu'ils ne soient découverts si elle faisait le moindre bruit. Oh, quelle imbécile de s'être laissé entraîner ici par Sylas, pour se cacher dans un placard à manteaux, on n'avait pas idée !

Deux ombres pénétrèrent sans un bruit, la plus large se penchant pour allumer une des lampes à huile qui baigna son visage dans une faible lueur de braise. De ce qu'elle entrevoyait, Signa remarqua que le sol du Grey's était en obsidienne, de même que le dessus du bar qui s'étendait le long d'un mur entier. Des tables en verre étaient disposées à bonne distance les unes des autres à travers la pièce, avec des chaises en cuir somptueuses autour de chaque table. De l'autre côté de la pièce, des canapés en cuir étaient agencés autour du plus grand âtre que Signa avait jamais vu.

« Nous devons faire vite », marmonna Byron, la voix rauque comme une calèche sur une route de graviers. « Si quelqu'un venait à découvrir qu'une femme a été autorisée entre ces murs, nous serions dans une situation encore plus délicate qu'à présent.

— Vous me suppliez de venir puis me condamnez dès que je franchis le seuil ? » Marjorie usait d'une voix plus hautaine qu'à son habitude. « Je n'ai aucun problème à rester dehors et partager notre conversation avec le monde si mes artifices de femme vous offensent. Ou peut-être pourrions-nous retourner à la calèche, que je puisse rentrer à la maison ? »

Signa ne comprit pas bien la réponse de Byron, mais cela avait sans doute un rapport avec sa conviction que Marjorie devait voir cet endroit par elle-même pour comprendre ce qu'il essayait de sauver. Prenant place à l'une des tables, Byron fit glisser quelque chose vers elle – des documents. « Regardez ça et vous verrez qu'aucun alcool n'a été commandé depuis des semaines. Et là-dessus, vous verrez que nous n'aurions rien eu à manger pour les invités si je ne m'étais pas rendu compte que notre cargaison avait du retard. Elijah n'a réservé aucun divertissement depuis longtemps, nous n'importons plus de cigares, et pourtant c'est lui qui tient les comptes. C'est lui qui refuse d'injecter de l'argent dans les caisses du club. Lui qui refuse de me confier son travail à moi ou, pire encore, à son fils ! Percy est venu ici tous les jours de la semaine à supplier de travailler, Marjorie, et je suis à court d'excuses à lui donner. »

Signa aurait aimé voir le visage de Marjorie. Elle aurait voulu voir *quelque chose* quand Marjorie répondit : « J'ai fait tout ce qui était en mon pouvoir, Byron. Même morte, Lillian tient toujours son âme entre ses mains. Je n'arrive pas à me faire entendre.

— Alors faites en sorte que cela *change*. » La rancœur dans sa voix était telle que Signa tressaillit, soulagée pour une fois que Sylas soit là afin qu'elle ne vacille pas. Une de ses mains s'était posée sur sa taille comme il se penchait au-dessus d'elle pour observer la scène. Maintenant qu'elle l'avait remarqué, elle avait bien du mal à ne pas se concentrer sur le moindre mouvement de ses doigts et de son corps, et à faire plutôt attention à ce qui se passait à l'extérieur du placard.

« Avez-vous perdu vos charmes, madame ? » Byron posa les mains à plat sur la table et se pencha vers elle. « S'il devait laisser l'affaire péricliter, Percy n'hériterait de rien. Il serait couvert de ridicule et n'aurait plus aucune perspective d'avenir. Je ne veux pas être témoin de ce carnage, et je sais que vous non plus. Elijah a des enfants – deux, pour l'instant, quoi qu'il en pense. Nous devons le lui faire comprendre avant qu'il ne soit trop tard pour redresser la barre.

— Avez-vous oublié Lillian si facilement ? » La voix de Marjorie était glaciale et refroidit la pièce entière, laissant Byron silencieux. « Je sais bien que non – la ville entière était au courant de vos sentiments pour elle.

— Lillian est inoubliable. » Byron se mit à parler si bas que Signa dut presser l'oreille contre la porte pour l'entendre. « Malgré cela, nous ne pouvons laisser mon frère tout jeter par la fenêtre et se laisser dépérir pour la rejoindre.

— Il doit faire son deuil…

— Il *a* fait son deuil ! Il est maintenant temps pour lui de se secouer les puces avant de condamner cette famille. Je ne peux pas faire grand-chose quand il refuse ne serait-ce que de signer des documents. S'il refuse de confier l'affaire à Percy, vous devez le convaincre de me la confier à moi. Je m'en occuperais bien mieux de toute façon, de même que je me serais bien mieux occupé d'elle. »

Signa se mit à trembler de tout son être dans le lourd silence qui s'ensuivit. La sueur lui coulait le long du cou et dans le dos, mais elle n'y prêtait guère attention.

« Qu'est-ce que vous attendez de moi ? » s'enquit enfin Marjorie.

Byron n'hésita pas une seconde. « Mon frère se sent seul, Marjorie. Et les hommes qui se sentent seuls sont… réceptifs. Surtout aux artifices des femmes.

— Qu'est-ce que vous sous-entendez ? » Ses doigts se recourbèrent contre la table. « Parlez clairement, Byron. »

Byron fit glisser un pouce et un index le long de sa moustache noire, prenant son temps pour choisir ses mots. « Vous et mon frère avez eu une relation par le passé. J'aurais cru que vous sauteriez sur l'occasion de partager sa couche – il vous offrirait une vie de rêve. »

La chaise grinça sur le sol d'obsidienne quand Marjorie se leva. « Comment osez-vous ? Vous avez peut-être passé votre vie à pleurer un amour perdu, Byron, mais je ne m'abaisserai pas à cela, c'est une honte.

— Je suis navré si je vous ai offensée…

— Offensée ? » Le rire de Marjorie était tel un coup de pistolet, net et bref. « Vous avez remis en question ma vertu. Vous avez sous-entendu que je n'étais guère plus qu'une catin, et Elijah une marionnette à manipuler. Vous m'avez plus qu'offensée, monsieur. Pour le bien des enfants, je continuerai à essayer de parler à Elijah, mais ce ne sera pas pour vous aider. Je ne veux pas que vous vous approchiez de Percy. »

Byron se leva lui aussi. « Je refuse de prendre mes distances avec lui. Si vous aimez ce garçon, vous ferez ce que je vous demande. Il existe d'autres façons de gâcher son avenir, Miss Hargreaves. »

Marjorie ne répondit pas tout de suite, la voix tremblante à présent. « Percy n'a rien fait de mal. »

Byron redressa les épaules, s'enorgueillissant de sa victoire. « Je ne regarderai pas l'héritage de ma famille sombrer pour la mort d'une femme. Elijah ne peut plus négliger ses devoirs.

— Vous êtes devenu un sans-cœur, Byron. Mon Dieu, je voudrais qu'elle puisse vous voir à présent. »

La gifle retentit si fort que Sylas dut couvrir la bouche de Signa et l'attirer contre lui quand elle hoqueta de surprise. Signa ne pouvait qu'imaginer à quel point cela devait brûler, et tout en elle lui criait d'ouvrir la porte du placard pour s'en prendre à Byron. Pour le punir d'avoir fait du mal à Marjorie.

Chancelante, Marjorie posa une main sur sa joue. De l'autre, elle saisit son manteau. « Il est temps que vous grandissiez et que vous cessiez d'être en compétition avec votre frère. Il est peut-être perdu à l'heure qu'il est, mais il vous sera toujours supérieur. » Elle cracha par terre et partit. Signa espérait bien qu'elle prendrait la calèche et qu'elle laisserait Byron en plan, mais Byron jura et la suivit, claquant la porte derrière lui.

Signa était trop engourdie par la surprise pour bouger dans le silence qui s'installa ensuite. Marjorie et Elijah avaient été en couple par le passé ? Cela expliquerait leur familiarité. Que cela se soit passé avant ou après le mariage d'Elijah, c'était un scandale dans les deux cas. Malgré tout, Signa commençait à comprendre l'attrait d'une relation illicite. Au bout d'un moment, ses pensées retournèrent à la fermeté du corps de Sylas contre le sien, et à imaginer des choses qu'elle n'aurait jamais dû imaginer, surtout quand il faisait déjà une chaleur terrible dans le petit placard.

Heureusement, une fois qu'ils entendirent le bruit de la calèche s'éloignant, Sylas ouvrit la porte du placard et Signa en sortit précipitamment, cruellement en manque d'air frais. Elle aurait voulu enlever tous ses vêtements, étouffants et imprégnés de sueur, mais se contenta d'enlever sa cape et de la lui jeter. Signa n'avait jamais été aussi reconnaissante d'être dans le noir car elle se demandait s'il pensait à son corps autant qu'elle pensait au sien.

« J'ai l'impression qu'on a vraiment créé des liens là-dedans. » Son ton était taquin et confirmait ses soupçons. « Je vous connais sans doute mieux que j'ai jamais connu quiconque. » Puis il se figea, comme s'il venait de dévoiler une information qu'il n'avait pas l'intention de partager, et se détourna en s'éclaircissant la gorge.

« Il l'a frappée », murmura Signa, hébétée et pressée de changer de sujet.

Sylas acquiesça en ajustant ses gants. « Effectivement.

— Croyez-vous qu'elle ira bien ?

— Pour être honnête, je crois qu'il est plus indiqué de craindre pour le bien-être de Byron que pour celui de Miss Hargreaves. Je trouve qu'il n'y a rien de plus terrifiant qu'une femme méprisée. Et avez-vous vu son visage ? Particulièrement assassin. Maintenant – il lui tendit la main –, assez parlé de ça. Tant que nous sommes ici, cherchons les autres secrets que cet endroit recèle. »

VINGT

Malgré leur situation – ou peut-être était-ce à cause d'elle – Signa ne pouvait réprimer les frissons qui la parcouraient ; Sylas lui prit la main pour l'entraîner dans les profondeurs du Grey's. Le matin même elle prenait le thé et réalisait son rêve de faire partie de la haute société. Elle s'attendait à ce que cette compagnie remplisse le vide en elle, et pourtant, cela n'avait fait que lui faire prendre conscience qu'elle devait travailler beaucoup plus dur, et à quel point elle devait apprendre à se modeler pour devenir fréquentable. Pourtant avec Sylas, ses épaules se relâchaient enfin et elle se sentait vivante.

Avec lui, elle ne s'inquiétait pas qu'on étudie le moindre de ses mouvements. Elle pouvait simplement être *elle-même*.

Leur nuit ensemble lui donnait l'impression d'un nouveau départ. Comme si elle se remplissait les poumons d'une profonde inspiration. Elle laissait Sylas la guider, s'efforçant de calmer les palpitations de son cœur tandis qu'il saisissait une lampe à huile et l'emmenait dans le bureau. Elle devait se reprendre : en plus de leur différence de statut social, elle le connaissait à peine. Plutôt que de laisser son esprit vagabonder à penser à de beaux jeunes hommes, elle devait se concentrer sur la tâche à accomplir.

Le bureau d'Elijah au Grey's était semblable à celui qu'il avait à l'Épineuse. Un grand bureau en acajou et de magnifiques chaises étaient disposés au centre, sur un tapis rouge aux reflets dorés. Quelqu'un avait décoré la pièce pour lui donner une touche masculine, avec un canapé en cuir devant une bibliothèque qui prenait tout un pan de mur. Même si Elijah n'était soi-disant pas venu au bureau depuis un moment, il n'y avait pas la moindre poussière sur les étagères, et les grands livres de cuir noir étaient bien rangés sur son bureau.

Au premier regard, on aurait dit un bureau classique. Mais quelque chose pressait Signa à fouiller plus avant, tout comme Sylas y semblait enclin quand il se laissa tomber sur la chaise derrière le bureau et essaya d'ouvrir le tiroir du haut. Ce dernier ne bougea pas.

« Vous pensez pouvoir l'ouvrir ? » s'enquit Signa, se rappelant comme il lui avait été facile d'ouvrir la serrure de la porte du Grey's.

« Je peux essayer. Ces serrures sont plus capricieuses cependant. Il est plus difficile de cacher qu'on les a forcées. Voilà pourquoi… » Il se leva et s'avança jusqu'à la bibliothèque, inspectant le dos des vieux livres en cuir et différents colifichets. Il bougea même le mobilier jusqu'à ce que, cachée sous une lampe, il découvre une clé cerclée d'argent. « Je préférerais trouver la clé. » S'il n'avait pas déjà été bouffi d'orgueil, Signa aurait peut-être admis être impressionnée. Il attendait clairement ses éloges et poussa un hoquet méprisant quand elle se contenta d'un signe de tête pour lui suggérer d'ouvrir le tiroir.

Son contenu était beaucoup moins excitant qu'elle ne l'espérait. De vieilles factures pour de l'alcool et des cigares importés y étaient éparpillées, ainsi que des lettres rédigées par des clients. *À l'ineffable M. Elijah Hawthorne,* commençait l'une d'elles, pour ensuite déverser des inepties sur deux pages à exprimer sa gratitude d'avoir la chance de demander à devenir membre du Grey's, et à quel point il accordait de la valeur aux qualités d'un gentleman. Elijah devait avoir gardé la lettre pour son amusement personnel. Il y avait d'autres courriers similaires, peut-être une dizaine, chacun plus complaisant que l'autre, écrits dans l'espoir d'obtenir les bonnes grâces d'Elijah et de devenir membre.

Elle mit les lettres de côté et entreprit de fourrager dans le tiroir une fois de plus jusqu'à ce qu'elle en tire une poignée de photos.

Sylas souffla pour protester. « Attention. Nous ne sommes que des fantômes de passage. Nous ne devons pas laisser de traces. »

Signa fit comme si elle ne l'avait pas entendu. Elijah n'était plus que l'ombre de l'homme qu'il avait été sur ces photos de lui et de sa famille. Même si ce n'était qu'un instant capturé dans le temps, son rire sur la première photo était contagieux. Il rayonnait comme une étoile, le bras autour de la taille d'une femme magnifique. Elle était le soleil personnifié, radieuse, avec des cheveux de lin ondulés qui tombaient en cascade jusqu'à sa taille.

Lillian. Elle était bien loin de l'esprit hagard que connaissait Signa – pas encore la femme tourmentée par la mort et impuissante à empêcher celle de sa fille.

Devant eux se tenaient deux enfants : Percy, peut-être âgé de dix ans, et une jeune Bliss devant lui. Bliss ressemblait terriblement à sa mère, mais elle paraissait plus espiègle. Dans le portrait miniature, Lillian posait une main sur l'épaule de Percy tandis que le garçon regardait l'objectif. Il avait l'air sévère, ses petites mains sur le revers de la veste de son costume, comme pour affirmer sa légitimité. Visiblement, cela n'avait guère changé avec les années.

Signa aurait aimé voler la photo pour le taquiner, mais elle avait trop peur d'être démasquée. Elle entreprit de la remettre dans le tiroir quand son pouce caressa une aspérité au dos de la photo : quelque chose y était collé. De la pointe de l'ongle, elle décolla un bout de parchemin. Il avait jauni et l'encre sombre avait bavé à cause de café renversé.

« C'est une lettre », dit-elle à Sylas qui regarda par-dessus son épaule.

Je t'implore de penser à notre fils, Elijah.

Peu importe ce que tu ressens pour le Grey's, il ne connaît que ça.

Je comprends que ta relation à cet établissement soit tendue, mais tu ne dois pas oublier que notre fils n'est pas comme toi. Quelles que soient tes inquiétudes, ne les projette pas sur lui. Percy est né pour hériter de l'affaire familiale. C'est tout ce qui compte pour lui, Elijah. Je t'en prie, ne laisse pas ta douleur – ne laisse pas ton égoïsme – se mettre sur sa route.

Une partie du message avait bavé ou était couverte de taches qui le rendaient illisible, mais on ne pouvait nier qu'il avait été écrit par Lillian avant sa mort. Depuis le début, Signa avait eu l'impression qu'Elijah avait tenu Percy à distance du Grey's *après* la mort de sa femme. Mais d'après cette lettre, Elijah avait des inquiétudes à laisser Percy hériter du Grey's depuis plus longtemps.

Une autre pièce du puzzle. Un autre bout d'information à mettre de côté pour plus tard.

Sylas se penchait sur l'épaule de Signa pour lire le courrier, si proche qu'elle en était mal à l'aise. « Pauvre diable. On dirait qu'Elijah a vraiment envie de ruiner cet endroit. »

Signa remit la lettre au dos de la photo et la replaça dans le tiroir avant d'énoncer tout haut une idée qui lui passait par la tête. « Qu'est-ce qui a bien pu lui faire changer d'avis aussi soudainement ? Pourquoi voudrait-il abandonner l'héritage familial ? Je pensais que c'était sa façon de faire son deuil.

— C'est ce que tout le monde semble croire. » Sylas regarda le ciel sombre par la fenêtre. Il devait être minuit passé à présent. « Je ne pense pas que nous en découvririons davantage ce soir, Miss Farrow. Nous ferions bien de nous dépêcher de rentrer, avant que quelqu'un ne remarque votre absence. »

Étant donné la fête, elle doutait que quiconque s'en aperçoive. Malgré tout, il n'était pas raisonnable de prendre le risque d'être découverte à rentrer discrètement au manoir pour le deuxième soir d'affilée. Elle se laissa fléchir, balayant l'endroit du regard pour s'assurer que tout était à sa place avant de s'éloigner du bureau.

« Nous ne sommes que des fantômes de passage », dit Signa avant de passer son bras dans celui que Sylas lui offrait, sa timidité envolée. Son contact avait éveillé quelque chose en elle qu'elle n'avait aucune envie d'éteindre. Une curiosité persistante de faire l'expérience du contact d'un homme sous ses doigts.

Elle commençait à le comprendre, c'était une sensation qu'elle appréciait grandement.

VINGT ET UN

Une heure après que Sylas l'avait laissée dans les tunnels avec pour instruction de prendre la première à droite, la deuxième à gauche, et d'aller tout droit jusqu'au garde-manger, Signa errait toujours toute seule, la main droite sur le mur pour se guider. Virage après virage, elle faisait face à l'obscurité et à un labyrinthe qui semblait bouger et refluer.

La musique de la fête d'Elijah était un distant bourdonnement derrière les murs du tunnel. Signa la suivait malgré tout, s'accrochant au bruit dans le noir. Mais peu importe jusqu'où elle la suivait, elle ne trouvait pas de sortie. Virage après virage, tunnel après tunnel, la pression sur sa poitrine augmentait. Cela lui faisait penser au jour où elle était arrivée à l'Épineuse, quand elle parcourait les couloirs qui lui paraissaient sans fin, raillée par les portraits de tous ceux qui y avaient vécu autrefois.

Quelqu'un ou quelque chose se jouait d'elle, mais le savoir n'aidait pas à faciliter sa respiration superficielle. Chacun de ses pas était plus désespéré que le précédent, chaque respiration plus difficile, jusqu'à ce qu'elle tombe sur une nouvelle impasse.

Elle cogna le mur de frustration. « Qui va là ? Je n'ai pas le temps pour ces petits jeux. »

Une voix s'éleva de l'obscurité, une voix profonde et moqueuse. « Au contraire, Petit Oiseau, je pense que tu aurais bien besoin de plus de jeux dans ta vie. »

Signa n'avait jamais été aussi soulagée d'entendre cette voix. Elle se retourna pour lui faire face, capable de voir l'ange de la Mort même dans les tunnels, car ses ténèbres étaient plus sombres que la nuit elle-même. Il la surplombait, plus imposant que d'habitude. « Tu es en retard, dit-il sans la moindre douceur. J'espérais que tu essayerais de *traverser* les murs plutôt que de respecter les règles de ce tunnel, mais tu es plus têtue que je ne l'imaginais.

— Et vous, vous êtes un idiot arrogant. » Elle n'avait pas oublié sa promesse de leçons de minuit, mais elle n'aurait jamais pensé qu'il s'abaisserait à des jeux mesquins pour la punir. « Je n'ai pas de baies sur moi, tas de ténèbres à la noix. »

L'obscurité l'enveloppa. « Ah oui ? Un tas de ténèbres à la noix ? Eh bien, Miss Farrow, j'ai bien peur que ce tas de ténèbres soit ton seul secours pour le moment, et tu ferais bien de t'en souvenir. Surtout si tu as l'intention de sauver ta cousine. »

Malgré la peur, la nervosité et la colère qui bouillaient en elle, Signa balança la tête en arrière et rit. C'était un son amer, guère naturel. « Et je suis censée vous faire confiance ? »

Le soupir qu'il poussa souffla du vent dans ses cheveux. « Et que faudra-t-il pour que tu acceptes que je ne suis pas ton ennemi ?

— Que vous cessiez de tuer tous ceux qui m'entourent, ce serait un bon début. » Elle redressa les épaules. « Et vous pourriez répondre à mes questions également, sans répondre par énigmes. »

Bien que toujours sans visage, rien qu'un amas de ténèbres au cœur de la nuit, sa noirceur rapetissa jusqu'à ce qu'il ne soit plus que des ténèbres à forme humaine penchées vers elle. « Alors pose-moi tes questions, et je répondrai. »

Elle maîtrisa son expression, prenant soin de ne pas laisser paraître sa surprise. Il n'avait pas fait de commentaires sur les vies qu'il avait prises, mais elle savait qu'elle ne pouvait laisser passer cette opportunité. « Si je possède des pouvoirs comme vous le prétendez, pourquoi m'ont-ils fait défaut quand je suis restée coincée sur le portail ? »

Ses ténèbres la frôlèrent quand il répondit sans hésiter : « Parce que tu en as peur. Parce que tu as peur de moi et de mon monde, et de l'idée que tu puisses en faire partie. »

Elle se mordit l'intérieur de la joue pour ne rien trahir. « Je ne fais pas partie de ce monde.

— Ah non ? Alors comment se fait-il que je n'aie jamais rencontré une autre âme qui partage mes pouvoirs ? » Les ténèbres l'encerclèrent. « Depuis la création de la vie, la mort a été présente pour assurer un équilibre. Et depuis tout ce temps, je n'ai jamais été capable de communiquer aussi clairement avec autre âme qui vive. »

Elle n'osait détourner le regard du faucheur d'âmes, mais elle s'efforçait de voir *à travers* les ténèbres qui le protégeaient. De quoi avait-il l'air sans ses ténèbres ? Aurait-il un visage ? Un corps ? Oh, qu'est-ce qu'elle ne donnerait pas pour voir l'ange de la Mort rougir. Pour le surprendre se sentant aussi petit et nu qu'elle.

« Qu'as-tu ressenti, lui demanda-t-il soudain, quand tu t'es servie de mes pouvoirs hier soir ? As-tu aimé ressentir sa brûlure sur ta peau ? As-tu trouvé du réconfort dans l'obscurité et les ténèbres ? »

Elle avait ressenti tout ça, mais c'était une vérité qu'elle n'avait pas encore admise elle-même. Toute sa vie, elle avait détesté l'ange de la Mort. Et pourtant, elle avait passé des années à lui courir après comme un papillon de nuit attiré par les flammes. Il lui avait rendu la vie difficile, et elle aurait dû le mépriser. Alors pourquoi chaque fois qu'elle se trouvait en sa présence, quelque chose la brûlait de l'intérieur, plein d'ardeur ?

Elle aurait dû trembler devant l'ange de la Mort. Elle aurait dû avoir peur. Et pourtant, plus elle passait de temps avec lui, plus la peur laissait place à une curiosité grandissante.

Elle ne le détestait pas, pas vraiment. Et mon Dieu, quelle imbécile cela faisait d'elle.

Les ténèbres de l'ange de la Mort s'inclinèrent pour l'encercler. Ce faisant, l'air du tunnel se fit plus oppressant, plus tendu, et Signa le laissa glacer ses doigts et ses poumons. Ce froid avait ses limites cependant. Trop intense, il brûlait.

Mais peu importait qu'elle prétende le contraire, Signa avait maladivement besoin de cette brûlure.

« Ah oui. » La voix de l'ange de la Mort était un ronronnement dans la nuit. « C'est bien ce que je pensais. Il est en mon pouvoir de t'aider, mais je ne te forcerai à rien. Tu dois venir à moi de ton plein gré. Mon contact est fatal, Petit Oiseau. Un simple frôlement de ma peau et tu seras de nouveau derrière le voile, capable d'avoir accès à tes pouvoirs jusqu'à ce que ton corps se répare de lui-même. » Il lui tendit la main. « Plus de faux-semblants – je veux te montrer notre monde. Tu n'as qu'un mot à dire, et ce soir je t'apprendrai à avoir accès à tes pouvoirs sans belladone. »

Le souvenir du temps passé dans le jardin de Lillian refit surface, et Signa se rappela le portail, son métal froid en elle. La pression sur ses poumons immobiles, comme figés dans le temps. Elle se rappelait autre chose également – la liberté. Le *pouvoir*.

Mais qu'est-ce cela impliquerait, cependant, si elle agissait avec la colère de l'ange de la Mort ? Si elle s'autorisait à utiliser ses pouvoirs, qu'est-ce que cela ferait d'elle ? Une obscurité attendait de l'envelopper, de la noyer. C'était une partie d'elle contre laquelle elle s'était battue bec et ongles, car si elle cédait à ces désirs et accueillait ces pouvoirs en elle, que deviendrait-elle au juste ?

« Savez-vous quel tunnel mène à l'Épineuse ? » demanda-t-elle.

L'ange de la Mort lui répondit froidement : « Oui.

— Et pouvez-vous m'y mener ?

— Je refuse. » Signa remarqua son choix de mots et cela l'agaça. « Tu as des capacités incroyables, Signa Farrow. Tu n'es pas un être humain ordinaire, et il est temps que tu cesses d'agir comme si c'était le cas. Si tu acceptais le pouvoir que je vois en toi...

— Peu importe que ce *vous* voyez ! » Ses propos résonnèrent trop fort, perçant ses propres oreilles. « Et si je *veux* être une humaine ordinaire ? J'en ai assez que vous me suiviez partout. J'en ai assez que les gens meurent ! »

Même si elle ne distinguait pas de nez, on aurait dit que l'ange de la Mort s'en pinçait l'arête. « Si tu me laissais te montrer ce que tu pourrais devenir – le pouvoir que tu pourrais exercer –, tu changerais peut-être d'avis. Peut-être penses-tu pour l'instant qu'une vie ordinaire te conviendrait, mais que se passera-t-il quand cela ne te suffira plus ? Quand tu ressentiras un vide en toi que le thé et les commérages ne sauront combler ?

» J'ai *essayé* de te laisser tranquille, poursuivit-il. J'ai essayé de ne pas me préoccuper de toi. De ne pas interférer. Mais nous sommes connectés, toi et moi. Nos destins...

— Le destin peut aller se faire foutre ! » Ses tempes cognaient d'un mal de tête naissant. « Je peux déterminer mon destin sans votre aide. »

On entendait un sourire dans sa voix. « Si je revois le Destin un jour, je lui dirai ce que tu penses de lui. »

Signa se figea, mais cela n'aurait pas dû la surprendre. Si l'ange de la Mort existait bel et bien, pourquoi le Destin n'existerait pas lui aussi ?

L'ange de la Mort remarqua sa curiosité. « Dis-moi, veux-tu vraiment que je m'en aille ? Car j'ai essayé de te laisser. Pourtant chaque fois que je m'y attelle, on dirait que tu trouves une raison de me rappeler à toi. Tu n'as qu'un mot à dire et j'essayerai à nouveau si c'est ce que tu souhaites. »

Quand il fit un pas en arrière, d'instinct, Signa tendit la main pour l'arrêter. « Attendez ! » Il s'immobilisa sans hésiter, et la tension dans la poitrine de Signa se relâcha quelque peu. Elle poursuivit : « Je préférerais que tout le monde ne meure pas autour de moi, c'est vrai. Mais… Je ne veux pas être coincée ici toute seule. »

Une fois de plus, il tendit la main. « Mon offre tient toujours, mais tu dois te décider. Je suis quelqu'un de très occupé, tu te rappelles ?

— Oui, je suis sûre que je vous empêche de tuer des dizaines de personnes en ce moment même. »

Il émit un hoquet sarcastique. « Les âmes ne sont pas du genre patient. Que j'aille les chercher ou non, elles me trouveront bientôt. »

Elle roula des yeux mais savait qu'il ne changerait pas d'avis. « Très bien. » Elle prononça ces mots en serrant les dents. « Promettez-moi quelque chose et je jouerai le jeu. »

Il referma et serra fort sa main tendue. « Je ne fais pas de promesses que je ne puisse tenir.

— Très bien. Alors promettez-moi que vous laisserez les habitants de l'Épineuse tranquilles. J'en ai assez de créer des liens avec des gens pour que vous me les repreniez ensuite. »

L'air se fit plus oppressant, ses poumons plus froids. Quand l'ange de la Mort s'exprima à nouveau, tout amusement – toute curiosité – s'étaient envolés. « Tu vivais chez un oncle qui ne s'occupait pas de toi. Qui volait ta fortune et te gardait enfermée dans une chambre pendant qu'il invitait la ville entière dans son lit. Tu avais une tante qui abusait de toi et un autre tuteur que tu n'as jamais rencontré parce qu'on ne pouvait pas le laisser seul avec des jeunes filles, Signa. Quant à celle qui est morte dans sa baignoire ? Elle avait prévu de te faire épouser le fils de son ami pour qu'il puisse prendre le contrôle de ta fortune et leur permettre de devenir riches.

» J'espérais toujours que le suivant vaudrait mieux que le précédent, poursuivit-il, mais la cupidité transforme les gens en monstres. Était-ce vraiment si terrible de te libérer d'eux ? »

Elle n'avait jamais envisagé sa vie et ses bouleversements sous cet angle. Elle était si jeune et avait connu trop de situations étranges pour savoir ce qui était normal et ce qui ne l'était pas. Il avait raison : ses tuteurs avaient tous été cruels envers elle. Tous sauf un. « J'avais une grand-mère qui ne faisait rien de tout ça, argumenta-t-elle. Qu'en est-il d'elle ? »

Les ténèbres autour de lui se crispèrent, il était furieux. « Tous les êtres vivants doivent mourir, Petit Oiseau. Tu sais aussi bien que moi que son heure était venue. Je suis venu la chercher tant qu'elle avait encore sa dignité. »

Signa grinça des dents ; elle voulait absolument que sa frustration grandisse, pas qu'elle diminue. « À cause de vous, j'ai connu une vie d'isolement. C'était épreuve après épreuve parce que tous ceux qui m'entouraient me croyaient maudite. »

L'ange de la Mort réprima un rire sarcastique. « Ce n'est pas ma faute si tu étais entourée de vautours hypocrites...

— Vautours ou pas, j'aurais au moins souhaité avoir un peu de compagnie de temps à autre ! Vous avez dit vous-même que la vie et la mort devaient maintenir un équilibre, pourtant vous n'avez pas l'air bien doué pour suivre cette règle. Je me trompe ou ne m'avez-vous pas dit qu'il était très important que je reconnaisse mes pouvoirs et que je n'aille pas tuer les gens par accident afin de maintenir le fragile équilibre entre la vie et la mort ? »

Ses ténèbres se figèrent, et Signa se retrouva à lever les yeux vers cet homme étrange – la mort personnifiée, le cœur de la nuit –, la gorge serrée. Quand il s'exprima, sa voix rappelait des sabots sur les pavés ronds, saccadée et profonde. « Peut-être était-ce plus égoïste de ma part que je ne le pensais, mais je ne pouvais pas rester là sans rien faire à les regarder te traiter de la sorte. »

Il avait efficacement ôté toute combativité à Signa. Ce n'était pas bien, ce qu'il avait fait. Tous ces gens, même s'ils étaient affreux, ne méritaient pas de mourir. Pourtant Signa ne put s'empêcher d'avoir des papillons dans le ventre en l'entendant admettre ça. « Vous… Vous les avez pris pour essayer de m'aider ? » Elle ne voulait pas y croire. Personne ne l'avait jamais défendue. Personne n'avait jamais essayé de la protéger. Alors pourquoi l'avait-il fait ?

« Bien sûr que oui, petite idiote. » Il serra les poings et inspira profondément, comme pour en appeler à sa patience. « Satisfaite ? »

Il lui fallut un moment pour se redresser, peinant à comprendre ce qu'il voulait dire. Parce que… non. Elle ne s'était jamais rendu compte qu'elle pouvait être aussi *in*satisfaite. Elle ne savait pas que ses lèvres pouvaient la démanger ou son estomac lui faire mal d'un désir dont elle savait qu'il ne devrait pas exister.

Elle aurait dû le détester. Mais de savoir que quelqu'un l'observait – quelqu'un qui la protégeait et veillait sur elle –, c'est tout ce qu'elle avait toujours voulu. Et même si cela ne s'était pas manifesté comme elle s'y attendait, rien que d'entendre ces mots lui faisait plus de bien que cela n'aurait dû.

« J'accepte votre offre. » Elle se força à le dire avant de changer d'avis. « Montrez-moi comment avoir accès à mes pouvoirs sans belladone et sortez-moi de là. »

Ces mots le délièrent. Quand les ténèbres de l'ange de la Mort enveloppèrent Signa, elle ne broncha pas. Même si une petite partie d'elle la mettait en garde et lui soutenait que ce n'était pas bien, qu'elle devrait avoir peur, elle se laissa aller à cette caresse. Elle ressentait ses ténèbres à présent. Elle les sentait sur sa peau, lui caressant le cou et les lèvres. Enflammant des recoins en elle dont elle ne savait pas qu'on pouvait les réveiller.

Ses doigts étreignirent les siens, une vraie main, douce contre la sienne et pâle comme la lune. Il l'attira vers lui. Signa inspira vivement – il était bien plus que l'obscurité et les ténèbres dans lesquelles il se tapissait. Il avait une forme.

« Tous ceux que je touche, murmura l'ange de la Mort, meurent. » Son autre main se posa soudain sur sa joue, et il poussa un si long soupir qu'il réchauffa Signa tout entière. « À part toi, Signa Farrow. Quand je te touche, je te sens. Sur toi, mon influence n'est que temporaire. »

Signa mourait d'envie de se laisser aller sous ce toucher. Il était méconnaissable, sa voix sinistre désormais voilée et délicieuse. Doucement, il retira la main de sa joue, mais les doigts de son autre main restaient fermement enroulés autour des siens. « Si nous brisons cette connexion, tu seras de nouveau dotée d'un corps physique », la prévint-il. Signa acquiesça et resserra fermement ses doigts sur les siens, ne voulant jamais refaire l'expérience d'être coincée dans quoi que ce soit. L'ange de la Mort émit un son grave du fond de la gorge quand elle se serra plus fort contre lui.

Plus ils restaient ainsi au contact l'un de l'autre, plus elle sentait sa température chuter. Le poids de son corps se fit plus léger à mesure qu'ils échappaient à la gravité. La glace la fendait en deux, et ses pensées s'obscurcirent quand ses pouvoirs s'immiscèrent en elle, lui assurant qu'elle était capable de tout. Qu'elle était invincible.

Elle laissa sa tête partir en arrière, savourant ce sentiment. Le monde lui appartenait.

« Comment te sens-tu ? lui demanda l'ange de la Mort en inclinant la tête d'un air entendu.

— Comme si le monde que j'ai connu jusqu'ici ne me suffisait plus. » Elle ne s'en était pas rendu compte tant qu'elle n'avait pas admis la vérité à voix haute. Quelque chose chez l'ange de la Mort – quelque chose dans cet état de conscience – la rendait courageuse. La rendait confiante, plus qu'elle n'aurait jamais osé l'être autrement.

« Pour toi, ce monde *ne suffit pas*. » L'ange de la Mort la guida à travers les tunnels. Aucun mur ne les bloquait, aucune porte ne changeait leur parcours. Le monde était à leurs pieds.

« Pour toi, poursuivit-il, le monde pourrait être infini. » Ils passaient d'un tunnel à l'autre, le monde cédant à leurs caprices. « Que tu accueilles tes pouvoirs ou non, c'est ton choix, mais cette sensation – ce monde – pourrait t'appartenir. Il te suffit de le prendre. »

Elle ferma les yeux. Elle ressentait une pression à l'arrière du crâne et elle comprit vite qu'elle était due aux âmes solitaires qui l'appelaient car elles voulaient passer de l'autre côté. Puis une autre pression se fit ressentir, qu'elle reconnut comme étant une mort imminente – quelqu'un prêt à être fauché de cette terre l'appelait.

Quand Signa ouvrit à nouveau les yeux, ils étaient humides. « Est-ce triste ? demanda-t-elle. Ce que vous faites ? »

Il contracta les muscles de ses mains, surpris. « Il m'arrive de regretter qu'il en aille ainsi. » Ce n'était pas une réponse directe, mais Signa supposa qu'elle n'obtiendrait pas mieux. « Il m'arrive de regretter de ne pouvoir mettre en garde les gens des choix qu'ils font. De regretter les vies que je prends trop jeunes ou alors celles entourées de gens qui ne sont pas prêts à les voir partir. On me hait et on me craint plus que quiconque et quoi que ce soit dans ce monde. Alors parfois oui, c'est triste. Mais c'est qui je suis.

» Et il y a de bons côtés également. Je suis la première personne que les gens voient quand ils poussent leur dernier soupir. Je suis le messager qui les ramène à ceux qui leur ont manqué. C'est moi qui leur garantis qu'il n'y a pas d'inquiétude à avoir, ou qui assène une mort rapide à ceux qui ne sont pas les bienvenus dans la vie après la mort. Je suis beaucoup de choses, mais je n'en ai pas honte.

— Vous devez vous sentir bien seul, en revanche », dit-elle, une douleur à la poitrine se manifestant à cette idée. Ce sentiment ne lui était que trop familier.

« Oui, avoua-t-il. Pendant des années j'étais seul, forcé de passer mes journées à regarder la vie des humains, incapable de la moindre interaction.

— Mais vous pouvez interagir avec moi.

— Ah, dit-il, tu comprends maintenant pourquoi j'aime à te taquiner. Je me sens moins seul à présent, Petit Oiseau. Plus si seul du tout. »

Elle voulait en savoir davantage – savoir ce que voulait dire cette connexion entre eux, et pourquoi elle était capable de le voir. Mais quand elle se tourna pour lui poser la question, il était entouré de sphères bleues translucides qui dansaient autour de lui et éclairaient leur chemin.

« Quoi que tu en penses, mon monde n'est pas si sombre après tout. » L'ange de la Mort inspecta les sphères – des âmes, comprit Signa. Des âmes impatientes ; celles dont il avait promis qu'elles le trouveraient. Elles illuminaient sa capuche de ténèbres, et Signa y entraperçut un visage. Une pointe de chevelure argentée comme les étoiles, et l'ombre d'un sourire tandis qu'il tendait la main vers les âmes qui affluaient en masse vers lui. Certaines se dirigeaient vers Signa également, tournaient autour de sa robe et passaient dans ses cheveux, même si elles retournèrent vers l'ange de la Mort quand il s'éclaircit la voix.

« Elles ont besoin de traverser, lui dit-il. Comme je te le dis depuis le début, je suis quelqu'un de très occupé. » Il l'entraîna à travers les tunnels et se dépêcha de rejoindre l'Épineuse. À chaque mur qu'ils traversaient, Signa s'inquiétait de moins en moins pour se détendre et profiter de ces pouvoirs auxquels elle pourrait bien s'habituer. Ils se retrouvèrent en haut des escaliers puis dans sa chambre en un rien de temps.

Trop vite, en fait.

Je dois y aller, mais je reviendrai demain dans la nuit, car j'ai encore beaucoup à t'apprendre. Il prit son temps pour relâcher sa main.

La gravité reprit ses droits. Les poumons de Signa se flétrirent, ses doigts nus la brûlaient à mesure que la vie s'insinuait en elle. Elle porta la main à sa gorge, la sensation bien pire que dans ses souvenirs. « Ne vous immiscez pas dans ma tête », marmonna Signa, mais il n'y avait guère de combativité dans son ton.

Je n'arrêterai pas tant que tu n'auras pas appris à me répondre de la même façon. L'ange de la Mort se mit à rire, mais cela ne dura pas car les âmes s'approchaient de lui, deux fois, trois fois plus nombreuses, plus exigeantes que jamais. Il les repoussa en leur donnant un petit coup et en soufflant.

« Bonne nuit, ange de la Mort. » Signa le regarda s'échapper par la fenêtre, les âmes le poussant dehors plus vite qu'elle ne l'aurait voulu.

Bonne nuit, Petit Oiseau.

Elle se pencha par la fenêtre et regarda sa silhouette s'éloigner jusqu'à ce qu'il disparaisse dans la nuit. Ce n'est qu'alors, une fois recroquevillée dans son lit à ruminer les événements de la nuit, qu'elle se rendit compte qu'elle ne se rappelait pas s'être jamais sentie aussi entourée.

VINGT-DEUX

Signa se réveilla avant l'aube – à une heure où le ciel était encore sombre et où les domestiques étaient sa seule compagnie – et elle se rendit en cuisines pour une inspection des lieux. Elle étudia avec ferveur les garde-mangers et les réserves de thé, le miel, les confitures et la farine, sous le regard de la cheffe cuisinière qui la surveillait d'un air sévère et renfrogné.

« Vous ne trouverez pas de rats dans ma cuisine », aboya-t-elle. C'était une femme âgée, le visage ridé, l'air indulgent mais le regard austère. Signa lui répondit qu'elle était certaine qu'elle n'en trouverait pas, ajoutant qu'on n'était jamais trop prudent ces temps-ci. Puis elle inventa une excuse, prétendant qu'elle voulait s'entraîner pour quand elle gérerait son propre domaine.

La cuisinière grogna, clairement peu enthousiaste à l'idée que Signa examine minutieusement toute sa cuisine, mais approuvant son intention. Signa continua donc de chercher, de fouiller et de tout goûter. Elle trouva les boîtes de thé et un petit verre de ce qu'elle supposa être le vrai médicament de Bliss, et il n'y avait aucune trace de belladone ni dans les uns ni dans l'autre.

Quand l'heure du petit-déjeuner sonna presque deux heures plus tard, Signa avait l'air de mauvaise humeur, et Marjorie le lui fit remarquer. Comme elle ne voulait pas qu'on lui pose de questions, Signa enfouit sa frustration le temps de ses leçons ; elle aurait plus de temps pour réfléchir à la prochaine étape après. Peut-être Sylas aurait-il une idée, ou peut-être aurait-il trouvé une piste.

Elle mangea sous le regard scrutateur de Marjorie, prenant soin de grignoter par petites bouchées quand la gouvernante la surveillait. Quand elle eut terminé son repas, Signa suivit Marjorie jusqu'au petit salon pour commencer la deuxième partie de sa matinée – la moitié qui se préoccupait encore des vivants et de la vie qu'elle mènerait une fois son temps à l'Épineuse écoulé.

Et dans cette nouvelle vie, si Signa devait un jour prendre sa place dans la haute société, elle devrait apprendre à danser.

« Je comprends bien pourquoi cette leçon vous est nécessaire à *vous* », dit Percy qui se leva pour la saluer, redressant le col de sa chemise pour qu'aucun pli ne gâte le tissu. « Mais pourquoi suis-je là, *moi* ? »

Marjorie s'assit sur le banc du piano dans un coin du salon. Ses cheveux étaient tirés en arrière et formaient de magnifiques boucles, elle était plus élégante que jamais dans une veste en coton couleur ivoire. « Si elle souhaite apprendre correctement, Signa aura besoin à la fois de musique et d'un partenaire. Si je dois m'occuper de la musique, j'ai besoin de vous pour être son partenaire. »

Signa aurait parié que cette décision était également liée au fait que Percy avait pris l'habitude d'errer dans l'Épineuse en soupirant, cherchant de quoi s'occuper de façon navrante. Elle l'avait entendu dehors plus tôt ce matin-là, demandant qu'on prépare un équipage pour le conduire au Grey's, pour s'entendre dire par un valet d'écurie qu'Elijah avait interdit qu'on l'y emmène, et que c'était un ordre strict. Elle n'avait pas vu la réaction de Percy, mais elle avait entendu la porte qu'il avait claquée derrière lui.

Signa avait pitié de son cousin. Elle ne le connaissait que depuis un mois, mais cela suffisait pour se rendre compte qu'il était un Hawthorne jusqu'au bout des ongles. Un Hawthorne fier, un gentleman, auquel on avait arraché son héritage des mains.

Percy baissa ses yeux de renard sur elle. De si près, elle remarqua que ses sourcils étaient assez broussailleux, même s'ils étaient d'un roux si pâle qu'ils donnaient l'impression, de loin, qu'il n'y en avait pas beaucoup. Ses cils étaient également pâles comme la neige. « Êtes-vous une bonne danseuse ? » s'enquit-il, ce à quoi Signa répondit avec indignation « L'êtes-*vous* ? », trop bas pour que Marjorie l'entende. Le rire de Percy ne fut guère qu'un souffle.

Ce n'était pas que Signa était une mauvaise danseuse, mais elle n'avait pas d'expérience – sauf si l'on comptait les nuits passées seule dans sa chambre, quand elle prétendait danser avec un beau prince qui viendrait l'emmener loin de sa masure actuelle. Signa ne connaissait pas les vrais pas à l'époque. Elle les avait appris la semaine précédente, quand Marjorie avait passé des heures à les lui faire entrer dans son crâne « dur et têtu », comme l'avait si gentiment dit la gouvernante. C'était la première fois qu'elle s'entraînait avec un vrai partenaire, et elle ne pouvait nier que Percy était le partenaire idéal. Il était fait pour la haute société, un aristocrate pure souche. Il était probablement capable d'exécuter n'importe quelle danse les yeux fermés si on le lui demandait.

Percy lui tendit une main couverte de taches de rousseur, et quand Signa s'en saisit, le piano à queue s'anima d'un air de valse.

Le regard de Signa se porta aussitôt sur ses pieds pour compter ses pas. Elle était capable de les compter en silence, mais cela la rassurait de les murmurer en dansant, pour s'assurer de n'en rater aucun. La concentration la faisait marcher comme sur des échasses et lui donnait une démarche presque mécanique.

« Oh, chère cousine. » Percy pouffa. « Vous dansez comme si vous étiez faite de métal et d'engrenages. »

Elle lui dit « chut » avec tant de force que son cou se rétracta comme celui d'une tortue. Il trébucha sur le tapis et grimaça quand cela fit trébucher Signa à son tour, qui lui écrasa les orteils avec le talon de sa botte. Elle ne s'excusa pas quand il retira son pied, le souffle coupé – c'était sa faute, c'était lui qui l'avait interrompue après tout –, et elle reprit ses comptes.

« Si vous avez l'intention de faire la cour aux hommes avec si peu de grâce, le moins que vous puissiez faire c'est d'apprendre à lever la tête pour ne pas leur marcher sur les pieds, siffla Percy. Quel que soit votre partenaire, il s'attendra à danser avec une lady, pas avec un mathématicien. *Levez les yeux.* »

Signa se perdit dans ses comptes. Elle leva soudain les yeux vers lui, prête à rétorquer une moquerie jusqu'à ce qu'elle se rende compte qu'elle faisait toujours ses pas.

Le visage de Percy se fendit d'un large sourire victorieux. « Eh bien voilà ! » Il resserra sa poigne sur une main et lui soutint le bas du dos de l'autre pour accélérer leur déplacement et la faire tournoyer dans tout le salon.

« Percy… » le mit en garde Marjorie, accélérant le tempo pour le suivre quand il se mit à danser plus vite que la musique, entraînant Signa dans ses pitreries. Son rire était si léger, si contagieux que Signa se joignit à lui, se mettant elle-même à rire de façon incontrôlable quand il donna un coup de pied à une ottomane pour libérer la voie et la faire tournoyer sur le tapis. Ils se firent mutuellement des croche-pieds et manquèrent de tomber à plusieurs reprises, mais parvenaient toujours finalement à se redresser avec un panache théâtral.

« Suis-je toujours faite de métal et d'engrenages ? le taquina-t-elle.

— Oh absolument, répondit-il aussitôt. Sans moi, je suis certain que vous seriez encore en train de vous traîner, à compter de un à trois. »

Signa lui marcha sur les orteils à dessein.

Ils s'amusaient tant, à se lancer des piques et à rire, qu'aucun d'eux ne remarqua qu'Elijah Hawthorne avait pénétré dans le petit salon jusqu'à ce que Marjorie se lève et que la musique se taise soudain.

Les yeux d'Elijah ne ressemblaient pas à ceux de Percy. Ils étaient d'un bleu myosotis, leur étincelle éprouvée et cachée derrière les ténèbres. Pourtant, quand il regardait son fils et entendait son rire, une lueur s'illuminait derrière ce sombre voile. Une accalmie dans la tempête.

Elijah ouvrit la bouche pour parler, mais fut interrompu par son majordome, Warwick, qui entra précipitamment dans la pièce. Des bruits de pas résonnaient derrière lui, ainsi que le *clac-clac-clac* grave de quelque chose de lourd sur le parquet en acajou du salon. Byron Hawthorne entra après Warwick, les épaules redressées et une moue aux lèvres. Signa osa jeter un coup d'œil à Marjorie, qui serra les dents et agrippa fermement le bord du piano.

« Mes excuses, maître Hawthorne, commença Warwick. Il a insisté…

— Où sont nos livraisons, Elijah ? » s'enquit Byron, retirant ses gants et les donnant à Warwick. Il tenait à la main la même canne que Signa l'avait vu utiliser le jour où elle l'avait rencontré : du bois de rose, avec une poignée en cuivre sculptée en forme de crâne d'oiseau. Byron la caressa du pouce en s'adressant à Elijah, enfonçant un ongle dans le bois. « Le Grey's n'aura plus rien à servir d'ici la fin de la semaine. Si tu ne veux pas signer les chèques, alors signe l'acte notarié et qu'on en finisse avec tes petits jeux. »

Elijah leva la main. Il fit un signe de tête à Percy et murmura : « Continue. Ne t'arrête pas. »

Percy s'éloigna de Signa. On lisait un appétit terrible dans son regard. De la détermination dans le tranchant de sa mâchoire. « Laissez-moi passer commande. » Sa voix ne tremblait pas. « J'ai des contacts qui pourront l'expédier. Nous aurons tout au plus tard mercredi. »

Elijah fit comme s'il n'avait pas entendu. « Je t'ai dit de ne pas t'arrêter. » Ses yeux se posèrent sur Signa avec tant de sévérité qu'elle se sentit contrainte d'obéir. Elle tendit la main vers Percy pour le prendre par le bras, espérant apaiser la situation. La dernière chose dont elle avait envie, c'était d'être témoin d'un autre incident comme celui du gâteau.

Mais son cousin concentrait toute son attention sur son objectif. Percy serrait les poings et fit trois pas vers son père. « Je vous promets que je suis capable de m'en occuper. Je sais quoi commander, et je sais où passer commande. Je m'occuperai de la livraison moi-même et m'assurerai de la qualité des produits à leur arrivée. Si vous me laissiez seulement essayer, vous verriez que…

— Je t'ai dit de continuer, mon garçon ! » La voix d'Elijah fendit l'air comme une lame. « Ou ta tête est-elle remplie de tant d'air que tu ne m'entends pas ? As-tu oublié que tu dansais avec ta cousine à l'instant ? Tu as des obligations envers elle, pas envers des commandes à passer. Ne la néglige pas pour parler affaires. »

Ils s'étaient déjà quelque peu entraînés, et Signa ne voulait que le bonheur de Percy. Étant donné ce que le Grey's représentait pour lui, c'était ce qu'elle espérait *pour lui* ; ses cours de danse pouvaient attendre. Mais avant que Signa puisse s'exprimer, Marjorie intervint.

« Monsieur, nous avions presque fini, dit-elle. Laissez Percy s'occuper de cette affaire. Comparé à la danse, c'est bien plus pressant... »

Si Signa n'avait pas su que c'était impossible, elle aurait cru, vu le froid qui s'abattit sur la pièce, qu'Elijah était l'ange de la Mort en personne. Le regard qu'il jeta à Marjorie réduisit tout le monde au silence. Signa n'osa plus respirer jusqu'à ce qu'Elijah s'assoie sur une magnifique chaise émeraude et croise une jambe par-dessus l'autre.

Il n'adressa plus un regard à son frère, et Byron lança un avertissement silencieux à Marjorie qui passa tendrement une main sur sa joue, comme si elle se rappelait où il l'avait giflée.

« Le jour viendra où tu regretteras tes choix, mon frère. » L'hostilité de Byron envahit la pièce. « Je pensais qu'à la mort de Lillian, tu reprendrais les choses en main. Mais regarde comme elle t'entraîne avec elle aujourd'hui encore, six pieds sous terre. Cette femme te conduira à ta perte, crois-moi ! Elle n'en vaut pas la peine.

— Si elle avait accepté d'être tienne, ce n'est pas ce que tu penserais. À présent – Elijah se tourna vers Percy et Signa – continuez. »

Vaincue, Marjorie se rassit, le dos rond, tandis que Warwick posait une main sur le dos de Byron. Ce dernier se dégagea, maudit son frère, mais ne résista pas quand on le raccompagna à la porte de l'Épineuse. Le moment d'argumenter semblant être passé, Percy prit Signa par le bras, les sourcils froncés. Elle grimaça quand il la ramena brutalement en position, enfonçant ses doigts dans sa peau.

La musique les enveloppa à nouveau, et ils se mirent à danser. Cette fois, ni l'un ni l'autre ne firent de faux pas.

VINGT-TROIS

Signa s'éclipsa tard cet après-midi-là.

Marjorie était si tendue que, après avoir fait un nombre incalculable de fausses notes au piano, elle avait mis un terme à la leçon de danse de façon prématurée. Elijah n'était pas resté jusqu'au bout ; il avait disparu sans dire un mot à la moitié d'une des danses, Warwick sur les talons. Ce devait être difficile, songea Signa, de servir quelqu'un d'aussi versatile qu'Elijah.

Elle chercha à discuter avec Percy après la leçon, mais il avait saisi ses gants sur le bureau et son chapeau haut-de-forme sur le portemanteau, puis il avait franchi la porte comme si elle n'était pas là. Signa ne pouvait pas lui en vouloir, pas vraiment. Elle était très jeune quand elle avait perdu ses parents, et elle n'avait aucun souvenir d'eux. Percy était adulte et avait plein de souvenirs quand il avait perdu les siens. Et le pire était que l'un des deux était toujours en vie.

Signa ne se mêla pas de ce qui ne la regardait pas et ne courut pas après Percy ; elle le laissa tranquille et prit les escaliers, traînant ses jambes épuisées jusqu'au premier étage et le long du couloir lugubre. Elle passa le portrait de l'homme roux et de son whippet dans son cadre doré, et celui d'une Lillian resplendissante accroché en face de la chambre de Bliss. Quand Signa passa la tête par l'entrebâillement de la porte, sa cousine haussa un fin sourcil blond mais ne dit rien. Elle s'était habituée aux visites fréquentes de Signa ces dernières semaines.

« Bonsoir », dit Signa d'une voix impassible pour ne pas laisser transparaître son inquiétude face à la frêle silhouette de la jeune fille. Sa cousine ne devait plus ingérer de poison – elle aurait dû aller mieux. Pourtant, on aurait dit une feuille d'érable séchée, prête à s'effriter au premier coup de vent.

Son dîner, du poulet rôti et des pommes de terre au beurre, était posé sur la table à côté du lit. Même si elle n'était pas en mesure d'inspecter tous les repas de Bliss, Signa en contrôlait autant qu'elle le pouvait. Elle mordit dans le poulet avec précaution, puis goûta les pommes de terre, et soupira de soulagement. Il n'y avait pas de belladone dans la nourriture, ni dans son thé Oolong.

« Que se passerait-il si le repas était empoisonné ? » s'enquit Bliss d'un air contrarié. « Ne deviendrez-vous pas aussi malade que moi ?

— Pas tout à fait. » Signa reposa le thé et tendit l'assiette à Bliss. « J'en reconnaîtrais le goût. Je recracherais le tout avant que le poison ne m'affecte. »

Bliss se laissa aller dans le lit, apaisée par la réponse. Signa, cependant, ne l'était pas du tout, à observer sa cousine, si menue et si frêle. Maintenant que Bliss savait qu'elle devait faire attention, Signa espérait que la jeune fille se remettrait bientôt. Signa était tellement habituée à sa propre rapidité de guérison qu'elle ne savait pas à quel point c'était un processus long et douloureux pour les autres. Peut-être était-il normal que l'amélioration se fasse à une vitesse d'escargot.

« J'ai entendu de la musique. » Bliss reposa la tête sur les oreillers. Ses lèvres étaient aussi blanches que sa peau – pire que jamais. « Organise-t-on une nouvelle fête ? »

Signa s'assit au bord du lit et saisit la main de Bliss. Celle-ci ne protesta pas tandis que sa cousine enroulait ses doigts autour des siens pour chercher son pouls au niveau du poignet.

Il était lent. Si lent.

« J'apprenais à danser » lui expliqua Signa, sans laisser paraître l'inquiétude sur son visage. Si Bliss devait aller mieux, il fallait qu'elle croie cela possible. « J'espère bientôt faire mon entrée en société si j'arrive à convaincre Miss Hargreaves que je suis prête. Vous ferez la vôtre cette saison également, n'est-ce pas ? » C'était un projet alléchant qu'elle lui faisait miroiter, espérant lui donner une raison de se battre.

Aucune lueur ne s'alluma dans les yeux de sa cousine. « Je devais entrer en société cette année, admit Bliss. J'ai passé des années à repousser l'échéance, mais quand j'ai eu dix-neuf ans, Marjorie a insisté. Ne pas avoir à faire mon entrée en société est peut-être le seul avantage de ma maladie. »

Signa réagit à cette remarque. « Vous ne souhaitez pas entrer en société ? » Elle n'avait jamais entendu personne tenir ce genre de propos. Elle n'aurait jamais envisagé qu'on puisse vouloir autre chose. Faire son entrée en société était ce que l'on attendait des jeunes femmes – c'était ce que les manuels de bienséance affirmaient, et ce à quoi la société les préparait.

Bliss se pencha en avant face à la perplexité de Signa. « Dites-moi, avez-vous bien réfléchi à ce qu'impliquait le fait de prendre quelqu'un pour époux ? » Elle saisit Signa par le poignet, les sourcils froncés. « Vous hériterez de la fortune de votre famille, Signa. Mais si vous vous mariez, elle ne vous appartiendra plus totalement. Vous donnerez tout – votre argent, vos envies, votre pouvoir – à un homme qui aura plus d'influence et de respect que vous en tant que femme pourrez jamais en recueillir dans ce monde. » Bliss pinçait les lèvres qui n'étaient plus qu'une ligne fine et dure. Elle relâcha son étreinte au bout d'un moment, et même si elle n'avait plus guère d'énergie et devait s'adosser à ses oreillers, son regard restait dur.

Signa n'était pas assez naïve pour que ce genre de pensées ne l'ait pas déjà traversée ; pourtant, elle ne s'en était pas autant alarmée que Bliss. Que ferait-elle de son argent si elle passait ses journées seule ? Jusqu'ici, que lui avait apporté la fortune de sa famille ? Pourquoi voudrait-elle la garder intacte ?

« Je ne me marierai pas, annonça enfin Bliss, la voix un peu plus faible. J'ai assez d'argent et un statut suffisamment élevé pour faire ce que bon me semble sans tout partager avec un homme. » Elle releva le menton avec détermination, et même si Signa n'avait jamais entendu ce genre de revendication auparavant, elle croyait sa cousine.

Ramenant ses jambes sous elle, Signa s'installa plus confortablement sur le lit et demanda : « Que ferez-vous de votre temps, dans ce cas ?

— Ce que bon me semble. » Une lueur s'alluma dans les yeux luisants de Bliss. « Je peindrai, je voyagerai, je parcourrai les couloirs la nuit et je pourrai ensuite dormir jusque dans l'après-midi si je le souhaite. J'aurai un chien, ou trois, et je passerai mes matinées à monter à cheval avec personne d'autre à penser que moi-même. Les possibilités seront infinies, car je serai seule maîtresse à bord. »

Signa supposait qu'il serait délicieux de ne faire que ce que l'on voulait sans la moindre responsabilité. Cela représentait une liberté merveilleuse, et pourtant, elle s'interrogeait… « Et vous feriez tout ça toute seule ? » L'idée la décourageait quelque peu.

Bliss paraissait outragée. « Bien sûr que non. J'ai des amis, vous savez. Je leur rendrai visite quand je m'ennuierai, ainsi qu'à Percy, et… à vous, je suppose. » Elle avait prononcé ces derniers mots tout doucement, comme s'ils la surprenaient elle-même. Elle détourna le regard avant de voir Signa porter la main à sa poitrine, frappée par le poids de ces mots.

Depuis le jour où Signa avait sauvé la vie de sa cousine sans le savoir, elle avait ressenti un lien qui les unissait. Chaque jour il grandissait et devenait plus tangible. Une flamme fragile que Signa voulait désespérément nourrir. Protéger et alimenter, pour se réchauffer en la regardant brûler.

« Je suis ravie de vous l'entendre dire, murmura Signa, serrant toujours la main de sa cousine sur ses genoux. Même si je dois admettre que j'ai rencontré certaines de vos amies – et pour être honnête, l'idée que vous puissiez rechercher leur compagnie me paraît surprenante. »

C'est alors que Signa entendit le rire de Bliss pour la première fois. C'était un son riche et chaleureux, si différent de l'image froide et sévère qu'elle renvoyait. Le carillon des cloches d'un mariage, ou le tout premier trille d'un piano. Il était difficile de détourner les yeux de Bliss, tant elle était belle et fascinante, quelqu'un qui attirerait tous les regards dans une pièce. Signa se demanda à quoi ressemblait sa cousine avant de tomber malade ; comment était-elle quand sa famille était encore entière, et elle en bonne santé ? Si l'on en croyait ce rire, Signa avait très envie de rencontrer cette jeune fille un jour.

« Rares sont les vraies amies », répondit Bliss gaiement. « La plupart sont de fâcheuses connaissances.

— Qu'en est-il d'Eliza et de Diana ? Êtes-vous proche d'elles ?

— Quand j'ai envie de connaître les commérages, je recherche leur compagnie. Mais nous ne sommes pas proches. C'est le problème avec la haute société, cousine – il y a des vautours qui attendent que l'on trébuche. Et quand cela se produit, ils sont prêts à vous dépecer si cela sert leurs intérêts plutôt que de vous aider à vous remettre sur pied. Il est très facile de devenir une proie. »

Signa détourna son attention, se concentrant sur ses genoux et sur les profondes lignes de la main de Bliss. Elle avait entendu dire que certaines personnes étaient capables de prédire l'avenir à l'aide de ces lignes, et elle se demanda ce qu'elles pourraient lire dans celles de sa cousine. Est-ce qu'une vie comme celle qu'elle décrivait – libre mais seule – pouvait vraiment être satisfaisante ?

« Et Miss Killinger ? finit par demander Signa. Je l'ai connue par le passé, vous savez. Il y a bien longtemps, nous étions très proches. Est-elle un vautour, elle aussi ? »

Bliss afficha un sourire discret mais jovial. « Charlotte est merveilleuse. C'est la seule à s'être embêtée à me rendre visite depuis que je suis tombée malade, et quand ma mère est décédée. Nous sommes proches depuis des années, depuis qu'elle et son père ont élu domicile sur un domaine de l'autre côté des bois pour améliorer ses chances de trouver un mari. Elle est gentille et intelligente, et une excellente cuisinière. Elle confectionne toutes sortes de confitures, de marmelades et de sirops à partir de fruits qu'elle fait pousser dans son jardin, et elle nous en apporte en cadeau plusieurs fois par an. »

Cette gentillesse ressemblait bien à la Charlotte qu'elle connaissait, et Signa en était ravie. Ravie que, si la haute société ressemblait plus à la mise en garde de Bliss qu'à ce qu'elle avait envisagé tout ce temps, on pouvait encore y trouver un peu de bonté.

Signa ne s'était pas rendu compte qu'elle était restée silencieuse un moment jusqu'à ce que Bliss lui tapote la cuisse. « Et vous, cousine ? » demanda-t-elle. « Je ne voulais pas mettre à mal votre excitation. Dites-moi, avez-vous quelqu'un en vue ? »

Signa fouilla dans sa mémoire à la recherche du nom du très bon parti dont Eliza avait parlé quand elles prenaient le thé. « Il paraîtrait que Lord Wakefield serait un choix populaire. »

Cette réponse lui valut une moue de Bliss. « Il est assez beau, je suppose. Respectable et titré, ce qui fait de lui un bon parti. Mais je n'aurais pas cru qu'il vous plairait. Il est trop… comme il faut.

— Et vous ne me trouvez pas comme il faut ? » Signa rit, se demandant un instant à quoi Lord Wakefield pouvait bien ressembler. Elle l'imaginait avec de larges épaules, et l'air digne. Mais plus elle le visualisait dans sa tête, plus l'image se modifiait jusqu'à ce qu'il ait les yeux gris cendré et qu'il soit grand comme un saule. Jusqu'à ce qu'elle voie Sylas. Ses pensées s'égarèrent, et elle repensa à la sensation de son corps contre le sien quand ils se cachaient dans le placard au Grey's. Pourtant, plus elle y pensait, plus elle se rappelait la nuit qu'elle venait de passer main dans la main avec l'ange de la Mort – et à quel point cela lui avait paru naturel. Elle se rappelait le frisson qui avait traversé ses veines quand ils s'étaient touchés, et la curiosité qui ne cessait de ramener ses pensées à lui.

Signa pensait tant à ces deux hommes qu'elle s'avança vers la fenêtre ouverte pour calmer la chaleur qui l'envahissait. Qu'est-ce qui *n'allait pas* chez elle ? C'est à Lord Wakefield qu'elle aurait dû penser. Car si un gentleman comme lui devait lui rendre visite, Signa verrait sa place dans la haute société assurée, et sa vie serait remplie de bonne compagnie et de bals joyeux et grandioses. Oui, c'est à cela qu'elle devait penser, en effet – la sécurité. Pas à des rendez-vous galants tard dans la nuit avec Sylas, ni à batifoler plus tard encore avec l'ange de la Mort. Elle devait se reprendre.

Elle décida de plutôt se concentrer sur ce dont elle avait besoin – mettre son nez dans les affaires des Hawthorne et voir quel genre d'information elle pourrait en tirer. Apprendre quelque chose qui pourrait sauver sa cousine.

« Les ladies en ont principalement après Percy. Il m'aidait à apprendre à danser aujourd'hui quand votre père nous a interrompus. Pardonnez-moi si ce ne sont pas mes affaires, mais je suis là depuis quelques semaines à présent, et il devient de plus en plus évident que tous deux ne s'entendent pas. »

Bliss enroula ses doigts sur les draps, et Signa retint sa respiration, se demandant si elle était déjà allée trop loin. Elle se rappelait ce que cela lui avait fait d'avoir Eliza et Diana lui poser des questions indiscrètes, à la recherche de commérages qu'elles pourraient colporter à qui voudrait bien les écouter. Bliss serait bien bête de ne pas croire que Signa – qu'elle connaissait à peine – ne se comporterait pas de la même façon. Mais Signa n'avait que faire des commérages. Elle voulait seulement sauver Bliss, et commencer à assembler les pièces du puzzle dans sa tête.

Bliss semblait le comprendre. « Pendant vingt ans, mon père et mon oncle ont formé Percy à reprendre l'affaire familiale, commença-t-elle. Quand ma mère est morte, mon père a radicalement changé. Il a interdit à Percy de travailler au Grey's. Mon père n'y passe plus ses journées, mais préfère se cacher dans son étude, comme s'il *cherchait* à faire péricliter l'affaire. Si le Grey's devait être réduit en cendres, je ne pense pas qu'il broncherait. C'est plus que notre gagne-pain – c'est le moyen de maintenir le statut social de la famille. Quant à mon frère, cela a toujours été son avenir. »

Les poches sous les yeux fermés de Bliss étaient comme deux ecchymoses violettes car la conversation lui coûtait. Elle eut du mal à prononcer les mots suivants et s'exprima tout doucement. « Mon père refuse de nous expliquer pourquoi il a repris l'affaire à Percy, mais il me paraît évident que la mort de ma mère lui a obscurci l'esprit. Il a perdu la raison. »

Si Bliss sous-entendait que son père n'avait retiré l'affaire à Percy qu'après la mort de Lillian, cela ne collait pas du tout avec ce que Signa avait découvert au Grey's dans cette lettre. Il lui manquait une pièce du puzzle. Elle aurait voulu insister, mais la poitrine de Bliss se soulevait et s'abaissait à un rythme régulier. La jeune fille s'était assoupie, et Signa n'avait d'autre choix que de garder ses questions pour plus tard. Elle remonta ses couvertures, la protégeant de l'air frais qui lui glaçait les veines. Un froid, comme elle s'en rendit compte trop tard, qui n'avait rien de naturel.

Signa se retourna pour découvrir l'ange de la Mort derrière elle, ses ténèbres s'étendant pour lui recouvrir la bouche avant qu'elle puisse émettre un son. Son contact lui coupa le souffle et arrêta son cœur, la propulsant dans cet étrange endroit entre la terre des vivants et celle des morts. Cela ne dura que quelques secondes avant qu'il ne reprenne ses distances, et il lui fut pénible que son cœur se remette à battre.

Chuuuut... murmura-t-il dans son esprit. *Tu risques de la réveiller.*

Signa aurait voulu le mordre, plonger ses crocs dans l'ange de la Mort et laisser le poison se répandre. Mais afin de laisser Bliss se reposer, elle fit un geste de la main vers le salon et lui fit signe de la suivre. Elle se déplaçait lentement, s'efforçant de ne pas faire grincer le plancher. « Partez tout de suite, dit-elle dès qu'ils eurent franchi le seuil de la porte. Dieu vous vienne en aide, je ne vous laisserai pas la prendre. »

Détends-toi, Petit Oiseau, dit l'ange de la Mort doucement. *Je ne suis pas là pour elle. Mais j'ai bien peur de revenir dans peu de temps réclamer l'âme de cette pauvre fille. Je suis venu te mettre en garde. Si elle n'arrive pas à évacuer le poison de son corps, je reviendrai la chercher avant la fin de la semaine. Et sa mort ne sera pas paisible.*

Ce n'était pas l'envie qui manquait à Signa de planter ses poings dans la poitrine de l'ange de la Mort et d'exiger qu'il laisse Bliss tranquille pour toujours. Mais ce dernier ne la prenait pas de haut ni ne la menaçait avec le froid de ses ténèbres. Il n'était pas suffisamment proche pour vider ses poumons de tout air. On aurait presque dit que… qu'il essayait de lui venir en aide.

Signa plongea son regard dans ses ténèbres impénétrables, se penchant vers lui dans l'espoir d'apercevoir un visage. De trouver les yeux qu'il devait bien avoir. Mais elle ne vit rien. « Pourquoi m'aidez-vous ? demanda-t-elle, croisant les bras avec force. N'est-ce pas votre travail de faucher les morts sur terre ? »

Je sais bien que je n'ai pas été tendre avec toi. Il hésita, ses ténèbres remuant au niveau des pieds. *À cause de moi, ta vie a été bien plus dure que je ne l'ai jamais voulu. Je ne pensais pas à ton avenir, Signa. Je ne voyais pas plus loin que la façon dont tu étais traitée sur le coup par ceux qui auraient dû prendre soin de toi. Et pour cela, je suis… navré.* Ce dernier mot lui parut étrange dans sa bouche, comme s'il n'en appréciait guère le goût.

Je ne peux pas l'épargner éternellement, mais si nous l'aidons, elle ne mourra peut-être pas si vite. Je ne peux pas te prouver ma bonne volonté. Mais si tu acceptes de me croire sur parole, alors je te demande de me faire confiance.

« *Nous* ? » Elle n'avait jamais envisagé cet homme – la Mort personnifiée – comme pouvant douter de lui.

« Je mènerai des recherches, moi aussi, et je te dirai si je trouve quoi que ce soit qui puisse l'aider. » L'ange de la Mort avait parlé à voix haute, d'une voix claire qui envoyait des frissons le long de la colonne vertébrale de Signa. Elle avait oublié à quel point elle aimait cette voix.

« L'Épineuse contient une bibliothèque, dit-elle soudain, extrayant ses pensées de là où elles s'étaient échappées comme souvent quand il n'était pas loin. Peut-être pourrai-je y trouver quelque chose sur un antidote. »

Il acquiesça. « Regarde ce que tu peux y trouver ce soir. Et en attendant, je vais mener mon enquête de mon côté.

— Merci, murmura Signa, tremblant tandis que ses ténèbres s'immobilisaient et que la température perdait au moins dix degrés. Pour votre aide et pour m'avoir prévenue.

— De rien. » À nouveau, les mots eurent une sonorité étrange, comme s'il luttait pour les articuler. « Nos leçons se poursuivront une fois que tu auras trouvé quelque chose pour éliminer ce poison. »

Elle acquiesça tandis que l'ange de la Mort disparaissait dans les ténèbres qui s'étendaient pour l'engloutir. Ce n'est qu'une fois qu'elle fut certaine qu'il était parti que Signa jeta un coup d'œil par la porte pour observer Bliss et le lent mouvement de va-et-vient de sa poitrine. Puis elle serra une main sur la sienne, les battements de son cœur comme une bête en cage. Elle vérifia également ses joues, posant une paume sur chacune et se rendit compte qu'elles étaient chaudes toutes les deux.

Tout ça pour l'ange de la Mort. Pour quelqu'un qu'elle avait passé sa vie à détester.

Pour l'amour du ciel, qu'est-ce qui n'allait pas chez elle ?

VINGT-QUATRE

L'Épineuse dormait déjà profondément quand Signa se rendit compte qu'elle n'avait pas la moindre idée d'où se trouvait la bibliothèque.

Elle fit les cent pas dans son salon, sa chemise de nuit traînant derrière elle et s'enroulant autour de ses chevilles comme elle allait et venait dans la pièce. Consulter la bibliothèque était le moyen le plus simple auquel elle avait pensé pour trouver un antidote pour Bliss, et même si Signa préférait mener ses recherches loin de regards inquisiteurs, elle ne pouvait pas se permettre d'être découverte à errer dans les couloirs après s'être déjà fait surprendre par Elijah une fois. Elle avait parcouru tout le premier étage et une grande partie du rez-de-chaussée à ce stade, il ne lui restait donc plus que le deuxième étage.

Elle était en train d'élaborer son plan – et une excuse, au cas où elle se ferait prendre – quand elle entendit les portes-fenêtres qui menaient à son balcon trembler. Sa poitrine se glaça, mais elle se rendit vite compte qu'un esprit n'aurait pas eu besoin de frapper, et que l'ange de la Mort manquait tant de manières qu'il ne l'envisagerait jamais. Alors quand le bruit se reproduisit quelques instants plus tard et qu'on aurait dit que quelqu'un frappait à la fenêtre, elle pensa qu'il ne pouvait s'agir que d'une personne.

Elle resserra sa robe de chambre autour d'elle et ouvrit une des portes à Sylas. Il avait visiblement escaladé les branches d'un saule pour arriver jusque-là ; il avait encore des feuilles dans ses cheveux noirs. « Bonsoir. » Son grand sourire étincelait à la lueur de la lune. « Vous n'arrivez pas à dormir non plus, n'est-ce pas ? »

Elle avait bien envie de lui fermer la porte au nez et de le laisser redescendre par le même chemin. « Bon sang, qu'est-ce qui vous est passé par la tête ? Vous n'avez pas le droit d'être là ! »

Malgré sa taille imposante, il était aussi gracieux qu'un félin, et ne fit aucun bruit quand il passa devant elle pour entrer dans la chambre. « J'ai vu d'en bas que vous aviez une bougie allumée, et votre ombre faisait les cent pas devant la fenêtre. Je voulais m'assurer que vous alliez bien. »

Ce garçon la conduirait à sa perte s'ils n'étaient pas prudents, mais Signa devait bien admettre que son sang coulait un peu plus vite avec l'excitation d'une visite tardive. Elle n'avait que faire de ne porter qu'une robe de chambre par-dessus sa chemise de nuit, et était curieuse plutôt que gênée de savoir ce qu'il en penserait et quelle serait sa réaction. Bien évidemment, les yeux de Sylas s'arrêtèrent sur elle un peu trop longtemps quand il pensait qu'elle ne le regardait pas, et il se dépêcha de s'éclaircir la gorge et de porter son attention sur le plafond quand elle se retourna vers lui. Signa s'efforça de ne pas afficher un grand sourire, satisfaite et exaltée.

« Je vais aussi bien que faire se peut, sachant que ma cousine est toujours aussi malade qu'au premier jour où je l'ai rencontrée. » Elle croisa les bras sur sa poitrine et se remit à faire les cent pas. « Puisque vous êtes là, ne parlez pas trop fort mais dites-moi si vous avez trouvé quelque chose d'utile.

— Pas vraiment. » Il s'assit par terre, s'adossant au mur. « J'ai fouillé la cuisine et les quartiers des domestiques mais je n'ai rien trouvé de suspect. »

C'était ce qu'elle craignait, mais l'entendre dire à haute voix ne faisait qu'aggraver la situation. Elle passa les mains dans ses cheveux, tirant sur les extrémités. « Nous devons trouver un moyen de l'aider. J'ai entendu dire qu'il y avait une bibliothèque à l'Épineuse, et j'aimerais y jeter un coup d'œil dans l'espoir de trouver un antidote. Des herbes pour évacuer le poison.

— Du poison ? répéta-t-il en haussant les sourcils. C'est nouveau, ça. Je suppose que si l'on veut trouver des informations à ce sujet, la meilleure solution serait effectivement la bibliothèque. Elle est gigantesque.

— Alors vous savez où elle se trouve ? » Signa attrapa Sylas par le bras et le força à se relever. « Pourriez-vous m'y emmener ?

— Là, maintenant ? Au beau milieu de la nuit ? Habillés comme ça ? » Comme Signa ne le lâchait pas, il arbora un large sourire et ajouta : « Quel scandale, Miss Farrow ! Si vous insistez, alors suivez-moi. »

Il passa devant et sortit dans le couloir. La montée jusqu'au deuxième étage fut péniblement lente. Signa faisait chaque pas avec le plus grand soin, remontant le bas de sa chemise de nuit dans la main afin de ne pas se prendre les pieds dans l'ourlet qui traînait par terre. Elle le suivait et trouvait étrange qu'un garçon d'écurie connaisse si bien la maison. Mais en même temps, Sylas n'avait pas toujours été un garçon d'écurie. Peut-être que le travail qu'il occupait quand Lillian était encore en vie lui permettait à l'occasion de passer du temps dans l'immense manoir. Elle se dit qu'elle lui poserait la question, mais plus tard. Une fois qu'ils auraient trouvé le moyen d'aider Bliss.

Cependant, elle ne put s'empêcher de lui demander : « Vous venez souvent par ici ? » Sa curiosité l'avait emporté.

« Je n'ai pas souvent eu l'occasion de visiter la maison. » Il se déplaçait avec aisance et confiance en lui, visiblement beaucoup moins inquiet d'être surpris par un membre de la famille qu'elle ne l'était. « Mais les domestiques en parlent souvent. Ils évitent de s'y rendre s'ils le peuvent, et s'ils n'ont pas le choix, ils ne le font qu'en journée. »

Elaine avait mentionné que la bibliothèque était considérée comme hantée, et si les domestiques l'évitaient à tout prix, Signa n'osait pas imaginer l'esprit qui les attendait à l'intérieur. Pendant des années elle avait évité les esprits, mais si celui-ci avait une chance de savoir quoi que ce soit sur l'Épineuse ou le meurtre de Lillian, c'était une piste trop importante pour l'ignorer. Mais en présence de Sylas, elle ne savait pas comment elle pourrait faire.

« Vous devriez partir une fois que nous l'aurons trouvée, lui dit-elle. Si l'on nous voit ensemble, cela ne pourra nous attirer que des ennuis. »

Il lui jeta un regard agacé par-dessus l'épaule. « Deux paires d'yeux valent mieux qu'une, et en plus, même si l'on devait me renvoyer, vous avez dit vous-même que je n'avais rien à craindre. »

Elle s'efforça de ne pas lever les yeux au ciel, parce que s'il se sentait en sécurité, elle ne l'était clairement pas. Et la dernière chose dont elle avait besoin était de devoir l'embaucher s'il était responsable de rumeurs extravagantes ou d'allégations à son sujet. Malgré tout, il n'avait pas tort. Les mises en garde de l'ange de la Mort ne devaient pas être prises à la légère, et si elle voulait sauver sa cousine, l'aide de Sylas valait bien la prise de risque.

La bibliothèque était plus facile à trouver qu'elle ne l'aurait cru. Deux portes en chêne avec de lourdes poignées en cuivre menaient à une pièce gigantesque aux imposantes étagères en acajou remplies de livres. Il y en avait de nombreuses rangées, et au milieu de cet espace se trouvaient des bureaux et des chaises de lecture en cuir somptueux qui paraissaient suffisamment confortables pour y passer une journée entière. La pièce était éclairée par des fenêtres qui la baignaient de la pâle lueur des étoiles. Une lueur qui suffisait à distinguer des formes et à constater l'immensité de la bibliothèque, mais qui ne permettait pas de lire les titres des livres.

Signa inspira l'odeur d'encre et de renfermé des vieux parchemins. « Il va nous falloir de la lumière. » À peine eut-elle prononcé ces mots qu'une bougie s'alluma d'elle-même sur un des bureaux.

Elle ne fit aucun mouvement dans sa direction pour s'en saisir mais se tourna plutôt vers Sylas, craignant qu'il ne prenne ses jambes à son cou. Il ouvrit la bouche puis se contenta de la refermer. Il n'y avait aucune explication à cette flamme qui s'était allumée de son propre chef, et ni l'un ni l'autre n'essayèrent d'en proposer une.

« Bon. » Signa s'éclaircit la gorge. « Au moins les rumeurs sur la présence d'un esprit ici sont confirmées. »

Sylas avait haussé les sourcils, les yeux grands ouverts, pourtant, tout bien considéré, il gérait la situation admirablement bien. Probablement pour ne pas perdre la face devant elle, imaginait-elle. « Au moins, quoi que ce soit, cela n'a pas l'air malveillant ? »

Du moins pas pour le moment, songea Signa en plissant les yeux pour percer la pénombre, se demandant où l'esprit pouvait bien se cacher. Elle était troublée de ne pas l'avoir encore aperçu. Elle avait passé des années à se cacher, à faire semblant de ne pas les voir, et elle n'appréciait pas du tout que les rôles soient inversés.

Sylas se saisit de la bougie. « Donc nous cherchons des livres de… botanique ?

— Oui. De préférence, un ouvrage qui parle des usages thérapeutiques des plantes. »

De l'autre côté de la bibliothèque, une forme fendit l'air dans l'obscurité, et Signa ne comprit qu'il s'agissait d'un livre qu'après avoir percuté Sylas en ravalant un cri. L'ouvrage venait de loin, et quand ils se contentèrent tous deux de rester plantés là, un autre livre s'envola de la même étagère.

Posant une main sur la hanche de Signa pour la stabiliser, Sylas tenait la bougie devant eux.

La jeune fille plissa les yeux pour apercevoir quelque chose à travers la lueur de la flamme. « Croyez-vous que…

— Je le crois », dit Sylas d'une voix monocorde. Il s'avança vers l'étagère dont les livres s'étaient envolés, s'arrêtant pour étudier l'un de ceux qui avaient été jetés à la lueur de la bougie. C'était un livre de botanique épais à la couverture en cuir.

Ils s'engagèrent dans une autre allée de la bibliothèque, et Signa, le souffle court, saisit Sylas par le bras quand elle vit qui les aidait. L'esprit était un homme d'un certain âge à la peau bleue translucide, une barbe blanche fournie, et des lunettes posées sur le bout de son large nez. Voyant que Signa l'avait remarqué, il se redressa quelque peu.

« Est-ce que ça va ? » s'enquit Sylas en stabilisant la bougie. L'esprit l'observait avec une profonde inquiétude, et quand elle sembla sur le point de tomber du bougeoir, il s'empressa de poser un doigt lumineux sur le côté pour arrêter sa chute.

« *Attention,* la mit en garde l'esprit. *Les livres, c'est fragile !* »

« Oui, oui. » Signa s'appuya contre une étagère, espérant que sa réponse satisferait à la fois Sylas et l'esprit. Quand il devint clair que l'esprit n'était pas aussi instable que ne l'était Lillian, ses épaules se détendirent. Il n'était pas malveillant, et sa mort n'avait pas été affreuse au point d'altérer son apparence physique. « Avez-vous la moindre information concernant l'esprit qui est censé hanter la bibliothèque ? demanda-t-elle à Sylas.

— Je n'en sais pas grand-chose. J'ai entendu dire que c'était un érudit qui était entré dans la famille par alliance, et qui était mort dans une de ces chaises. Il s'est endormi en lisant et est mort paisiblement. Certains disent qu'il avait envie de lire tous les livres de la bibliothèque. »

« À vrai dire, ils ont changé les chaises depuis, remarqua l'esprit. *Et je m'appelle Thaddeus. Thaddeus Kipling. J'aurais fini de lire tous les livres de la bibliothèque depuis le temps, mais ils ne cessent d'en apporter de nouveaux.*

Un esprit relié à la vie par son désir de lire ! C'était si original que Signa manqua d'éclater de rire.

« Il a l'air de vouloir nous aider. Il est beaucoup moins malveillant que je ne le craignais », remarqua-t-elle.

Thaddeus soupira et la remercia, marmonnant que les gens avaient trop peur pour lui rendre visite maintenant, alors qu'il n'essayait jamais que de les aider. *« Mais je suppose qu'en étant moins souvent interrompu, j'ai davantage le temps de lire. »*

Une fois de plus, elle se retint de rire. Pendant dix-neuf ans, elle avait évité les esprits, les accusant de faire d'elle quelqu'un de différent, et convaincue que sa différence maintenait les autres à distance. Mais elle appréciait Thaddeus, et pour la première fois, elle n'avait pas du tout peur en présence d'un esprit. Si elle leur avait accordé une chance, en aurait-elle rencontré d'autres qu'elle aurait appréciés tout autant ?

« Croyez-vous vraiment que l'un de ces livres nous renseignera sur les poisons ? » Sylas tenait la bougie assez haut pour inspecter le dos d'un livre, détournant efficacement la conversation de l'esprit ; elle ne pouvait pas lui en vouloir de ne pas avoir envie d'en parler. Chaque fois que Sylas penchait la bougie trop proche d'un livre, Thaddeus inspirait nerveusement entre les dents et retenait son souffle jusqu'à ce que Sylas éloigne la flamme à nouveau.

« Ce ne sont pas les poisons qui nous intéressent. » Les yeux de Signa se portèrent sur l'esprit, pour s'assurer qu'il l'écoutait. « Ce sont les antidotes. Je suis certaine qu'un livre ici doit en mentionner.

« *Arsenic ?* » essaya de deviner Thaddeus, les yeux brillant d'intérêt.

Signa s'assura que Sylas était occupé à lire, puis secoua la tête rapidement.

Thaddeus ânonna tout bas. « *Cyanure ? Thallium ? Strychnine ? Atropine ?* » Il s'arrêta car elle acquiesçait frénétiquement. « *Ah, l'atropine ! On empoisonne quelqu'un à la belladone, n'est-ce pas ? Alors ça, c'est facile, l'antidote – ha. Cela ne vous aiderait pas que je me contente de vous le dire, c'est ça ? Je suppose que vous préférez lire l'information par vous-même. Ici.* » Thaddeus flotta jusqu'à la bibliothèque suivante, puis se pencha pour désigner du doigt un livre sur l'étagère la plus basse. C'était un ouvrage sans prétention ; une sorte de revue spécialisée que Signa n'aurait sans doute jamais consultée.

« *Cela fait longtemps que je l'ai lu,* dit Thaddeus quand Signa se pencha pour s'en saisir, *mais je crois que vous trouverez ce que vous cherchez vers la page cent. C'est une lecture intéressante, ce livre. Aride, mais très instructif. Prenez-en soin, vous voulez bien ?* »

Signa feuilleta le livre jusqu'à la centième page, puis feuilleta quelques pages de plus jusqu'à ce qu'elle voie le mot qu'elle cherchait – *Atropa. Atropa belladonna.* Elle serra le livre fort contre sa poitrine ; elle en aurait pleuré. « Merci, merci, merci, dit-elle si fort que Sylas faillit lâcher le livre qu'il était en train de parcourir.

— Vous avez déjà trouvé quelque chose ? » Il se gratta l'arrière du cou, perplexe. « Quelle chance. Je m'attendais à y passer la nuit. »

Signa adressa un grand sourire à Thaddeus, qui bomba le torse. « Je crois bien avoir trouvé, mais nous avons été aidés. Venez voir. » Elle entraîna Sylas jusqu'à une table et posa le livre devant eux. Même à la lueur de la bougie, ils devaient plisser les yeux pour déchiffrer les tout petits caractères. Ils lurent plusieurs pages de jargon que Signa ne comprenait pas avant qu'elle ne trouve mention des traitements administrés à des patients.

« Nous y voilà ! » Elle posa un doigt sur la page et se pencha en avant. Sylas l'imita, cherchant à lire par-dessus son épaule.

« Bien que la plante en elle-même soit toxique, lut-elle à voix haute, les mots une douce musique à ses oreilles, les alcaloïdes contenus dans les fèves de Calabar se sont révélés un remède efficace à l'*Atropa belladonna.* »

Chaque mot la rendait plus euphorique. Elle tira sur le bras de Sylas, tremblante d'excitation. Ils avaient une solution. Même si Signa n'avait pas la moindre idée d'où elle pourrait trouver cette plante allogène, ils avaient au moins une *chance* d'agir à présent, ce qui constituait un net progrès.

« Si on lui en donne trop, Bliss pourrait mourir, la mit en garde Sylas tandis qu'il poursuivait la lecture. Il faut en réduire une petite dose en poudre et l'administrer dans un liquide. »

Le seul problème était de savoir comment s'en procurer. Ils ne trouveraient certainement pas ce genre de plante dans le jardin de Lillian, mais Signa repensa à une autre possibilité.

« Il y a un apothicaire en ville ! Je l'ai vu la nuit où vous m'avez emmenée au Grey's… Pensez-vous qu'il pourrait en avoir ? »

Un large sourire s'afficha sur le visage de Sylas. « Qu'est-ce que vous êtes brillante. Un apothicaire est sans doute notre meilleure chance. »

C'était tout ce que Signa avait besoin d'entendre pour fermer le livre et le serrer tout contre elle à nouveau. Elle se sentait assez légère pour danser sur un nuage. Elle allait la sauver. Vraiment cette fois, Signa allait sauver Bliss pour de bon.

« Merci, murmura-t-elle en posant la main sur l'épaule de Sylas et en la serrant. Merci, merci, merci. Et merci à *vous*, Thaddeus ! »

Elle ne se retourna pas vers l'esprit, ni vers Sylas quand il souffla la bougie et murmura « Thaddeus ? » Au lieu de cela, elle serra fort le livre contre sa poitrine et se dépêcha de quitter la bibliothèque.

« Je m'y rendrai demain à la première heure », dit-elle à personne en particulier tandis que Sylas acquiesçait et lui faisait gentiment signe de se taire. Signa suivit ses instructions pour lui éviter des ennuis, mais elle n'avait plus que faire de qui l'entendait ou non car tout allait s'arranger. Non – ça n'allait pas seulement s'arranger. Ça serait merveilleux, car dès le lendemain matin, elle se procurerait l'antidote, et Bliss retrouverait enfin sa vie d'avant.

Bientôt, tout irait pour le mieux.

VINGT-CINQ

Alors qu'elle ajoutait de la crème à sa tasse de thé au petit-déjeuner le matin suivant, Signa entendit Warwick dire à Elijah que la langue de Bliss commençait à suppurer des mêmes plaies dont Lillian avait souffert vers la fin de sa « maladie ». Bliss avait été malade toute la nuit, incapable de manger ni de boire sans tout vomir aussitôt.

Signa serra le couteau dans sa main, masquant sa frustration afin de ne pas attirer l'attention, de peur qu'Elijah ne reprenne soudain ses esprits et ne permette pas ce genre de conversation à la table du petit-déjeuner.

La mise en garde de l'ange de la Mort était arrivée juste à temps, et maintenant qu'elle connaissait l'antidote, Signa n'avait plus qu'à mettre la main dessus. Mais elle ne pouvait s'empêcher de se demander pourquoi Bliss était encore malade à ce point. Signa lui avait donné pour consigne de ne boire que de l'eau. Elle lui avait dit de vider son verre de médicaments quand personne ne la regardait. Signa avait vérifié la chambre de Bliss le matin même pendant que sa cousine dormait ; elle avait inspecté le thé froid et la pâtisserie laissés sur sa table de chevet, et aucun n'était empoisonné. Mais comme sa langue commençait à montrer les effets du poison, Signa savait que, d'une façon ou d'une autre, elle ingérait encore de la belladone.

« Le médecin pense qu'il n'est pas judicieux qu'elle ait de la visite aujourd'hui », dit Warwick à Elijah, qui étalait du beurre sur un muffin avec une colère étonnante pour quelqu'un tenant un muffin à la main, selon Signa. « Percy et lui ont réussi à faire redescendre sa fièvre ce matin, mais elle a eu un accès de délire. » Signa était contente, au moins, que Percy ait été présent pour superviser le médecin quand elle ne le pouvait pas. Elle essaya d'attirer son attention de l'autre côté de la table pour le lui faire comprendre, mais Percy, fatigué, gardait les yeux baissés tout en remuant sa cuillère dans un porridge auquel il n'avait pas touché.

« Qu'a-t-elle vu cette fois-ci ? » Elijah était aussi brusque qu'il était échevelé, des cheveux grisonnants s'élevant sur sa tête dans tous les sens. Les lunettes sur le bout du nez, il portait toujours sa robe de chambre émeraude avec des chaussons assortis tandis que Signa portait déjà son corset et une veste aux rayures très fines, les cheveux entortillés dans un élégant chignon bas. Elle devrait se changer pour une robe de ville en laine avant de quitter la maison puisque, dans le cas contraire, elle serait aussitôt couverte de ridicule et sujette à commérages. La jeune femme avait passé tant de temps à espérer une place dans la haute société, mais cela commençait déjà à… la fatiguer. Elle était terriblement jalouse d'Elijah qui n'avait que faire des convenances.

« C'était Mère. » C'est Percy qui répondit, toujours le regard baissé. « Bliss pensait être dans le jardin avec notre mère. »

Il paraissait insensé qu'après des mois avec Lillian et Bliss malades, personne n'ait suspecté un empoisonnement. Le médecin était-il réellement incompétent à ce point ? « Peut-être a-t-elle besoin de compagnie, bien au contraire » dit Signa, furieuse. Tous les signes étaient là – le délire, les plaies, l'estomac trop acide, le fait de cracher du sang lors des quintes de toux. Tout était là. Il était vrai qu'elle en savait plus que la plupart des gens sur les poisons, mais quand même.

« Miss Farrow… » Marjorie, qui portait plus de rouge aux joues qu'à l'accoutumée pour cacher celle qui était toujours enflée, semblait prête à réprimander Signa jusqu'à ce qu'Elijah lui fasse un signe de la main qui tenait son couteau pour la faire taire.

« Laissez-la s'exprimer librement. Les règles que l'on appliquait dans cette maison ont disparu depuis longtemps. » Il mangea presque la moitié de son scone d'une bouchée. « Dites ce que vous avez à dire, jeune fille. » Malgré son comportement fantasque, Signa appréciait Elijah et son franc-parler. Dans un monde qui évoluait autour de mondanités forcées et où l'on se pliait aux caprices des autres, c'était rafraîchissant. Malgré tout, elle ne pouvait pas lui dire de but en blanc qu'elle avait trouvé un remède pour la maladie de Bliss – elle devait marcher sur des œufs.

« Dans cet état, ce serait un fardeau pour elle de rester seule avec ses pensées, dit Signa. Si cela ne vous embête pas, monsieur, j'aimerais me rendre en ville pour voir si je peux trouver quelque chose susceptible de lui remonter le moral. Un petit cadeau, tout simplement, si vous m'accordez votre permission et un peu d'argent. »

Percy, qui ne quittait pas son porridge des yeux comme s'il était la source de tous ses maux, leva enfin son regard sur Signa avec intérêt. Marjorie, en revanche, ne l'entendait pas de cette oreille.

« Si le médecin déconseille qu'elle ait de la compagnie, dit Marjorie, tenant fermement une fourchette à la main, nous devrions respecter ses instructions. » En tant que gouvernante, il était normal qu'elle dîne à la table familiale, mais elle s'exprimait trop librement pour toute maisonnée n'ayant pas abandonné les restrictions imposées par la société. Trop librement, et sans que personne s'en offusque.

« Comme nous l'avons fait pour Lillian ? demanda Elijah si froidement que plusieurs des personnes présentes à table frissonnèrent. Grand bien lui en a fait. »

Signa recueillit les propos d'Elijah et les mémorisa comme une pièce supplémentaire à ajouter à sa collection. Un jour, bientôt, elle rassemblerait toutes les pièces et les disposerait toutes devant elle.

« Percy ! » La voix d'Elijah résonna avec autorité. « Vous accompagnerez votre cousine. Veillez à ce qu'elle soit en sécurité et qu'elle ait ce dont elle a besoin. »

Percy se redressa. « Si nous allons en ville, avec votre permission j'aimerais m'arrêter au Grey's et vérifier que les commandes ont été passées. » Il parlait de se rendre au club d'un ton plat et factuel, sans la moindre émotion trahissant le désespoir qu'il avait exprimé précédemment.

Le coin des lèvres d'Elijah se contracta brièvement. « Vous accompagnerez votre cousine pour cette course et vous rentrerez. » Son ton était sans appel.

Percy le ressentit sans doute lui aussi, car même s'il avait clairement envie d'en discuter, il se tassa sur sa chaise et saisit sa tasse de thé, les articulations blanches. « Oui, Père. » À ce moment précis, Signa n'osa le regarder, se sentant profondément coupable. « Bien sûr. »

Percy était loin d'être de bonne compagnie.

Comme il ne voulait pas monter à cheval, un équipage fut préparé pour cette excursion en ville. Le trajet n'était pas long, mais Signa n'avait jamais été aussi mal à l'aise. Même quand elle avait voyagé avec Sylas, quelqu'un qu'elle ne connaissait pas et avec qui elle n'avait pas de lien de parenté, cela avait été plus facile à gérer.

Le Percy de la veille lui manquait, avant que Byron ne débarque et ne donne des nouvelles du Grey's qui avaient refroidi l'ambiance. Son rire et ses plaisanteries lui manquaient, ainsi que sentir son esprit plein de vie. Le Percy qui l'accompagnait à présent n'était pas l'homme rusé et taquin qu'elle avait appris à connaître, mais quelqu'un de strict, de bien comme il faut et de cinglant. Son pouce traçait des cercles sur un porte-monnaie en cuir tandis qu'il regardait par la fenêtre de la calèche, observant le paysage qui défilait, le menton relevé avec une grande sévérité. Signa se mordit la langue. C'était cruel de la part d'Elijah, pensait-elle, de ne pas lui laisser sa chance. Qu'il choisisse d'ignorer les souffrances de son fils, peu importe qu'elles soient intolérables.

« J'ai trouvé quelque chose, cousin, dit-elle en espérant lui remonter le moral. Nous ne sommes pas là pour trouver à Bliss de jolis nouveaux gants ou du papier à lettres. Nous allons en ville car je lui ai trouvé un antidote. »

Ce n'est qu'à ce moment-là qu'il se redressa. « Comment ça, vous avez trouvé un antidote ? » Il plissa les yeux. « Aucun docteur n'a été en mesure d'aider ma sœur.

— Aucun d'entre eux ne savait qu'on l'empoisonnait. Mais nous, nous le savons, et j'ai trouvé un antidote. Il y a un apothicaire en ville, et…

— Un apothicaire ? » Il haussa vivement les sourcils. « Signa, nous ne pouvons pas confier la vie de ma sœur à un amateur. Il doit forcément y avoir un médicament pour l'aider. Nous pouvons en parler à d'autres médecins…

— Si les médecins n'ont pas compris depuis le temps, soit ce sont des imbéciles, soit quelqu'un les soudoie. »

Toute réplique mourut avant de franchir ses lèvres. « Vous croyez que c'est possible ? » Sa pomme d'Adam monta et redescendit. « Même si c'était le cas, un remède d'apothicaire n'est pas à prendre à la légère. Il existe des solutions moins dangereuses.

— Je comprends votre frustration, mais rien d'autre ne fonctionne, Percy. » Elle lui prit la main et la serra fort. « Mais ça, ça fonctionnera, je vous le promets. Faites-moi confiance. »

Il leva les yeux vers le plafond de la calèche comme s'il contenait des réponses, puis soupira quand ce dernier ne les partagea pas. « Très bien. S'il y a une chance que cela fonctionne, bien sûr, nous devons essayer. Mais nous ne devons pas être vus là-bas – toute la ville en parlerait.

— Bien sûr. »

Percy ne rendit pas son sourire à Signa, mais détourna son attention vers les rues pavées qui secouaient la calèche, des rues bien plus lumineuses et vivantes en pleine journée que quand elle les avait parcourues avec Sylas quelques nuits plus tôt. Cette fois, les magasins dans la rue étaient tous ouverts. À travers des fenêtres impeccables, Signa aperçut des femmes portant des gants et des bonnets, drapées de robes en cachemire, qui prenaient le thé ou pénétraient dans un magasin pour commander des vêtements chauds et des décorations pour l'hiver qui approchait.

Quand ils passèrent devant le Grey's, Percy se pencha devant elle et ferma les rideaux. Elle eut un mouvement de recul. Le visage de Percy ne laissait transparaître aucune émotion. Rien d'autre que de la sévérité.

Signa n'osa plus dire un mot.

Percy fut le premier à descendre de la calèche quand elle s'arrêta devant un petit magasin vert. Du lierre couvrait sa devanture, et une vitrine présentait un assortiment de plantes dans des paniers suspendus tressés. Signa était si occupée à l'étudier que Percy dut s'éclaircir la voix pour qu'elle remarque qu'il lui tendait le bras. Des passants les regardaient avec curiosité, se retournant pour commérer à voix basse, émettant probablement des hypothèses sur la raison de la présence de Signa. Percy ajusta le petit bouton d'or sur l'un de ses gants de cuir brun et ne leur prêta pas attention. Personne n'aurait pu faire ou dire quoi que ce soit qui puisse faire passer Percy pour autre chose qu'un gentleman aux yeux des gens.

À l'intérieur du magasin, ils furent accueillis par une frêle femme âgée aux cheveux blancs. Percy posa son regard sur elle et releva aussitôt le nez.

« Ne traînez pas, murmura-t-il. Prenez ce dont vous avez besoin et nous partons. »

L'espace d'un instant, Signa regretta de ne pas lui avoir marché plus fort sur les pieds la veille, même si elle refusait de laisser sa négativité l'affecter alors qu'ils venaient de pénétrer dans un endroit merveilleux. Des bocaux de fortifiants et des flacons d'herbes trônaient sur des étagères en bois criblées de petites perforations. On y trouvait de petits récipients de mousse fraîche, et des paniers délicats d'herbes séchées qui sentaient si bon que Signa avait envie de se baigner dedans.

Le milieu du magasin était rempli de plantes en pots. Pour la plupart, Signa ne les avait jamais vues, des plantes rampantes ou à grosses fleurs à bulbes. Elle résista à l'envie de passer un doigt sur leurs pétales, pétrie de respect et d'admiration pour cette boutique extraordinaire. Si elle avait eu assez d'argent, Signa aurait été tentée d'acheter le magasin tout entier.

« Est-ce que je peux vous aider, mademoiselle ? » lui demanda la marchande. Signa fut ravie de constater qu'elle n'avait que faire du snobisme de Percy.

Ce dernier tourna vivement la tête vers Signa, un sombre avertissement dans le regard qui lui intimait de choisir ses mots avec soin. Dès qu'ils quitteraient la boutique de l'apothicaire, les commérages commenceraient. Même s'il était possible que la personne qui empoisonnait Bliss soit déjà consciente d'avoir été démasquée, Signa et Percy ne voulaient pas prendre le risque d'ajouter de l'huile sur le feu, ou qu'Elijah apprenne par hasard que la mort de sa femme aurait pu être évitée si l'on avait fait plus attention à ses étranges symptômes.

« Une amie à moi a mangé quelque chose qui l'a rendue malade, suggéra Signa à la marchande. Je cherche des fèves de Calabar pour l'aider à éliminer les toxines. Et peut-être quelque chose pour apaiser son estomac après, également. »

La femme plissa ses petits yeux pour la jauger, puis émit un bruit guttural tandis qu'elle boitillait à côté de Signa vers une étagère au fond du magasin couverte de petites plantes et de fioles en verre. Percy les suivit à distance, faisant très attention à ne pas avoir l'air intéressé quand la femme inspecta les étagères.

La marchande marmonna tout bas tout en cherchant, la frustration grandissant à mesure qu'elle étudiait rangée après rangée jusqu'à ce qu'elle trouve ce qu'elle cherchait et qu'elle souffle un léger « Aha ! » Elle tendit à Signa une petite fiole avec un étrange fruit à coque marron à l'intérieur. La fève de Calabar.

Signa tendit la main, mais la femme retira la sienne. Elle se pencha vers Signa et murmura : « Êtes-vous sûre que c'est ce que vous cherchez ? C'est une plante terriblement toxique, et elle n'aidera pas un estomac contrarié. »

La jeune fille savait que la fève de Calabar était risquée, mais si elle ne faisait rien, si elle ne prenait pas le risque – alors Bliss mourrait, et elle passerait le restant de ses jours à se demander si elle aurait pu la sauver.

Elle acquiesça, choisissant d'avoir foi en l'ange de la Mort. « Oui, madame. C'est exactement ce dont j'ai besoin. »

La femme jeta un rapide coup d'œil à Percy et dit tout bas : « Êtes-vous en sécurité, jeune fille ? Si vous avez besoin de quelque chose pour lui, j'ai d'autres plantes un peu plus… discrètes. »

Signa blêmit et posa aussitôt les mains sur celles de la femme, espérant que sa ferveur suffirait à confirmer sa sincérité. « Ce n'est pas ça du tout, madame, je vous assure. Ça fera l'affaire. »

Toujours sur la réserve, la marchande émit un son dubitatif et lui tendit la fiole. « Réduisez-la en poudre. Puis, mettez-en environ la moitié dans un verre d'eau pour provoquer des vomissements. » Les vomissements, Signa l'espérait, aideraient Bliss à éliminer le poison.

La femme boitilla jusqu'au fond du magasin, ses jupes traînant sur le sol poussiéreux en chêne. Elle chercha un long moment, puis finit par trouver une petite fiole remplie de petites graines brunes qu'elle rapporta à Signa. « Des graines de carvi », lui dit-elle en la déposant dans les mains de Signa. « Pour calmer l'estomac de votre amie. »

L'agitation de Percy grandissait à chaque personne qui passait le long de la vitrine trouble et incrustée de poussière du magasin et remarquait sa présence à l'intérieur. Ses longs doigts ne cessaient de tapoter sur ses cuisses. Il observa la femme tendre les graines de carvi à Signa, le regard perçant comme un faucon. « Vous reste-t-il d'autres fèves de Calabar ?

— Ce n'est pas une plante facile à trouver, dit la marchande. Je n'en aurai pas d'autres avant un moment. »

Il grogna, mécontent, et sortit son porte-monnaie. « Très bien. Combien vous devons-nous ? »

La femme tressaillit de surprise à sa sévérité, mais répondit fermement : « Trois pence feront l'affaire. »

Percy déposa un shilling dans sa paume tendue. « Pour votre discrétion. »

La marchande serra le poing sur la pièce avec un grognement, puis la laissa tomber dans la poche de sa jupe. « Sortez d'ici, jeune homme, avant que je vous fasse quelque chose à propos duquel vous voudrez vraiment rester discret. »

Inutile de le lui dire deux fois. Signa rangea la fiole dans sa poche tandis que Percy la traînait hors du magasin dans lequel elle aurait facilement pu passer la journée, à discuter avec l'apothicaire de toutes les merveilles qu'il renfermait. Ses doigts s'enroulèrent tendrement autour de la fiole de graines de carvi. Signa avait la vague impression que Percy était convaincu que l'apothicaire pourrait soudain lui transmettre la peste.

Il jeta un rapide coup d'œil en ouvrant la porte pour s'assurer que personne ne les verrait. « Cette femme a la folie en elle, dit-il. Je ne lui fais pas confiance. »

Signa se hérissa. « C'est une *guérisseuse*.

— C'est une sorcière, dit-il dans un hoquet méprisant. Je ne vois toujours pas comment des graines pourraient aider ma sœur quand rien d'autre n'a fonctionné. »

Sorcière. Ce mot la ramena à la nuit de la mort de Magda. « Ne l'appelez pas comme ça. Si une baie est suffisamment puissante pour blesser votre sœur et tuer votre mère, qui êtes-vous pour dire qu'une plante ne peut guérir avec ce même pouvoir ? »

Il n'avait pas réponse à ça. Elle sentait la peur s'échapper de lui par vagues. Elle savait qu'à sa place, elle n'oserait espérer que cette petite graine puisse tout régler, elle non plus. Car dans le cas contraire…

« Dépêchons-nous, marmonna Percy. Nous devons retourner à la calèche avant que…

— Miss Farrow ? appela une voix dans la rue. Miss Farrow, c'est bien vous ? »

L'appréhension enfonça ses griffes en Signa quand elle vit Eliza Wakefield et Charlotte Killinger approcher, accompagnées d'un beau gentleman à la peau d'un brun léger et aux cheveux bouclés châtain clair comme les blés. Il portait un pardessus vert olive à la mode et un chapeau qu'il inclina vers eux avec un sourire si charmant que le cœur de Signa en eut des palpitations.

Une goutte de sueur se forma sur le front de Signa quand Charlotte remarqua de quel magasin ils sortaient. Par chance, elle était trop polie pour le mentionner, mais on ne pouvait pas en dire autant d'Eliza.

« Oh, c'est donc bien *vous* », dit Eliza en faisant une révérence à Percy. « C'est bien ce qu'il me semblait. Vous sortez de chez l'apothicaire ? »

Percy arbora un air complètement différent en un clin d'œil. « Pour nous faire maudire par une sorcière ? Jamais. » Il s'exprimait d'un ton léger, jovial qui crispa la mâchoire de Signa.

Eliza répondit à son sourire pincé, riant sottement comme s'il était l'homme le plus drôle de la planète. Elle attendit que Charlotte et l'homme qui l'accompagnait rient à leur tour, mais tous deux gardèrent un air placide. Eliza – enfin capable de détacher les yeux de Percy assez longtemps pour se rappeler à ses devoirs – inclina la tête et prit Signa par la main. « Mes excuses, dit-elle. Voici mon cousin Lord Everett Wakefield, fils du duc de Berness. » Eliza lui tenait le bras, un petit sourire satisfait aux lèvres.

Signa ne se rappelait pas avoir jamais rencontré un lord. Il se tenait fièrement, et elle se demanda s'il était le premier en ligne pour hériter ou le dernier. Elle se rappela leur conversation à son thé de bienvenue : il était le meilleur parti après Percy, et c'était le prétendant potentiel dont elle avait parlé avec Bliss la veille.

Même sans argent et sans titre, Everett aurait attiré l'attention pour son apparence physique et son port de tête royal. Il gardait les épaules en arrière, le torse bombé, son visage reflétait un esprit juvénile. Ses vêtements importés reflétaient sa richesse, et une lueur s'alluma dans son regard tandis qu'il observait Signa. Everett Wakefield était l'un des plus beaux hommes qu'elle ait jamais vus, et elle perdit toute cohérence de pensée quand il lui sourit.

« Cousin, roucoula Eliza, je vous présente Signa Farrow, c'est elle dont je vous parlais. »

Charlotte observa Everett, déconcertée, tandis qu'il saluait Signa bien bas. Cette dernière remarqua les mouchetures dorées dans ses yeux noisette luisants quand il releva la tête pour la regarder sous des cils d'une longueur impressionnante. « Je suis bien conscient de qui sont les Farrow – j'ai eu l'occasion de rencontrer votre mère, il y a fort longtemps. »

De petites décharges d'électricité parcoururent la colonne vertébrale de Signa quand il déposa un baiser sur le dos de son gant. « Ma mère ? »

Le sourire d'Everett étincelait. « Nos parents se connaissaient, mais j'ai bien peur de ne pas me rappeler votre père. Mes souvenirs sont un peu flous, j'étais jeune, mais je me rappelle que toute la maisonnée riait quand votre mère arrivait. C'était une boute-en-train, et ma famille l'adorait. Je vous présente mes condoléances, Miss Farrow. »

Signa dut se rappeler de pencher la tête, perdue dans ses pensées et tourmentée d'un million de questions qu'elle aurait voulu lui poser. Elle ne s'attendait pas à ce qu'on dise de sa mère qu'elle était une boute-en-train. Si l'on en croyait le livre de bienséance qu'elle avait laissé derrière elle et les histoires que la grand-mère de Signa lui racontait, Lord Wakefield se trompait certainement de personne.

« Ravie de vous revoir, Miss Farrow. », intervint Charlotte, mais à la surprise de Signa, elle avait l'air plus souffrante qu'enthousiaste, les mains jointes fermement devant elle. « Et vous aussi, M. Hawthorne. J'ai bien peur que nous n'ayons guère le temps de discuter car nous avons rendez-vous dans un salon de thé…

— Oh mais oui, Charlotte, merci de me le rappeler ! » Eliza joignit les mains devant elle. « Pardonnez-moi d'être directe, mais nous serions ravis si vous pouviez vous joindre à nous. »

Signa remarqua que les yeux de Charlotte s'assombrirent quand elle dit : « Je ne suis pas sûre que nous puissions ajouter des convives en prévenant si tard…

— Balivernes. On ne peut rien refuser à deux des gentlemen les plus éminents de la ville. » Eliza se tourna vers Percy, pleine d'espoir. « Je suis certaine qu'ils feront une exception si vous avez la gentillesse de nous accompagner ? »

Percy tapota des doigts sur sa cuisse et jeta un regard de biais à Signa.

Prendre le thé, comme Signa l'avait appris, ne consistait jamais seulement à *prendre le thé*, et accepter une invitation était symboliquement aussi fort que d'en émettre une. Eliza n'aurait pas dû formuler la requête elle-même selon les convenances, mais être au bras de son cousin l'avait enhardie. Il était difficile de refuser une invitation à prendre le thé avec un lord, et même si Signa était consciente de ce que cela impliquerait de refuser, elle ne cessait de penser à la mise en garde de l'ange de la Mort qui résonnait dans ses oreilles : elle devait absolument administrer l'antidote à Bliss. « C'est très gentil de le proposer, mais peut-être pourrions-nous nous joindre à vous un autre jour ? Nous ne voudrions pas nous imposer. »

Eliza fit comme si elle n'avait pas entendu Signa. « Tout le monde ne parle que de ce salon de thé. Faites-moi confiance, M. Hawthorne, il sera impossible d'y avoir une table une fois que toute la ville aura eu vent de son excellence. Everett et moi insistons pour que vous vous joigniez à nous aujourd'hui, n'est-ce pas, Everett ? »

Ce dernier adressa un large sourire à Signa. « Nous serions offensés si vous refusiez. » Et même si son ton était taquin, elle sut qu'ils avaient perdu la bataille.

Bliss devrait tenir le coup un peu plus longtemps.

VINGT-SIX

Si la fève de Calabar et tout ce qu'elle représentait n'avait pas pesé si lourd dans les poches de Signa, cela aurait été une journée idéale pour une promenade. Eliza passa un bras dans celui de Signa et l'autre dans celui de Charlotte, et toutes trois marchèrent devant les gentlemen. « Quelle coïncidence de vous croiser ici ! J'espérais que vous auriez l'occasion de rencontrer Everett avant le printemps. Vous avez toujours l'intention de participer à la saison, n'est-ce pas ? »

Elle devait encore en parler à Marjorie, bien sûr, mais il paraissait logique de faire son entrée en société au printemps, et Signa acquiesça. « C'est ce que j'espère. »

Le sourire de Charlotte était poli mais discret. « On dirait que toutes les jeunes filles et leurs mères feront leur entrée en société cette saison.

— C'est exactement ça. » Eliza rit. « Quel défi ce sera de trouver un mari, surtout maintenant que nous serons en concurrence avec Miss Farrow. » Elle murmura la fin de sa phrase d'un ton conspirateur. « Vous serez le cheval de course favori sur lequel tous les hommes voudront parier.

C'est une chance pour nous qu'une seule des habitantes de l'Épineuse entre en société cette saison, car nous aurons le même problème quand Bliss fera son entrée dans le monde. Et j'ai bien de la chance que celui que j'ai à l'œil soit de votre famille. »

Même si les commérages incessants d'Eliza étaient fatigants, elle était très jolie, et sa famille suffisamment riche pour que Signa devine que Percy serait tout aussi intéressé par elle sans avoir à le lui demander. Mais l'intérêt d'Eliza pour Percy se maintiendrait-il si Percy n'héritait pas du Grey's ?

« Si vous voulez bien m'excuser – Eliza se détacha de ses compagnes –, je crois que je vais commencer à y travailler. » Elle pressa le pas en direction des gentlemen derrière elles, prit sa place au côté de Percy et, rejetant la tête en arrière, rit à ce qu'il disait.

Seule avec Charlotte, Signa lui demanda : « Est-ce que Miss Wakefield dit vrai ? Je n'aurais jamais envisagé que mon entrée en société puisse poser un problème à qui que ce soit. » Ce n'était quand même pas ce qui avait assombri l'humeur de Charlotte la dernière fois qu'elles avaient discuté. Oui, Signa avait de l'argent, mais d'autres étaient bien mieux placées pour s'occuper d'une maison. Elle ne voulait pas d'enfants avant un moment, et ses talents de pianiste et ses compétences une aiguille à la main étaient catastrophiques. Sans parler du fait qu'il y aurait des femmes bien plus belles qu'elle cette saison, comme Charlotte, que n'importe quel homme aurait bien de la chance d'avoir pour épouse.

« Ce n'est pas un problème en soi. » Charlotte parlait si bas que Signa devait tendre l'oreille pour la comprendre. « Mais cela complique les choses pour celles d'entre nous qui ont besoin d'épouser un bon parti. Si Bliss n'était pas malade, la situation aurait été la même. Les hommes se précipitent en priorité sur les meilleurs partis, et nous, nous devons nous contenter des restes et nous montrer reconnaissantes.

— Qu'en est-il des mariages par amour ? » s'enquit Signa, qui n'appréciait pas cette dure analyse. « Le nombre de débutantes à chaque saison n'aurait pas d'importance si l'on cherchait à se marier par amour ? »

Charlotte baissa le menton et observa Signa comme si elle la voyait pour la première fois. « Depuis la mort de ma mère et notre déménagement forcé par le scandale, mon père a eu du mal à garder la tête hors de l'eau. Il n'a jamais eu de fils, il est donc de mon devoir de trouver quelqu'un qui puisse subvenir aux besoins de ma famille. Je n'ai pas le luxe de pouvoir espérer un mariage d'amour, Miss Farrow. À vrai dire, vous découvrirez bientôt que la plupart d'entre nous ne peuvent l'envisager. Si c'est ce que vous cherchez, alors je vous souhaite bonne chance, mais je veux simplement assurer mon avenir. Alors veuillez m'excuser si je ne suis pas enthousiaste à l'idée que vous entriez en lice l'année où j'entre en société. »

Les propos de Charlotte la blessaient. Signa savait qu'elle pouvait façonner son propre avenir, mais elle n'avait jamais envisagé que certaines femmes *devaient* épouser un homme qu'elles ne choisissaient pas, seulement pour exister. C'était la dernière chose qu'elle souhaitait, surtout pour son amie.

Signa voulait se marier par amour. Elle voulait quelqu'un avec qui danser, avec qui rire tard dans la nuit. Quelqu'un dont elle apprécierait la compagnie et dont elle ne se lasserait pas pour les années à venir. Et elle voulait la même chose pour son amie.

Signa aurait aimé demander à Charlotte s'il y avait quelqu'un qui lui plaisait *vraiment*, mais elle se tut car elles arrivaient au salon de thé. Une autre fois peut-être. Elles auraient cette conversation une autre fois.

Everett tint la porte ouverte, et ils entrèrent les uns après les autres.

Le salon de thé était propre et avait du cachet, avec une large table circulaire en acajou déjà préparée à leur intention. On y trouvait un magnifique arrangement de petits fours dorés, des scones à la pêche et au chocolat, des petites crêpes épaisses dorées, des tartes aux fruits miniatures glacées, et de délicats sandwichs au concombre. L'estomac de Signa la trahit en grognant, prêt à goûter à tout. Il était malencontreux que les règles de société soient aussi contraignantes. Comme la vie serait plus simple si elle n'avait pas à réfléchir à ce que la société trouvait acceptable qu'elle mange et dans quel ordre. Elle préférait largement la philosophie de l'ange de la Mort, de tout simplement prendre ce dont on avait envie.

Everett déplaça les chaises pour Signa et Charlotte, et cette dernière s'assit avec plus de grâce que Signa pensait jamais en avoir. Percy l'imita avec Eliza, qui déploya un éventail noir qu'elle remua pour cacher un rougissement dont Signa était certaine qu'il n'existait pas. Il semblait y avoir tout un langage avec ces éventails – un langage que Signa ne comprenait pas, mais Percy semblait charmé par Eliza qui remuait le sien doucement avec des mouvements délibérés du poignet. Plus elle remuait son éventail, plus Signa avait envie de se pencher sur la table et de le lui prendre des mains pour le jeter par la fenêtre, car il ne faisait même pas chaud dehors et le souffle de l'éventail ne cessait de lui envoyer des petites mèches de cheveux dans les yeux.

Everett devait avoir la même idée sur la question ; il fit la grimace, s'efforçant de ne pas rire à la vue de sa cousine. Quand il surprit Signa à le regarder, il lui adressa un petit sourire narquois. Charlotte détourna le regard en silence et rajouta du sucre dans son thé.

« Cela fait longtemps que vous résidez à l'Épineuse, Miss Farrow ? » Everett posa la question en s'asseyant, attendant que les femmes se servent parmi les mets présentés avant de choisir avec parcimonie sur une petite assiette en porcelaine.

Percy plaça sa serviette sur ses genoux, puis déposa un scone dans les assiettes de Signa et d'Eliza. Qui était Signa pour refuser un délicieux scone ? Elle étala de la crème au citron et de la crème fraîche épaisse dessus avec autant de grâce qu'elle en était capable, dissimulant ses yeux affamés derrière un masque de prétendu calme. « Cela fait environ un mois, maintenant » dit-elle, espérant qu'il cesserait de lui poser des questions assez longtemps pour qu'elle puisse prendre une bouchée. « L'Épineuse est un domaine magnifique. Les Hawthorne ont fait preuve d'une grande bonté en m'autorisant à loger chez eux.

— Ne dites pas de bêtises, la réprimanda Percy. Vous faites partie de la famille. Vous avoir sous notre toit est un plaisir pour nous. »

Signa mordit dans son scone pour lui épargner sa réponse. Où était sa bonté plus tôt, quand il l'avait pressée de sortir de chez l'apothicaire, ou quand il critiquait sa façon de danser ?

« L'anniversaire de Signa est au printemps, vous savez, dit Eliza. Elle fera son entrée en société cette saison.

— Je suppose que cela veut dire que nous nous verrons très souvent, puisque j'ai également l'intention de rester en ville pour la saison à venir. » Le sourire d'Everett était dangereusement charmeur. Le scone que Signa mâchait se coinça dans sa gorge. Elle avala une gorgée de thé fumant pour l'aider à passer. La boisson lui brûla la langue, et cela lui rappela l'une des règles du *Guide de la Beauté et du Savoir-Vivre d'une Lady* : il est de bon aloi de boire son thé à petites gorgées, et il ne faut jamais souffler sur sa boisson, même si elle est trop chaude.

« Quelle coïncidence, effectivement. » Signa n'aurait su dire si c'était son cœur qui s'emballait ou si c'étaient ses nerfs qui s'en prenaient à son estomac. Everett était, sur le papier, tout ce dont Signa avait toujours rêvé – beau, charmant, gentil, et bien évidemment mondain. Elle ne s'inquiétait guère de son statut, mais elle supposait qu'il ne pouvait que lui être favorable à en juger par les regards discrets et intéressés qu'ils attiraient. Mais grands Dieux, si prendre le thé se révélait aussi épuisant chaque fois qu'elle devait s'y astreindre, Signa n'avait aucune idée de comment elle parviendrait à devenir un membre éminent de la haute société comme elle en avait toujours rêvé. Elle aurait voulu, d'une certaine façon, pouvoir demander à sa mère comment elle avait fait.

Signa but une autre gorgée trop chaude de thé et goûta un sandwich au concombre avant d'étaler du beurre sur une crêpe épaisse, laissant Percy mener la conversation pendant qu'elle s'occupait de la nourriture : plus vite ils auraient tout mangé, plus vite ils pourraient retourner à l'Épineuse auprès de Bliss, et plus vite elle pourrait cesser de s'inquiéter.

Percy se comporta en parfait gentleman, flattant Eliza et lui faisant la cour, ce qui enchantait cette dernière. Il savait visiblement y faire avec les femmes, comme on le disait de son père auparavant, et demandait à Charlotte et Eliza quels étaient leurs passe-temps, et si elles avaient vu des représentations à l'opéra récemment. Il resservit Eliza en thé avec la plus grande attention, dégageant un charme dont Signa ne le croyait pas capable. Charlotte, pendant ce temps-là, discutait avec Everett de ses nombreux voyages.

Signa les écoutait, fascinée, parler de fêtes et d'événements sportifs dont elle n'avait pas connaissance, et participa à la conversation quand Everett insista pour qu'elle lui parle de ses centres d'intérêt et pour savoir ce que Percy et elle faisaient en ville. Percy, bien sûr, inventa un mensonge avant qu'elle ait le temps de répondre. Tout ce temps, Signa était terriblement consciente de la rigidité de sa colonne vertébrale et de son cou qui lui faisaient mal à s'efforcer de rester bien droite. Elle était convaincue d'avoir enfreint plusieurs règles de bienséance – comme quelle nourriture manger dans quel ordre, quand mettre du sucre dans son thé, combien de doigts utiliser pour porter la tasse à ses lèvres – mais heureusement, personne ne mentionna ses impairs, même si elle surprit Eliza à la dévisager bouche bée à plusieurs reprises. Les règles avaient beau être gravées quelque part dans le cerveau de Signa, les mettre en pratique ne lui semblait pas naturel. Elle finit par cesser de manger et de boire afin de ne pas offenser les personnes présentes dans la salle qui l'observaient en compagnie de Lord Wakefield.

Le reste de l'après-midi passa dans une sorte de brouillard. Signa ne posa pas beaucoup de questions, incapable de se détendre complètement de peur de dire ou de faire quelque chose de travers. C'était peut-être idiot de s'inquiéter de la sorte, étant donné qu'Eliza était tant éprise de Percy et de son éventail qu'elle n'avait que faire du nombre de scones que Signa consommait, et que Everett et Charlotte étaient tout à fait cordiaux. Malgré tout, le stress lui donnait de l'urticaire un peu partout et elle avait l'estomac barbouillé.

Finalement, une fois le thé devenu froid et les pâtisseries et les sandwichs tous mangés, Percy posa sa serviette pliée sur la table et se leva. Everett l'imita, et aida Signa et Charlotte à se lever en déplaçant leurs chaises. Une fois tout le monde debout, il offrit sa main à Signa.

La panique l'envahit brièvement avant qu'elle ne l'accepte et lui permette de l'escorter dehors.

« Ce fut un plaisir de vous rencontrer », dit-il, lui adressant un sourire aux dents blanches et parfaitement droites. « Je suis impatient d'avoir l'occasion de faire plus ample connaissance, Miss Farrow, pendant la saison à venir. »

Pendant des années, Signa avait imaginé un moment comme celui-ci. Quand elle l'envisageait, cependant, elle n'avait jamais pensé avoir le dos ruisselant de sueur, ou que sa cousine mourante l'attendrait pour qu'elle vienne lui administrer un antidote. C'en était trop pour Signa, c'est pourquoi elle se détacha d'Everett pour prendre le bras de Percy, espérant que son sourire serait convaincant. « Je suis impatiente également », dit-elle à Everett, enfonçant discrètement ses doigts dans le bras de Percy jusqu'à ce qu'il pose une main sur la sienne et sourie.

Le sourire d'Everett était si sincère que l'estomac de Signa se tordit de culpabilité. Pourtant elle savait qu'elle n'avait pas le temps pour ça, car elle avait plus urgent à faire. Dans un dernier au revoir, elle se détourna et entraîna Percy vers la calèche qui attendait pour les ramener à la maison auprès de Bliss.

VINGT-SEPT

Percy referma les rideaux dès qu'ils montèrent dans la calèche, soupirant et se laissant aller dans son siège. « Je n'arrive pas à croire qu'ils aient failli nous voir chez l'apothicaire. » Lèvres pincées, il paraissait beaucoup plus sévère que quelques minutes auparavant. Le changement avait été si rapide et si extrême que Signa en avait mal à la tête. « Surtout par le fils du duc. »

Signa regretta que la calèche n'aille pas plus vite. « Serait-ce si grave s'ils nous avaient vus ? s'enquit-elle. J'aurais tendance à penser que quiconque doté d'un tant soit peu de cœur pourrait comprendre notre désespoir et être ouvert à l'idée d'envisager des remèdes alternatifs pour Bliss.

— J'aimerais le croire également, dit-il. Mais cela pourrait également les rendre méfiants. »

Elle se mit sur la défensive. « Comment ça, *méfiants* ?

— Plus j'y pense, plus il me paraît étrange que vous sachiez de quoi souffre ma sœur, sans parler de trouver un prétendu remède. Ça tombe drôlement bien. » Ses yeux verts s'étrécirent. « Je veux vous faire confiance, cousine, mais je dois bien admettre que je trouve votre intérêt soudain pour Bliss très étrange. Son état s'est aggravé depuis votre arrivée, et j'ai du mal à nier que ce pourrait être votre faute. »

L'effroi envahit Signa. Un effroi glacial qui s'immisçait dans son estomac. Percy lui adressait un regard qu'elle ne lui avait encore jamais observé ; il était distant, venimeux. Mais elle le comprenait, car Bliss était sa sœur, et Signa était convaincue qu'elle serait prête à tout pour protéger sa propre sœur, elle aussi, si elle en avait une.

Mais elle ne savait pas comment le convaincre. La fève de Calabar en elle-même, techniquement, était un poison. Cela ne l'aiderait pas s'il l'apprenait. « Je testerai l'antidote sur moi, si vous avez besoin d'une preuve, finit-elle par répondre. Cela calmerait-il vos inquiétudes ? »

Percy se figea à cette déclaration, se calant dans son siège en cuir tout en l'étudiant. Quand il eut suffisamment repris ses esprits pour envisager son offre, il acquiesça – car, autant qu'il sache, il n'existait pas de meilleure preuve au monde. « Très bien.

— Alors ce sera fait. » Signa posa les mains sur ses genoux et compta les minutes qui s'écoulaient. Elle ne voulait pas se laisser affecter par son hésitation ; l'Épineuse, malgré l'étrangeté du domaine, était le meilleur endroit où elle ait jamais vécu, et elle appréciait de plus en plus ses occupants. Elle ne voulait pas non plus qu'il remarque à quel point sa négativité quant à l'apothicaire l'avait affectée, car Percy était le symbole de la haute société par excellence. Sa réaction ainsi que le malaise de Signa lors du thé montraient bien à quel point elle n'avait pas sa place dans ce milieu.

Elle pourrait se faire argile et se modeler. Elle porterait les robes qu'il faudrait et attacherait ses cheveux, elle appliquerait du rouge sur ses joues – elle était même capable de faire semblant de s'intéresser à des tas de sujets si nécessaire.

Depuis sa plus tendre enfance, cette voie lui était destinée. Sa grand-mère le lui avait dit. Elle lui avait dit de se marier, lui avait parlé des fêtes auxquelles elle pourrait se rendre. Elle lui avait dit qu'elle serait comme sa mère, et Signa l'avait crue car c'était la seule chose qu'elle connaissait. Mais il y avait autre chose à présent. Une curiosité. Une obscurité qui fomentait en elle depuis des années, mais qui n'était peut-être pas si sombre qu'elle l'avait cru par le passé. Elle avait ressenti le pouvoir. Elle avait ressenti la chaleur de sa peau au contact d'un homme. Elle avait ressenti le plaisir de s'éclipser discrètement et de chevaucher sous la lune.

Et elle aimait cette obscurité plus qu'elle ne voulait bien l'admettre.

Elle rumina ses pensées pendant tout le trajet, en cuisine tandis qu'elle broyait la fève de Calabar, puis le temps de monter les escaliers et de parcourir le couloir jusqu'à la chambre de Bliss, Percy à ses côtés.

Dès qu'elle franchit la porte, elle eut l'impression qu'on lui assenait un coup de poing dans la poitrine. La mort était omniprésente dans l'air, suffocante.

Le seul soulagement était que l'ange de la Mort n'était pas encore présent. Il ne se tenait pas dans la pénombre, à l'attendre, et Signa comprit que cette sensation latente était une mise en garde. Si elle voulait sauver Bliss, elle devrait agir vite. Percy devait ressentir cette urgence lui aussi, car il jeta à peine un coup d'œil à sa sœur et il chancela.

Bliss était allongée sur le lit, inanimée comme jamais auparavant. Son souffle s'échappait de ses lèvres par petits à-coups. Quand elle les entendit entrer, elle cligna des yeux avant d'ouvrir les paupières, mais elle n'était pas capable de les maintenir ouvertes bien longtemps.

Signa s'assit à côté d'elle sans attendre sa permission. Elle prit le verre d'eau sur sa table de chevet et y mélangea la fève de Calabar moulue jusqu'à ce que le liquide devienne d'un blanc laiteux.

Avant qu'elle puisse faire un mouvement de plus, Percy l'attrapa par le bras. Le feu dansait dans ses yeux. « Vous d'abord. »

Sans le quitter des yeux, Signa leva le verre à ses lèvres et en but une gorgée.

Son estomac ne tarderait pas à protester, alors elle s'arma de courage et ne perdit pas un instant de plus avec Percy.

Elle passa le bras sous le cou de Bliss pour l'aider à se redresser. Quand elle porta le verre à ses lèvres, Signa hésita soudain. Bliss était légère comme une plume, sa tête dodelinait sur le bras de Signa. Sa capacité à supporter cette substance restait un mystère. La vie la quittait à toute vitesse, et la fève de Calabar était un autre poison ; il la ferait vomir, mais il devait également contrer les effets de la belladone.

« Ça ne va pas être facile, la prévint Signa, mais vous devez vous battre. Si vous avez envie de vomir, ne vous retenez pas. Cela vous aidera. »

Bliss ne dit rien, mais ses battements de paupières laissèrent penser à Signa qu'elle avait compris.

Percy se tenait à côté d'elles, le regard inquiet. « Est-ce qu'elle va s'en sortir ? »

Signa aurait pu le tuer d'avoir posé cette question, et elle lui jeta un regard qui en disait long. Bliss était malade, mais elle les entendait encore. « Cela devrait l'aider considérablement », dit Signa sans ajouter : *Si son système le tolère.*

Elle encouragea sa cousine à boire la moitié du verre, puis prit une bassine par terre pour quand ils en auraient besoin. « Je suis navrée, murmura-t-elle, assise toute proche, caressant les mèches blond pâle filandreuses et moites de sueur pour dégager le front de Bliss. J'ai dû rater quelque chose.

Je pensais que seul le médicament était empoisonné, mais je n'en suis plus si sûre.

— Ou peut-être l'un de nous a-t-il commis une erreur et donné trop d'informations à la mauvaise personne. » Le murmure de Percy était quelque peu accusateur.

Signa en avait *effectivement* parlé à quelqu'un, bien plus facilement qu'elle n'aurait dû, il fallait en convenir. Mais Sylas l'avait aidée ; il lui avait montré la bibliothèque et l'avait emmenée au Grey's. S'il voulait la mort de Bliss, il ne l'aurait certainement pas aidée autant. « Personne n'a commis d'erreur. » Elle parlait d'un ton confiant. « J'ai dû me tromper dans mes calculs. Nous devrons surveiller ce qu'elle consomme de plus près.

— Et votre remède ? » Il fit un signe de tête vers le reste de boisson d'un blanc laiteux. « En aurez-vous assez, si cela devait se reproduire ? »

Signa acquiesça. « Il m'en restera une dose, oui. Mais espérons qu'elle n'en aura pas besoin.

— Je prie pour que vous ayez raison. » Percy fronçait les sourcils, ce qui lui donnait l'air sévère tandis qu'il regardait Signa travailler les graines de carvi, les préparant pour quand Bliss aurait vidé son estomac, ce qui ne tarda pas à arriver.

« Je vais rester avec elle, dit Signa, reconnaissante d'avoir de bons réflexes : elle apporta la bassine à Bliss juste à temps, repoussant à nouveau les cheveux de la jeune fille pour dégager son visage. Elle avait des crampes d'estomac, la nausée la submergeait et sa peau était couverte d'une sueur froide. Elle refusa de le laisser voir à Percy ; la nausée passerait bientôt. « Nous allons avoir besoin d'eau », lui dit-elle avec autorité et sévérité. « Allez demander du pain en cuisine. Elle aura besoin de manger quelque chose de facile à digérer quand le pire sera passé. Et je vous en prie, soyez discret. »

Percy acquiesça et jeta un dernier regard à sa sœur. Signa n'avait jamais vu ses joues si creuses, ni ses yeux si vides. Il détourna les talons sans dire un mot, ses bottes cliquetant tandis qu'il disparaissait dans le couloir.

La soirée était bien avancée quand Bliss commença à se sentir mieux. Signa avait eu peur que sa cousine ne survive pas quand sa respiration difficile était devenue encore plus superficielle et quand elle était devenue fiévreuse. Mais à un moment au cours de ces longues heures, un palier avait été franchi. Les joues rougies de Bliss s'étaient refroidies, et son estomac n'était plus pressé de se vider. Elle s'était allongée dans le lit, Signa avait tressé ses cheveux sans serrer pour les attacher, le tout entre un aller-retour pour vider la bassine et un autre pour aller lui chercher de l'eau.

Bliss respirait profondément désormais, et elle parvenait enfin à garder les yeux ouverts.

« Vous êtes avec moi ? » s'enquit Signa, relâchant ses épaules quand sa cousine acquiesça. Elle prit un pain au levain sur le plateau que Percy leur avait apporté, en rompit un petit bout et le lui tendit. « Essayez de manger ça. Vous allez vous sentir faible un moment, mais je crois que vous allez vous en tirer. Nous devrons juste faire attention à ce que vous ingérez. »

Le pain échappa des doigts de Bliss ; elle était trop faible pour le tenir. Elle vacilla en le comprenant, les larmes lui montèrent aux yeux, mais Signa ne voulait pas qu'elle abandonne. Elle reprit le pain, le rompit en de plus petits morceaux, puis en déposa un dans la bouche de Bliss. Bout de pain après bout de pain, Signa la nourrit. Elle la laissa poser la tête sur son épaule, les larmes coulant librement sur les joues de la malade jusqu'à ce qu'elle soit trop épuisée pour manger un bout de pain ou verser une larme de plus, et qu'elle s'assoupisse.

Bliss endormie, Signa passa une main sur les cheveux de sa cousine, cherchant à lui transmettre sa force. « Ne vous inquiétez pas, murmura Signa. Je trouverai le responsable. Je vous le promets. »

Depuis le seuil, une voix douce dit : « Comment avez-vous réussi à l'aider ? » Marjorie les regardait, les yeux brillants.

Elle posa le regard sur le verre sur la table de chevet, la preuve toujours en évidence. « C'est juste un vieux remède que j'ai trouvé à la bibliothèque », murmura Signa, ne sachant que dire d'autre.

Signa comprit que Marjorie pourrait aisément la bannir si elle le souhaitait. Elle pourrait estimer que Signa était une sorcière et la faire jeter de l'Épineuse. Mais au lieu de cela, ses yeux s'adoucirent. « Vous devriez vous reposer, vous aussi. »

Des frissons parcoururent Signa à la simple idée de laisser Bliss seule, ou aux mains de quelqu'un d'autre. Mais pour l'instant, la menace de la venue de l'ange de la Mort s'était dissipée, sa mise en garde envolée. Une fois de plus, Bliss avait été épargnée.

Signa ne pouvait qu'espérer l'avoir sauvée pour de bon.

Elle déposa délicatement la tête de sa cousine sur les oreillers avant de descendre du lit. Sur la table de chevet, elle laissa de petits bouts de pain et deux verres d'eau. Dans l'un d'eux, elle avait ajouté des graines de carvi moulues pour continuer à calmer l'estomac de la malade. Pour l'instant, elle ne pouvait rien faire de plus.

« Le mieux à faire pour l'aider est de la laisser dormir », lui dit Marjorie, et Signa comprit qu'elle n'était pas en position d'argumenter. Même si elle avait aidé Bliss, elle n'était guère qu'une étrangère pour les Hawthorne. Elle était aussi une femme, et une jeune, qui plus est. Même si elle mourait d'envie de se tapir dans la chambre de Bliss pour la surveiller à toute heure du jour et de la nuit, ce ne serait jamais autorisé quand la famille employait de vrais médecins.

Alors elle souleva ses jupons pour suivre Marjorie jusqu'à la porte, et elle laissa la femme la guider jusqu'à sa chambre à travers les couloirs éclairés à la bougie.

Marjorie ralentit pour s'attarder dans le couloir. « Vous vous intégrez mieux à l'Épineuse que je ne l'aurais cru », dit-elle. L'obscurité de la nuit cachait bien le souvenir de la blessure de Marjorie. À la faible lueur des bougeoirs de fer, Signa ne distinguait que les traces d'une ecchymose sur sa lèvre inférieure.

« Merci », dit Signa avant de se remémorer l'instant où on lui avait infligé ce bleu. Elle serra les poings.

« C'est un plaisir de vous voir vous entendre avec les autres jeunes filles de votre âge. » Les talons des bottes de Marjorie tapèrent bruyamment sur le parquet massif. « Vous souhaitez entrer en société cette saison, n'est-ce pas ? »

Il était peut-être étrange de parler de ce genre de choses à ce moment-là, mais l'ange de la Mort était présent depuis si longtemps à l'Épineuse que c'en était assommant pour ses occupants. Signa avait appris que quand l'ange de la Mort sollicitait chaque instant de votre vie, les conversations banales accordaient un répit. Peut-être Marjorie ressentait-elle la même chose.

« Je ne veux déranger personne avec cela, dit Signa. Je quitterai l'Épineuse pour ma propre maison à la même époque. Je pourrais faire mon entrée en société une fois partie…

— Inutile de vous excuser, Signa. Vous avez merveilleusement bien travaillé vos leçons, et je pense que c'est une bonne idée que vous entriez en société au printemps. De plus, vous ne pourrez pas le faire toute seule, sans chaperon. Ça ne s'est jamais vu. »

Signa se mordit la joue. « Vous pensez que c'est une bonne idée ?

— Oui. Et j'en parlerai à Elijah demain. » Signa ne manqua pas l'usage désinvolte de son prénom. « En attendant, nous organiserons un bal pour Noël, et vous y assisterez. Ce sera une bonne expérience pour vous. »

Le rouge monta aux joues de Signa. Elle avait passé la journée à s'occuper de Bliss. Elle avait mal au dos, ses yeux se fermaient tout seuls, et elle était convaincue de sentir mauvais. Pourtant, malgré tout ça, les propos de Marjorie la firent vibrer d'excitation. C'était l'occasion rêvée pour se prouver à elle-même et aux autres qu'elle était faite pour une vie en dehors des ténèbres. Pour la vie qu'elle avait toujours été censée mener. Pour être comme sa mère, ou comme Lillian – quelqu'un que tout le monde adorait et dont tout le monde parlait. Quelqu'un dont le seul nom pouvait adoucir une voix.

« Ça… Ça me plairait beaucoup. »

Marjorie sourit. « Alors je vais planifier tout cela. Il est temps que l'Épineuse organise à nouveau des fêtes dignes de ce nom – c'est peut-être exactement ce dont tout le monde a besoin. »

VINGT-HUIT

Sylas attendait Signa dans sa suite. Elle eut un mouvement de recul, manqua de percuter le mur en voyant sa tête apparaître de l'autre côté du lit, et dut étouffer un cri de surprise qui lui brûlait le fond de la gorge.

« Comment va Miss Hawthorne ? » furent ses premiers mots. La question suffit à adoucir la réponse de Signa.

« L'antidote a fonctionné », répondit-elle, jetant un coup d'œil dans le couloir pour s'assurer qu'ils étaient seuls avant de fermer la porte à clé. Le froid avait envahi la pièce quand elle y pénétra, et elle se renfrogna quand elle remarqua pourquoi. Sylas avait de nouveau escaladé le saule et avait laissé les portes du balcon ouvertes pour pouvoir s'échapper au plus vite si besoin.

« Un de ces quatre, nous nous ferons surprendre. » Son ton n'était pas spécialement sévère. Elle était épuisée, mais Bliss était sauvée, et c'était grâce à son aide.

« Ce n'est pas encore arrivé. » Sylas arborait un large sourire et s'assit sur le bord du lit. Le cœur de Signa se réchauffa de le voir là. Elle glissa ses cheveux derrière une oreille, soudain consciente de sentir le vomi et d'avoir fortement besoin d'un bain.

« Je voulais vous remercier pour votre aide, commença-t-elle, la chaleur l'envahissant malgré le froid ambiant. Je sais que je vais vous rémunérer, mais malgré tout, cela représente beaucoup pour moi. La situation est précaire et ma cousine a besoin de toute l'aide possible. » Quand elle s'installa sur sa méridienne de peur que s'asseoir trop près de lui ne leur inspire certaines… *idées*, Sylas se leva et vint s'asseoir sur la chaise devant elle.

« J'ai sorti le registre de tous les employés de l'Épineuse, ainsi que de ceux qu'on a renvoyés l'année passée. » Sylas fit un geste vers une grosse pile de papiers qu'il avait déjà disposée sur son bureau. « Je n'ai rien trouvé sur ceux que j'ai étudiés, mais vous aurez peut-être plus de chance. Faites attention à ce que personne ne les trouve. J'imagine qu'il serait difficile d'expliquer comment vous êtes entrée en possession de ces documents. »

Signa acquiesça, et même si elle était pressée de commencer à les examiner, cela devrait attendre qu'elle ait dormi un peu. Si elle essayait de les lire dès à présent, elle ne pensait pas y voir clair. Elle voulait simplement prendre un bain et se débarrasser de sa lourde tenue avant l'arrivée de l'ange de la Mort à minuit. Mais avant ça, tant que Sylas était présent, il y avait une question qui lui brûlait les lèvres depuis les accusations de Percy.

« Pourquoi avez-vous accepté de m'aider, au fait ? » Les mots lui échappèrent précipitamment, et elle ne comprenait pas bien pourquoi son cœur battait si fort sous le regard de Sylas. « Même si l'on considère l'argent, n'êtes-vous pas inquiet pour votre réputation ? Si vous veniez à être découvert, cela ne vous attirerait que des ennuis. »

Il n'eut pas besoin de réfléchir bien longtemps avant de répondre. « Pour être tout à fait honnête, Miss Farrow, il ne reste pas grand-chose de ma réputation à sauver. » Il l'observa baisser les yeux vers ses bottes, s'interrogeant sur le cuir lustré de si bonne qualité. Il bougea les pieds sur le côté, comme si cela permettrait de les soustraire à l'inspection de Signa.

« Je ne suis pas du genre philanthrope, admit-il. Je ne me mettrais pas dans cette situation si je n'avais pas quelque chose de plus concret à y gagner. Sachez que, en vous aidant, j'obtiendrai les ressources nécessaires pour aider quelqu'un à qui je tiens beaucoup. »

Signa regretta de ne pas avoir d'eau pour remédier à la soudaine soif qui l'assaillait. Sylas s'exprimait avec tant de ferveur ; une passion à l'état brut qui fomenta aussitôt chez Signa de la jalousie pour quiconque suscitait tant d'affection. Elle se tapota la joue, cherchant à apaiser ce sentiment par sa simple volonté. Elle ne pouvait pas se laisser aller à trop apprécier Sylas alors que son affection se portait déjà sur quelqu'un d'autre. Elle ne pouvait s'empêcher de le trouver beau, ou d'apprécier sa compagnie. Mais ils ne pourraient être qu'amis, dans ce cas. Amis, et rien d'autre.

De plus, il n'était pas le seul à occuper un peu trop souvent ses pensées. Il y avait quelqu'un d'autre qu'elle était pressée de revoir, et ce n'était pas de l'amitié qu'elle avait en tête.

« Quelles que soient vos raisons, j'apprécie votre aide, M. Thorly. »

Ce dernier sembla rayonner de l'intérieur à ce compliment. « Sylas suffira, dit-il. Et bien sûr, inutile de me remercier. Je vais laisser mon oreille traîner et je vous recontacterai si j'apprends quoi que ce soit d'intéressant. »

Elle aurait voulu lui poser d'autres questions, lui faire partager d'autres détails. Mais dans une heure seulement il serait minuit, et elle n'avait pas le temps. Elle se leva, et il l'imita, comprenant que leur entretien touchait à son terme.

« Je vous souhaite une excellente nuit, Sylas. » Elle joignit les mains devant elle et se demanda si elle n'aurait pas dû avoir l'air un peu plus outrée qu'il se soit faufilé par la fenêtre, et un peu moins électrisée par sa démarche.

Il se dirigea vers la fenêtre et se hissa sur le saule aussi gracieusement que possible. Une fois stable dans l'arbre, il se retourna, le clair de lune luisant dans ses yeux. « Passez une bonne soirée, Miss Farrow. Je vous recontacterai bientôt. »

VINGT-NEUF

Quand minuit sonna plus tard cette nuit-là, Signa était prête.

Elle faisait les cent pas dans le salon en attendant que l'obscurité envahisse la pièce pour annoncer l'arrivée de l'ange de la Mort, apportant avec lui le frisson d'une fin d'automne. Signa était ravie de porter un peignoir au-dessus de sa fine chemise de nuit et des chaussons. L'avertissement de l'hiver qui approchait demeurait suspendu dans l'air, son froid mordant et amer sur sa peau.

« Tu t'en es bien sortie. Je suis content que tu aies trouvé le moyen d'aider Bliss. » L'ange de la Mort remarqua les cheveux noirs de Signa qu'elle avait brossés et les joues qu'elle avait pincées pour y mettre un peu de vie. Elle avait passé la dernière heure depuis le départ de Sylas à laisser son esprit s'agiter tout en se préparant, réfléchissant à toutes les questions qu'elle voulait lui poser. Tout ce dont elle voulait parler.

« Cela n'a été possible que parce que vous m'avez mise en garde. » Signa se tordit les mains. « Mais la solution n'est que temporaire. Dites-moi… êtes-vous certain de n'avoir aucune idée de qui pourrait être derrière le meurtre de Lillian ? »

L'ange de la Mort s'assit sur le bras de la méridienne. « Ce n'est pas une machination complexe. Comme je te l'ai déjà dit – je suis limité dans ce que je peux voir. Quand je touche quelqu'un, je prends sa vie. À son contact, j'en vois des fragments, mais je ne suis pas devin, et je ne suis pas non plus omniscient. »

Signa soupira. Même si elle s'y attendait, il aurait été tellement plus facile qu'il soit au courant de quelque chose.

« Qu'en est-il de tes pouvoirs, Signa ? » Il se leva de la méridienne et s'avança doucement vers elle. À chaque pas, la poitrine de Signa s'affolait, une brûlure froide s'infiltrant dans ses poumons. « Cela fait un moment que je me pose la question. Quand tu as touché Magda, as-tu vu quelque chose ?

Elle avait enfoui le souvenir de cette nuit-là profondément, préférant ne pas repenser à ce qu'elle avait fait. Mais elle étudia la question, et secoua la tête. L'ange de la Mort était peut-être capable de voir les vies qu'il emportait, mais Signa n'avait rien vu quand elle avait touché sa tante.

L'ange de la Mort émit un faible grognement. « Bien que tu sois dotée des mêmes pouvoirs que moi, dit-il, il semblerait que tu ne sois pas capable de t'en servir dans la même mesure. Du moins pas encore.

— Comment ça, “pas encore” ? » Signa ne bougea pas tandis qu'il faisait un pas vers elle.

Les ténèbres oscillaient sur les murs autour de lui, une danse de va-et-vient qui l'apaisait et lui donnait une sensation de réconfort. « Ce n'est qu'une idée, mais je me demande si tu ne pourrais pas avoir un meilleur accès à tes capacités, Petit Oiseau, si tu étais morte. »

Elle eut enfin le bon sens de faire un pas en arrière. « Mais je ne peux pas mourir. Je ne *veux* pas mourir.

— Exactement, dit-il. Tu as une vie très longue et bien remplie devant toi, rassure-toi. Ce n'est qu'une hypothèse, mais je crois que quand ta vie sera terminée – et cela finira par arriver, Signa – ces pouvoirs t'attendront. »

Signa croisa les bras. « Vous pensez que je suis comme vous. » Elle avait prononcé ces mots d'un souffle, très vite, incrédule. « Vous pensez que je suis… Quoi ? Un ange de la Mort ? »

Les ténèbres de l'ange de la Mort bougèrent, le rendant légèrement plus petit et moins intimidant. « Une faucheuse d'âmes », clarifia-t-il de la voix la plus douce qu'elle lui connaissait. Un lac sous les étoiles, immobile et calme. « Oui. »

« Ce n'est qu'une hypothèse », ajouta-t-il, comme si l'idée elle-même ne suffisait pas à lui faire tourner la tête. Une hypothèse, certes, mais qui était plus plausible qu'elle ne voulait bien l'admettre.

Soudain, le froid suffit à faire frissonner Signa, mais cette fois ce n'était pas à cause de la présence de l'ange de la Mort. Elle s'agrippa au bord de la table pour tenir debout, et quand cela ne fonctionna pas, elle perdit l'équilibre pour tomber sur une chaise derrière elle tandis que l'idée lui cognait aux tempes. « Comment serait-ce possible ? Étiez-vous humain avant, vous aussi ? »

Il s'agenouilla devant elle. « Non, je ne crois pas. Il m'est impossible de me souvenir de tout, âgé comme je suis – mais je suis certain que ça, je m'en serais souvenu. »

Ça n'avait aucun sens. Pourquoi, après tout ce temps, le Destin aurait-il décidé qu'une autre faucheuse d'âmes était nécessaire en ce monde ? Signa n'aurait pu affirmer que c'était ce qu'elle était, mais c'était… une possibilité. Une possibilité accablante à laquelle elle n'arrivait pas à se faire, mais une possibilité néanmoins.

« Je pense qu'il serait sage de tester les limites de tes capacités. » L'ange de la Mort lui parlait comme à une enfant. Comme si elle était petite et fragile, et que l'on devait la protéger. Elle ne manqua pas de le remarquer, et il n'était pas difficile de deviner où il aurait pu apprendre à parler de cette voix douce qui ne ressemblait pas à l'ange de la Mort qu'elle pensait avoir toujours connu. Pendant tant d'années, elle ne l'avait connu que comme le faucheur d'âmes – une ombre au toucher mortel qui prélevait toutes les personnes de sa vie. Mais quand il posa la main sur son genou d'un geste qui fit remonter le cœur de Signa dans sa gorge, elle comprit qu'il était tout à fait autre chose.

L'ange de la Mort était un transporteur d'âmes ; ce n'était pas un démon ou un monstre, mais celui qui guidait les esprits capricieux. Elle les avait vus s'accrocher à lui. Le rechercher quand il n'était pas assez rapide. Et pour ceux qui avaient peur… Eh bien, il avait dû apprendre à se montrer doux.

Il était si loin de la vie que Signa s'était imaginée. Et pourtant, quand il lui offrit la main et lui demanda « Me fais-tu confiance ? », elle s'avança sans hésiter. Sans gants, elle toucha ses ténèbres de sa peau nue, enroulant ses doigts autour des siens.

La glace lui parcourut les veines, arrêta son cœur, et elle ne lutta pas. Il l'aida à se lever, et elle ressentit la brûlure de ses pouvoirs plus fort qu'avant, quand elle se servait des baies de belladone – constants et si puissants que quand elle ferma les yeux, elle ressentit la terre résonner sous ses pieds.

Il se déplaça pour se tenir derrière elle, laissant glisser la main le long de son cou nu pour maintenir la connexion. Signa en eut le souffle coupé quand elle sentit son torse contre son dos ; elle oubliait trop souvent que l'ange de la Mort ne faisait que se cacher. Qu'il y avait un homme véritable, avec un torse et tout le reste, sous ces ténèbres.

« Considère que c'est le début de la leçon de ce soir. » Il murmura ces mots et la stabilisa. « Que ressens-tu ? »

Signa savait qu'elle pouvait répondre de bien des façons : elle aurait pu lui dire qu'elle sentait son torse ferme et la chaleur dans son bas-ventre quand elle imaginait les sensations que produirait son buste écrasé contre sa poitrine. Ou elle aurait pu lui dire que ses pensées s'égaraient à se demander ce dont il était capable avec ses ténèbres, mais elle n'avait certainement pas envie de l'admettre.

Elle se détendit dans son étreinte. À mesure que ses épaules se décontractaient, le monde se fit plus clair autour d'elle. Elle le sentait comme s'il respirait – dans la chaleur des étoiles, dans les feuilles qui se desséchaient sur les arbres, dans le frisson de la terre tandis que la pluie menaçait dans un ciel couvert. Des battements de cœurs également – elle sentait leur dernier frémissement, trop nombreux chaque seconde.

« Je ressens… la vie » finit-elle par dire.

L'ange de la Mort émit un grognement, grave et approbateur. « Qu'entends-tu ? » Le bout de ses doigts glissa de son cou pour aller couvrir ses oreilles.

Le monde n'avait jamais été aussi calme – comme s'il n'existait rien d'autre qu'eux deux. Puis il lui arriva aux oreilles petit à petit. Elle écouta les derniers souffles et les mots doux. Les murmures d'amour aux oreilles des mourants, et même si c'était triste, il y avait aussi la chaleur des vies qui les avaient menés jusqu'à cet instant.

« J'entends leurs adieux. »

Signa déglutit quand l'ange de la Mort laissa glisser ses mains pour lui couvrir les yeux. Quand il se pencha vers elle, ses lèvres frôlèrent son oreille. Elle frissonna ; elle aurait voulu apercevoir ses cheveux et le visage qu'il lui cachait, et enfin le regarder.

« Que vois-tu ? » murmura-t-il d'une voix qui lui donna l'impression que ses genoux allaient se dérober sous elle.

Des images lui vinrent – de l'herbe qui commençait à flétrir à cause du froid. Une famille autour d'un vieil homme au moment où son cœur s'arrêtait. Elle vit leurs visages, entendit leurs voix et là, qui pendait juste hors de portée, une corde que Signa pensait pouvoir décrocher du ciel. Et qui la mènerait à chacun d'entre eux.

L'ange de la Mort retira ses mains, et elle se retourna vers lui aussitôt. Il restait beaucoup à faire, il y avait d'autres tests à mener. Mais à ce moment-là, elle voulait seulement regarder cet homme qui avait passé sa vie à voir tout cela et à l'accueillir. Il était le premier que les défunts voyaient après avoir fermé les yeux pour la dernière fois, et elle sentit le poids de cette tâche sur ses épaules.

« Comment faites-vous pour supporter ça jour après jour ? » lui demanda Signa, une main pressée sur sa propre poitrine. En l'absence de tout contact avec lui, la vie s'infiltrait de nouveau dans sa peau, faisant battre son cœur et forçant son sang à circuler.

« On s'y fait, lui dit-il. Certains sont patients dans la mort, et leurs âmes attendent que je vienne les chercher. D'autres sont impétueux, comme tu as pu le constater il y a quelques nuits de cela. Si je ne vais pas les chercher immédiatement, ils viennent à moi. Mais je ne suis jamais loin d'une âme perdue, Petit Oiseau, et j'ai la capacité de me trouver à plusieurs endroits simultanément. »

Il était suffisamment proche d'elle pour qu'elle puisse envisager de baisser sa capuche pour enfin le voir. Une chaleur irradiait son bas-ventre, parce que ce qu'elle envisageait de faire ensuite était loin d'être chaste. L'ange de la Mort s'approcha pour la prendre par les épaules, comme s'il la mettait au défi de céder à ses pulsions.

Et elle était suffisamment curieuse pour le faire. Pas seulement l'embrasser, mais explorer ce qu'il pourrait lui faire ressentir d'autre. Son peignoir et sa chemise de nuit lui parurent soudain inutiles et légers. Elle ressentait chaque mouvement de ses mains et en eut le souffle coupé quand les ténèbres s'enroulèrent autour de son peignoir et le firent glisser le long de ses épaules nues jusqu'à la taille, l'ange de la Mort la serrant contre lui.

Il s'interrompit alors qu'elle ne faisait aucun mouvement pour l'arrêter, faisant courir un pouce le long de sa hanche. « Je peux ? »

La question sortit Signa de sa transe. Jusque-là elle était envoûtée, pleine de désir, et n'avait pas vraiment réfléchi à tout ce que cela impliquait. Elle n'était pas encore entrée en société, et déjà elle était toute proche d'enfreindre la plus importante des règles sociétales pour une femme – renoncer à sa vertu. Les règles édictées dans son livre de bienséance étaient sans fin à ce sujet, et pourtant elle était là, avec l'ange de la Mort, rien que ça. Elle le comprenait mieux à présent, mais ça ne voulait pas dire qu'il en était moins dangereux pour autant – même si le danger n'avait guère d'incidence sur l'attirance qu'elle ressentait. Elle avait vu suffisamment de gens chercher à avoir des relations pour savoir qu'elle aimerait faire l'expérience d'un contact physique avec un homme, et si l'on en croyait son corps, elle en avait envie.

De plus, personne à part elle ne pouvait même voir l'ange de la Mort – comment le sauraient-ils ?

« C-comment cela fonctionnerait-il ? Avec vos ténèbres, je veux dire ? » s'enquit Signa. Plutôt que de lui répondre à voix haute, les ténèbres de l'ange de la Mort se glissèrent sous sa chemise de nuit pour caresser l'intérieur de sa cuisse. Elle frissonna de plaisir.

« Veux-tu le découvrir ?

Son corps criait oui, ignorant la mise en garde qui résonnait au plus profond de son esprit. Une toute petite voix lui disait de revenir à la raison et de se rappeler à qui elle avait affaire. Pourtant, elle étouffa cette petite voix et l'enterra six pieds sous terre. N'écoutant que son désir, Signa acquiesça.

L'ange de la Mort se délia. Ses ténèbres l'entourèrent, et l'aidèrent à s'allonger sur la méridienne tandis que ses mains lui soulevaient les cheveux, que ses lèvres la caressaient de si près que Signa se cambrait. Il rit, d'un rire féroce et rauque tout en se baissant vers son cou. Elle ferma les yeux quand elle l'y sentit, déposant une ribambelle de baisers de son oreille à sa clavicule – une pluie de doux baisers, et de temps à autre, une légère succion de sa peau qui la faisait se tortiller et l'attirer plus près d'elle. Les ténèbres l'enveloppaient, lui frôlant le haut des cuisses de caresses froides et douces qui lui faisaient rejeter la tête en arrière et s'offrir à lui.

Elle se laissa aller à cette sensation, et les ténèbres de l'ange de la Mort se rapprochèrent de l'endroit où elle le voulait. Où elle avait mal de tant le désirer. Il avait ses lèvres sur sa mâchoire, remontant progressivement, ses ténèbres faisant de même. Le cœur de Signa battait à tout rompre, sa respiration n'était plus que des brefs râles : elle n'attendait que ses lèvres. Son contact.

Mais la mise en garde résonna à nouveau dans sa tête, plus fort cette fois : si elle allait au bout avec lui, qu'est-ce que cela voulait dire ? Cela voulait-il dire qu'elle était prête à accepter qui elle était ? À l'accueillir ?

L'ange de la Mort se figea quand Signa posa les mains sur son torse pour le tenir à distance.

Elle n'était pas encore prête. Elle n'était pas sûre du genre de vie qu'elle voulait.

C'est pourquoi elle recula et lui dit avant de changer d'avis : « Parlez-moi de ce que vous appréciez ».

« De ce que… j'apprécie ? » Il se détacha d'elle. Eh bien, je suppose que je t'apprécie, toi. »

À cette remarque, elle faillit s'étouffer. « Avez-vous des passe-temps ? Ou la nourriture – aimez-vous manger ?

— Je ne mange pas beaucoup, mais j'ai toujours aimé ce que j'essayais. » Il s'assit sur le bord de la méridienne en riant, et comme la nuit où ils s'étaient retrouvés dans les bois, il se fit plus petit. Elle comprit qu'il agissait ainsi par égard pour elle. Il essayait de se rendre plus présentable à ses yeux.

« Vous n'êtes pas obligé de vous imposer ça. » Elle se mordit la lèvre dès qu'elle eut prononcé ces mots, se disant qu'il serait plus raisonnable de se taire un instant et de réfléchir à son comportement. « Vous n'êtes pas obligé de vous faire plus petit. Je préférerais vous voir tel que vous êtes et ne pas avoir de surprises. »

Elle sentit ses yeux sur elle. « Est-ce que cela veut dire que tu n'as plus peur de moi ?

— Cela signifie que je n'en suis pas sûre. » Il aurait été faux de dire qu'elle n'était plus hésitante quand elle le côtoyait, ou prudente face à ses pouvoirs. Mais dire qu'elle avait peur de lui comme par le passé ? Après tout ce qu'il avait fait pour elle : après qu'il l'avait prévenue pour Bliss ? Ça aussi, ce serait mentir. Elle resserra son peignoir autour d'elle et évita son regard. Le charme était brisé à présent, et cette petite voix s'était libérée et lui hurlait dans sa tête de préserver sa vertu. « Je ferais bien de dormir. Nous poursuivrons nos leçons demain ? »

L'ange de la Mort acquiesça. « Je veux que tu t'entraînes à me parler. Par la pensée, pas avec des mots. Tu ne devrais pas avoir besoin de baies de belladone pour entrer en contact avec moi. »

À mi-chemin de son lit, Signa s'arrêta quand il lui dit : « J'apprécie beaucoup les animaux. » Elle se retourna, et vit les dernières volutes de ténèbres se faufiler par la fenêtre. « J'apprécie qu'ils soient capables de me voir. »

Puis il disparut, et Signa se sentit si légère qu'elle aurait pu voler.

TRENTE

Une seule nuit avait passé depuis que Bliss avait pris la fève de Calabar, et déjà son état s'améliorait miraculeusement.

« Je n'ai jamais rien vu de tel, dit le médecin tandis que Bliss prenait une cuillerée de porridge. C'est un vrai miracle ! »

Percy se tenait debout, les bras croisés et l'air perplexe. « Un miracle, en effet. »

Bliss ne participerait pas au bal de Noël, ni même ne se baladerait dans le manoir de sitôt, mais l'antidote fonctionnait. Et Signa savait que, d'un jour à l'autre, elle trouverait le responsable de son empoisonnement. Elle se répétait la remarque de Percy encore et encore, et se détendit. *Un miracle, en effet.*

Elle quitta discrètement la chambre de la malade pour se préparer pour le petit-déjeuner, dans l'espoir de manger rapidement puis de trouver le temps de continuer ses recherches sur l'origine de l'empoisonnement de Bliss et d'étudier le registre que Sylas lui avait fourni. Il n'avait rien donné jusqu'ici, mais elle en savait certainement plus qu'elle ne l'aurait voulu sur les domestiques et leur comportement. À part Sylas, bien sûr. Elle avait bien remarqué qu'il n'avait pas fourni son propre dossier.

Signa était assise devant son miroir, pas encore coiffée, quand Marjorie arriva, une lettre à la main.

« C'est de la part de Lord Everett Wakefield. » Elle lui tendit une petite enveloppe blanche. Son nom y était inscrit d'une écriture soignée et élégante. Signa pensait que la gouvernante serait ravie, mais Marjorie lui prit la main et la serra. « Soyez prudente » fut tout ce qu'elle dit avant de se saisir d'une brosse et de la passer dans les cheveux de Signa.

« Avec Lord Wakefield ? s'enquit la jeune fille, incrédule.

— Avec tous les hommes. »

Signa comprit ce que Marjorie voulait dire à la fermeté de sa voix, et elle resta impassible en approchant la lettre de sa poitrine pour l'ouvrir sans faire de manières.

Chère Miss Farrow,

Je n'ai su me convaincre d'attendre un instant de plus pour vous parler à nouveau. J'aimerais beaucoup vous revoir – aujourd'hui, si vous êtes d'accord ? C'est une belle journée pour une balade à cheval sur la lande.

Avec toute mon estime
Everett Wakefield

Signa leva les yeux vers le reflet de Marjorie dans le miroir. « Il souhaite me voir. »

La gouvernante ne réagit pas et entreprit d'attacher les cheveux de Signa sur la nuque, les enroulant en grandes boucles qui tombaient en cascade sur l'épaule. « Et vous, souhaitez-vous le voir ? »

Signa passa son pouce sur son nom, surprise de constater qu'elle n'avait pas pensé à Lord Wakefield une seule fois depuis qu'ils avaient pris le thé ensemble. Au départ, elle supposa que c'était parce qu'elle avait été préoccupée par Bliss et qu'elle avait autre chose à penser. Mais cela ne l'avait pas empêchée de penser à l'ange de la Mort, observa-t-elle. Ni même d'avoir envie d'une nouvelle chevauchée aux côtés de Sylas. « J'aurai bientôt vingt ans, et Lord Wakefield est un homme bon et fortuné, dit-elle, la tension poignant dans chaque mot. Ne devrais-je pas avoir envie qu'il me rende visite ?

— Il est tout à fait respectable de rejeter sa requête, dit Marjorie. Nous pouvons prétendre que le refus vient d'Elijah si vous le souhaitez, et expliquer à Lord Wakefield que vous ne recevrez pas de visiteurs avant d'avoir fait votre entrée en société. Cela vous donnerait plus de temps pour vous y préparer. »

Signa s'adossa à son siège, s'efforçant de mettre de l'ordre dans ses idées. « Vous pensez que je ne devrais pas le voir ? »

Marjorie l'admonesta aussitôt. « Je veux que vous fassiez preuve de sagesse. Tous les hommes que je connais sont nés avec une facilité à mentir pour vous charmer. Ils seront malhonnêtes, ou vous diront des mots plus doux que du miel pour obtenir ce qu'ils veulent. Vous avez une fortune à votre nom. Il serait plus prudent, je pense, d'attendre d'avoir fait votre entrée en société avant de recevoir des prétendants ici, à l'Épineuse, une fois la saison commencée. Vous n'avez aucune raison de venir quand on vous appelle, et vous feriez bien de prendre le temps d'étudier les options qui s'offrent à vous. »

Les intentions d'Everett étaient claires. S'il l'avait rencontrée un mois plus tôt, Signa l'aurait autorisé à lui rendre visite sans hésiter une seconde. C'était son visage que Signa imaginait quand elle fermait les yeux et envisageait sa vie dans la haute société. Il était beau, riche et charismatique. Ensemble, ils auraient une grande propriété où ils organiseraient des soirées splendides. Et quand ils ne recevraient personne, ils seraient invités à des bals ou se rendraient à l'opéra, iraient prendre le thé – et Signa ne se sentirait plus jamais seule.

Alors pourquoi n'arrivait-elle pas à se décider à accepter sa proposition ?

« Pourquoi ne vous êtes-vous jamais mariée ? » demanda soudain Signa. Ce n'était peut-être pas la question la plus sympathique, et peut-être allait-elle trop loin, mais elle avait besoin d'un peu d'aide. Elle avait besoin d'un autre coup de pouce pour se rassurer et se convaincre qu'elle ne se condamnait pas à jamais en refusant de voir Everett.

Même si Marjorie n'avait pas de fortune personnelle, elle avait certainement attiré l'attention de bien des hommes respectables. Elle était *belle*. « On vous a fait la cour, ajouta Signa, n'est-ce pas ?

— Ma famille n'avait pas un statut social très élevé, mais nous n'étions pas non plus tout en bas de l'échelle. Et j'avais ma beauté, mes cheveux, qui attiraient les regards de beaucoup d'hommes. » Marjorie joua avec une de ses mèches ondulées et rit doucement. « Alors oui, Signa, j'ai été follement courtisée. Et vous le serez également. Je ne vais pas vous dire que vous ne devriez pas vous marier, mais inutile de vous précipiter. Acceptez des visites si vous le souhaitez, mais quoi que vous fassiez, allez-y doucement avec les hommes que vous côtoyez. »

Signa n'avait pas besoin de beaucoup d'expérience pour savoir à quoi Marjorie faisait référence, et elle repensa à ce qu'elle avait bien manqué de faire la nuit précédente avec l'ange de la Mort. Son livre de bienséance parlait des relations aux hommes comme s'il s'agissait de transactions. Comme si elle, en tant que femme, devait se préserver en tout point – y compris sa virginité –, de peur d'être considérée comme impure. Comme *sale.*

Le Guide de la Beauté et du Savoir-Vivre d'une Lady ressemblait de moins en moins à une aide précieuse, et de plus en plus à une calamité. Un triste rappel que, parce qu'elle n'arrivait pas à maîtriser les règles – parce qu'elles l'épuisaient –, elle ne serait jamais assez bien, assez parfaite, ni assez méritante. C'était idiot, pensa-t-elle, qu'un livre lui fasse ressentir un tel mépris d'elle-même. Elle valait mieux que ça, *bien mieux* que ça.

« N'avez-vous apprécié aucun des hommes que vous avez rencontrés ? » On ne pouvait guère ignorer que Marjorie était une célibataire qui travaillait comme domestique. C'était une bonne vie, mais quand même. Une femme aussi jolie qu'elle aurait pu être la maîtresse d'un domaine comme l'Épineuse, pensait Signa.

Marjorie s'assit dans une chaise de lecture. « Au contraire, je suis tombée amoureuse d'un homme qui n'a jamais eu l'intention de m'aimer en retour. Et ça, je l'ai payé cher. »

Signa se rappela le comportement de Marjorie en présence d'Elijah. Sa façon de lui toucher l'épaule, de lui parler librement. « Que lui est-il arrivé ?

— Je pensais que nous serions ensemble pour le restant de nos jours, dit-elle. Mais il est tombé amoureux d'une autre femme, et tous deux furent bientôt fiancés. Je m'étais totalement offerte à lui, mais il m'a quittée sans explication. » Ses yeux étaient posés au loin. Elle était perdue dans ses souvenirs.

« Vous ne pouviez pas trouver quelqu'un d'autre ? »

Marjorie joignit les mains sur ses genoux. « Aux yeux de la société, j'étais déjà une dépravée. Mes parents m'ont rejetée. J'ai eu de la chance de trouver du travail ici à l'Épineuse, j'aurais pu finir ma vie dans une situation bien moins plaisante. »

Marjorie n'avait rien fait de mal en tombant amoureuse, pourtant on l'avait condamnée pour ça. Rejetée par la société comme si elle était pervertie, et comme si elle pouvait pervertir ce qui l'entourait par extension. Comme si l'amour ou le désir pour quelqu'un étaient des maladies. La société la traiterait-elle de la même manière ? Si Signa faisait un pas de travers, serait-elle à jamais mise de côté par ceux auxquels elle cherchait tant à plaire ? Et si la réponse était oui… Avait-elle une quelconque importance à leurs yeux ? Elle pouvait suivre toutes les règles énoncées par le livre de bienséance bêtement jusqu'à ce qu'elle n'ait plus de volonté propre. Elle pouvait faire semblant chaque jour, comme elle s'y attelait à présent, mais dans quel but ? Pour être appréciée de ceux qui la condamneraient dès qu'elle commettrait un faux pas ?

Signa posa l'enveloppe devant son miroir. « Et M. Hawthorne… il vous traite bien ? »

Marjorie se leva, un sourire aux lèvres. « Très bien, Miss Farrow, mais assez parlé de moi. Avez-vous pris votre décision ? »

Signa reporta son attention sur le miroir, inspectant ses cheveux soyeux et ses joues rebondies. Son séjour à l'Épineuse lui faisait du bien, et elle avait plus important à faire que de le mettre en danger pour un joli minois. Elle sourit donc au reflet de Marjorie et annonça : « Dites à Lord Wakefield que je le verrai la veille de Noël, au bal masqué. »

TRENTE ET UN

Se rendre à la bibliothèque en plein jour représentait une entreprise beaucoup moins inquiétante que lorsqu'elle y était allée avec Sylas deux nuits plus tôt.

Signa monta les escaliers deux par deux et ouvrit doucement la porte en chêne à double battant pour ne pas faire peur à Thaddeus s'il lisait. « Thaddeus ? » appela-t-elle en ouvrant la porte. « Veuillez m'excuser de vous importuner. Je voulais vous remercier pour votre aide… »

Son sang ne fit qu'un tour à la vue de la fumée. Prenant ses jupons dans une main, elle courut dans sa direction. Thaddeus se tenait devant la rangée d'étagères qu'elle et Sylas avaient consultées l'autre soir. Une poignée de livres étaient éparpillés par terre, en feu. L'incendie était récent, et si on ne l'éteignait pas bientôt, il se propagerait suffisamment vite pour brûler l'Épineuse tout entier. « Qui a fait ça ? » Thaddeus ne lui répondit pas. Il regardait ses livres chéris se réduire en cendres et les flammes se reflétaient dans ses yeux vides derrière ses lunettes.

Signa enroula les bras autour de sa taille pour se réconforter. C'était sa faute. Deux nuits auparavant elle s'était tenue là, à sourire et à rire, ravie d'avoir enfin trouvé le moyen d'aider sa cousine. Cela n'avait pas plu à tout le monde. Visiblement, quelqu'un était déterminé à ce qu'elle n'ait pas l'occasion de trouver d'autres informations.

Elle devait aller chercher de l'eau, de l'aide, faire *quelque chose*. S'ils éteignaient le feu tout de suite, ils sauveraient une majorité de livres. Ils sauveraient la bibliothèque.

Mais dès que Signa fit demi-tour pour partir en courant, les portes se fermèrent violemment. La panique monta en elle comme la bile dans sa gorge quand Thaddeus se tourna vers elle. Il n'y avait aucune chaleur dans son regard. Ni la gentillesse qu'on y lisait auparavant : il ne souriait plus. Ses mouvements étaient saccadés et ses yeux lançaient des éclairs ; il était aussi instable que Lillian cette nuit-là dans son jardin.

« Thaddeus, aidez-moi, le supplia-t-elle, la voix rauque à cause de la fumée qui lui grattait la gorge. Nous pouvons empêcher que ce feu ne se propage, mais vous devez me laisser sortir. »

Son visage demeura inexpressif, ses mots ne l'avaient pas touché et il continua d'avancer dans sa direction.

Signa appuya ses mains tremblantes sur ses hanches pour une plus grande fermeté. « Thaddeus. »

Il plongea, non pas *vers* elle, mais *en* elle. Un froid plus mordant que tout ce qu'elle avait jamais connu lui engourdit les jambes et les bras, la glaçant de la même façon que lorsque l'ange de la Mort la touchait. Et pourtant, la sensation était loin d'être la même car, dans le cas présent, elle n'avait pas accès à ses pouvoirs. Aucune connexion au monde ou à ses capacités en tant que faucheuse d'âmes. Rien que de la glace.

Elle essaya de cligner des yeux, mais ses paupières refusèrent de se fermer. De bouger des doigts qui refusèrent de se plier et des pieds qui refusèrent de marcher. Elle n'arrivait même pas à trembler et comprit – confusément, car même ses pensées commençaient à s'étioler – ce qu'il se passait.

L'ange de la Mort l'avait mise en garde : un esprit avait le pouvoir de posséder une personne, mais elle n'avait jamais envisagé que cela pourrait lui arriver.

L'esprit la contrôlait dans les moindres recoins, il s'était emparé de son corps et même de son esprit car ses pensées étaient maintenant aussi folles et chaotiques que les siennes. Ses désirs à lui devenaient les siens.

Thaddeus voulait jeter d'autres livres dans le feu et faire brûler toute l'Épineuse. Mais une partie de lui reconnaissait également qu'il était possible de demander de l'aide. Que s'ils éteignaient le feu maintenant, il n'était pas obligé de tout perdre. C'est à cette hésitation – à cette petite idée qui s'agitait en lui – que Signa s'accrochait. C'était son seul espoir, elle essayait donc de l'imposer. De la pousser sur le devant de leur esprit commun et de lui donner tout doucement de l'ampleur pour lui faire entendre raison.

Elle la poussait encore et encore, mais elle avait l'impression de se laisser entraîner un peu plus dans sa rage à chaque instant.

Elle ne distinguait plus ses propres pensées de celles de l'esprit quand les portes de la bibliothèque s'ouvrirent d'un coup et que le monde autour d'eux s'enfonça dans un froid plus familier.

Signa n'avait jamais été aussi heureuse de sentir l'ange de la Mort arriver. De voir ses ténèbres glisser sur le mur et venir se rassembler pour créer une forme devant elle. Elle remarqua vaguement qu'il lui tendait la main.

Non. Il ne lui tendait pas la main à elle, mais à Thaddeus.

« Laisse la fille tranquille. » Toute douceur avait disparu de sa voix. Quand Thaddeus ne répondit pas aussitôt, l'ange de la Mort s'exprima à nouveau, d'une voix grave et qui bouillonnait de colère. « Laisse. La. Tranquille. »

Et enfin, il obéit.

Signa tomba à genoux, tremblante et glacée d'un froid si peu naturel qu'elle eut envie de se jeter dans le feu.

Thaddeus faisait les cent pas devant l'ange de la Mort, une légère lueur réapparaissant dans son regard. « *Ils ont agi si vite. Si vite, je n'ai rien pu faire pour les en empêcher.* »

C'est l'ange de la Mort qui posa la question, car les lèvres de Signa ne parvenaient pas à former les mots : « Qui n'as-tu pas pu arrêter ? »

Thaddeus tressaillit. Il prit un livre sur la table puis le laissa retomber, encore et encore. « *J'étais en train de lire. Je lisais, et je n'ai rien vu. Ils ont agi si vite. Je lisais. Je lisais et je n'ai rien vu.* »

Le feu se propageait. Signa n'avait pas le temps de rester là à trembler. Pas le temps de succomber à l'engourdissement de ses membres. Elle avança d'un pas chancelant, les ténèbres de l'ange de la mort l'aidant à tenir debout. Puis un autre pas, et encore un autre, jusqu'à ce qu'elles retournent auprès de l'ange de la Mort et que Signa se dirige vers la porte aussi vite qu'elle en était capable.

« Qu'allez-vous faire de lui ? » murmura-t-elle de ses lèvres tremblantes quand elle atteignit le couloir, jetant un coup d'œil par-dessus son épaule vers l'ange de la Mort. Ses ténèbres se répandaient comme une couverture par terre, comme s'il espérait contenir les flammes.

« Je te l'ai déjà dit, je ne prends pas les esprits contre leur gré. » La pièce entière s'assombrit. La voix de l'ange de la Mort résonna dans sa tête. *Dépêche-toi à présent, Signa. Va chercher de l'aide !*

Et c'est ce qu'elle fit, descendant les escaliers tant bien que mal et hurlant à l'aide à qui voudrait bien l'entendre.

C'est Elijah qui la trouva. Il sortit de la chambre de Bliss et la panique se lut dans son regard quand elle lui parla de l'incendie. Il se précipita vers la bibliothèque avec Warwick, donnant des ordres aux domestiques pour éteindre les flammes.

Signa n'aurait su dire avec certitude si on l'avait envoyé ou s'il était venu la voir de lui-même, mais comme il faisait partie des domestiques auxquels on avait fait appel pour enrayer l'incendie, Sylas se retrouva devant elle quelques instants plus tard. « Que s'est-il passé ? » demanda-t-il en la prenant par les épaules et en l'emmenant loin de l'agitation, vers sa suite.

Au début, elle n'arrivait pas à répondre. Même si la majorité de la bibliothèque était toujours intacte, Signa ne comprenait pas comment Thaddeus avait pu regarder brûler ce qu'il avait de plus cher au monde. Tant de livres avaient disparu, en un clin d'œil. Il restait préférable de perdre des livres plutôt que des vies. Mais que se serait-il passé si elle n'était pas montée et n'avait pas remarqué le feu à ce moment-là ? Celui ou celle qui l'avait mis aurait-il laissé toute l'Épineuse brûler ? L'idée lui était insupportable.

« Je crois, dit-elle en claquant des dents, que quelqu'un nous envoie un avertissement. »

Sylas resserra son étreinte sur ses épaules. « Vous avez l'air sur le point de vous évanouir, lui dit-il quand ils arrivèrent à sa porte. Je vais demander à quelqu'un de venir s'occuper de vous, mais je dois aller aider à éteindre l'incendie. En attendant, promettez-moi d'essayer de vous reposer.

— C'est promis », répondit-elle docilement. Ce n'était pas comme si elle était capable de faire *quoi que ce soit* d'autre. Sylas la soutint encore un moment avant de se détourner d'elle tant bien que mal. Signa regarda ses pieds disparaître en direction du feu avant d'ouvrir la porte de sa suite et de se traîner à l'intérieur. Chaque pas pour franchir le seuil était une épreuve.

Par chance, Elaine apparut bientôt avec une théière et un plateau entier de scones. Elle approcha une des magnifiques chaises de l'âtre et aida Signa à s'y asseoir, mais il lui fallut un moment pour allumer le feu. Un briquet à amadou avait disparu des cuisines, et elle avait dû fouiller les quartiers des domestiques pour en trouver un autre. Même si Signa n'avait pas la moindre envie de voir des flammes, rien d'autre n'aurait été capable d'apaiser le froid qui la glaçait jusqu'à la moelle.

Elle resta assise près de l'âtre jusqu'à la tombée de la nuit, s'efforçant de ne pas songer au fait qu'elle avait laissé un esprit s'emparer de son corps. Elle avait été soulagée de voir l'ange de la Mort arriver à ce moment-là, même si elle détestait avoir eu besoin de lui pour la sauver.

Elaine revint plus tard l'aider à prendre un bain, et une fois propre, Signa commença à se sentir mieux. Le brouillard qui avait envahi son esprit s'était dissipé, et elle avait un nouveau plan : elle apprendrait à se débrouiller, peu importait le nombre de nuits qu'elle passerait à s'entraîner avec l'ange de la Mort ni les heures qu'elle passerait à apprivoiser ses pouvoirs. Apprendre tout cela en vaudrait la peine, si cela lui évitait d'être à nouveau possédée.

C'est pourquoi plus tard ce soir-là, elle s'assit dans son lit, les cheveux mouillés, vêtue d'une chemise de nuit, les yeux fermés. Elle avait ouvert la fenêtre pour laisser l'air piquant pénétrer dans sa suite. Il faisait onduler le baldaquin de son lit, et le froid s'insinuait entre les draps tandis qu'elle se pelotonnait sous les couvertures. Un bon froid, cette fois. Mordant, vif, *naturel*.

Sa grand-mère l'avait toujours mise en garde de ne pas laisser la fenêtre ouverte quand elle avait les cheveux mouillés, mais Signa avait toujours préféré ne pas en tenir compte. Elle aimait sentir les dernières brumes de l'automne sur sa peau, et elle cherchait du réconfort dans son étreinte froide et dans l'odeur de terre mouillée. Elle se sentait ainsi plus proche du monde qui l'entourait. Comme si elle était humaine.

De plus, elle se rendit compte que cela lui faisait penser à l'ange de la Mort. Elle n'avait pas ressenti sa présence depuis la bibliothèque, et heure après heure sa curiosité ne cessait de croître. Il lui avait donné pour défi de communiquer avec lui par l'esprit. Elle allait enfin essayer.

Merci d'être intervenu tout à l'heure. Je ne sais pas ce qu'il se serait passé si vous n'étiez pas arrivé.

Pour toute réponse, le silence. Signa remua pour se placer au milieu du lit, croisant les jambes sous elle. *Qu'est-il arrivé à Thaddeus ?* Elle ne savait pas si cela fonctionnait ; il n'existait pas de guide de faucheuse d'âmes. Elle ferma les yeux et se servit du froid de la nuit pour s'aider à visualiser l'ange de la Mort devant elle. Pour imaginer que le froid était son contact sur sa peau. *Vous a-t-il appris autre chose ?*

Une étincelle en elle lui dit qu'il était là, qu'il l'écoutait.

Il aimait tant ces livres. C'est ma faute s'ils ont été détruits.

Il répondit enfin, et un frisson d'excitation la parcourut. Elle avait réussi. *Respire profondément, Petit Oiseau. Tu n'es pas plus responsable de l'incendie que je ne suis responsable du fait que les gens meurent. Tu as tout fait comme il fallait – ta cousine est en vie grâce à tes efforts. Ne l'oublie pas.*

Elle joua avec sa lèvre inférieure. Même si elle reconnaissait qu'il y avait du vrai dans ses propos, elle n'arrivait pas à y croire.

Thaddeus est de nouveau lui-même, mais je ne pense pas qu'il restera encore longtemps dans ce monde. Sa voix était une brûlure froide sur sa peau. *Ce dont tu as fait l'expérience, Signa, est rare. Cela demande beaucoup d'énergie à un esprit de posséder quelqu'un, et la plupart décident de traverser peu de temps après. Les esprits n'ont pas la capacité de filtrer leurs émotions comme nous, et ils agissent de façon impulsive. Je suis navré de ne pas t'avoir aidée plus tôt.*

Elle ne voulait pas de ses excuses ; il était la dernière personne à qui elle en voulait. Depuis le début, il lui avait conseillé de s'entraîner à maîtriser ses pouvoirs. À tester ses limites en tant que faucheuse d'âmes. Elle aurait dû l'écouter.

Merci, songea-t-elle. *De m'avoir aidée, et de m'avoir prévenue pour Bliss. Je n'aurais jamais su à quel point la situation était critique si vous ne m'en aviez pas informée.*

Il mit un certain temps à répondre. *Je l'aurais prise ce soir si tu ne l'avais pas aidée. J'ai bien peur que nous n'ayons plus beaucoup de temps pour trouver l'assassin. Elle est en sécurité pour l'instant, mais qui peut dire combien de temps cela durera ?*

Signa ressentit alors de la honte. Elle avait honte de ne pas encore avoir trouvé le meurtrier. Honte d'avoir continué ses leçons et d'avoir rêvassé à des hommes pendant que Bliss était malade et risquait de mourir.

Comme s'il le sentait, l'ange de la Mort lui dit : *Tu n'es pas responsable de sa vie. De même que tu ne seras pas responsable quand le jour viendra – et il viendra un jour – où je devrai l'emmener. Tu ne dois pas te laisser ronger par la mort. Ce n'est pas égoïste de vivre.*

Elle replia ses orteils dans les draps et passa les doigts dans ses cheveux humides. Il avait touché une corde sensible, mais c'était une chose de se l'entendre dire, et une tout autre d'y croire. *Vous aviez raison de me répéter que ce serait plus simple si je me servais davantage de mes capacités,* lui avoua-t-elle. *Je crois… J'ai besoin de vous. J'ai besoin de votre aide. Mais j'ai peur.* Il était plus facile de l'admettre depuis son lit, bien en sécurité, sans l'avoir juste devant soi. Malgré ça, elle eut chaud aux joues.

Le silence s'installa entre eux, et se fit si fort qu'il devint étourdissant. *Ce sera plus facile avec un peu de pratique,* finit-il par répondre, *et je ferai tout ce qui est en mon pouvoir pour t'aider. Je t'en ai déjà appris pas mal, pas vrai ? Tu as le pouvoir du monde en toi, Signa Farrow. Il te suffit de l'accueillir.*

Ses propos étaient lourds de sous-entendus : elle ferait plus qu'accueillir ses pouvoirs. Elle l'accueillerait, lui.

Elle avait la gorge serrée. Elle repensa à la nuit qu'ils avaient passée ensemble. À quel point elle avait failli prendre une décision irréversible. Ils s'étaient arrêtés juste à temps, et c'était une bonne chose… n'est-ce pas ? Parce que bien sûr, ce n'était pas ce qu'elle devrait vouloir – elle ne devrait pas le vouloir, lui. Et pourtant…

Cesse de t'inquiéter de la société et de respecter ses règles du jeu en espérant que tu seras à la hauteur, la pressa l'ange de la Mort. *Un comportement exemplaire, ça n'existe pas, ce n'est qu'une perception. Alors pourquoi ne pas essayer ma façon de vivre ? Je pense que ça te conviendrait parfaitement.*

Il n'y avait pas si longtemps de cela, elle avait essayé de lui plonger un couteau en pleine poitrine. Elle avait voulu se débarrasser de l'ange de la Mort pendant si longtemps, mais elle n'en était plus si sûre. Rien que le son de sa voix dans sa tête lui donnait chaud. Elle ressentait une curiosité sans fin à son égard. Elle aurait voulu l'étudier dans les moindres détails. Connaître ses pensées les plus intimes, ses goûts, ses envies. Peu importait ce qu'elle apprendrait, elle doutait de s'en satisfaire un jour.

Plus elle pensait à lui, plus ses orteils se repliaient sur les draps. Mais le froid du vent était féroce, et cela lui rappela la sensation d'être dans ses bras. Ces bras contenaient un pouvoir infini, et s'y blottir y donnait accès. Elle n'avait jamais ressenti de tels frissons, des horreurs qui lui auraient valu le bûcher aux yeux de sa tante Magda.

Parce qu'elle pensait à l'ange de la Mort. À l'ange de la Mort avec *elle*. Et ce n'était pas le genre de pensées qui avaient leur place dans la bonne société.

Je viendrai à toi. Il parla plus bas, presque tendrement. *Si tu m'appelles, je viendrai.* Il y avait une urgence dans sa voix – une ardeur pénétrante.

Signa serra fort un oreiller sur sa poitrine.

Elle pouvait le faire. Elle n'avait qu'un mot à dire, et il apparaîtrait devant elle.

Mais que se passerait-il alors ? Le laisserait-elle assouvir le désir sur ses lèvres ? S'occuper de la chaleur dans son ventre ? Continueraient-ils là où ils s'étaient arrêtés la nuit précédente ?

Les filles « sages » ne voulaient pas de ce que Signa envisageait. Pendant si longtemps elle avait eu un projet, des espoirs, et à présent il chamboulait tout. Elle relâcha l'oreiller. Il lui fallut faire appel à toute sa volonté pour ne pas l'inviter dans sa chambre. Pour ne pas prononcer les mots qui menaçaient de franchir ses lèvres. Au lieu de cela, elle se mit en boule sous les draps et ferma les yeux pour repousser le désir.

Elle savait bien qu'elle rêverait de lui. Et pour une fois, elle avait hâte. *Je ne l'oublierai pas*, lui dit-elle, et elle s'arrêta là.

Il considéra cela comme une promesse, sa voix râpeuse laissant croire à Signa qu'il songeait à la même chose qu'elle. Elle ne cesserait pas de penser à cette voix de sitôt. *Bonne nuit, Petit Oiseau. Tu as fait du bon travail.*

Elle n'était pas certaine qu'il soit parti quand elle glissa un doigt le long de sa chemise de nuit et caressa de son pouce l'intérieur de sa cuisse, imaginant que c'était lui. Elle accueillit le froid de la nuit au plus profond de son être, la tête en arrière, comme s'il s'agissait de son étreinte.

Signa en était certaine : encore une nuit où elle ne dormirait pas beaucoup.

TRENTE-DEUX

Cela faisait des années que Signa n'avait pas eu de raison de célébrer Noël.

La dernière fois, c'était quand sa grand-mère était en vie ; elles avaient mangé des tartelettes de Noël aux fruits secs et du pudding chaque soir de décembre, et avaient décoré un sapin avec des bougies, des fruits et des rubans. Ses souvenirs s'estompaient quelque peu, mais elle se rappelait la poudreuse par la fenêtre, et le feu qui brûlait dans l'âtre. Elle se rappelait l'odeur des pâtisseries, du pain d'épice et des oranges, et sa grand-mère qui lui lisait des histoires.

Elle s'était accrochée à ces souvenirs à la mort de sa grand-mère, nostalgique de sa compagnie et de la chaleur de ses histoires et de ses desserts. Son oncle avait décoré la maison, mais Signa n'avait pas le droit de s'approcher de l'arbre de peur qu'elle ne l'abîme, elle ne savait comment, et il avait passé ses soirées de décembre avec du brandy et une amante, laissant Signa seule dans sa chambre. Aucun de ses autres tuteurs n'avait fait grand-chose pour célébrer Noël, peut-être préparé une dinde ou décoré un sapin, mais il manquait la chaleur qu'elle n'avait connue qu'avec sa grand-mère.

Au bout de quelques années, elle avait cessé de regretter le passé. Mais la nostalgie refit surface de plus belle à l'arrivée du mois de décembre à l'Épineuse. Signa s'assit en haut des escaliers, à regarder les domestiques accrocher des couronnes de fleurs et des guirlandes, décorer le manoir pour un bal qui n'aurait pas lieu avant des semaines.

Elle s'attardait du côté des cuisines où Percy tuait son ennui en faisant un sort au garde-manger et en harcelant les cuisiniers pour qu'ils lui donnent des desserts qu'il partageait avec Signa et Bliss : il insistait pour faire reprendre un peu de poids à sa sœur. Puis elle regardait par les fenêtres couvertes de givre, en attendant la première chute de neige. Quand elle arriva, elle se rendit aussitôt dans la chambre de Bliss, l'aida à s'emmitoufler, puis elle conduisit le frère et la sœur en bas des escaliers pour prendre un chocolat chaud avant de les emmener dehors.

« Je ne comprends pas pourquoi vous êtes si excitée », dit Percy à Signa. Il s'efforçait de ne pas claquer des dents de froid. Il s'était habitué à la chaleur des cuisines, et il avait la peau si claire et prompte à rougir qu'en quelques minutes dehors, il eut le bout du nez et des oreilles tout rouge. « Pourquoi ne pouvait-on pas boire ça au coin du feu ? »

Emmitouflée dans une robe en laine et couverte d'une cape épaisse, sa capuche de velours vert serrée autour de sa tête, Bliss riait. Ce son rappelait à Signa le carillon des cloches d'église : chaleureux, rassurant, magnifique. Même Percy se tut en l'entendant, car elle ne riait que trop rarement ces jours-ci. L'air sévère, il la regarda boire une gorgée de son chocolat chaud, comme inquiet qu'elle ne disparaisse à tout moment.

« Vous avez froid, Percy ? » le taquina Signa en riant, elle aussi, tandis qu'il coinçait ses mains gantées sous ses bras pour en conserver la chaleur.

« Ne comptons pas sur lui pour faire un bonhomme de neige ou pour s'allonger par terre et remuer les bras et les jambes pour dessiner un ange dans la neige », médita Bliss, se laissant aller en arrière sur ses mains pour admirer la neige tomber sur la pelouse. « Mon frère n'a jamais aimé la neige.

— C'est un sale temps, et la laine gratte terriblement, maugréa-t-il. Je préfère largement le bord de mer en été. »

Peut-être était-ce dû à son amour du froid, mais Signa avait hâte que la neige recouvre les champs et que les températures chutent. L'automne et l'hiver avaient toujours été ses saisons favorites. Elles étaient calmes, comme si la terre se reposait et se préparait pour les mois chauds à venir. Elle supposait qu'elle ferait bien d'apprendre à apprécier le printemps également, maintenant qu'elle s'apprêtait à entrer en société à cette saison – mais il y avait quelque chose de beau dans l'immobilité de cette époque de l'année. Quelque chose de magnifique et de fragile.

Le regard posé sur les landes, à rêvasser qu'elles seraient très jolies voilées de blanc, Signa aperçut Sylas au loin. Il escortait une jument baie dans les écuries, et comme s'il sentait son regard sur lui, il lui jeta un coup d'œil par-dessus son épaule. Il lui adressa un petit signe de la main quand il la vit le dévisager, et Signa se détourna aussitôt, la peau brûlante, mortifiée.

Qu'est-ce qu'il lui arrivait ? Ses pensées la trahissaient, en passant de Sylas à l'ange de la Mort. Elle et Sylas étaient amis, rien de plus. En outre, ce n'était pas comme si l'ange de la Mort était un lot de consolation, loin de là ; elle pensait encore plus à lui qu'elle ne pensait à Sylas. Mais elle n'était pas sûre de ce que cela disait d'elle.

« Je rentre à l'intérieur où il y a du café, des livres, et une cheminée », annonça Percy en jetant un coup d'œil à sa sœur. « Ne restez pas trop longtemps dehors. Le froid n'est pas bon pour votre santé. »

Bliss acquiesça vaguement et lui fit signe de s'en aller, inclinant la tête en arrière pour admirer le ciel. Signa l'imita, s'allongeant par terre à ses côtés.

C'était vraiment le jour parfait pour la première neige de la saison. Un ciel gris, nuageux, et les dernières brumes d'automne qui battaient en retraite. Bientôt les arbres seraient nus et le sol serait entièrement recouvert de blanc.

« Je n'étais pas sûre d'être encore là pour Noël. » La voix de Bliss était douce comme la neige qui tombait, pourtant elle frappait fort, comme si quelqu'un avait enfoncé un couteau profondément dans l'estomac de Signa. Elle roula sur le côté pour regarder sa cousine, qui lui rendit son regard, un léger sourire aux lèvres. « Je dois vous remercier, cousine. Pas seulement pour votre aide, mais parce que j'ai l'impression que vous êtes la seule à ne pas avoir renoncé à me sauver. »

Des larmes picotèrent les yeux de Signa, mais elle refusa de les laisser couler et tendit la main pour prendre celle de Bliss. « Je n'ai jamais eu de famille. Je ne peux pas prétendre savoir ce que cela fait d'avoir des frères et sœurs, mais je l'imagine. Et j'imagine que si j'en avais, je ressentirais pour eux ce que je ressens pour vous. »

Bliss sourit à nouveau, son visage trahissant l'émotion, avant de se redresser et de s'asseoir, n'ayant visiblement pas envie de se laisser emporter par ses sentiments. « Venez, dit-elle en se levant. Percy a raison, nous devrions rester au chaud. De plus, j'aimerais vous montrer quelque chose. »

Signa la suivit à l'intérieur et dans les escaliers. Il était clair qu'elle était épuisée d'avoir passé une heure dehors. Elle s'accrochait à la rampe, résolue à ne pas laisser paraître sa fatigue.

Signa aurait préféré qu'elle la montre *un peu plus*, mais elle n'avait jamais rencontré de fille plus têtue que Bliss. Si têtue qu'elle avait trompé la mort presque autant de fois qu'elle.

Quand elles atteignirent sa chambre, Bliss ôta sa cape et s'assit sur le canapé, le rouge aux joues et la peau moite. « Vous voulez bien sonner les domestiques pour moi ? » demanda-t-elle en faisant un geste vers le cordon qui permettait d'appeler les employés de maison. « J'aurai besoin qu'Elaine m'aide à enlever cette robe. J'avais oublié à quel point la laine était lourde. »

Signa s'exécuta, puis remarqua une fine boîte blanche parée d'un ruban doré sur la table où reposait son miroir de courtoisie. « Apportez-moi ça », dit Bliss, l'épuisement prenant le pas sur l'excitation dans sa voix.

Signa prit la boîte et rejoignit sa cousine sur le canapé, posant la boîte sur ses genoux. Elle était remarquablement légère, mais trop large pour contenir des bijoux ou des mitaines – et bien trop petite pour une robe. Elle commençait à la remuer délicatement quand Bliss lui saisit la main.

« Attention, c'est fragile ! grogna-t-elle. « J'aimerais beaucoup être présente au bal masqué, mais j'ai bien peur que ce ne soit au-delà de mes forces. L'année prochaine, je vous assure, ma crinoline sera de loin la plus imposante, et ma robe la plus osée. Mais pour l'instant, c'est la seule façon que j'ai trouvée d'envoyer un petit bout de moi avec vous. » Elle désigna la boîte, son sourire de plus en plus large. « Ouvrez-la. »

Incapable de se rappeler la dernière fois qu'on lui avait fait un cadeau, Signa défit le ruban avec soin, comme si elle risquait de détruire le présent à l'intérieur si elle le malmenait. Dans la boîte se trouvait un masque disposé avec soin sur du papier de soie, que Signa souleva délicatement.

« Allez-y, la pressa Bliss. Essayez-le. »

Et elle l'essaya. Des branches dorées s'enroulaient comme des plantes grimpantes du côté droit du visage de Signa et de son œil couleur de miel. De délicats pétales de lilas sculptés et des feuilles de lierre vert foncé ornaient ces branches, et se répandaient sur son visage et autour de son œil bleu. L'objet était magnifique et mythique. Signa le reposa aussitôt de peur de le casser.

« C'est pour le bal masqué. » Bliss avait prononcé ces mots un peu trop vite, et elle scrutait le visage de sa cousine pour détecter une réaction. « Je l'ai fait concevoir pour vous, en guise de cadeau de Noël. Est-ce qu'il vous plaît ? »

Signa l'avait posé sur ses genoux, et étudiait la plus belle œuvre d'art qu'elle ait jamais vue. Et elle ne savait comment, elle lui *appartenait*. Quelqu'un avait pensé à elle en demandant sa confection, et c'était le plus beau compliment qu'on lui ait jamais fait.

« Je l'adore, murmura-t-elle en remettant délicatement le masque dans la boîte. Mais je ne suis pas sûre de savoir comment le porter. Il mérite d'être encadré.

— Ne dites pas de bêtises, fit Bliss avant de claquer la langue de désapprobation. Si vous le considérez comme une œuvre d'art, alors portez-le et devenez de l'art. Je sais à quel point vous attendez le bal avec impatience, et si je ne peux pas être là pour accaparer toute l'attention, vous devez le faire pour moi. »

Signa se mit à rire. « Je suppose que je n'ai pas le choix. » Elle sentait une chaleur dans son cœur qu'elle n'avait pas ressentie depuis un moment. « C'est le cadeau le plus extraordinaire qu'on m'ait jamais fait. Merci. »

Bliss repoussa gentiment ses remerciements de la main, fronçant légèrement le nez. « C'est vous que je dois remercier, car l'Épineuse a bien changé depuis votre arrivée. Je ne suis plus clouée au lit. Père a retrouvé le sourire. Ce n'est pas parfait, mais je ne pensais jamais voir autant de progrès, et c'est à vous que nous le devons. Nous vous apprécions, Signa. Je veux que vous l'entendiez de ma bouche avant qu'un vautour d'homme n'entreprenne de vous remplir la tête de mots doux. Je vous aime bien, non parce que vous êtes polie ou que vous avez de bonnes manières, mais pour toutes les bizarreries qui font que vous êtes unique. Et je ne serai pas la seule, je vous l'assure. » Elle prit le masque et le porta au visage de Signa, admirant le résultat d'un sourire avant de le remettre dans la boîte. « Je sais que la société nous apprend à être douces et dociles, mais je vous interdis de le devenir, vous m'entendez ? Ne changez pas ce que vous aimez en vous pour mettre les autres à l'aise. N'essayez pas de vous façonner pour correspondre à des standards que d'autres ont fixés pour nous. Ce sont les règles à respecter pour porter ce masque. »

Signa serra la boîte plus fort, s'efforçant de graver ces mots dans sa mémoire, parce que c'était exactement ce qu'elle ressentait. Exactement ce qu'elle craignait. « C'est épuisant, dit Signa en baissant les yeux sur ses genoux, de faire semblant d'être quelque chose – quelqu'un – que l'on n'est pas. »

Bliss la prit par la main. « Alors ne passez pas votre vie à vous fatiguer. »

Signa avait l'impression de se tenir au bord d'un précipice, chancelant avec un pied dans un monde qui l'attirait mais qui l'effrayait, et l'autre, dans un monde dont elle avait rêvé toute sa vie pour se rendre compte qu'il n'était finalement peut-être pas fait pour elle. Elle n'avait pas la réponse – ne savait pas ce qu'elle voulait. Mais elle espérait le découvrir bientôt, et elle acquiesça donc, même si elle n'était pas certaine d'être sincère.

Bliss plissa les yeux, mais avant qu'elle ait pu s'assurer que l'acquiescement de Signa était bien une promesse, on frappa à la porte.

« Miss Hawthorne ? » C'était Elaine qui portait un plateau. Signa alla la rejoindre sur le pas de la porte de la suite de Bliss et, sans en demander la permission, porta la tasse de porcelaine à ses lèvres. Elle en but une gorgée, faisant semblant de ne pas entendre les protestations surprises d'Elaine.

« Miss Farrow… »

Signa n'attendit pas la fin de la phrase. Elle reposa la tasse résolument dénuée de poison sur le plateau et dit à Bliss : « Je vous laisse déguster votre thé.

— N'oubliez pas ce que je vous ai dit, cousine ! » La voix de Bliss était un faible ronronnement tandis que Signa franchissait la porte et parcourait le couloir, ressortant le masque de la boîte pour l'admirer en marchant.

Bientôt. Elle découvrirait bientôt ce qu'elle voulait. Mais elle devait d'abord se préparer pour le bal.

TRENTE-TROIS

Signa passa toute la journée avec Bliss, à mémoriser les noms de tous les gentlemen et de toutes les ladies respectables qui assisteraient au bal de Noël. Elle avait la tête qui tournait à la fin, mais Bliss semblait avoir le moral quand Signa la quitta tôt ce soir-là. Cette dernière s'attendait cependant à ce que sa cousine passe la nuit à la fenêtre, à observer les invités entrer dans l'Épineuse les uns après les autres, vêtus de robes somptueuses et de masques extravagants.

Signa se tenait maintenant devant son miroir, de la poudre sur le visage et du rouge aux joues, les cheveux peignés et coiffés, des tresses noires attachées avec des épingles à la base du cou. La jeune femme qui la regardait dans le miroir était tout ce qu'elle devait être : belle, posée, élégante.

Ses lèvres charnues étaient d'un rouge profond, et avec ses cheveux aussi luisants qu'une plume de corbeau et une peau pâle qui s'était mise à rayonner ces dernières semaines, Signa se trouvait très jolie. Les repas à l'Épineuse lui avaient fait du bien ; elle ne se pensait pas capable d'avoir des courbes, ni un ventre agréablement moelleux et elle n'avait jamais discerné ses hanches auparavant. Elle se savait en mesure de bien jouer son rôle en société ce soir-là. Ce qu'elle se demandait, en revanche, c'était si elle était capable de le tenir bien longtemps. Même à ce moment-là, Signa se sentait trop lourde, mal dans sa peau. Elle ne s'était jamais rendu compte non plus à quel point elle était faible ; quand elle ne se servait pas de ses pouvoirs, elle avait l'impression de n'être qu'une feuille portée par le vent. Comme le Petit Oiseau, surnom que l'ange de la Mort lui avait attribué, emporté de-ci de-là malgré lui, désœuvré, soumis à la volonté de la brise.

Elle était aux prises avec son cœur qui battait la chamade et ses mains moites en attendant qu'Elaine lui apporte la robe dont Marjorie lui parlait depuis une semaine, refusant de la lui montrer mais lui promettant qu'elle serait d'une jolie nuance lilas. Elle maudissait cette nervosité – elle était humaine. Un être humain tout à fait normal qui ne devrait pas avoir de problème pour assister à un bal. Une jeune femme qui devrait vouloir se préparer à son entrée en société afin d'entamer un nouveau chapitre de sa vie.

Mais plus elle y pensait, plus les mises en garde de Marjorie et de Bliss lui revenaient à l'esprit. Quel était l'objectif de tout ça ? Elle se marierait, et ensuite elle… Quoi ? Elle prendrait le thé les mardis et les samedis, ou n'importe quel autre fichu jour de la semaine, tout en satisfaisant les caprices de son mari et en peaufinant son rôle de maîtresse de maison ? Elle voulait davantage que des commérages et du thé. Davantage que de gérer un domaine, de s'assurer que son écriture était élégante et qu'elle jouait du piano de façon satisfaisante.

Que lui avait fait l'ange de la Mort pour qu'elle se demande si cette vie lui suffirait ?

« Miss Farrow ? » On frappa à la porte et Elaine entra, une magnifique robe rouge sang dans les bras. Signa en eut le souffle coupé. Elle fit un pas en arrière tandis que la femme de chambre déposait la robe sur le lit : Signa ne pouvait la quitter des yeux.

Elle n'avait jamais porté ce genre de couleur – n'avait jamais osé être aussi intrépide. Elle caressa le doux tissu du bout des doigts. Elle n'avait jamais vu de robe aussi jolie, mais elle n'était clairement pas de la nuance lilas promise. « C'est pour moi ?

— Oui, miss, répondit Elaine, un léger sourire aux lèvres. Vous devriez vous dépêcher de l'enfiler, que vous ne ratiez pas davantage la fête. »

Elle eut bien du mal à se retenir de déchirer ses vêtements, à laisser Elaine lacer son corset et l'aider à enfiler la robe. Celle-ci était en satin avec une tournure et un corsage ajusté et fermé par de la dentelle dans le dos. Elle lui allait comme un gant avec ses nouvelles formes. Elle n'avait pas l'habitude de cette couleur sur sa peau, et elle lui donnait l'impression de tout juste émerger d'une mer de sang. La couleur était si riche et si exquise qu'elle n'avait pas besoin de broderies extravagantes pour attirer l'œil.

La robe lui parut encore plus divine quand Elaine l'aida à revêtir le masque doré que Bliss lui avait offert. « Si vous êtes prête, miss », dit la femme de chambre en regardant Signa un sourire aux lèvres, « M. Hawthorne va vous accompagner. »

Signa ne pensait pas qu'elle parlait de Percy, mais il l'attendait devant sa chambre vêtu d'un beau costume noir et d'un masque de renard argent au nez pointu. Il la salua quand il la vit, lui adressant un sourire sincère.

« Quel dommage que vous soyez restée enfermée si longtemps ! » Il lui offrit son bras. « Venez, cousine. Allons montrer à la haute société qu'elle n'attendait que nous. »

Signa avait l'estomac lourd, mais elle prit le bras qu'il lui offrait et redressa les épaules. Ils descendirent les escaliers ensemble.

Les musiciens jouaient dans la salle de bal plus bas, le chant des violons et le piano l'accueillirent dans une pièce si magnifique qu'elle se serait crue dans un rêve. Ça en avait l'odeur, avec les effluves de marrons grillés et le parfum des invités qui adoucissaient l'air ambiant. Les murs de lambris en bois étaient couverts de dorures, et la salle de bal était grandiose, avec un sol en marbre et des colonnes assorties qui reflétaient le lustre en cristal au-dessus de leurs têtes et baignaient la salle d'un jaune chaleureux. Des guirlandes de feuilles persistantes étaient accrochées aux murs, et des couronnes de houx ornaient les colonnes.

Des étrangers bien habillés virevoltaient, arborant des masques de dentelle et des bijoux. D'autres se servaient en pudding à la prune et en coupes de champagne sur des plateaux d'argent présentés par des serviteurs aux costumes noirs impeccables et aux gants blancs immaculés.

Signa sentit Percy se raidir à l'approche de son père. Elijah Hawthorne était presque méconnaissable, les épaules redressées et le menton fièrement levé. Il était rasé de près et diablement beau, ses cheveux blonds impeccablement coiffés. Il portait un masque sculpté en feuilles de houx dont on avait l'impression que leur extrémité était givrée. Il avait un verre à la main, rempli d'une boisson qui n'avait ni bulles, ni la couleur ambre de certains alcools auxquels elle aurait pu s'attendre. On aurait dit qu'il buvait… de l'eau. En le voyant ainsi, Signa put imaginer le célibataire connu pour voler le cœur de tant de femmes. Elle distinguait l'homme qui se cachait derrière la peine, et il était charmant.

« C'est merveilleux, n'est-ce pas ? s'enquit Elijah.

— Merveilleux. » On sentait une pointe d'amertume dans la voix de Percy.

« Ça fait plaisir de vous voir si bien habillé, fiston. Et vous… » Elijah prit la main de Signa et la fit tourner. « Vous êtes absolument radieuse. Vous ressemblez tant à votre mère, vêtue de la sorte. »

Au milieu du tour, Signa se figea. « Ah oui ?

— Oh oui. Le moins que l'on puisse dire, c'est qu'elle ne mâchait pas ses mots ! Elle ne détestait rien plus que les gens, et n'aimait rien tant que l'attention. Elle était pleine de paradoxes. »

Signa posa une main sur sa gorge, cherchant les mots pour formuler une question qui la taraudait depuis trop longtemps. « Que pensait ma mère de la haute société et de toutes ses règles ? » La culpabilité l'assaillit dès qu'elle eut prononcé ces mots, car poser la question à voix haute lui donnait l'impression de renier toutes les histoires que sa grand-mère lui avait racontées.

Toute sa vie, Signa avait imaginé sa mère d'une certaine façon, et elle avait bien du mal à être à la hauteur de cette image. Mais si l'on en croyait les dires des autres, Signa ne pouvait s'empêcher de se poser des questions. De s'interroger.

« Rima était comme le soleil. » Elijah parlait avec conviction. « Tout le monde voulait être près d'elle. Mais ceux qui s'aventuraient trop près ? Ils se brûlaient. Rima faisait ce que bon lui semblait sans s'excuser, et elle n'en était que plus belle. Je suis navré que vous n'ayez jamais eu la chance de la connaître, Signa. Si cela peut vous aider, il arrive que Bliss me rappelle votre mère. »

Signa ravala l'émotion qui lui restait bloquée dans la gorge. Elle s'était accrochée à ce livre de bienséance pendant dix-neuf ans, voulant secrètement devenir une jeune femme agréable et bien sous tous rapports dont sa mère pourrait être fière.

Dix-neuf ans et, à présent, Signa ne savait pas si sa mère aurait apprécié ses efforts.

Elle inclina la tête. « Merci, Elijah… »

Ce dernier la coupa dès qu'elle prit la parole. Il posa son verre et saisit les mains gantées de Signa dans les siennes. « C'est vous que nous devons remercier. » Il resserra son étreinte. « J'étais tellement noyé dans mon chagrin que j'ai honte de reconnaître que j'avais perdu tout espoir. Je vous suis grandement reconnaissant d'avoir sauvé ma fille, Miss Farrow. Ce bal est mon cadeau pour vous, et ce n'est que le premier. »

Percy se raidit à côté d'elle. « Si vous voulez bien m'excuser, cousine, je vous retrouverai plus tard sur la piste de danse. » Il rajusta sa cravate, puis les boutons de ses gants – et il s'éloigna sans jeter un regard à son père.

Si cela gêna Elijah, il ne le montra pas. Signa s'efforça d'imiter son attitude sereine et de ne pas laisser les sentiments de Percy pour son père assombrir sa bonne humeur. Elle était soulagée de se sentir la bienvenue, soulagée de voir qu'Elijah n'était pas pressé de la mettre à la porte du manoir. Elle ne se rappelait pas la dernière fois qu'elle s'était sentie si à l'aise dans une maison. Elle ne se rappelait pas la dernière fois où elle n'avait pas eu hâte de partir.

« J'espère que nous assisterons bientôt à un bal en l'honneur de Bliss », dit Signa.

Elijah relâcha la pression sur les mains de sa nièce, et même si elle ne pouvait en être sûre, étant donné le faible éclairage, elle eut l'impression de voir ses yeux baignés de larmes. « Effectivement, dit-il doucement. Cela me plairait énormément. » Il se redressa alors, lui lâchant les mains. « Maintenant, ne perdez pas votre soirée avec un vieil homme comme moi. Allez trouver quelqu'un avec qui danser. Trouvez *cinquante* hommes avec qui danser, s'il vous en dit. »

C'est ce que fit Signa. Elle s'aventura plus près des invités qui donnaient le vertige à tournoyer, se tenant suffisamment proche de la piste pour paraître intéressée par une danse, mais pas assez pour se faire piétiner par des talons ou être fouettée par des jupes qui volaient. Les yeux rêveurs, elle observa deux femmes danser ensemble comme si elles flottaient sur un nuage, leurs robes de soie tourbillonnant autour d'elles. Elle eut des palpitations en voyant un bel homme offrir sa main à une jeune femme, et espéra que le suivant la choisirait, elle.

Le bel homme qu'elle vit ensuite ne lui offrit pas sa main, mais il lui coupa le souffle.

Au bord de la piste de danse, Sylas Thorly buvait à petites gorgées sa flûte de champagne. Le cœur de Signa se serra à sa vue, car à ce moment-là il n'avait pas du tout l'air d'un domestique, ou d'un jeune homme qui travaillait dans les écuries, mais d'un véritable gentleman dans un costume parfaitement ajusté d'un noir profond d'onyx, avec un masque en métal pur, sculpté de dessins complexes. Elle dut y regarder à deux fois pour s'assurer qu'elle ne s'était pas trompée, mais Signa savait qu'elle reconnaîtrait ces yeux gris cendré entre mille.

Même si elle savait pertinemment qu'elle ne devrait pas être autant attirée par lui et qu'elle ferait mieux d'essayer de deviner à qui il avait bien pu emprunter un si beau costume, Signa ne put s'empêcher de le dévisager un peu plus longtemps. Mon Dieu qu'il était beau. Dès que cette pensée lui traversa l'esprit, elle s'efforça de détourner le regard. Elle vivait déjà sur le fil en ce qui concernait sa relation avec l'ange de la Mort, elle n'avait pas besoin d'en rajouter. Sans oublier que Sylas avait été explicite : il avait déjà quelqu'un d'important dans sa vie. Il fallait qu'elle remette ses idées au clair.

Malgré tout, elle ressentait le besoin de comprendre pourquoi il prenait le risque de participer au bal, même si c'était un bal masqué. Ce n'était pas comme si elle pouvait l'approcher directement. Au lieu de cela, elle s'avança vers une table de desserts non loin de lui, faisant mine de les étudier. Quand elle croisa son regard au-dessus d'une magnifique tarte aux fruits glacée, il finit sa flûte de champagne, la posa sur une table et se dirigea vers les desserts. « Cette couleur vous va à ravir, dit-il avec un sourire en coin. Vous êtes magnifique. »

Signa inspira profondément ; elle ne voulait pas être décontenancée par la surprise et le laisser la voir perdre ses moyens. Elle s'éclaircit la voix, se redressa rapidement, mais elle ne savait pas pour combien de temps encore elle serait en mesure de faire semblant d'examiner tous les desserts un par un. Cette leçon manquait visiblement à son livre de bienséance.

« Qu'est-ce que vous faites ici ? s'enquit-elle. Vous pourriez vous faire prendre !

— Détendez-vous, dit-il en prenant sur la table une tartelette de fruits confits avant de mordre dedans. Habillé comme ça, je suis certain que personne ne me reconnaîtra. De plus, c'est exactement pour ça que je suis là. Si quelqu'un cherche à faire du mal aux Hawthorne, la distraction de la soirée est le moment parfait pour frapper. Je veux résoudre cette affaire autant que vous, c'est pour ça que je reste à l'affût. »

Signa ne s'embêtait plus à faire semblant de choisir une pâtisserie mais soutint son regard et lui demanda : « Et pourquoi donc, M. Thorly ? » Ce n'était quand même pas seulement pour l'argent, si ? Ou alors en avait-il désespérément besoin pour quelque chose de précis ?

La mâchoire de Sylas se contracta. « Rien de plus que ce que je vous ai déjà dit, Miss Farrow. Il y a une femme à laquelle je tiens énormément, et en vous aidant et en acceptant votre offre, je prends soin d'elle de la seule façon possible pour le moment. »

Elle aurait voulu insister – savoir qui était cette fille et en quoi leur marché l'aidait, elle – mais Sylas fut dispensé de lui répondre par une voix familière qui interpella soudain Signa juste derrière elle. « Quelle *merveilleuse* soirée ! » C'était Diana Blackwater qui s'adressait à elle en la prenant par le bras. Eliza Wakefield se tenait à ses côtés, et agitait un éventail de dentelle blanche à fanfreluches. L'objectif était sans doute de faire croire qu'il avait coûté cher, mais pour Signa il faisait surtout penser à un napperon.

« J'ai toujours entendu dire que les soirées chez les Hawthorne étaient légendaires, mais je vous avouerais que cette soirée est encore plus somptueuse que je ne l'avais imaginée. » La voix de Diana était si grinçante que Signa avait peur que ses oreilles ne se mettent à saigner. Elle se retourna pour jeter un coup d'œil à Sylas, et soupira en constatant qu'il s'en allait déjà, ne voulant pas avoir à parler aux nouvelles arrivées. Elle se dit qu'elle devrait attendre pour obtenir des réponses de sa part.

Diana la prit en otage sans la regarder, mais parcourant la foule des yeux, s'assurant que les invités les observaient et qu'ils verraient qu'elle en était prétendument proche. Ce n'était pas complètement faux, étant donné que Signa ne connaissait pratiquement personne d'autre parmi les invités. Mais Diana lui lançait des piques de temps à autre en les faisant passer pour des compliments, et Signa n'avait pas oublié son empressement à connaître les commérages sur les Hawthorne la première fois qu'elles s'étaient rencontrées.

Eliza, elle aussi, était méconnaissable. Elle portait un masque orné de trop nombreuses pierres précieuses sur le visage au bout d'une hampe blanche, et une robe d'un doux lilas – précisément la couleur que Signa aurait dû porter jusqu'à ce qu'on lui fasse la surprise de cette magnifique robe rouge qu'elle arborait finalement.

« Je croyais que vous alliez porter du vert ? s'enquit Signa, ravie que la jeune fille ait au moins la décence de cacher ses joues qui rougissaient sous son masque. « Mais la couleur lilas vous va à ravir. Dites-moi, l'une de vous a-t-elle vu Miss Killinger ? » Elle cherchait sa vieille amie parmi les masques et les gens qui tournoyaient.

« Elle est probablement dans un coin à se languir de Lord Wakefield », dit Diana dans un hoquet méprisant, la voix pleine de jubilation.

Signa redressa son masque avec grand soin, le traitant comme un artefact fragile. « Pourquoi se languirait-elle ? »

Diana haussa un sourcil. « Tout le monde pensait que lui et Miss Hawthorne se marieraient cette saison. Mais maintenant que Bliss est sur la touche, la pauvre Miss Killinger pense probablement avoir ses chances avec lui. »

Signa ne se joignit pas à Diana quand elle se mit à rire, un rire amer et méchant. Au lieu de cela, elle passa la foule en revue, soulagée de constater que Charlotte était loin de se morfondre dans un coin. Sa robe était d'un saphir profond, magnifique sur sa chaleureuse peau brune, et ses boucles étaient attachées en hauteur pour dévoiler son cou délicat. Le masque qu'elle arborait chatoyait comme un flocon de neige scintillant.

Charlotte discutait avec Percy qui affichait un large sourire comme si elle venait de raconter une plaisanterie très drôle. Elle souriait également, et ils posèrent bientôt leurs verres pour s'avancer sur la piste de danse. Diana et Eliza étaient vraiment des mauvaises langues ; quoi qu'elles en disent, Charlotte semblait passer un très bon moment.

« Elle ne se languira pas longtemps de toute façon », dit Eliza d'un ton désinvolte. Son regard se porta derrière Signa. « Mon cousin a déjà jeté son dévolu sur une autre. »

Signa se retourna vers l'homme qui arrivait derrière elle. Même avec un masque, elle reconnut Everett Wakefield à sa taille et ses cheveux. Il était élégant, vêtu d'un beau costume noir avec un masque blanc et or confectionné pour donner l'impression qu'il se craquelait. Il ne couvrait que ses yeux, et Signa se demanda si c'était intentionnel, afin que l'on puisse toujours admirer sa mâchoire bien dessinée et sa peau lisse et brune. Si c'était le cas, son stratagème fonctionnait à merveille. Les jeunes femmes affluaient vers lui, présentées par des mères empressées, ou se contentant de se tenir non loin et de s'éventer théâtralement dans l'espoir d'être remarquées.

Signa fut ravie d'observer qu'Everett était poli envers ces mères et qu'il ne semblait pas voir les jeunes femmes qui l'entouraient, mais elle ne sut que penser quand elle comprit qu'il n'avait d'yeux que pour elle.

« Nous nous retrouvons enfin, Miss Farrow. »

Elle pensait que sa voix éveillerait des papillons dans son ventre, et fronça quelque peu les sourcils quand cela ne se produisit pas. « Il semblerait, oui. » Un domestique leur proposa à chacun une magnifique tarte glacée, et Everett imita Signa en refusant la proposition. Elle était si nerveuse que son estomac était contrarié, et elle craignait de ne rien pouvoir avaler sans le vomir aussitôt. « Je suis ravie que vous ayez pu venir, Lord Wakefield. »

Que pouvait-on bien ressentir, se demandait Signa, quand tout un tas de gens vous suivaient pour obtenir votre attention ? Si elle arrivait à une soirée à son bras, les gens se presseraient-ils pour lui parler à elle, comme ils le faisaient avec lui ? Signa détestait se poser la question. Elle détestait que cela lui *importe*. Qu'importait ce que les autres pensaient d'elle ? Tout cela commençait à lui paraître ridicule, et pourtant elle ne parvenait pas à étouffer la curiosité malsaine qui montait en elle.

« Je suis navré d'avoir essayé de m'imposer après notre rencontre, commença Everett d'une voix toute légère. Je ne savais pas que vous ne receviez pas encore de visiteurs. »

Elle rougit ; avec tout ce qui s'était passé depuis, elle avait oublié son message et sa requête pour lui rendre visite. « Vous n'avez rien à vous faire pardonner. J'étais flattée. »

Il sourit. « Ah oui ? Eh bien, Miss Farrow, dans ce cas, que penseriez-vous de me flatter à votre tour en m'accordant votre première danse ? »

Elle commença par regarder autour de lui. Elle ne vit Sylas nulle part, et personne ne l'attendait dans la pénombre, alors elle s'éclaircit la voix et releva le menton pour lui répondre. « J'en serais ravie. » Signa essuya discrètement ses mains moites sur sa robe avant de saisir la main d'Everett pour qu'il la guide au centre de la piste de danse où la musique joviale d'une galopade retentissait.

Everett inclina la tête et Signa répondit d'une révérence avant de s'avancer et de poser une main sur son bras et placer l'autre dans la sienne. Elle déglutit quand il posa la main dans le creux de ses reins, et ils se mirent à danser. C'était une danse entraînante, avec des pas rapides et les danseurs se faufilaient avec leurs partenaires jusqu'au groupe de danseurs suivant avant de revenir en décrivant un cercle. Des rires joyeux remplissaient la salle de bal. Signa et Everett tournoyaient et allaient et venaient, le rouge leur montant aux joues et la peau moite, mais ils s'amusaient trop pour s'en préoccuper.

Everett était bon danseur, les pas si bien ancrés en lui qu'il ne chancela pas quand Signa en rata un. Il resserra son étreinte, l'aidant à se rattraper sans arborer réprobation ni embarras, mais avec le sourire.

« C'est égoïste de ma part, Miss Farrow, mais je suis ravi que vous soyez venue vivre à l'Épineuse. » Son sourire était contagieux. Du genre à lui faire mal aux joues sans qu'elle sache pourquoi. Et pourtant, malgré la jovialité de la danse, les bras de son partenaire ne lui paraissaient pas naturels sous ses doigts. Ce n'était pas avec lui qu'elle avait envie de danser. Ce n'était pas lui qu'elle espérait séduire vêtue de la sorte, hardie et saisissante.

Elle commença à avoir le souffle court comme ils faisaient à nouveau le tour de la salle, sa main se levant pour se placer devant la sienne tandis qu'ils tournaient l'un autour de l'autre. Comme elle ne répondait pas, il se pencha vers elle. « Je suis impatient d'être au printemps. »

Il avait parlé tout bas, mais Signa surprit des fragments de conversations murmurées autour d'eux qui ressemblaient fortement à des commérages : trop d'yeux étaient posés sur eux. Elle se demanda s'il le remarquait également, et si cela l'ennuyait. Elle était si distraite qu'elle perdit l'équilibre, et il la rattrapa avant qu'elle ne trébuche, juste à temps pour la fin de la danse.

Il fronça les sourcils, de profondes lignes apparaissant sur son front. « Est-ce que vous allez bien ? »

Elle aurait voulu avoir l'éventail hideux d'Eliza qui ressemblait à un napperon pour pouvoir cacher son visage qui rougissait. « Très bien », dit-elle, imitant les femmes autour d'elle qui faisaient une révérence à leur partenaire. « Merci, Lord Wakefield. Vous êtes un merveilleux partenaire de danse. »

Il s'inclina, et même si les lignes sur son front ne se lissèrent pas tout à fait, il n'insista pas. « Tout comme vous. J'espère que ce ne sera pas notre dernière danse ce soir.

— Non, je ne le pense pas. »

On aurait dit qu'il avait brisé une barrière invisible avec cette première danse. Elle n'eut le temps de faire que quelques pas avant que quelqu'un lui demande pardon de l'importuner pour se présenter. Bientôt, son carnet de bal fut rempli à l'exception de la dernière danse. Personne n'osa prendre la dernière valse à Lord Wakefield. Leurs regards se croisèrent à plusieurs reprises au cours de la soirée tandis que Signa dansait et tournoyait avec plus d'hommes qu'elle ne pouvait en compter. Certains plus âgés, d'autres plus jeunes, riches et avides d'élever leur statut social.

Elle pensait passer une bonne soirée et aimer converser, mais plus elle rencontrait de gens, plus cela la fatiguait. Si la plupart des hommes respectaient les convenances, trop d'entre eux lui donnaient la chair de poule, et il y en avait même un – un homme d'un certain âge aux belles paroles et au physique maigre et nerveux – dont les mains s'attardaient bien plus bas dans le dos que ce n'était approprié.

Elle vit Charlotte tournoyer dans les bras d'hommes qu'elle n'avait jamais rencontrés, puis à nouveau dans les bras de Percy. Sa vieille amie et son cousin riaient et se parlaient tout bas, les yeux luisants. Cela réchauffa le cœur de Signa, mais Eliza les observait depuis le bord de la piste, les lèvres pincées et remuant son éventail comme une arme funeste.

Tous les autres semblaient bien s'amuser. Maintenant que plusieurs heures s'étaient écoulées – accompagnées d'un certain nombre de verres –, les rires étaient plus détendus et l'atmosphère plus légère. C'était amusant de regarder les gens, mais Signa eut bientôt envie de s'éclipser dans sa chambre, rêvant d'allumer quelques bougies et de demander à ce qu'on lui prépare un bain tardif. Cela faisait des semaines qu'elle s'efforçait de tenir le coup. De faire semblant, à se dire que trouver sa place dans la société deviendrait plus facile avec le temps. Mais les règles étaient stressantes, et la société ne pardonnait pas la moindre erreur. Signa avait l'impression que sa poitrine allait exploser si elle ne pouvait s'échapper dans la pénombre pour reprendre son souffle.

Mais alors que la danse se terminait et qu'elle entreprenait de s'éloigner, toutes les têtes se tournèrent vers un nouvel invité.

Signa était convaincue de n'avoir jamais vu cet homme auparavant. Ses cheveux gris comme la lumière des étoiles étaient attachés à la base de son cou, tandis qu'il était vêtu d'un costume noir en somptueux tissu importé et de bottes d'un superbe cuir sombre, le même que ses gants. Sur son visage, un masque d'or pur – qui faisait jaser tous les invités présents dans la pièce. C'était le masque le plus horrible que personne ait jamais osé porter, presque diabolique dans sa sévérité, avec deux longues cornes qui s'enroulaient depuis la base de son crâne. L'homme était impressionnant : grand et bien bâti, et à mesure qu'il avançait, les gens se déplaçaient pour le laisser passer. Il fit comme s'il ne les voyait pas tandis qu'il traversait la salle pour venir se tenir devant Signa, et ne dit pas un mot quand il lui présenta sa main.

Elle la saisit sans réaliser ce qu'elle faisait. La musique disparut à son contact, et elle sut aussitôt qui l'attirait dans ses bras.

« Bonsoir, Petit Oiseau. M'accordes-tu cette danse ? »

TRENTE-QUATRE

Les lumières et les rires de la salle de bal s'estompèrent quand Signa se libéra de l'étreinte de l'ange de la Mort.

« Que faites-vous ici ? » Son cœur battait la chamade tandis qu'elle étudiait derrière lui les visages immobiles comme des statues. « Peuvent-ils vous voir ?

— Je porte un masque, Signa. Quoi qu'ils pensent voir est une illusion. » Elle n'avait pas besoin d'entendre l'allégresse dans sa voix pour savoir qu'il souriait car, pour une fois, elle le voyait. Des lèvres charnues roses qui se courbaient en un sourire, des pommettes saillantes – les seules parties de son visage qui n'étaient pas couvertes par le masque.

Un à un, les yeux grands ouverts qui les observaient s'évaporèrent comme de la fumée et la salle de bal disparut. Elle ne savait comment, ils se trouvaient désormais dans le jardin, à la pâle lueur de la lune. La terre sous les pieds de Signa se fit humide, et l'air grisant. La neige crissait sous ses pieds et le ciel se transforma en une voûte stellaire.

« Tu es encore plus belle que je ne l'avais imaginé. » Il s'approcha et caressa sa hanche d'une main gantée, inspectant le tissu de la robe. « Tu aimes mon cadeau ? »

Oh, elle aurait pu se lover dans cette voix, car elle était plus douce que n'importe quel nectar. Signa avait l'impression d'être nue devant lui, exposée à son regard d'une façon qu'elle ne savait pas possible. « C'est la robe la plus ravissante que j'aie jamais vue. » Elle avait du mal à respirer. Elle aurait dû se douter qu'une robe pareille ne pouvait pas venir de Marjorie. Signa n'aurait jamais pu choisir cette robe sauf à s'enfoncer à la force de ses griffes dans les profondeurs de son âme.

Il émit un bruit d'assentiment, un son râpeux qui la fit se pencher vers lui. « Je n'ai pas pu être ta première danse, alors laisse-moi être ta dernière. Danse avec moi, Petit Oiseau. »

L'ange de la Mort était probablement l'être le plus puissant du monde – plus puissant que n'importe quel roi. Il était redoutable comme la nuit, rien ne pouvait l'arrêter, pas plus que la pluie ou le vent. Et pourtant, bien que discret, on percevait un tremblement dans sa voix.

Tout en elle lui hurlait de s'enfuir en courant. Mais quand il lui tendit la main – pas des ténèbres, une vraie main – elle sentit la fièvre monter en elle. Comment était-ce possible qu'après avoir passé tant d'années à lutter contre lui – à lutter contre cette partie d'elle-même –, elle ait à ce point envie qu'il la touche ?

La main de l'ange de la Mort se resserra sur sa hanche et elle s'abandonna à son contact, le laissant la guider. Ses mouvements étaient fluides et gracieux et, plus ils dansaient, plus Signa sentait le poids de son corps s'envoler. Elle était une plume, il était la brise, et elle glissait sur le vent.

« Vous n'êtes pas que des ténèbres. » Signa fit un effort pour retrouver sa voix.

Il chancela mais se reprit rapidement. « Je peux l'être, quand cela me sert à quelque chose.

— Vous avez une forme. » Elle se pencha plus près pour essayer de mieux voir à travers la pénombre et sous le masque doré qui le cachait. Il ne se trompa pas dans ses pas, mais parvint efficacement à garder Signa à distance. « À quoi ressemblez-vous sous votre masque et vos ténèbres ? »

Il gloussa. « C'est une question bien effrontée pour un bal masqué. Peut-être que je te le montrerai un jour. »

Sa voix était plus douce à présent, le mur qui les séparait s'effritait progressivement. C'est à ce moment-là que Signa ressentit le besoin de plonger les ongles dans le mur en question pour en achever la destruction. « Vous n'aimez pas votre apparence physique ? »

Son rire était tel le bruissement de feuilles, ou le doux croassement d'un corbeau à la tombée de la nuit. « Je suis confiant, vous me trouverez incroyablement beau. Je préfère simplement ne pas me servir trop souvent de mon vrai visage. Je peux modifier mon apparence pour offrir aux gens ce dont ils ont besoin dans leurs derniers instants. Mais mon visage – mon *vrai* visage –, je le garde pour moi. Je ne veux pas qu'il soit le dernier que ce monde entier voie avant de mourir. »

Signa aurait tant voulu voir ce visage. Seulement quelques heures plus tôt, elle était dans les bras d'Everett, à envisager une vie avec lui dans la haute société. Maintenant elle se demandait ce qu'elle ressentirait si l'ange de la Mort posait ses lèvres sur les siennes.

Avec lui, elle ne voulait plus se poser de questions. Elle voulait *savoir*.

L'ange de la Mort baissa la tête, ses mots caressant l'oreille de Signa. « Je t'ai attendue bien longtemps, Signa Farrow. »

À bout de souffle, elle ne trouva pas les mots pour répondre. Au lieu de cela, elle se mit sur la pointe des pieds et l'embrassa.

Le monde disparut tandis que les secondes se transformaient en suffisamment de temps pour que ses mains s'enroulent autour de son cou. Pour que le froid la pénètre jusqu'à la moelle et que la surprise de l'ange de la Mort laisse place au désir. Il l'adossa à un arbre et l'embrassa en retour, pas poliment ni avec retenue, mais avec une profonde avidité à laquelle il laissait enfin libre cours. Il passa les doigts dans ses cheveux, les libérant de leurs barrettes et les laissant tomber sur ses épaules. Puis ses mains parcoururent sa mâchoire, son cou, le creux de ses reins.

L'obscurité les enveloppa à mesure qu'il se pressait contre elle, et qu'elle ne faisait rien pour l'arrêter. Dès qu'il l'avait embrassée, elle était devenue sienne, sans la moindre volonté de se détourner. Sans la moindre volonté de s'arrêter. Ses ténèbres les enveloppaient, comme si l'ange de la Mort avait l'intention de la consumer tout entière ; elle ferma les yeux, prête et consentante. Elle *voulait* qu'il la consume.

Les ténèbres se dissipèrent quand l'ange de la Mort se détacha d'elle, et Signa frissonna des pieds à la tête. Il était, en ce qui la concernait, l'incarnation du masque diabolique qu'il portait. Elle le cherchait des yeux, une lueur sauvage dans le regard ; elle ne voulait pas que cela s'arrête là. S'il l'allongeait par terre à ce moment précis, elle continuerait ce qu'ils avaient commencé cette nuit-là dans sa suite.

Mais il dit : « Il est presque minuit. On t'attend au bal », et cela s'arrêta là. L'ange de la Mort laissa glisser ses doigts le long de son bras jusqu'à sa main et, comme ils tourbillonnaient une fois de plus, le monde réapparut autour d'eux. Les étoiles disparurent, remplacées par des murs dorés, et Signa, qui marchait sur de la mousse, se retrouva sur du marbre. Le bruit de l'étang devint les rires assourdissants d'étrangers, et Signa regretta le calme qu'elle laissait derrière elle.

« Je pourrais te rendre visite plus tard. » Il s'adressait à elle mais ne la regardait pas. « Il te suffira d'ouvrir ta fenêtre et je viendrai. » Il passa les mains dans ses cheveux détachés, puis disparut.

En quelques secondes, la salle de bal était exactement comme elle l'avait laissée. Mais l'heure n'était plus la même. Il était presque minuit.

« Vous voilà ! »

Signa se retourna et vit Marjorie se précipiter vers elle, soulagée. « Lord Wakefield demande à vous voir, et aucun de nous ne savait où vous étiez passée. » Elle étudia Signa de haut en bas. « Mais qu'est-ce que vous portez ? Et qu'avez-vous fait à vos cheveux ? Oh, ce n'est rien. Nous n'avons pas le temps d'y remédier. Venez. » Signa était trop distraite par ses lèvres brûlantes pour se préoccuper de Marjorie qui la prit par le bras et l'escorta à l'extérieur de la salle de bal. Elle ne prêta aucune attention aux grands discours de la gouvernante sur Everett, trop occupée à se remémorer la sensation des lèvres de l'ange de la Mort sur les siennes.

La foule se rassembla pour le compte à rebours avant minuit. Un arbre de Noël se dressait au milieu de l'entrée, décoré de pompons géants rouges et dorés, de fruits, de bougies allumées. Signa aperçut Percy à côté, qui riait avec Charlotte tandis qu'elle lui tendait une coupe de champagne et en prenait une elle-même. Eliza était présente, elle aussi, et s'efforçait de s'approcher des deux autres. Un homme au masque de corbeau serra une main sur l'épaule de Percy. Signa ne l'aurait pas reconnu sans sa canne – Byron. Elle fut soulagée de voir Percy sourire. Il parlait à son oncle tout bas, et lui tapotait le bras. Celui-ci bâillait et s'éloignait tout en finissant sa flûte de champagne.

Everett Wakefield était sur le devant de la foule. Il arborait un sourire discret et déconcerté quand il croisa le regard de Signa, car elle avait raté la dernière valse avec lui. Elle détourna son attention et s'en voulut de l'avoir fait. C'était un homme bon, pourtant, après avoir goûté aux lèvres de l'ange de la Mort, cela lui importait peu. L'ange de la Mort était son poison, et tout ce qu'elle voulait, c'était y goûter encore.

Elle crut entrapercevoir Sylas également, et eut bien envie de se précipiter dans sa direction pour lui demander s'il avait vu quoi que ce soit, mais Elijah avait déjà levé sa flûte d'eau quand Signa pénétra dans la pièce, et terminait un discours à l'attention de ses invités. Elle n'en entendit que la fin et rejoignit une foule qui acclamait son hôte quand il termina par « Et je vous souhaite un joyeux Noël ! »

Tous autour de lui répétèrent ces derniers mots quand minuit sonna. Quelqu'un proposa une flûte de champagne à Signa et elle l'accepta en riant, buvant à petites gorgées tandis que d'autres portaient un toast et se souhaitaient mutuellement de joyeuses fêtes. C'étaient des étrangers, mais à ce moment-là cela n'avait pas d'importance, car elle était heureuse de tout son être.

Si les conversations avaient été plus bruyantes, Signa aurait pu continuer à savourer son bonheur, car elle n'aurait peut-être pas remarqué le bruit de cristal brisé et les hoquets d'effroi qui s'ensuivirent. La salle de bal ne serait peut-être pas devenue silencieuse alors que tous les regards se tournaient vers l'arbre. Et elle n'aurait peut-être pas remarqué qu'à côté d'elle, Marjorie hurlait et que Sylas était soudain apparu, l'attrapant par le poignet.

« Fermez les yeux », murmura-t-il, si bas que Signa se demanda si elle s'imaginait des choses. « Vous n'avez pas besoin de voir ça, Signa. »

Mais elle ne ferma pas les yeux, et elle *devait* voir ça, car un corps était tombé sur l'arbre de Noël, le précipitant au sol et faisant voler en éclats les décorations. Et ce corps, c'était celui de Percy, aux yeux révulsés, allongé, inconscient, dans un mélange de vomi et de sang.

TRENTE-CINQ

C'était une chance pour Percy qu'il reste à Signa une dose de fève de Calabar.

Ils laissèrent à Warwick le soin d'escorter tout le monde à la porte de l'Épineuse. Signa n'avait jamais autant eu les gens en horreur que quand elle surprit des murmures suggérant que Percy aimait un peu trop l'alcool, comme son père. Elle se hérissa rien que d'y penser, méprisant l'impolitesse de ces convives si prompts à juger l'homme qui avait eu la bonté de les inviter chez lui. Leurs commérages n'étaient certainement pas *dignes* de la haute société ; Elijah n'avait pas bu une goutte d'alcool ce soir-là.

Enfermés avec elle dans la chambre du maître de maison, loin des regards inquisiteurs des invités, Marjorie et Elijah autorisèrent Signa à travailler sans protester quand elle leur expliqua qu'elle pourrait guérir Percy tout comme elle l'avait fait pour Bliss. Sa colère l'aida à réduire en une fine poudre le reste de fève de Calabar, qu'elle mélangea à un verre d'eau et qu'elle administra à un Percy tremblant et à bout de souffle, de grosses gouttes de sueur lui coulant dans le cou. Marjorie et Elijah observaient la scène, la mine sombre, n'osant parler.

Heureusement, Percy vomit rapidement le poison, et en une heure, il respirait déjà mieux. L'ange de la Mort, resté tapi à son chevet tout ce temps, immobile, à attendre, finit par acquiescer puis s'en alla. Aussitôt, la tension dans les épaules de Signa s'atténua.

« Comment est-ce arrivé ? » Elijah observait Signa et les restes de l'antidote d'un blanc laiteux sur la table de nuit.

Signa n'avait pas de réponse à lui offrir. Elle avait vu Sylas quelques secondes avant de suivre Elijah et Marjorie dans la chambre, mais sur ce court laps de temps, il lui avait juré n'avoir rien remarqué qui sortait de l'ordinaire. Peu importait comment elle se retournait le cerveau pour agencer les pièces du puzzle, celui-ci n'avait aucun sens. Un à un, les Hawthorne tombaient malades, empoisonnés à la belladone – mais pourquoi ? Pour leur argent ? Signa suspectait Byron et Marjorie depuis la nuit où elle s'était rendue au Grey's avec Sylas. Oui, Byron voulait que son frère renonce à la gestion du Grey's, mais serait-il prêt à faire du mal à Percy pour y parvenir ? Et quel serait le rôle de Marjorie dans tout ça ?

Signa passa les mains dans ses cheveux à mesure que sa frustration grandissait. Percy allait bien quand il l'avait escortée jusqu'à la fête, et elle l'avait vu sourire et danser. Même les derniers instants avant sa chute, il avait l'air heureux et discutait avec Charlotte et Eliza. Mais Byron était présent également. Byron, dont Signa se rappelait les propos cette nuit-là au Grey's avec Sylas.

S'il refuse de confier l'affaire à Percy, vous devez le convaincre de me la confier à moi. Il s'était exprimé avec tant d'amertume. Tant de rage. *Je m'en occuperais bien mieux de toute façon, de même que je me serais bien mieux occupé d'elle.*

« Où est Byron ? s'enquit Signa. Il était avec Percy juste avant qu'il ne s'effondre. »

Elijah était à genoux au chevet de Percy, et regardait sa poitrine se soulever et redescendre. « Vous pensez que mon frère est responsable de tout ça ? »

Signa n'en était pas sûre, et elle savait bien qu'il ne fallait pas répondre imprudemment. Byron avait été clair sur sa position : il voulait absolument que le Grey's reste dans la famille, et même s'il avait défendu Percy cette nuit-là, avait-il d'autres intérêts en jeu ?

« Il est possible qu'il ait vu quelque chose. » Signa avait la vérité sur le bout de la langue, la défiant de l'exprimer à voix haute. Elle *voulait* dire la vérité de ce qui se passait à Elijah et Marjorie, vraiment. Mais plus ils seraient nombreux à être au courant, plus cela risquait de se savoir. Il était également possible qu'ils en sachent plus qu'ils ne voulaient bien le dire. Signa avait bien souvent repensé à Marjorie et aux étranges situations dans lesquelles sa gouvernante se retrouvait alors qu'elle n'aurait pas dû. Des situations qui n'avaient aucun sens, peu importe comment Signa réarrangeait les pièces du puzzle dans sa tête.

Elle avait besoin de réponses – et vite. Avant qu'il ne soit trop tard.

« Je suis juste contente que ce remède fonctionne, dit-elle. Il est fait pour guérir les maux d'estomac, mais c'était ma dernière dose. » Elle se sentit mal de l'admettre à voix haute et serra ses bras autour d'elle. Ils avaient failli perdre Percy ce soir. Un incident de plus, et c'en serait fini de lui, de Bliss, ou de n'importe quel Hawthorne qui pourrait être la prochaine cible.

« Ce n'est pas une maladie, n'est-ce pas ? s'enquit Elijah. Ce n'est pas une coïncidence. Quelqu'un en veut à ma famille. »

Elijah était aussi fragile que du cristal. Ne voulant pas lui donner une raison de se briser en mille morceaux, Signa murmura : « Tout est possible. »

Marjorie ne dit rien ; elle borda les couvertures de Percy et plaça un linge humide sur son front. L'inquiétude se lisait dans tous les traits de son visage.

Signa ne pensait qu'au rire de Percy quand ils dansaient ensemble pendant ses leçons. À l'habitude qu'il avait prise de lui apporter des scones et des pâtisseries tard le soir, quand il n'arrivait pas à dormir ou qu'il se rendait malade en pensant au Grey's. Il ne fallait pas oublier Bliss. Bliss que Signa voulait entendre rire plus souvent. Elle en avait assez de la voir lutter – pour respirer, pour se sentir bien, pour vivre.

Il était temps de mettre un terme à tout ça.

« Je ne peux rien faire de plus pour lui ce soir. » Signa se leva, les jupes dans une main. « Il doit se reposer. »

Elijah acquiesça. « Je vais trouver le moyen de me procurer ce remède, lui promit-il. Marjorie, voyez si vous pouvez trouver Byron et me l'amener. Nous ferions bien de voir s'il sait quelque chose.

— Bien sûr, monsieur. » Marjorie, les yeux brillants, observa Elijah qui se penchait et posait délicatement une main tremblante sur la joue de son fils.

Quelle que soit la personne derrière ces empoisonnements, elle était intelligente et avait toujours un temps d'avance. Le moment était venu pour Signa de se montrer plus intelligente encore.

TRENTE-SIX

Signa déposait délicatement des baies de belladone séchées à la consistance de pruneaux tout fripés dans sa paume en forme de coupe. Toujours vêtue de sa robe de bal, elle était assise jambes croisées sur son lit, la fenêtre ouverte à côté d'elle, le froid glacial sur sa peau, et essayait de se remémorer ses leçons. Ce n'était pas suffisant d'être capable de traverser des objets. Elle avait besoin d'être capable de ne pas se faire remarquer, de s'acoquiner avec les ténèbres et de se rendre invisible, tout comme le faisait l'ange de la Mort. Avec une respiration régulière, elle concentra toute son attention sur l'idée de se débarrasser de sa forme corporelle, de rejoindre les fantômes de l'Épineuse le temps d'une nuit, et déposa dix baies séchées sur sa langue.

En quelques instants, la pièce autour d'elle tournoya. Ses tempes cognèrent, ses oreilles sifflèrent comme si on avait tiré un coup de feu juste à côté d'elle.

Signa ? La voix inquiète de l'ange de la Mort se fit une place dans son esprit pour l'aider à garder l'équilibre.

Où que vous soyez, vous n'avez pas besoin de venir, lui dit-elle. *Je vais bien. Surveillez les autres.*

Quand elle ouvrit les yeux, elle était encore dans son corps, mais il était plus léger. Elle tendit une main vers la pénombre dans un coin de la chambre. Les ténèbres lui obéirent aussitôt, s'enroulant autour de ses pieds et de ses bras pour la masquer dans l'obscurité.

Un frisson de puissance parcourut ses veines comme le monde se soumettait à ses ordres. Signa alla s'examiner dans le miroir. Ce ne fut pas la tête d'un fantôme qui lui fit face, car elle n'était pas un esprit. Elle était enveloppée de ténèbres, l'obscurité de la nuit elle-même – tout comme l'ange de la Mort.

Elle avait réussi.

Tu ne respires plus. La voix de l'ange de la Mort était dure, glaciale. *Pourquoi est-ce que tu ne respires plus, Signa ?*

Je vous ai dit de ne pas vous inquiéter. Avec cette conviction nouvelle, elle traversa la porte de sa suite sans l'ouvrir. *Je vais enfin mettre un terme à tout ça.*

Signa n'était tout d'abord pas convaincue que l'on ne pouvait pas la voir, mais elle n'avait jamais fait preuve d'autant de volonté que pour être invisible ce jour-là, et elle évita de justesse une collision avec une domestique. Elle avait les mains et les pieds nus, et même si les ténèbres la protégeaient, ce n'était pas le moment de tester sa caresse funeste.

Signa avait cherché des indices partout dans l'Épineuse à part dans les chambres. Elle se rendit dans chacune, l'une après l'autre, à la recherche de secrets et de mensonges – tout ce qui pourrait compléter les pièces de son puzzle.

Elle trouva de grands livres dans la chambre de Warwick, des documents ennuyeux reliés en cuir avec des notes concernant les biens à réapprovisionner pour le manoir et des détails sur chaque domestique et leur éthique de travail. Quand Signa tendit la main vers les livres, les ténèbres obéirent à ses ordres silencieux et tournèrent les pages pour elle. Elle faillit en rire, sa confiance grandissant à mesure qu'elle faisait appel à ses pouvoirs et qu'elle fouillait chaque chambre. Ces grands livres n'étaient pas très différents de ceux qu'elle avait déjà lus, et elle fut déçue une fois de plus de ne rien trouver sur Sylas. Il lui en restait d'autres à lire, mais pour l'instant elle n'avait d'autre choix que de passer à autre chose.

Dans une chambre, elle trouva une domestique qui marmonnait tout bas à propos de malédictions et de fantômes tout en préparant une malle de voyage et, dans une autre, elle en trouva deux qui, étant donné leur occupation, ne s'inquiétaient *pas le moins du monde* de la mystérieuse maladie qui affectait les Hawthorne. Les joues rouges, Signa se dépêcha de franchir le mur sans les regarder.

La chambre suivante était manifestement celle d'une femme, avec des murs vert clair et une commode avec des bouteilles de parfum ambre, une brosse à cheveux et du fard à joues. Elle comprit que c'était la chambre de Marjorie quand elle remarqua des plans de leçon sur le bureau avec le nom de Signa inscrit dessus, et de brèves notes sur ses progrès.

Les notes paraissaient simples de prime abord, mais Signa savait au fond d'elle que rien n'était simple quand il s'agissait de Marjorie. Il devait bien y avoir *quelque chose,* c'est pourquoi elle fouilla son bureau jusqu'à ce qu'elle trouve un petit journal en cuir tout au fond d'un tiroir.

Elle s'assit au bord du lit de Marjorie et posa le journal sur ses genoux. Les mains tremblantes, elle l'ouvrit à la première page.

22 octobre 1852

Je ne suis pas sûre que j'aurai un jour ma place á l'Épineuse. Combien de jours devrai-je balayer les cuisines ou laver les draps avant qu'elle ne m'autorise á le voir ?

Peut-être a-t-elle raison, et je ne devrais pas lui dire. Peut-être n'acceptera-t-il pas mon amour après tout ce qui s'est passé. Malgré tout, il est cruel de nous séparer ainsi. Si Lillian n'existait pas, tout rentrerait dans l'ordre. Tout irait bien.

Signa tourna la page, la suivante était datée d'un peu plus d'une semaine plus tard.

1er novembre 1852

Lillian a des yeux partout. Je les sens sur moi plus que jamais, á surveiller le moindre de mes mouvements, á s'assurer que je ne m'approche pas trop de lui.

Mais aujourd'hui, elle a emmené Bliss en ville pour lui faire confectionner de nouvelles robes pour son entrée en société, et je l'ai trouvé dans les écuries, á admirer les chevaux. C'est un excellent cavalier – il est excellent dans tout ce qu'il fait, á vrai dire.

Je n'aurais peut-être pas dû le lui dire, mais j'ai passé vingt ans á croire que la vérité nous libérerait. Pourtant, j'ai bien peur que Lillian n'ait eu raison d'exiger mon silence – personne ne m'a jamais regardée avec autant de mépris.

Peut-être que si je l'avais écoutée, mon cœur ne serait pas en train de se briser.

10 janvier 1853

Je n'avais jamais envisagé ce qu'il adviendrait de Lillian une fois la vérité dévoilée, mais je ne m'apitoie pas sur son sort. C'est tout ce qu'elle mérite, et quand elle ne sera plus lá, Elijah sera libre. Cette famille sera libre.

11 avril 1853

Lillian n'est plus, mais j'ai bien peur qu'elle n'ait emmené mon Elijah avec elle.

Je prie pour les enfants. Je prie pour Lillian, paix á son âme, et qu'elle ne soit bientôt plus qu'un souvenir pour nous tous.

Je prie pour qu'enfin nous devenions une famille.

Signa ne pouvait parcourir le journal plus vite. Il y avait des pages et des pages décrivant l'affection de Marjorie pour Elijah et pour les enfants – et à quel point leur vie aurait été différente si c'était elle qui avait élevé Percy et Bliss. Marjorie voulait se débarrasser de Lillian et on aurait dit que Lillian voulait tout autant se débarrasser de Marjorie. Mais si c'était le cas, pourquoi Elijah n'avait pas tout simplement renvoyé cette dernière ?

Signa parcourut les pages à la recherche d'une mention de belladone, ou la moindre allusion à du poison. Mais si

Marjorie était au courant, elle était assez intelligente pour ne pas l'écrire dans son journal.

Ce que Marjorie avait écrit ne constituait pas une preuve qu'elle avait fait du mal à Lillian, mais c'était un indice. Peut-être Byron n'était-il pas responsable des empoisonnements finalement. Quoi qu'il en soit, il lui en fallait *plus*.

Elle referma le journal intime et laissa les ténèbres s'enrouler autour. Si quelqu'un voulait le lui prendre, ils devraient l'arracher à ses doigts froids et morts.

Elle fouilla la chambre de fond en comble à la recherche de quoi que ce soit qui confirme ses soupçons. Elle grogna, les ténèbres tirant sur un tiroir de l'armoire de Marjorie pour l'envoyer de frustration à l'autre bout de la pièce car elle n'avait toujours rien trouvé d'autre que le journal intime.

Elle déposa deux baies supplémentaires sur sa langue, ses réserves commençant à faiblir car elles dataient de la nuit où elle s'était rendue dans le jardin de Lillian. Il devait bien y avoir quelque chose de plus concret ailleurs dans l'Épineuse et elle avait besoin de plus de temps pour le trouver. Pièce par pièce, elle chercha des réponses. Plus elle restait sous l'influence de la belladone, plus il lui paraissait naturel de traverser les murs et de frôler des gens qui ne lui jetaient pas un regard.

Signa arriva enfin devant la chambre en face de celle de Bliss, où le portrait de Lillian la fixait du regard avec impatience, la pressant de faire un pas de plus en avant. Elle lui obéit.

Le salon était encore plus grand que le sien, avec des meubles en acajou et des murs bleu clair et crème – le tout couvert d'une épaisse couche de poussière. Clairement, personne n'était venu dans cette chambre depuis un moment. Probablement pas depuis la mort de Lillian, songea Signa.

Mais la pièce n'était pas aussi vide qu'elle l'avait tout d'abord cru.

Signa sursauta au bruit de pas dans la chambre adjacente avant de se rappeler qu'on ne pouvait pas la voir. Rassemblant ses ténèbres, elle traversa le mur en flottant et trouva Marjorie de l'autre côté. Elle était assise sur le lit poussiéreux, la respiration laborieuse, une photo en noir et blanc à la main. Signa contourna Marjorie pour regarder la photo par-dessus son épaule.

C'était une photo de Percy avec sa mère et son père. Percy paraissait très jeune, Signa en déduisit que la photo avait été prise avant la naissance de Bliss.

Signa ne s'attendait pas à ce que Marjorie ait les larmes aux yeux, et elle ne sut que faire quand celle-ci déchiqueta la photo. La gouvernante, tout en retenant ses sanglots, ouvrit grand la fenêtre toute proche et jeta les morceaux qui s'éparpillèrent dans la neige.

Signa avait bien envie d'arrêter ses investigations et d'aller récupérer les bouts de photo pour Percy, sachant qu'il n'aurait jamais l'occasion d'avoir un autre portrait comme celui-ci. Mais elle se figea à la vue des mains de Marjorie. Elle avait les mains nues, le bout des doigts tachés d'un prune profond.

Signa baissa les yeux sur ses propres mains. Le bout de ses doigts était identique : les taches étaient de la couleur de la belladone.

Signa eut un mouvement de recul et se cogna dans la colonne de lit. À sa consternation, elle ne tomba pas au travers mais la percuta de plein fouet, faisant grincer le lit. Marjorie se retourna, et Signa se concentra à nouveau de toutes ses forces pour contrôler sa capacité à se cacher dans les ténèbres.

« Qui va là ? » Marjorie parcourut la pièce des yeux, à la recherche d'une présence qu'elle ne trouvait pas. Signa se fit toute petite et pria pour que la belladone dure suffisamment longtemps pour qu'elle puisse s'en aller sans être vue. Elle était prête à s'enfuir discrètement quand Marjorie poursuivit.

« Est-ce que c'est vous, Lillian ? » Elle avait parlé froidement, plus glaciale que la présence de l'ange de la Mort en personne. Marjorie se retourna pour étudier la pièce, son visage couleur ambre à la lueur de la bougie qu'elle tenait devant elle. « Suis-je si insignifiante à vos yeux qu'une vie de tourment ne vous suffise pas ? Vous voulez également me tourmenter dans la mort ? Mon Dieu, qu'est-ce que je ne donnerais pas pour que vous *disparaissiez pour de bon* ! » Marjorie écouta le silence un moment avant de tomber à genoux, mettant la bougie de côté et berçant sa tête sur ses genoux. « Je suis navrée, murmura Marjorie comme une prière. Je suis vraiment, vraiment navrée. »

Doucement, les pièces du puzzle s'imbriquèrent. L'amour obsessionnel de Marjorie pour Elijah n'était pas nouveau. Elijah était le jeune homme dont elle avait parlé, celui qui l'avait quittée. Elle l'aimait, et elle avait cru qu'il l'aimait en retour.

Peut-être voulait-elle une seconde chance. Peut-être voulait-elle goûter à la vie qu'elle aurait pu avoir si Lillian n'avait pas existé.

La poitrine de Signa la brûlait, ses poumons douloureux d'accueillir à nouveau de l'air. Elle porta une main à sa gorge, la tête lourde de questions auxquelles elle voulait une réponse – mais elle n'avait pas le temps de les obtenir.

Elle ne voulait pas prendre le risque de se faire surprendre le journal intime à la main. Elle traversa le mur sans un regard pour Marjorie, sentant son corps reprendre sa densité. Elle parvint tout juste à trébucher dans le couloir avant que la belladone ne soit éliminée de son système ; son cœur se remit à battre et les ténèbres glissèrent sur elle avant de la quitter. Les jupes à la main, Signa courut aussi vite que possible le long du couloir, passant devant les portraits encadrés dont les yeux la suivirent jusqu'à sa chambre.

Elle claqua la porte derrière elle et s'y adossa, à bout de souffle. Elle n'aurait pas le temps de se reposer car l'ange de la Mort, de nouveau enveloppé de ténèbres, l'attendait devant la fenêtre qu'elle avait oublié de refermer. Pourtant, il n'était pas là pour tenir la promesse qu'il lui avait faite après leur danse. Le monde autour de lui se fit oppressant car elle sentait sa colère se déverser par vagues, comme s'il retirait tout l'oxygène de l'air ambiant.

« Que se passe-t-il ? Qu'est-ce qui ne va pas ? » s'enquit Signa. La question retentit comme un coup de feu et il se détourna.

« C'est Bliss. »

TRENTE-SEPT

Bliss était à quatre pattes sur son lit, de la bile jaune lui dégoulinant de la bouche. Elle s'étouffait avec et luttait pour respirer entre deux vomissements.

Elijah la tenait par les épaules. « Aidez-la ! Je vous en prie ! »

Signa referma ses bras sur elle-même ; elle ne pouvait pas l'aider. Ils avaient utilisé le reste de fève de Calabar pour guérir Percy. Le picotement familier de la présence de l'ange de la Mort dans le cou de Signa la remplit d'effroi. Il se tenait dans un coin à les observer, à attendre. Un faucheur d'âmes prêt à frapper.

Son heure est venue, Signa.

Elle se détourna, refusant d'admettre sa présence.

Bliss eut un nouveau haut-le-cœur et vomit sur un coin du lit. Elijah relevait les cheveux de sa fille tendrement.

La porte s'ouvrit d'un coup et Marjorie pénétra dans la chambre, les mains gantées et la respiration difficile. Elle n'avait pas franchi le seuil de la chambre de deux pas que Signa l'arrêta.

« Ne faites pas un pas de plus. » Signa s'efforça d'imiter la férocité dont Bliss avait le secret, mais elle ne pouvait empêcher sa voix de trembler. « Ne vous approchez pas d'elle. » Avec Bliss mourante et Percy qui la suivait de près, Signa n'avait plus le temps de marcher sur des œufs. Serrant le journal intime de Marjorie dans la main, Signa dit : « Enlevez vos gants. »

Le visage de Marjorie était pâle comme la lune. « Où avez-vous trouvé ça ? » Les mains tremblantes, elle chercha à lui prendre le journal des mains, mais Signa le mit hors de portée.

Elle ne savait pas exactement comment Marjorie avait administré le poison, mais la gouvernante avait accès à toute la maisonnée, et les possibilités étaient infinies. Marjorie voulait avoir une famille. Elle voulait être avec Elijah. Peut-être cela impliquait-il que tout souvenir de Lillian devait disparaître.

« Elle a du poison sur les doigts », finit par dire Signa, avec une terrible envie de déchirer les gants en cuir des mains de Marjorie.

Marjorie, avec qui elle avait passé tant de temps. Dont elle appréciait la compagnie, et qui l'avait conseillée et guidée. Signa se rappela à quel point la gouvernante traitait les enfants affectueusement. La tendresse avec laquelle elle avait caressé les cheveux de Percy et disposé une serviette humide sur son front. Il y avait tant d'amour dans ses gestes, mais Signa avait lu son journal intime, et elle avait vu la tache de belladone de ses propres yeux.

« Vous pensez que je suis responsable de tout ça ? » Marjorie serrait les poings si fort qu'ils tremblaient à ses côtés.

« Regardez sa main droite », suggéra Signa à Elijah. Mon Dieu, qu'elle était bête de ne pas avoir compris avant ce qui se tramait. Si seulement elle avait fouillé les chambres plus tôt. « Vous y verrez des taches de belladone. C'est ce qui empoisonne Bliss et ce qui a tué Lillian. Je ne voulais rien dire tant que je ne savais pas qui était derrière tout ça. »

Elijah n'était que l'ombre de lui-même, et ne semblait pas comprendre ce que Signa disait, les yeux vides rivés sur sa fille. Seuls les tremblements de sa lèvre inférieure et de ses mains indiquaient qu'il l'avait entendue, mais il ne pouvait pas détourner son attention de sa fille.

Bliss n'avait plus rien à vomir. Elle convulsait et peinait terriblement à respirer.

Dans un coin, le faucheur d'âmes fit un pas en avant.

Signa se tourna vers lui. « Je vous l'interdis. » Elle n'avait jamais rien désiré autant par le passé que la sécurité de Bliss. Elle aurait voulu dire à l'ange de la Mort qu'il lui devait bien ça pour toutes les souffrances qu'il lui avait fait endurer. Mais ce n'était pas vrai. L'ange de la Mort ne lui devait rien, il existait, point. Et Bliss avait déjà vécu plus longtemps qu'elle ne l'aurait dû. Malgré tout, cela n'était pas suffisant.

« Accordez-lui une autre chance », murmura plutôt Signa sans se préoccuper d'être observée ou qu'on puisse la croire folle. « Je vais arrêter tout ça. Accordez-*moi* une autre chance. »

À ce moment-là, il n'y avait qu'elle, le faucheur d'âmes, et une chambre froide comme le givre. La température lui coupa la circulation dans les jambes et elle tomba à genoux.

On ne peut pas contrôler la mort. Tu dois apprendre cette leçon, Signa. Tu dois le comprendre.

« Je sais que vous pouvez le faire. » Elle le suppliait mais n'en avait que faire. « Nous l'avons sauvée une fois, et nous pouvons recommencer. Juste une fois, s'il vous plaît. »

Quelqu'un d'autre mérite-t-il plus de mourir ?

C'était un test. Si elle voulait sauver une vie, elle devait en prendre une autre en échange. Peut-être serait-ce au hasard. Peut-être devrait-elle la choisir. Qui que ce soit, Signa ne laisserait pas Bliss mourir ce soir. Se remettant sur pied, elle surmonta le froid et les ténèbres qui lui intimaient de ne pas approcher et s'interposa entre l'ange de la Mort et sa cousine.

Ne fais pas l'imbécile. Tu es cruelle de la faire survivre dans cet état. Il disait vrai. Bliss était un cadavre ambulant, sa peau spectrale s'accrochant désespérément à ses os saillants. Elle n'était même pas capable de pencher la tête pour regarder Signa, épuisée par sa lutte.

« Ce n'est rien, murmura simplement Bliss, encore et encore, un refrain doux et fatigué. Ce n'est rien. Ce n'est rien si je meurs aujourd'hui. »

Des gouttes de transpiration lui coulaient dans le cou et le long du dos, ses vêtements humides lui collant à la peau. Ce n'était pas censé se finir comme ça. Maintenant qu'ils savaient que Marjorie était responsable des empoisonnements, Bliss pourrait enfin guérir.

Il lui suffirait de deux mots. Un simple ordre, et Bliss aurait une chance supplémentaire.

« Allez-y. » Signa s'était exprimée fermement. Elle ne s'adressait pas à sa cousine, mais au faucheur qui observait la scène. « Elle ne mourra pas aujourd'hui. »

Tu comprends ce que ça implique ? Il ne la jugeait pas, mais s'assurait simplement qu'elle comprenait la gravité de sa décision. *Tu joues avec le Destin, Signa. Tu joues à l'apprentie sorcière.*

« Je m'en moque, dit-elle, et elle le pensait. Faites ce que vous avez à faire, mais si vous vous préoccupez un tant soit peu de moi, alors aidez-la. »

Il regarda Bliss longuement, les ténèbres autour de lui se faisant plus fines comme il inclinait la tête.

Très bien.

Aussitôt, la respiration de Bliss s'apaisa.

Le faucheur d'âmes disparut et il laissa dans son sillage un homme déconcerté, une femme au visage rouge, une jeune fille endormie et une seconde qui venait de damner une âme au hasard sans hésiter. Elle se tenait devant les autres, le pouvoir battant dans ses veines.

Un pouvoir enivrant. Signa pourrait se noyer dedans, tant il était agréable.

« Êtes-vous une sorcière, jeune fille ? s'enquit Marjorie, la voix se brisant comme une tasse par terre. « Qu'avez-vous fait ? »

Signa n'eut pas besoin de dire un mot. Elijah, à ses côtés, une lueur farouche dans les yeux et le visage rouge, tremblait de colère. « Montrez-moi vos mains. » C'était sans doute lui qui avait appris à Bliss à manier les mots, car si le domaine avait été plus petit, sa voix seule l'aurait réduit en cendres.

Marjorie fit un pas en arrière. « Elijah, jamais je n'aurais…

— Enlevez vos gants et montrez-moi vos mains ! » Il traversa la chambre, chaque pas plus menaçant que le précédent, contenant à peine sa rage. Marjorie recula et se retrouva bientôt plaquée contre le mur quand il saisit son poignet et lui retira son gant d'un coup sec. Il jeta un regard à ses doigts et laissa retomber sa main, le dégoût et la douleur se lisant clairement sur son visage.

« Vous n'avez jamais aimé Bliss. » Ses propos débordaient de venin ; il se penchait et se pressait contre elle. « Vous ne l'avez jamais aimée, tout comme vous n'avez jamais aimé Lillian. C'était une femme bien, Marjorie. Et ces enfants sont innocents. Comment osez-vous leur faire du mal ? À *Percy* ? »

Le bruit qui s'échappa du fond de la gorge de Marjorie était étrange, entre un hoquet et un grognement. « Le fait que vous envisagiez que je leur aie fait *quoi que ce soit* est ridicule, et vous le savez. Je ne lèverais jamais la main sur eux. »

Il serra les dents et désigna la porte du doigt. « Je veux que vous partiez. »

Marjorie s'agrippa au chambranle de la porte comme pour revendiquer son droit à rester dans la chambre. « Vous ne pouvez pas faire ça.

— Je peux faire ce que bon me semble. » Les ombres projetées par la lampe à huile vacillaient sur le visage d'Elijah et lui creusaient les joues. « Je ne veux plus vous voir à l'Épineuse ni aux alentours. Partez immédiatement ou j'appelle la police. »

La poitrine de Marjorie s'affaissa, le souffle coupé, et elle jeta un regard noir à Elijah comme s'il était le diable en personne. « Vous commettez une erreur. » Marjorie se tourna vers Signa, dont le sang se glaça. « Et *vous*. Vous n'avez aucune idée de ce que vous venez de faire, mon enfant. Vous ne savez rien. »

Il en fallait beaucoup pour faire peur à une jeune femme habituée à la présence de l'ange de la Mort. Mais à ce moment-là, un drôle de sentiment envahit Signa et lui donna la chair de poule.

Heureusement, Marjorie disparut en un clin d'œil.

Dès que la porte se referma derrière elle, les genoux d'Elijah cédèrent. Il émit un cri déchirant. Cela suffit à fendre le cœur de Signa en mille morceaux et à lui donner envie d'aller le prendre dans ses bras, de lui dire que tout irait bien. Bliss avait survécu à la dernière tentative d'empoisonnement et en serait bientôt débarrassée. Mais elle n'avait jamais fait l'expérience d'un chagrin aussi profond, sur lequel on ne pouvait mettre des mots. L'homme devant elle était brisé, et il était impossible de recoller les morceaux.

TRENTE-HUIT

Elijah ne demanda pas d'explication. Il demanda simplement qu'on le laisse seul avec sa fille qui dormait, et Signa était tout à fait disposée à se plier à sa requête.

Le voile de confusion sur ce qu'elle avait fait se dissipa, et tout devint clair. Percy s'en remettrait, Bliss verrait à nouveau le jour se lever. On avait trouvé le meurtrier, et tout redeviendrait bientôt normal à l'Épineuse. Mais pour que cela se produise, Signa avait condamné une autre âme à la mort. Elle avait sacrifié une autre vie à celle de Bliss.

Elle se rongeait les ongles jusqu'au sang en arpentant le couloir, ébranlée par cette idée. Elle savait qu'elle devrait s'en inquiéter davantage, qu'elle devrait le regretter. Mais elle referait ce choix encore et encore s'il se représentait à elle.

Mon Dieu, qu'était-elle en train de devenir ?

Quand elle atteignit sa suite, le froid qui y régnait la prévint que l'ange de la Mort l'attendait à l'intérieur. Il faisait les cent pas dans le salon quand elle ouvrit la porte, les ténèbres à sa traîne comme une cape. Dès qu'il l'aperçut, les ténèbres se précipitèrent dans sa direction pour s'arrêter à quelques centimètres d'elle.

« Viens avec moi. » Ce n'était pas une question, pourtant son ordre était teinté d'hésitation.

« Où ça ? » fut tout ce qu'elle trouva à dire.

« Il est temps pour toi de voir ce que je fais. » Il lui tendit la main pour qu'elle le suive. « Il est temps pour toi de voir que la mort n'est pas que ce que tu crois. »

La main qu'il tendait vers elle était bien plus que ça. Elle savait que s'en saisir impliquait de s'ouvrir à lui et à son monde. Cela impliquait d'accepter ce qu'elle avait fait et d'accueillir ce qu'elle était une bonne fois pour toutes.

Ce n'était pas l'ange de la Mort, l'assassin, qui se tenait devant elle. Ce n'était pas le démon qu'elle s'était imaginé et qu'elle avait passé trop d'années à détester. C'était l'homme qui transportait des âmes innocentes vers la vie après la mort. C'était l'ange de la Mort, dont elle partageait les pouvoirs. Qui la comprenait mieux que quiconque le pourrait jamais. Elle était fatiguée de le fuir.

Signa entrelaça ses doigts dans les siens et pencha la tête en arrière pour observer les âmes qui flottaient autour d'eux. Plus elle les étudiait, plus elle distinguait des visages à l'intérieur. « Pourquoi ne ressemblent-elles pas aux esprits comme nous les connaissons ? » Elle serra la main de l'ange de la Mort comme un étau. Il façonnait leur environnement à mesure qu'ils se déplaçaient pour les emmener ailleurs. C'était comme traverser un étang et en émerger sec.

« Elles auraient eu cette forme-là si je les avais retrouvées plus tôt, dit-il. Elles sont pressées de traverser, et voyager est plus simple sous forme d'âme. Les esprits sont alourdis par les émotions et les souvenirs auxquels ils s'accrochent. Les esprits s'attardent, les âmes traversent.

— Traversent… jusqu'ici ? »

Où qu'ils fussent, ce n'était pas l'Épineuse. Ils avaient rejoint un endroit où le temps était immobile. Signa était ravie de ne plus avoir besoin de respirer, car l'air était trop épais. Il pesait sur la base de sa gorge, l'empêchant d'avaler sa salive. Elle trébucha tandis que l'ange de la Mort l'entraînait en avant. Plus ils avançaient, plus les âmes qui les entouraient s'agitaient. Elles ne flottaient plus si près de lui, mais s'avançaient précipitamment avant de revenir, apeurées de se perdre dans la brume qui se formait.

Ils arrivèrent à un magnifique pont bleu et blanc construit au-dessus d'un lac sans fin. Même s'il était couvert de brouillard, le nombre d'âmes qui traversaient suffisait à éclairer le pont d'une lumière voilée.

Certaines flottaient en forme de petites sphères tandis que d'autres se retransformaient en esprits et se dépêchaient parmi la foule pour répondre à l'appel de quelque chose de merveilleux qui les attendait de l'autre côté. Quelque chose que Signa ressentait au plus profond de son être, chaud, puissant et dévorant.

Elle entreprit de les suivre, voulant découvrir ce que c'était, mais l'ange de la Mort l'attrapa fermement par le bras. « Si tu traverses ce pont, tu ne seras plus de ce monde, la mit-il en garde. Ton heure n'est pas venue. »

Ils s'assirent sur la berge du lac, et observèrent les âmes de loin.

Cela faisait des années qu'elle n'avait pas mis les pieds dans une église, et elle ne se rappelait pas les dogmes concernant la vie après la mort. Elle avait toujours cru que c'était un lieu sombre et solitaire. Mais quoi qu'il se trouve de l'autre côté de ce pont, cela ne ressemblait en rien à une fin – plutôt à un commencement. Comme un voyage alléchant. « Que se passe-t-il quand on franchit le pont ?

— Les possibilités sont multiples. » Il relâcha son étreinte et se laissa aller en arrière pour l'observer. Peut-être était-ce pour ne pas faire peur aux esprits, mais l'ange de la Mort était plus doux ici. « Certaines âmes choisissent de renoncer aux souvenirs de leur vie sur Terre et de renaître en quelqu'un de nouveau. D'autres gardent leurs souvenirs et restent dans la vie après la mort pour attendre ceux qu'ils ont laissés derrière eux.

— Et pour ceux qui n'ont pas mené une vie juste, s'enquit-elle. Y a-t-il une punition ? »

La voix de l'ange de la Mort se fit sombre. « La vie après la mort est mon domaine, Petit Oiseau, et j'y prends soin des miens. Ce n'est pas une décision facile, mais je n'accueille pas ceux qui souilleraient ma maison. Je revendique ces âmes et je m'en débarrasse. Pour elles, il n'y a pas de vie après la mort. Il n'y a rien. »

C'était un sort impitoyable, mais Signa ressentait déjà le besoin féroce de protéger cet endroit, et savait sans même l'avoir vu qu'elle aussi ferait tout ce qui était en son pouvoir pour préserver tous ceux qui attendaient de l'autre côté du pont. « Connaissez-vous toutes les âmes là-bas ? » demanda-t-elle en en observant une qui dansait sur le pont.

« J'ai rencontré tous les résidents de la vie après la mort. » Il s'exprimait avec fierté. « Mais je dois admettre que certains marquent plus que d'autres. Ta mère est l'une des nombreuses raisons qui font que je n'aime pas m'y rendre trop souvent, tu sais. Elle ne fait que me harceler de questions à ton sujet. »

Signa enroula ses doigts dans l'herbe, un sourire chaleureux aux lèvres. « Tout le monde en parle comme si elle était féroce. Je l'ai toujours imaginée un peu comme Marjorie, je suppose.

— Comme une meurtrière ? »

Signa lui donna un petit coup sur le torse. « Bien sûr que non ! Je voulais dire quelqu'un toujours bien comme il faut. »

L'ange de la Mort acquiesça en réfléchissant. « Elle a de meilleures manières que toi, mais ce n'est pas difficile. » Cette fois, quand Signa voulut lui donner un petit coup sur le torse, ses ténèbres se saisirent de sa main et la rejetèrent vers elle en riant. « Ton père est gentil et plein de tendresse, il a la voix douce. Rima te ressemble davantage, elle dit ce qu'elle pense très fort et s'immisce sans cesse dans les affaires des autres. Elle connaissait bien sa position dans la société et en abusait. Avec autant d'argent et d'influence, nul n'osait critiquer ta famille de peur de perdre la chance d'un investissement de la part des Farrow. »

Signa se pencha contre ses ténèbres qui s'immobilisèrent pour elle, aussi douces que le serait un nuage selon elle. « Vous avez l'air d'en savoir beaucoup sur eux.

— Bien sûr, dit-il avec tant de sérieux que Signa en resta bouche bée. Ce sont tes parents. Je voulais tout savoir sur eux. Et tu es aussi effrontée qu'elle, tu sais. D'aussi loin que je me souvienne, personne ne m'a jamais parlé avec autant d'hostilité que toi, mais elle est deuxième sur la liste et te suit de près. »

Peut-être ne décevrait-elle pas sa mère finalement. Toutes ces années, elle avait été obsédée par l'idée de rentrer dans un certain moule – de correspondre à ce qu'elle pensait qu'on attendait d'elle –, tout ça pour rien.

Il ne savait pas à quel point elle lui était reconnaissante pour ce moment. Il ne savait pas que, si elle était ravie de l'entendre parler de ses parents, cela lui rappelait également sa terrible solitude. Mais aux côtés de l'ange de la Mort, la main glissée dans la sienne, elle comprit qu'elle n'avait plus à endurer cela seule. Il était inutile de faire semblant. De mentir sur ce qu'elle voulait et de se façonner en quelqu'un d'autre. Avec l'ange de la Mort, elle pouvait être elle-même.

Avec lui, elle ne se sentait plus si seule.

Elle posa la tête sur son épaule et sourit quand il se crispa, surpris. « Dites-moi comment c'est de l'autre côté du pont. »

Il posa son menton sur sa tête. « Si tu veux vraiment le savoir, je serais ravi de t'y inviter et de te garder pour moi tout seul pour l'éternité. » Quand elle le bouscula de l'épaule, l'ange de la Mort se mit à rire. « C'est un endroit bien plus doux que le monde des vivants. Il n'y a pas de besoins, pas de manque, pas de peur.

— Alors pourquoi ne pas y passer plus de temps ? »

L'ange de la Mort caressa du pouce le dos de la main de Signa, et sa peau brûla de désir. « Je ferai tout ce qui est en mon pouvoir pour protéger cet endroit et ses habitants. Mais y passer trop de temps est épuisant. Je ne peux pas partager leurs plaisirs, Petit Oiseau. Je n'ai pas de famille qui m'y attende, et il est possible que certains de mes besoins ne soient jamais satisfaits, où que je sois. Les voir – me tenir dans cet endroit – me le rappelle constamment. De plus, je trouve le monde des vivants beaucoup plus divertissant. »

Signa ayant elle-même du mal à trouver sa place, elle pouvait le comprendre. L'ange de la Mort était l'homme le plus détesté au monde et, même ici, dans la vie après la mort, il n'avait pas sa place. Ce n'était pas étonnant qu'il paraisse si peu engageant aux yeux des gens. Elle donnait sans doute la même impression.

« J'ai choisi un homme qui avait quatre-vingts ans. » Signa comprit aussitôt à quoi il faisait référence, et ces mots la blessèrent au plus profond de son âme. « Il lui restait dix ans à vivre, mais il aurait beaucoup souffert de ses articulations. Il est là, sur le pont. » L'ange de la Mort fit un signe de la tête.

Signa n'avait pas envie de regarder l'homme qu'elle avait condamné pour sauver Bliss, mais il méritait au moins ça. Elle referma les bras sur son estomac et se força à regarder l'homme petit et corpulent dont elle avait volé la vie. Dix ans, ce n'était pas rien. Même avec des douleurs, qu'aurait-il pu accomplir ? Quels souvenirs aurait-il pu se créer ? Quelles joies aurait-il connues ?

« Je n'aime pas faire ça, Signa. » Les ténèbres s'enroulèrent autour d'eux comme un rideau, leur cachant le pont. « Nous nous jouons du Destin, et il n'est pas du genre à apprécier. Ne me demande plus de prendre la vie de quelqu'un qui n'est pas prêt à être fauché. »

Ses propos s'imprégnèrent au plus profond de son âme. Elle se fit plus petite, se repliant sur elle-même.

« Je suis navrée de vous l'avoir demandé. » Elle tremblait. « Mais si cela vous dérangeait à ce point... pourquoi l'avoir fait ? Pourquoi m'avoir écoutée ? »

Quand il se tourna vers elle, le clair de lune l'illuminait d'une façon qui rappelait une peinture à Signa, de minces volutes de pénombre telles des coups de pinceau sur une toile. « Parce que j'ai attendu une éternité pour te rencontrer, Signa Farrow. » Son assertion lui fit l'effet d'un baume, et elle s'y accrocha, le savoura. « Pour moi, tu es comme une chanson pour une âme qui n'a jamais connu la musique. La lumière pour quelqu'un qui n'a connu que l'obscurité. Tu fais ressortir le pire en moi, et je deviens vindicatif envers ceux qui te traitent d'une façon qui ne me plaît pas. Mais tu fais également ressortir le meilleur en moi – je veux être meilleur grâce à toi. Meilleur *pour* toi.

» De toute mon existence, je n'ai jamais rêvé que d'une chose – quelqu'un qui pourrait me comprendre, et qui pourrait me toucher. Quand je touche les gens, je vois la vie qu'ils ont menée par petits bouts de souvenirs tandis qu'ils meurent. Mais la première fois que je t'ai touchée, c'est ton avenir que j'ai vu. Je t'ai entraperçue dans mes bras, dansant vêtue d'une magnifique robe rouge au clair de lune. » Il releva son menton et Signa frissonna, savourant son contact.

« C'est toi que je veux. » Il retira sa main. « Je sais que je ne peux pas te forcer à me vouloir en retour, mais si tu me veux, je te promets de t'appartenir tout entier et sans équivoque. Si tu me veux, je ferai en sorte que ce monde te comble, Signa. »

Elle était sous le choc. Pendant si longtemps, elle n'avait rêvé que d'être une fille normale et que l'ange de la Mort cesse de rôder dans la pénombre de sa vie. Elle avait imaginé une vie douce, pour finalement se rendre compte qu'elle avait un goût amer. Elle pourrait passer sa vie aux côtés d'Everett, à laisser traîner ses oreilles pour les commérages, et se sentir piégée, faible pour finir par étouffer. Et tout ce temps, elle se rappellerait qu'il y avait quelque chose – quelqu'un – qui l'avait, un jour, fait se sentir vivante.

Une fille normale ne pourrait pas sauver l'âme de sa cousine.

Une fille normale ne pourrait pas être assise sur cette rive, à admirer le pont qui menait à la belle vie après la mort.

Pendant si longtemps, elle avait lutté contre qui elle était vraiment, cherchant à être ce que les autres attendaient d'elle. Elle en avait assez.

La réponse était là – elle avait toujours été là. Elle leva les yeux vers lui, les lèvres à un souffle des siennes. « Je crois que j'ai toujours été tienne, ange de la Mort. De même que tu n'attendais que moi, je n'attendais peut-être que toi. Car je veux ressentir pour toujours ce que je ressens quand je suis à tes côtés. Je veux ressentir ce que je ressens quand tu me touches. »

Il poussa un infime soupir et les ténèbres en lui s'enflammèrent ; il devint la nuit en personne.

Il était le feu des étoiles. La lumière aveuglante de la lune. La caresse du vent sur la peau de Signa et l'obscurité des ténèbres qui la buvait comme un vin délicieux.

Elle sut avant de passer un bras autour de son cou – avant de presser sa poitrine contre son torse – qu'elle ne pourrait pas faire demi-tour. Quand ils s'embrassèrent, son toucher brisa quelque chose en elle. Quelque chose de petit et de timide. Quelque chose qui la retenait depuis trop longtemps.

Peu importait ce que les autres attendaient d'elle. Peu importait ce que les autres pensaient d'elle. *Voilà* qui elle était, et elle était prête à l'accueillir.

« Tu n'es pas une chose fragile à protéger. » Sa voix était apaisante comme la première pluie de la saison et elle frissonna de la sentir glisser sur sa peau. « Tu es plus intrépide que le soleil, Signa Farrow, et il est temps que tu brilles. »

L'ange de la Mort l'entraîna dans la forêt et l'allongea sur le sol froid. Il l'embrassa le long du cou jusqu'au haut de son corset. Elle chercha à voir son visage, mais la brume et les ténèbres le lui cachaient. Elle aurait pu insister, mais finalement, peu lui importait à quoi il ressemblait. Ce qu'elle ressentait pour lui – son désir pour lui – venait du plus profond de son être et était si fort qu'elle en avait mal.

En presque vingt ans, elle ne s'était jamais sentie aussi vivante. Elle s'abandonnait complètement, ses mains glissaient dans les ténèbres pour s'enrouler dans ses cheveux et sur ses épaules, elle embrassait ses lèvres, son cou, tout aussi avide de lui qu'il l'était d'elle.

Dentelle après dentelle, il défit sa robe, la soie glissant sur la peau de Signa. Il prit un peu de distance pour l'admirer, nue sous les étoiles, ses cheveux noirs détachés tombant sur ses belles épaules.

Signa ne s'était jamais sentie aussi exposée, pourtant elle ne chercha pas à se cacher de lui, ni ne recula devant ses ténèbres qui encerclaient ses cuisses nues. Elle guida ses mains sur ses seins. Sur sa taille et sur ses hanches, puis plus bas, frissonnant de plaisir sous ses doigts.

« Es-tu sûre que c'est ce que tu veux ? » demanda-t-il, comme s'il n'arrivait pas à y croire. Comme s'il s'attendait à ce qu'elle reprenne ses esprits et qu'elle le repousse.

Mais Signa n'envisageait plus l'ange de la Mort comme quelqu'un de dangereux. Il était électrisant et libérateur, et elle avait plus envie de lui qu'elle avait jamais eu envie de quoi que ce soit.

« Je n'ai jamais été aussi sûre de ma vie. » Elle prit son visage dans la paume de ses mains, et l'encouragea à descendre jusqu'à ce que son corps recouvre le sien. Elle l'embrassait tendrement mais avec passion, espérant calmer ses inquiétudes. Elle voulait lui montrer qu'elle en avait autant envie que lui.

Que ce soit suite à sa réponse ou à ses baisers, il gémit et l'embrassa à pleine bouche. Il n'hésita plus après ça. Ses lèvres se retrouvèrent aussitôt sur ses cuisses, embrassant la peau nue jusqu'à ce qu'elle en ait le souffle coupé, la tête rejetée en arrière tandis qu'elle fondait tout entière sous ses caresses.

Ses ténèbres parcoururent ses hanches, et se glissèrent à l'endroit sensible où ses lèvres étaient auparavant. Elle souffla doucement, toutes les tensions qu'elle avait pu ressentir la quittant. Chacune de ses caresses mettait le feu à sa peau, la transperçait et exigeait son attention. Pour une fois, rien d'autre n'avait d'importance. Pas d'héritage, pas d'esprits, rien que l'ange de la Mort allongé sur elle, et le profond désir qui l'habitait.

Il gémit quand il s'introduisit en elle, et Signa sentit alors qu'elle se laissait aller. *Elle* était l'obscurité des ténèbres à présent. C'était *elle* qui le faisait se plier, s'étirer, se tordre ; elle prenait tout ce qu'il avait à offrir, tout ce qu'elle voulait.

Elle enroula ses jambes autour de lui comme le désir grandissait, le gardant près d'elle tandis que l'ivresse la submergeait. Elle ne ressentait pas *que* lui. C'était la nuit elle-même, les ténèbres, l'obscurité, les étoiles qui explosaient en elle comme le plaisir atteignait son paroxysme.

Un grognement s'échappa de la gorge de l'ange de la Mort comme elle se cambrait sous lui, et il serra un poing sur ses cheveux. Ses muscles se contractèrent comme elle l'attirait vers elle pour embrasser son cou, ses lèvres, et tout ce qu'elle pouvait atteindre jusqu'à ce qu'il grogne son nom et se perde en elle, les ténèbres s'enroulant autour d'elle quand il se laissa tomber à ses côtés.

Signa se libéra de son étreinte, la satisfaction aux lèvres. Elle était la *seule* capable de soumettre l'ange de la Mort à ses caprices. Il lui murmurait son nom comme elle rejetait la tête en arrière vers le ciel, et cela lui plaisait beaucoup.

Signa entrelaça les doigts dans les siens et, béat, il caressa le dos de sa main du pouce.

« Je t'ai attendue pendant des millénaires, Signa Farrow. » Sa voix était de soie ; il s'exprimait d'un air bien trop satisfait. « Depuis la nuit des temps, j'ai attendu. Tu es mienne et je suis tien. Et ensemble, le monde nous appartient. »

TRENTE-NEUF

Signa et Elijah étaient tous deux à la table du petit-déjeuner bien avant le lever du soleil, à réfléchir à des mobiles et des hypothèses, refusant tous deux de dire tout haut ce qu'ils pensaient : que Marjorie n'avait pas pu agir seule. Qu'elle avait l'air trop surprise. Que son amour pour les enfants Hawthorne était trop sincère.

Mais la tache de belladone sur ses doigts et les notes dans son journal intime ne mentaient pas. Elle avait voulu faire disparaître Lillian, mais cela ne lui avait pas suffi. On pouvait se laver les mains et nettoyer des tasses empoisonnées, ils avaient donc besoin de preuves. Besoin de réponses. C'est pourquoi ils s'étaient réunis pour essayer de les trouver.

Signa était soulagée qu'Elijah lui parle franchement, et qu'il écoute ses soupçons avec beaucoup d'attention. Quand elle suggéra Byron comme complice de Marjorie, il ne la contredit pas ni ne lui dit qu'elle était folle. Il posa son menton sur des doigts joints en prière et dit : « Je suis certain que nous aurons bientôt l'occasion de parler à mon frère. »

Il avait raison, mais Signa se garda bien de demander comment il avait su que Byron ferait son apparition. Le soleil venait à peine de se lever qu'il martelait la porte à coups de heurtoir assez fort pour réveiller les morts.

« Laissez-le entrer, Warwick », dit Elijah à son majordome. Il avait la voix cassée, presque éteinte. Sa prestation lumineuse comme les étoiles sur la piste de danse, un grand sourire aux lèvres, sobre, *heureux*, paraissait si loin. À présent, devant elle, Elijah avait les pieds dans des chaussons, posés sur une chaise, et il buvait à petites gorgées un thé noir dans lequel il avait versé bien trop de lait. Les poches sous ses yeux étaient plus grandes que jamais, et il n'avait rien fait pour maîtriser ses cheveux en bataille qui lui tombaient sur le front et dans les yeux. Sa barbe avait repoussé comme une ombre sur son visage.

On leur avait apporté le petit-déjeuner peu de temps avant, et Signa se servait des cuillerées de porridge en écoutant le *clac-clac-clac* de la canne de Byron sur le parquet massif. Byron n'attendit pas la permission, ou que Warwick l'escorte jusqu'à la salle à manger, avant d'ouvrir brutalement la porte, le visage d'un rouge si prononcé qu'il semblait prêt à exploser. Il jeta un coup d'œil à Signa et grogna : « Sortez d'ici, jeune fille. »

Elijah leva une main pour sa défense. « Signa peut rester. » Il fit un geste vers la chaise en face d'elle. « Asseyez-vous, Byron.

— Si vous croyez que je vais...

— J'ai dit, *asseyez-vous*. »

Signa jeta un coup d'œil dans un coin de la salle, dans la pénombre, s'attendant presque à ce qu'Elijah ait convoqué l'ange de la Mort en s'exprimant sur ce ton.

Byron releva sa queue-de-pie et s'assit. Il posa les mains sur la nappe blanche en dentelle, les poings serrés. « Qu'avez-vous fait, Elijah ? Un courtier est passé au Grey's ce matin, ne cessant de discourir sur la vente de l'affaire familiale, ça n'a pas de sens ! »

Elijah se servit une cuillère de porridge, fronça le nez, puis ajouta du lait et un carré de sucre. « Bien sûr qu'il y a un courtier. Pensiez-vous que j'allais laisser ma famille mourir de faim ? »

Le Seigneur vienne en aide à Byron et à son pauvre cœur. Il passa de rouge à violet, tellement en colère qu'il en oublia de respirer. Signa pensa qu'il allait s'évanouir, ou hurler tout du moins, mais il inspira un grand coup et calma sa colère grandissante. « Si vous voulez vendre l'affaire, commença-t-il avec un calme admirable, laissez-moi la reprendre. Nous pourrons mettre en place un paiement échelonné, ou un pourcentage du chiffre d'affaires qui vous reviendrait. Vous n'aurez plus jamais à toucher un livre de comptes. »

Elijah demanda à Warwick de prévenir les cuisines qu'ils avaient besoin de davantage de thé. Le silence se fit pesant. Signa, qui avait la chair de poule, avait l'impression que sa peau pourrait partir en lambeaux à tout moment. Rester silencieuse entre les deux hommes qui se chamaillaient était une forme unique de torture.

Byron semblait d'accord avec elle. « Elijah. » Il prononça son nom comme on donne un coup de marteau à un clou. « Cette offre vous convient-elle ? Vous savez que je ne laisserais jamais souffrir votre famille. »

Elijah serra les dents. « Je n'ai jamais eu l'intention de la faire souffrir, moi non plus. C'est pourquoi je ne vous poserai la question qu'une fois, Byron : avez-vous comploté avec Marjorie pour faire du mal à ma famille ? »

Signa n'osa pas cligner des yeux de peur de manquer sa réaction. Pourtant, elle ne savait pas comment interpréter le mouvement de recul de Byron et les plis sur son front autrement que comme de la surprise.

« Vous avez encore bu ? s'enquit Byron. Ou avez-vous perdu la tête ? Vous divaguez ! Je ne sais pas de quoi vous parlez ! »

Elijah porta la tasse en porcelaine à ses lèvres et étudia son frère à travers les volutes de vapeur avec un calme surprenant. « Savez-vous ce qui est arrivé à mon fils ? »

Byron reposa furieusement sa tasse dans sa soucoupe, projetant quelques gouttes de thé sur la nappe ivoire. « Elijah, assez plaisanté. Qu'est-il arrivé à Percy ? »

Signa voulait que Byron soit coupable. Elle voulait des réponses, ou se servir de ses nouvelles capacités pour le suivre jusque chez lui et s'assurer qu'il était impliqué dans l'affaire. Mais Byron paraissait sincèrement inquiet, et même si elle était quelque peu soulagée, elle ne pouvait s'empêcher de grincer des dents de frustration de ne pas en apprendre davantage.

Le visage d'Elijah se durcit. « Il est tombé malade juste après votre départ de la soirée hier. Nous avons trouvé Marjorie avec du poison sur les mains et j'ai des raisons de croire que vous travailliez ensemble tous les deux.

— Du poison ? » Comme s'il avait l'intention de se lever, Byron repoussa la table, la canne à la main. Au dernier moment, il se ravisa et se rassit sur sa chaise. D'une voix douce et froide, il dit : « Nous avons eu des différends, Elijah, mais pourquoi, au nom du ciel, voudrais-je faire du mal à votre famille ?

— Vous avez probablement plus de raisons de me faire du mal que je ne peux en compter, commença Elijah en les énumérant sur les doigts. Tout le monde sait que vous voulez le Grey's, mais peut-être cela va-t-il plus loin. Peut-être est-ce à cause de ce que Lillian représentait à vos yeux. Peut-être l'avez-vous tuée car vous en aviez assez de la voir avec moi. Ou peut-être vouliez-vous que je sois blessé comme vous l'avez été quand elle m'a choisi, moi. Ou peut-être…

— Ça suffit ! » Byron s'agrippa au bord de la table, les articulations toutes blanches. Signa s'enfonça dans son siège ; elle aurait aimé disparaître. Les disputes familiales étaient une nouvelle expérience pour elle, et certainement pas son fort.

« Le fait que vous, ne serait-ce que *suggériez…* » Byron ne finit pas sa phrase et secoua la tête. « Il est vrai que j'aimais Lillian, de même qu'il est vrai que je veux le Grey's. Mais c'est parce que vous le faites *courir à sa perte*, Elijah. Savez-vous que Percy est venu chez moi l'été dernier, me suppliant de vous raisonner ? Que vous puissiez croire que je serais capable de faire du mal à votre famille est ridicule. J'aime ces enfants, idiot. » Il n'avait pas la même passion ni la même ferveur qu'Elijah, mais Signa se surprit à le croire malgré tout.

« Il est peu probable que je me marie un jour et que j'aie des enfants, poursuivit Byron. Pour moi, Percy et Bliss sont ce que j'ai de plus approchant. Percy et moi sommes devenus particulièrement proches, comme vous le verriez si vous ouvriez les yeux. Quand vous l'avez rejeté, c'est à moi qu'il s'est confié. Je veux qu'il ait du succès. Je veux le voir reprendre le Grey's, se marier, être *heureux*. Je ne lèverais jamais la main sur lui.

— Mais vous lèveriez la main sur une femme. » Signa aurait voulu se pincer, regrettant d'avoir parlé.

Byron porta soudain son attention sur elle, comme s'il la remarquait pour la première fois.

La mâchoire d'Elijah fut prise d'un tic. « C'est vous qui avez blessé Marjorie ? » Signa n'aurait pas cru qu'il l'avait remarqué. « Pourquoi ? »

Byron mit sa canne de côté. « Vous étiez seul depuis trop longtemps, Elijah. Je savais que vous aviez eu des sentiments pour cette femme par le passé. Je me suis dit que vous en aviez peut-être encore. »

Elijah émit un rire amer. « C'est ce que vous vous êtes dit ? Que si je partageais ma couche avec elle, j'oublierais peut-être la mort de ma femme ? Que je pourrais retrouver mon comportement d'avant et me remettre au travail pour le Grey's ? C'est vous l'idiot, mon frère.

— Il y a une dame à table, Elijah...

— Alors qu'elle couvre ses oreilles délicates si je l'offense. Vous êtes trop vieux jeu, Byron. Pas étonnant que Lillian ne vous ait jamais...

— Finissez votre phrase, siffla Byron, se penchant en avant pour menacer Elijah du doigt, et vous le regretterez.

— Vraiment ? Seigneur, je tremble d'envisager...

— Oh pour l'amour du ciel, j'en ai assez entendu de vous deux. » Signa repoussa sa chaise brusquement et se leva, incapable de supporter un instant de plus de les entendre hurler comme des cochons. « Vous vous comportez comme des enfants. Si vous n'êtes pas capables d'avoir une conversation civilisée, alors buvez votre thé et je poserai les questions. »

Les deux hommes se ressemblaient tant, le visage blême et de grands yeux de hibou. Signa remarquait leurs similitudes à présent, comme jamais auparavant. Les mêmes sourcils sévères et la même mâchoire saillante. La peau mordorée, celle d'Elijah un peu plus sombre. Byron avait l'air plus sévère, comme Percy, avec un nez plus long et un visage plus anguleux, mais ils étaient dans l'ensemble très similaires.

« Nous ne savons pas si Marjorie agissait seule, et nous avons besoin d'une preuve de son implication, commença

Signa, s'exprimant avec précision et avec mordant. Du poison sur les doigts, ça ne suffit pas. Byron, si vous savez pourquoi elle aurait pu empoisonner les Hawthorne, dites-le-nous. »

Signa ne s'attendait pas à ce que Byron éclate de rire. « Vous pensez vraiment que Marjorie les rendrait malades ? Vous êtes une idiote, jeune fille. Cette femme ne ferait jamais de mal à Percy. »

Elijah passa deux doigts de chaque côté de ses lèvres pour lisser sa barbe naissante. « Parlez-moi du journal intime que vous avez trouvé, Signa. Celui auquel vous l'avez confrontée.

— Elle y décrit le jour où elle vous a retrouvé dans les écuries, répondit Signa. Elle écrit qu'elle vous a avoué ses sentiments et que vous l'avez rejetée…

— La scène que vous décrivez ne s'est jamais produite. » Sur ce point, Elijah était ferme. « Êtes-vous certaine qu'elle m'a nommé ?

— Bien sûr que oui ! Elle disait vouloir la famille qui lui était due. Elle disait… Elle disait… » Signa se rendit compte que, non, Marjorie n'avait jamais employé le nom d'Elijah comme celui qu'elle aimait. Mais elle avait vu comme elle le touchait, comme elle parlait librement en sa présence. Si ce n'était pas lui… « Y a-t-il quelqu'un d'autre ? Quelqu'un d'autre ici qu'elle aimerait, à qui elle penserait devoir la vérité ? »

Elijah devint si pâle que Signa eut peur que son âme ne quitte son corps avant qu'elle n'obtienne de réponse. Byron l'imita peu après, et ils échangèrent un regard que Signa ne savait comment interpréter.

La nuit précédente, elle était si convaincue de ce qu'elle avait lu. Si certaine d'avoir bien assemblé les pièces du puzzle. Mais à en juger par leur expression du visage, elle doutait plus que jamais.

« Elle faisait peut-être référence à quelqu'un d'autre, finit par répondre Elijah.

— Elijah... » De mémoire, c'était la première fois que Signa remarquait une pointe protectrice dans la voix de Byron, qui dévisageait son frère.

« Ce n'est rien, Byron. Même si je n'arrive pas à savoir si cette fille est un ange ou le diable en personne, elle a sauvé mes enfants plus souvent qu'à son tour. De plus, si ce qu'elle dit est vrai, il le sait déjà.

— *Qui* sait *quoi* ? » Signa massa ses tempes du bout des doigts. Elle avait l'impression que sa tête allait exploser si elle n'obtenait pas bientôt des réponses. Heureusement, les deux hommes eurent pitié d'elle.

« Si Marjorie est restée à l'Épineuse, ce n'est pas par amour pour moi. » Même s'ils étaient seuls dans la pièce, Elijah parlait si doucement que Signa devait tendre l'oreille pour l'entendre. « Elle est restée parce qu'elle avait eu un enfant. »

Les pièces du puzzle s'assemblèrent.

Aux yeux de la société, j'étais déjà une dépravée. Marjorie avait mis Signa en garde d'être prudente avec les hommes. Elle avait eu un enfant en dehors des liens du mariage, et à cause de cela, elle avait été mise au ban de la société.

Bliss ressemblait tant à Lillian. Elles avaient les mêmes cheveux couleur du soleil, les mêmes traits délicats. Pourtant, avec deux parents blonds, les cheveux de Percy d'une couleur rappelant la moisson et ses taches de rousseur ne lui avaient jamais paru à leur place. Comment avait-elle pu ne pas le remarquer avant ?

« Percy est le fils que vous avez eu avec Marjorie, dit Signa, la tête entre les mains, n'est-ce pas ? »

Elijah n'hésita pas. « Nous avons gardé le secret, à la fois pour préserver Marjorie et pour préserver Percy. Je venais tout juste de me fiancer quand elle l'a appris, et je n'avais aucune idée qu'elle était enceinte jusqu'à ce qu'elle se présente un jour sur le pas de notre porte avec lui. Marjorie avait été reniée par sa famille et n'avait plus rien. Ni argent, ni perspectives d'avenir, et aucun gentleman ne la courtiserait jamais s'il savait qu'elle avait eu un enfant en dehors des liens du mariage. C'est pourquoi elle nous a demandé, à Lillian et à moi, d'élever Percy comme s'il était notre fils, et j'ai dit oui. *Bien sûr* que j'ai dit oui. C'est mon fils, et je voulais lui offrir le monde, pas une vie dans la rue.

— Et ça ne dérangeait pas Lillian ?

— Lillian a toujours traité Percy comme si c'était son propre fils », dit Byron avec une conviction impressionnante.

Elijah acquiesça. « Nous avons eu du mal à concevoir un enfant pendant un moment, et même si expliquer à ma jeune mariée que j'avais un fils dont je n'avais pas connaissance n'est pas une expérience que j'aimerais revivre, je pense qu'elle considérait Percy comme une bénédiction. Dès qu'elle a posé les yeux sur lui, elle l'a aimé. »

On venait de présenter un tout nouveau puzzle à Signa. Elle se massa à nouveau les tempes, à trier les pièces. « Et Marjorie ? s'enquit-elle. Est-ce que l'arrangement lui convenait ?

— Autant que possible, je suppose. » Elijah remua son thé, faisant appel à ses souvenirs. « Je lui ai offert un emploi respectable, un toit au-dessus de sa tête, et la chance de pouvoir voir son fils grandir. Mais Percy ne pouvait pas connaître la vérité sur sa lignée. J'avais trop d'ambition pour lui, il devrait renoncer à trop de choses si l'on découvrait qu'il était né en dehors des liens du mariage. Marjorie et Lillian, elles aussi, auraient été la cible des commérages où qu'elles aillent.

— Il ne serait pas plus ridiculisé qu'il ne l'est aujourd'hui, l'interrompit Byron, la mine renfrognée. Vous le tournez en ridicule ainsi que la famille tout entière en réduisant à néant ses perspectives d'avenir. »

Signa n'avait jamais vu de regard plus agressif que celui qu'Elijah adressa à son frère. « Je n'essaie pas de le tourner en ridicule ; j'essaie de le *protéger*. Tout comme j'essaie de vous protéger vous, imbécile. Pendant des années, nous nous sommes consacrés à notre travail, oubliant de dormir, ratant des anniversaires, ratant des souvenirs. Et pour quoi ? Pour ne pas être présent pour les derniers jours de ma femme pour que des hommes qui pensent avoir tous les droits passent leurs journées à parier et à boire ? Pour avoir l'argent qui me permette de vivre dans une maison où je me sens seul et qui se fait de plus en plus silencieuse chaque jour ? Mon fils mérite mieux que moi.

» Vous n'êtes pas marié, Byron, parce que vous vous consacrez à un travail qui n'a aucun sens, tout comme moi. J'ai appris cette leçon à mes dépens, mon frère. Je pensais que les médecins guériraient ma femme, et j'ai continué de passer jour après jour au club. J'aurais pu être là pour l'aider. J'aurais pu l'apaiser dans ses derniers moments, mais j'ai choisi le travail. Je refuse que mon fils fasse le même choix. Il n'héritera pas du Grey's, et je ne vous le vendrai pas non plus pour ne pas vous damner pour le restant de vos jours. Qu'une autre pauvre âme s'en occupe. Nous continuerons de toucher un pourcentage, et nous ne manquerons de rien. »

Signa aurait voulu que Percy soit là pour entendre son père. Elle espérait qu'il serait soulagé d'apprendre que ce n'était pas l'animosité d'Elijah ni son manque de confiance qui le tenaient à distance de l'affaire familiale. C'était l'amour. Et peut-être que si Percy en était conscient, ils pourraient commencer à réparer leur relation qui s'étiolait.

À en croire la réaction de Byron, cependant, il y avait bien plus à réparer.

« Ne comprenez-vous pas ce que cela aura pour conséquence sur votre réputation ? s'enquit-il. Dès que vous aurez signé ces papiers, elle disparaîtra.

— Alors appelez-moi magicien. » Elijah refoula l'inquiétude d'un revers de main. « J'ai tout ce dont j'ai besoin. Le reste n'est qu'un jeu auquel je ne veux plus participer. »

Byron passa ses doigts agités dans ses cheveux et tira sur les mèches. « Peut-être que *vous* ne voulez plus y participer, mais vous ne pouvez pas faire ce choix pour nous tous. Je suis arrivé à un âge où je sais ce que je veux, et c'est le Grey's. »

Ils défendraient sans aucun doute chacun leur point de vue pendant encore un moment, mais Signa était distraite à repenser aux marques d'affection de Marjorie envers Percy. À l'adoration et la tendresse dans ses yeux, à sa façon de lui céder à chaque fois.

Elle comprenait pourquoi Marjorie aurait voulu se débarrasser de Lillian. L'empoisonnement de Bliss, elle le comprenait également, car la jeune fille ne collait probablement pas avec l'idée de la famille que Marjorie pensait mériter. Mais pourquoi Percy était-il tombé malade ?

Il manquait toujours une pièce du puzzle. Une dernière pièce, et le puzzle serait enfin complet.

Signa. Elle sentit soudain le froid sur sa peau et en eut le souffle coupé, mais comme ils ne cessaient de se chamailler, aucun des deux hommes ne le remarqua. *Viens vite. Il y a un problème avec Percy.*

Signa se leva de sa chaise sans hésiter et se précipita vers la porte. Les deux hommes cessèrent soudain de se disputer et Elijah l'interpella. « Où allez-vous ?

— À la chambre de Percy ! » répondit-elle. Elle ne se retourna pas, mais elle entendit des pieds de chaises grincer sur le sol et elle sut qu'ils la suivaient.

QUARANTE

Percy se tenait près d'une fenêtre quand Signa se précipita dans la chambre ; il avait les yeux injectés de sang et s'accrochait à son rebord. C'était un miracle qu'il ait la force de rester debout, mais Signa avait l'impression que c'était l'adrénaline qui le faisait tenir, pas la volonté.

Elle serra ses bras autour d'elle pour se protéger du vent qui hurlait et faisait gonfler les rideaux comme il pénétrait dans la chambre par la fenêtre ouverte. L'ange de la Mort se tenait derrière lui et observait la scène en silence, curieux.

« Percy ? » l'appela Byron, essoufflé d'avoir monté les escaliers si vite. Il s'appuyait de tout son poids sur sa canne et maudissait son genou souffrant d'arthrite.

Les yeux vides de Percy se posèrent sur chacun d'entre eux comme s'ils étaient des fantômes. Son visage hâve brillait de transpiration, le teint cireux.

« Fils, qu'y a-t-il ? l'interrogea Elijah. Que se passe-t-il ?

— Bon sang mais que regarde-t-il ? » demanda Byron.

Signa ne se tourna pas vers Percy pour obtenir une réponse, mais vers l'ange de la Mort. *Je n'ai pas vu ce qu'il s'est passé,* lui dit-il. *J'ai ressenti la présence d'un esprit ici, et j'ai vu Percy ouvrir la fenêtre quand je suis venu vérifier comment il allait. Il regarde par la fenêtre depuis.*

Signa traversa la pièce jusqu'à son cousin et le prit par les épaules, l'éloignant de la fenêtre pour le ramener à son lit.

« Nous devrions appeler un médecin de toute urgence, commença Byron qui se précipitait déjà vers la porte quand Elijah le rappela.

— Aucun médecin ne peut l'aider. Il a des hallucinations. Warwick ! » Il héla son majordome qui les avait suivis jusqu'à la chambre, même si Signa ne s'en était pas rendu compte. « Apportez-lui du thé et quelque chose à manger…

— Pas de thé ! » Percy fut pris de violents frissons. Il retomba sur le lit, les lèvres gercées, tremblant de la tête aux pieds.

Signa remonta les draps sur lui, s'efforçant de détourner son attention de la fenêtre. « Quoi que vous ayez vu, cela devrait partir bientôt. Est-ce que cela vous aiderait que je reste avec vous un moment ? »

Les yeux hagards de Percy passèrent la chambre en revue, incapables de se poser bien longtemps. « Je l'ai vue. » Il ne balbutiait pas, et même s'il tremblait encore, la clarté avec laquelle il s'exprimait frappa Signa. « Mère. Elle était là. »

Il battit des cils avant de fermer les yeux, et elle sut qu'il faisait l'expérience du même épuisement qui l'envahissait au plus profond de son être quand elle rencontrait un esprit. Cela suffit à confirmer ses soupçons, qu'Elijah exprima dans un terrible murmure.

« C'était Lillian. C'est ce que je pense depuis le début – elle est là, à veiller sur les enfants. » Il se mit à trembler comme un roseau dans le vent.

« Lillian est morte, Elijah. » Une veine saillait dans le cou de Byron. « Ça n'a pas de sens. Il délire, c'est tout.

— Il ne délire pas. » La voix d'Elijah était sévère. Il croyait en la présence de Lillian, et c'était tout ce qui comptait. « Ma femme est toujours sur cette terre. »

Cela aurait soulagé Signa de lui confirmer à quel point il avait raison. Mais il valait mieux ne pas franchir le voile entre le monde des vivants et le monde des morts. Par conséquent, elle dit : « Peut-être », mais Elijah était trop perdu dans ses pensées pour faire attention à elle. Il jeta un regard fugace à son fils pour s'assurer qu'il respirait toujours avant de quitter la pièce précipitamment, marmonnant au sujet de sa femme.

Peut-être avait-il l'intention de partir à sa recherche. Ou peut-être avait-il l'intention de se remettre à boire dans l'espoir de trouver du réconfort au fond d'un verre.

Elle fut satisfaite quand Byron, après un dernier regard s'attardant sur Percy, décida de suivre son frère, peut-être pour l'empêcher de commettre une imprudence.

Signa s'habitua au froid sur sa peau à mesure que l'ange de la Mort approchait. « Vous avez peut-être pris Lillian, mais celui qui est vraiment mort est resté ici sur terre. » Elle avait pitié d'Elijah. Elle en avait tellement pitié qu'elle avait l'impression qu'une brûlure lui perforait le cœur.

« Signa. » L'ange de la Mort s'exprimait comme on le fait quand on ne veut pas faire peur à un animal sauvage. « Tous ceux qui vivent doivent mourir. Ainsi va le monde. »

Mais oh, comme elle aurait voulu qu'il en aille autrement. Que les vies étaient fragiles quand elles volaient en éclats sous ses yeux, les unes après les autres. « Je ne supporte pas de le voir dans cet état. » Le trou dans son cœur était devenu trop grand et la rongeait davantage à chaque seconde. « Tous ces gens… Comment fais-tu ? Comment tiens-tu le coup en laissant des gens brisés derrière toi ? »

Signa se couvrit la bouche aussitôt, regrettant d'avoir posé la question à voix haute, mais l'ange de la Mort se laissa simplement aller contre elle, posant son menton sur sa tête.

« La vie humaine est magnifique, dit-il. Vous les humains… vous *ressentez* les choses. Vous les ressentez tant que cela vous dévore. Il est des humains que je surveille, mais je cligne des yeux et soudain ils ont cinquante, soixante ans de plus – et l'heure est venue pour moi d'aller à leur rencontre. Longtemps, j'ai eu pitié d'eux pour leurs courtes vies. Et je dois l'admettre, Signa, je suis devenu moins sensible avec l'âge. Mais j'ai aussi appris à les admirer. Leurs vies sont si brèves qu'ils *doivent* tout ressentir intensément. Ils doivent acquérir le temps d'une vie l'expérience que j'ai acquise en une éternité. Quand je vois des hommes comme Elijah, plutôt que de culpabiliser pour ce que j'ai fait, je me rappelle qu'il ressent de la peine parce qu'il aimait si fort. Et si je n'existais pas, Petit Oiseau, si je n'étais pas l'ange de la Mort, il n'aurait jamais connu cet amour. Alors que vaut-il mieux ? Vivre pour toujours ou vivre et aimer ? »

Les doigts de l'ange de la Mort glissèrent le long de ses bras, et il lui prit les mains. « N'aie pas peur de moi. » Sa douce voix lui caressait les oreilles. « Ne m'en veux pas alors que je viens tout juste de te trouver, je t'en prie, car c'est moi qui rends ce monde si beau. »

Elle avait beau essayer, elle ne détestait pas l'ange de la Mort, elle ne pouvait pas le détester. Elle supposait qu'il avait raison, d'une certaine façon, mais cela ne changeait pas le fait qu'elle n'était qu'un être humain. S'il avait raison – si les humains ressentaient les choses et aimaient si fort –, était-ce pour cela qu'elle avait mal au cœur pour cette famille et ce qu'elle était devenue pour elle ? Était-ce parce qu'elle les aimait ?

Main dans la main avec l'ange de la Mort, elle laissa cette idée l'imprégner. Elle la laissa alléger son cœur et accroître sa détermination.

Oui, elle les aimait. Et par amour, elle ferait tout ce qui était en son pouvoir pour les sauver et réunifier cette famille.

QUARANTE ET UN

Les journées à l'Épineuse n'avaient plus aucune structure. Il n'y avait plus de leçons ni le moindre reste de bienséance ; le tout avait été remplacé par une ambiance funèbre tombée sur la maison comme un voile de deuil. En ce qui concernait le domaine, l'Épineuse dans son ensemble avait hâte de retrouver un semblant de normalité. C'était évident à plusieurs titres : la façon dont les domestiques se déplaçaient tête baissée, le fait que personne n'osait parler de ce qui s'était passé pendant le bal, ni de la disparition soudaine de Marjorie trois nuits plus tôt.

Sans gouvernante pour surveiller ses leçons et avec tous les Hawthorne dans un sale état, Signa se retrouvait sans réelle supervision et avec beaucoup de temps libre. Elle passait le plus clair de son temps à fouiner et à étudier à la lueur d'une bougie le reste du registre des salariés que Sylas lui avait fourni, étudiant les habitants du domaine pour trouver le moyen d'avancer dans son enquête. Elle cherchait une piste à creuser pour orienter ses recherches.

Elijah s'était remis à boire. Il passait ses journées avec ses enfants malades et ses soirées à rôder dans les couloirs à la recherche de sa femme qu'il ne trouverait jamais.

Bliss récupérait seule dans sa chambre, toujours si malade qu'elle refusait toute compagnie à l'exception de celle de son père. Et même si Signa avait plus que tout envie de lui rendre visite, elle savait que si Bliss avait assez d'esprit pour ne pas vouloir de visiteurs, c'était qu'elle allait assez bien pour faire preuve de cohérence et être consciente de son image.

Percy se déplaçait enfin sans aide, mais il restait ébranlé par l'apparition de sa mère. Sa peau avait repris des couleurs et une lueur s'était rallumée dans ses yeux, mais il mangeait et buvait si peu qu'il n'avait que la peau sur les os, le visage squelettique et hâve. Il passait ses journées comme son père passait ses nuits, à déambuler dans les couloirs et à marmonner, si perdu dans ses pensées que Signa n'osait pas lui adresser la parole, se contentant de l'observer. Elle supposait que son comportement était passablement normal. Il pensait avoir reçu la visite du fantôme de sa mère. Comment était-on censé réagir à ce genre de chose ?

En revanche, Signa ne s'attendait pas à ce que Percy prenne l'habitude de disparaître des heures durant le soir quand il pensait que personne ne lui prêtait attention. Depuis son balcon, elle l'entendait partir, le regardait se rendre aux écuries, puis dans les bois à cheval quelques minutes plus tard. Il revenait tard dans la nuit les mains pleines de terre ; Sylas avait même envoyé un message à Signa la veille pour lui en parler.

« Vous devriez faire une pause », avait dit Sylas à Signa quand elle l'avait retrouvé dans les écuries après que Percy avait disparu un soir ; elle était déterminée à découvrir exactement où s'aventurait son cousin. Elle était hagarde, les cheveux hirsutes et les yeux assombris par des cernes violets.

« Vous en avez déjà tant fait pour les Hawthorne. Regardez dans quel état vous êtes. »

Signa s'appuya contre le mur et se pinça la base du nez en attendant qu'il prépare leurs montures. « Je m'en moque. » Elle dut se mordre la langue pour éviter de lui cracher sa réponse au visage, non pas de colère contre lui, mais de frustration face à cette situation.

Elle ne voyait pas le puzzle dans son ensemble, et elle ne se reposerait que quand elle connaîtrait toute la vérité. Les Hawthorne étaient comme une famille pour elle. Si cela impliquait de passer mille nuits de plus sans dormir pour assurer leur sécurité, qu'il en soit ainsi. « Vous voulez bien vous contenter de préparer les chevaux ?

— Que pensez-vous découvrir ce soir que vous ne pourrez pas découvrir demain ? insista Sylas, plus sévère cette fois. Vous devez prendre soin de vous… »

Elle le poussa hors de son chemin et se rendit dans la sellerie pour aller chercher elle-même sa selle. Elle plia en deux sous son poids, et bien que Sylas se tînt juste là – les bras croisés, le regard noir –, il ne leva pas le petit doigt pour l'aider. Quand elle pinça les lèvres et plissa les yeux, il se contenta de hausser les épaules. « Débrouillez-vous toute seule si vous allez si bien que ça. »

Elle mourut d'envie de laisser tomber la selle sur son pied. C'était une brute épaisse et ça ne lui ferait pas de mal, mais Signa ne pouvait nier que c'était une brute épaisse agréable à regarder, même à travers la brume de ses maux de tête. Malgré tout ce qu'elle ressentait pour l'ange de la Mort, il lui arrivait parfois, en compagnie de Sylas – avec son large sourire, ses muscles horripilants et ses cheveux ébouriffés – que l'ombre d'un doute s'immisce en elle. Une pointe de curiosité qui la travaillait, se demandant ce que cela aurait donné avec Sylas.

Cela ne voulait rien dire, bien sûr. Il lui avait déjà dit qu'il avait quelqu'un dans sa vie qu'il aimait profondément, et maintenant il en allait de même pour elle. Elle aurait simplement aimé savoir *qui*, exactement, avait conquis son cœur. Mais maintenant, ce n'était plus qu'une curiosité futile. Des problèmes bien plus pressants exigeaient son attention.

« Vous venez avec moi, oui ou non ? » finit-elle par demander, repoussant ses pensées et entrant dans le box de Mitra pour soulever la selle et la poser sur son dos. La jument poussa la main de Signa du bout du nez.

Ce n'est qu'alors que Sylas soupira en comprenant qu'il ne gagnerait pas cette bataille. « Bien sûr que oui. Poussez-vous. » Il prit une bride et finit de préparer Mitra, totalement exaspéré. Signa s'efforça de ne pas sourire.

Ils partirent bientôt, Gundry sur les talons. Sylas menait la charge à travers la lande couverte de neige, en direction du bois qui s'étendait devant eux, ses branches prêtes à les prendre au piège.

« Il s'est sans doute rendu au jardin de sa mère, dit Signa en étudiant des traces de sabots dans la neige qui se dirigeaient droit sur les arbres. Vous a-t-il jamais rien dit le temps que vous prépariez sa monture ?

— Votre cousin n'est pas du genre à parler aux domestiques, remarqua Sylas. Un vrai gentleman, celui-là. »

Signa suivit les traces à travers les arbres et leurs griffes jusqu'au cœur du bois, où elles convergèrent avec quelque chose qui la fit s'arrêter – les traces d'une paire de bottes dans la neige, trop petites pour appartenir à Percy.

Sylas descendit de sa monture et se pencha pour les inspecter. « Qui que soit leur propriétaire, il est peut-être encore dans les parages. » Sa voix était à peine un murmure. « L'empreinte est clairement définie, ce qui implique qu'elle soit récente. »

Signa passa à nouveau en revue la piste de Percy. Il n'avait plus toute sa tête depuis qu'il avait été la cible d'un empoisonnement et, pour sa sécurité, on ne pouvait ignorer cette nouvelle piste. « Suivez Percy, dit-elle. Voyez si vous pouvez découvrir ce qu'il manigance, et assurez-vous qu'il ne tente rien d'imprudent. Je vais suivre ces traces de pas. Peut-être me mèneront-elles à Marjorie. »

À en juger par la tension dans ses épaules, il était clair que Sylas n'était pas content de cette décision. Passant la main sur sa mâchoire, il soupira et remonta à cheval. « Rendez-vous aux écuries dans une heure, dit-il fermement. Si vous n'êtes pas là, je viendrai vous chercher.

— Dans une heure », promit-elle, lui adressant un regard sérieux et resserrant sa prise sur ses rênes. « À tout à l'heure. » Et avec un léger coup de talons sur les flancs de Mitra, Signa le laissa, suivant les traces qui la menaient le long d'un chemin qui lui était inconnu.

Elle s'enfonça de plus en plus profondément dans la forêt, jusqu'à ce que les empreintes disparaissent sous la neige, les ronces, et tout ce qui recouvrait le sol de la forêt. Les arbres étaient plus serrés ici. C'était un endroit où peu de promeneurs se rendaient, où la végétation foisonnerait s'il ne neigeait pas. Signa descendit de Mitra, écrasant des brindilles sous ses bottes, serrant fort les rênes dans les mains.

L'hiver avait quelque chose d'apaisant ; une immobilité que Signa appréciait grandement. Mais enfoncée aussi profondément dans les bois, la tête cognant toujours, c'était perturbant. Elle fut prise de chair de poule et se pressa contre Mitra pour profiter de sa chaleur, incertaine de pouvoir aller beaucoup plus loin en toute sécurité. Elle se pencha pour voir si elle pouvait pousser des ronces sur le côté pour dégager un chemin, quand une voix l'interpella derrière elle, douce et familière : « Attention. L'écorce est vénéneuse. »

Signa se retourna vivement pour découvrir Charlotte dont la respiration dessinait des volutes dans le ciel. Elle était vêtue d'une épaisse cape émeraude, et portait un panier en osier à la main.

« On appelle ça du sumac à vernis, lui expliqua-t-elle en lui faisant signe de reculer. Ça vous donnera d'affreuses rougeurs si vous ou votre cheval ne serait-ce que l'effleurez. » Elle ajouta avec un sourire : « Je l'ai appris à mes dépens il y a quelques années, quand j'ai découvert ces bois pour la première fois. »

Bien sûr les empreintes appartenaient à Charlotte. Signa se rappela que Bliss lui avait dit qu'elle vivait de l'autre côté des bois, mais elle se demandait bien ce que la jeune fille pouvait faire dehors par ce temps. Signa posa les yeux sur son panier. Quand elle les plissa, la tête lui cogna et de petites bulles de lumière brouillèrent sa vision de la neige sous ses pieds. Signa avait dû chanceler car Charlotte tendit la main pour l'aider à tenir debout.

« Vous sentez-vous bien ? Vous ne devriez pas chevaucher seule, l'admonesta Charlotte. Allons, asseyez-vous sur ce rocher. »

Signa ferma les yeux un instant pour que le monde cesse de tourner, puis laissa Charlotte l'aider à s'asseoir. « Ce n'est qu'un mal de tête. Cela passera bientôt. »

Quand elle rouvrit les yeux, Charlotte fronçait les sourcils. Elle souleva le couvercle de son panier pour révéler un assortiment de végétaux prélevés dans la nature. Des châtaignes, des pommes de pin, de tout petits champignons aux étranges couleurs, et un bout d'écorce qu'elle offrit à Signa. « C'est de l'écorce de saule, dit-elle en guise d'explication. C'est meilleur sous forme de thé, mais si vous la mâchez, cela devrait apaiser vos maux de tête. »

Signa fourra l'écorce dans sa bouche sans poser de question et entreprit de la mâcher. Elle aurait fait n'importe quoi pour se débarrasser des coups de marteau dans sa tête qui impactaient sa vue. « Que faites-vous ici ? » s'enquit Signa entre deux mastications, fronçant le nez à cause de l'amertume de l'écorce.

« Je pourrais vous poser la même question, dit Charlotte. Après le bal de Noël, je ne pensais pas vous voir, ni aucun des Hawthorne avant un bon moment. Et certainement pas ici.

— On ne se voit presque pas de toute façon. » Signa fut surprise de s'exprimer aussi ouvertement. « J'aurais aimé vous voir ce soir-là. Ou n'importe quand pour tout dire. J'ai l'impression qu'un mur nous sépare désormais.

— J'ai la même impression, admit Charlotte. Mais ce n'est pas votre faute. Vous avez vu les vautours qui nous entourent, Signa. Si l'un d'entre eux apprenait mon passé – s'ils savaient ce qui s'est passé entre ma mère et votre oncle –, je n'aurais pas fini d'en entendre parler. Nous sommes venus jusqu'ici pour nous débarrasser de ce scandale, alors imaginez ma surprise quand vous êtes apparue, quelques mois à peine avant mon entrée en société. » Elle s'assit sur le rocher, ses chaleureux yeux noisette croisant le regard de Signa. « Cela fait bien longtemps, et je ne savais pas quel genre de personne vous étiez devenue. Je veux seulement trouver un bon parti et prendre soin de mon père. »

Peut-être était-ce l'écorce, ou peut-être était-ce la conversation, mais Signa se sentait déjà un peu mieux. Malgré la frustration, elle était contente d'apprendre que Charlotte ressentait la même chose qu'elle. « Je comprends », dit-elle. Et elle le pensait, car elle avait eu le même genre d'inquiétudes en voyant Charlotte à l'Épineuse.

« J'aurais cru que vous auriez renoncé à la cueillette, à l'approche de votre entrée en société, la taquina Signa, enfonçant les doigts dans la mousse. Certains vous traiteraient de sorcière pour le merveilleux remède que vous m'avez fourni.

— Il faut être une sorcière pour en reconnaître une, la taquina Charlotte. Vous croyez que je ne vous ai pas vue sortir de chez l'apothicaire ? Vous vous êtes toujours intéressée aux plantes, avec autant d'engouement que j'en ai pour découvrir ce que les bois ont à m'offrir été comme hiver. » Elle ferma son panier et leva le menton bien haut. « C'est agréable d'avoir quelque chose à faire qui ne nécessite pas de se pomponner ou de parader, mais je continue principalement parce que l'écorce de saule aide à soulager l'arthrite de mon père.

— C'est très gentil de votre part », dit Signa, espérant que si elle adoucissait son ton, Charlotte comprendrait qu'elle était sincère.

Charlotte finit par se détendre quelque peu. « Et vous ? demanda-t-elle. Je suis surprise qu'on vous ait laissée chevaucher seule. Que faites-vous ici ?

— J'ai une escorte », lui expliqua Signa qui avait mal aux dents à force de mâcher. Elle retira délicatement un éclat d'écorce sur sa langue. « Mais nous avons été séparés. Percy se promène par ici ces derniers temps, et je m'inquiète pour lui. L'avez-vous vu ? »

Charlotte prit son temps pour choisir ses mots. « Lui et Bliss m'aidaient dans mes cueillettes avant, et je leur montrais ce qui était comestible et ce qui ne l'était pas. Mais en grandissant, il est devenu inconvenant de passer du temps seuls ensemble. Je le vois parfois, comme ce soir, mais seulement en passant. Il avait l'air pressé. Je crois qu'il allait rendre visite à sa mère. »

Elle l'avait dit avec tant de désinvolture. Signa ne savait pas ce qu'il lui prenait de se rendre au jardin de sa mère, et Sylas n'avait jamais mentionné que Percy venait aux écuries pour réclamer une monture avant ces derniers jours. « Cela lui arrive-t-il souvent ?

— Eh bien, c'était sa *mère* », répondit Charlotte. Elle parlait plus librement dans les bois. Elle ressemblait davantage à la vieille amie que Signa avait connue. « Bien sûr, oui. Bliss s'y rendait également, mais c'était avant que le jardin soit fermé à clé et qu'elle tombe malade. »

Signa recracha le reste de l'écorce en réfléchissant à ce qu'elle venait de dire. « D'autres se rendent-ils au jardin ? » Signa ne savait pas exactement ce qu'elle espérait découvrir, mais elle devait assouvir sa curiosité. Elle imita Charlotte qui se levait et la suivit en direction du jardin.

« Lillian n'y recevait pas d'invités, non », admit Charlotte, grattant l'encolure de Mitra en marchant. « Mais M. Hawthorne préférait que quelqu'un l'y escorte. En général, un domestique ou un valet d'écurie. »

De l'électricité parcourut la colonne vertébrale de Signa. Elle appréciait grandement la compagnie de Sylas, mais la curiosité la dévorait, et elle ne pouvait se débarrasser des questions qu'elle se posait et qui s'accumulaient : comment un garçon d'écurie pouvait-il avoir d'aussi belles bottes et d'aussi beaux gants ? Pourquoi, le jour où il devait l'escorter jusqu'au jardin, avait-il choisi de monter le cheval le plus incontrôlable pour se perdre dans les bois ? Voulait-il l'empêcher de pénétrer à l'intérieur ?

Il était également au courant pour la bibliothèque. Il savait comment s'y rendre alors qu'il travaillait dans les écuries. C'était également lui qui lui avait fait découvrir les passages secrets.

Et avant cela, après qu'elle avait trouvé le jardin, il avait bien promptement accepté son offre d'argent et de travail si l'on apprenait que sa loyauté pour les Hawthorne avait vacillé. Il prétendait vouloir aider une personne à laquelle il tenait, mais Signa était bien incapable de deviner de qui il s'agissait.

Elle *appréciait* Sylas – plus qu'elle n'appréciait la plupart des gens, à vrai dire. Elle était à l'aise avec lui. Elle l'avait choisi comme confident dans sa quête pour résoudre le mystère de la mort de Lillian.

Mais, et si elle s'était trompée ?

« Je ferais bien de rentrer, décida-t-elle à voix haute, l'urgence dans sa voix suffisant à faire sursauter Charlotte.

— Bien sûr, dit Charlotte, quelque peu mal à l'aise face à la panique de Signa. Est-ce que vous savez… Signa, est-ce que vous voyez ce que je vois ? »

Une volute de fumée grise remplissait le ciel un peu plus loin.

L'effroi l'envahit. Au beau milieu de l'hiver, ça ne pouvait pas être un accident. « Dépêchez-vous d'aller chercher Elijah à l'Épineuse », ordonna-t-elle à Charlotte, puis elle se pressa d'amener Mitra jusqu'au rocher et s'en servit pour se surélever et se mettre en selle. « Dites-lui de se dépêcher.

— Signa…

— Percy pourrait être là-bas ! » Sylas également, mais Signa n'osa pas exprimer ses soupçons à voix haute. Elle n'osa pas admettre la possibilité. « Je vous en prie, allez-y ! » Elle ne s'attarda pas pour voir si Charlotte lui obéissait. Elle se cramponna à Mitra et se dirigea droit vers la fumée. Vers le jardin, et vers les réponses qui l'attendaient.

QUARANTE-DEUX

Mitra fonça à travers la neige et les branches noueuses qui les égratignaient. Des yeux se cachaient dans les bois, dans les ronces et dans la pénombre. Des yeux qui vous observaient sans cesse, à attendre de voir ce qui allait se produire. Lillian n'était pas loin, et attirait Signa vers elle. Ses cheveux lui cinglaient le visage à cause du vent qui s'engouffrait aussi dans ses oreilles et lui retournait le cerveau. Les morts pouvaient être amers. Ils pouvaient être déprimés ou agités. Mais l'esprit qui l'attirait vers le jardin était plus déchaîné qu'elle en avait jamais été témoin.

Quelques mètres plus loin, le sol était couvert de lierre déchiqueté en mille morceaux ; on l'avait déchiré du portail dont les vantaux qui barricadaient le jardin étaient à présent grands ouverts. Le cheval de Sylas attendait dehors, les oreilles couchées en arrière, grattant du sabot le sol. Signa descendit de Mitra et se précipita pour franchir le portail avant d'avoir pu y réfléchir à deux fois.

Le feu se limitait au jardin, mais se propageait à chaque instant. Les flammes dévoraient la végétation qu'elles trouvaient sous la neige qui fondait. Les flammes s'étendaient, les braises cherchant quelque chose à se mettre sous la dent et le trouvant dans un buisson qui s'enflamma à côté de Signa.

Sylas la poussa sur le côté avant que le feu ne puisse roussir ses vêtements. Elle ne l'avait pas vu approcher. « C'est trop dangereux ! hurla-t-il, ses mots presque noyés par le rugissement des flammes et par le coassement des grenouilles qui s'enfuyaient à leurs pieds. « Sortez de là ! »

Elle fit comme si elle ne l'avait pas entendu. « Où est Percy ?

« Le feu avait déjà pris quand je suis arrivé. Je ne l'ai pas vu… »

Signa l'attrapa par le manteau, le réduisant efficacement au silence. « Qui êtes-vous au juste, Sylas Thorly ? Est-ce vous qui avez mis le feu à la bibliothèque ? » Mon Dieu, que cela l'agaça d'entendre sa voix se briser, mais pas plus que de voir les épaules de Sylas s'affaisser.

« Bien sûr que non… » Il l'attrapa par le poignet, s'efforçant de lui faire quitter le jardin, mais Signa se libéra d'un coup sec.

« Ne me touchez pas ! » La colère grondait en elle. Une colère virulente et insensée qui n'avait que faire de la fumée ni du jardin, ni de quoi que ce soit d'autre, si ce n'était de savoir s'il l'avait trahie. S'il cherchait à détruire les Hawthorne.

Si Sylas était coupable, son visage ne révélait rien. « Je ne suis pas impliqué, Signa, je vous le jure ! Maintenant, cessez de faire votre tête de mule et sortons d'ici ! »

Gundry haletait aux côtés de Signa, il piaffait et décrivait des cercles, pressé de s'enfuir. Mais même si Signa avait voulu s'enfuir, elle en aurait été incapable. Elle essayait de décider si l'inquiétude de Sylas était sincère quand le froid la saisit – l'esprit de Lillian la retenait dans le jardin.

« Elle veut que je reste ici », dit-elle à Sylas, le souffle court. « Je ne peux pas partir. »

Sylas lui prit les mains, mais cette fois elle n'essaya pas de se dégager. Il n'avait pas l'air dubitatif, ni de penser qu'elle était folle. De tout son cœur, elle voulait lui faire confiance. « Prenez les chevaux et déguerpissez », murmura-t-elle.

Les flammes se reflétaient dans ses yeux gris cendré. « Signa Farrow, vous êtes une imbécile si vous croyez que je vais partir et prendre le risque qu'il vous arrive quelque chose. »

La chaleur léchait la peau de Signa, et la fumée s'épaississait à chaque instant. Cela ne suffisait pas encore à les asphyxier, ni à les arrêter, mais elle suffisait à rendre l'ombre de Lillian spectrale là où elle flottait au-dessus de sa tombe en feu. Ses yeux noirs se portaient sur une autre silhouette, obscurcie par la fumée.

« Qui est là ? » appela la silhouette, et Signa manqua de s'effondrer de soulagement au son de cette voix.

« Percy ! » Signa courut jusqu'à son cousin dont le regard était bestial et hagard. Ses cheveux étaient décoiffés et pleins de feuilles, et il portait toujours sa chemise de nuit. « Nous avons vu la fumée, et… » Quelque chose brillait dans les paumes de ses mains. « Est-ce que c'est… Percy, est-ce que c'est un briquet à amadou ? »

Il le caressa du pouce et rangea le petit briquet en argent dans la poche de son pantalon. « Il fallait que je règle le problème. »

Le vent se leva, projetant des braises sur la manche de Signa. Depuis sa tombe, Lillian rugit de fureur.

« Mais c'est le jardin de votre mère », lui rappela Signa. Il était parti trop loin dans ses pensées pour faire attention à elle, mais elle ne pouvait s'empêcher de le lui dire. Pas tant que Lillian les observait. « C'est là qu'elle… » Elle comprit enfin. « Quel était le problème à régler, Percy ? » Signa ravala l'effroi qui montait en elle et tendit la main vers Sylas, car elle connaissait déjà la réponse.

Quelque chose dans l'expression de Percy se fissura. « Elle ne me laisse pas tranquille. » Sa voix ne trahissait ni tristesse ni peur. Ni remords. « Vous la voyez, vous aussi, n'est-ce pas ? C'est pour ça que vous êtes là ? Vous a-t-elle envoyée à l'Épineuse pour me hanter ?

— Signa… » Bien que douce, la voix de Sylas était tranchante comme une lame. « Nous ne devrions pas être là. »

Il ne devrait pas être là. Mais Signa Farrow n'était pas faite du même bois. Elle était la nuit incarnée, c'est pourquoi elle ne tremblait pas. « On vous a empoisonné, cousin. » Elle leva les mains, comme pour apaiser un petit enfant. « C'est normal de souffrir d'hallucinations. Votre mère vous aimait énormément, mais elle n'est plus là…

— Ce n'est pas ma mère ! » cria-t-il, se déchaînant comme une tempête. « Elle n'a jamais été *ma* mère, car ma mère est une gouvernante. C'est une traînée qui a fui sa maison car elle faisait honte à sa famille. Mon père est un imbécile de lui avoir permis de vivre sous notre toit…

— Elle voulait simplement ce qu'il y avait de mieux pour vous », argumenta Signa, se rappelant page après page ce qu'elle avait trouvé dans le journal intime de Marjorie, toutes au sujet de Percy. Elle se rappela comment cette femme le regardait, toujours un sourire aux lèvres. Toujours avec tendresse.

« Si elle voulait ce qu'il y avait de mieux pour moi, elle aurait dû rester hors de ma vie ! » Libéré du regard de la société, il parlait à cœur ouvert. « Si qui que ce soit le découvre, je suis fini. Et ce n'est pas bien *compliqué* de remarquer que nous sommes de la même famille. Regardez-nous – quiconque nous aurait vus côte à côte aurait certainement fini par le deviner un jour ou l'autre. »

Signa aurait payé cher pour qu'il accepte qu'elle le ramène à la maison et en finir. Elle avait mal au cœur et ne savait comment réagir car, malgré ses défauts, Signa avait commencé à envisager Percy comme un frère – avec un agacement sans égal, certainement, mais aussi avec amour. Elle voulait qu'Elijah reprenne ses esprits et le laisse hériter de l'affaire familiale. Elle voulait qu'il soit heureux, comme il l'était quand ils avaient dansé ensemble, à rire et à se taquiner l'un l'autre à chaque pas.

Mais en le regardant à présent, elle le voyait soudain clairement pour ce qu'il était : un meurtrier. « Vous vous êtes empoisonné vous-même, murmura-t-elle, réfléchissant tout haut tandis que les pièces du puzzle s'emboîtaient. Vous saviez que je vous sauverais.

— Ce que je savais, c'était qu'il vous restait une dose de l'antidote. » Elle n'avait jamais entendu autant d'amertume dans une voix. « Je l'ai cherchée partout, mais je ne l'ai jamais trouvée. J'avais besoin qu'elle disparaisse.

— Et l'incendie dans la bibliothèque ? » Sa voix se cassa. « Auriez-vous vraiment réduit l'Épineuse en cendres ?

— Bien sûr que non, répondit-il, furieux. J'aurais éteint l'incendie après avoir laissé quelques livres brûler. J'aurais été considéré comme un *héros*. Mais il a fallu que vous gâchiez ça également. »

Elle était tant engourdie qu'elle remarqua à peine quand la main de Sylas serra la sienne, jusqu'à ce qu'il se penche vers elle et lui dise dans un murmure que le crépitement des flammes étouffa presque : « Vous n'êtes pas obligée de faire ça. Je vais m'occuper de lui. Quand je lâcherai votre main, courez. »

Il lâcha sa main, mais Signa ne pouvait pas courir. Lillian s'élevait derrière son fils, les yeux humides de larmes de sang. La fureur avait durci sa tristesse. À mesure qu'elle s'approchait d'eux, la neige fondait autour d'elle et les plantes se flétrissaient.

La force de sa colère mit Signa à genoux, et Lillian se pencha devant elle, les yeux pleins de regrets qu'elle ne pouvait exprimer. L'esprit tendit une main vers elle, avec autorité mais sans force, et une supplique dans le regard. Une supplique que Signa comprit aussitôt.

Lillian voulait la posséder – mais seulement si elle était d'accord.

Signa voulait dire non. Elle voulait oublier le souvenir de ce terrible froid qui la brûlait de l'intérieur. Mais qui d'autre pourrait accorder cette chance à Lillian ? Qui d'autre en était *capable* ?

Elle s'arma de courage et prit la main de Lillian.

Lillian entra en elle. Les yeux de Signa se révulsèrent comme l'esprit prenait possession de son corps. Elle avait l'impression que quelqu'un s'était servi d'une petite cuillère pour l'extirper de son enveloppe charnelle. Comme si elle n'était plus qu'une coquille vide ; comme si elle subissait une terreur nocturne, incapable de bouger ou de donner des ordres à son propre corps.

Pourquoi ?

Ce n'étaient pas ses pensées à elle, mais celles de Lillian qui grandissaient et lui mettaient une pression terrible dans la tête. Signa était incapable de bouger. De hurler.

POURQUOI ?

Elle avait déjà éprouvé une douleur similaire par le passé, quand elle avait regardé sa grand-mère mourir. Ça la prenait aux tripes et lui fendait l'âme. Malgré ses efforts, Signa ne pouvait s'en détacher. Elle était un vaisseau, et Lillian était à la barre.

« Pourquoi avoir fait ça ? » cria-t-elle, les mots comme un gargouillis dans sa gorge. Chaque fois qu'elle essayait de fermer la bouche, ses lèvres étaient traversées d'une douleur chauffée à blanc.

Percy entreprit de répondre. « Ça ne vous regarde…

— Ce n'est pas Signa qui vous pose la question ! » Même si les mots venaient de sa bouche, c'était Lillian qui s'exprimait. Signa était parcourue de frissons si violents qu'elle avait envie de se jeter dans les flammes. « C'est votre mère. »

Percy se figea, tout pâle, la gorge serrée comme s'il retenait sa respiration.

« Dites la vérité. » Signa n'aurait pas été convaincue qu'elle parlait à voix haute si Percy n'avait pas tressailli. « Dites-moi pourquoi. Dites-moi ce que j'ai fait pour que vous me détestiez à ce point. »

Relevant le menton pour la regarder droit dans les yeux, Percy répondit : « Ce n'était pas vous qui étiez censée mourir. »

QUARANTE-TROIS

« Ma cible était Marjorie. » Il n'hésitait pas le moins du monde, n'exprimait aucune culpabilité ni ne cherchait à nier. « Vous pensiez vraiment que personne ne découvrirait la vérité ? La ville tout entière murmure déjà que Père doit avoir des enfants illégitimes un peu partout. Combien de temps pensiez-vous qu'il faudrait pour que quelqu'un comprenne que j'étais le fils de la gouvernante ?

— Marjorie n'a jamais voulu que ce qu'il y avait de mieux pour vous », dit Lillian par le biais des lèvres de Signa, espérant que son fils tiendrait des propos qui le rachèteraient. Qu'elle trouverait encore de l'amour enfoui profondément en lui. Mais Signa ne voyait qu'un jeune homme sans cœur convaincu que Sylas et elle brûleraient ce soir-là. Voilà pourquoi il parlait si librement.

Malgré toutes les fois où Signa avait été rejetée, cette prise de conscience la blessa profondément. Elle lui avait fait confiance. Elle avait dansé avec lui. Elle avait compté sur lui. Tout ça pour quoi ?

« Si Marjorie voulait ce qu'il y avait de mieux pour moi, elle n'aurait jamais dû me dire la vérité. » Il était impossible d'éteindre le feu de la colère de Percy. De calmer la rage qui brûlait dans sa voix. « Elle ne voulait pas ce qu'il y a de mieux pour moi – elle voulait établir des liens avec moi. Et si je le lui accordais, combien de temps aurait-il fallu avant qu'elle veuille que d'autres soient au courant ? Avant que tout le monde apprenne que j'étais un enfant illégitime et que mes perspectives d'avenir s'en voient ruinées ? Ne le comprenez-vous pas ? Je devais me protéger et protéger cette famille de la honte. »

Lillian n'avait qu'une envie, pardonner à son fils, et Signa dut rassembler toute son énergie pour lutter contre elle et lui rappeler la vérité. L'esprit résista tout d'abord, mais Signa sentit qu'elle comprenait à la façon dont son corps s'avachissait et ses épaules s'affaissaient quand Lillian lui demanda : « Dans ce cas, pourquoi est-ce moi qui suis morte ?

— À vous de me le dire ! » Percy bouillonnait de rage. « J'ai mis de la belladone dans une théière destinée à Marjorie. Mais c'est vous qui l'avez bue ! Je ne m'en suis rendu compte que quand vous êtes tombée malade, et à partir de là il était trop tard. Vous étiez mourante, d'une mort si lente que le manoir est tombé dans le chaos. Alors je vous ai donné d'autres baies, toujours dans votre thé, pour vous aider à mourir, pour mettre un terme aux souffrances de toute la maisonnée. Mais ça ne suffisait jamais. Je vous en administrais trop lentement, et vous avez développé une tolérance trop rapidement. »

Signa remarqua alors que Percy tremblait de converser avec les morts. Elle aurait voulu que cela suffise à le refroidir. C'était une pensée pleine d'amertume, mais à ce moment précis, elle le détestait à tel point qu'elle aurait voulu prendre la faux de l'ange de la Mort et le fendre en deux elle-même. Il n'exprimait aucun remords. Aucune compassion. Il parlait sur le même ton qu'il l'avait fait ce jour-là, chez l'apothicaire

– avec le calcul froid de quelqu'un qui ne se préoccupait que de la façon dont les autres le percevaient. Qu'il était facile de tomber dans ce travers et de se laisser prendre au piège !

« Et pour Bliss ? » Signa fut surprise que ses propres mots soient exprimés à voix haute. L'emprise de Lillian sur son corps faiblissait. Elle remarqua que la fumée s'approchait d'eux, et l'ombre de Sylas par terre à côté d'elle. Mon Dieu, elle n'aurait jamais dû le mettre dans ce pétrin.

Percy se tourna vers les flammes. « Je devais faire quelque chose pour ramener Père à la raison. Il voulait ruiner notre famille. J'avais besoin de quelque chose qui nous rapprocherait – je me suis dit que le chagrin pourrait nous y aider. Pourtant, depuis qu'elle est arrivée – il dévisagea Signa avec aversion –, il n'a fait que se rapprocher d'*elle*.

— C'est pour ça que vous vous êtes rendu malade également, ajouta Signa. Pas seulement pour vous débarrasser de l'antidote, mais parce que vous pensiez que cela pourrait… quoi ? Lui faire suffisamment peur pour qu'il garde le Grey's ? Qu'il vous l'offrirait par compassion ? » Les pièces du puzzle s'emboîtaient enfin.

« Je ne m'attends pas à ce que vous compreniez. » Percy s'exprimait trop facilement. Il était trop confiant vu la situation, et reprenait le rôle qu'il jouait si souvent dans la haute société. « Mon père m'a pris tout ce pour quoi j'ai œuvré ma vie entière, tout ça parce qu'il était trop reclus dans son deuil pour agir de façon sensée. J'ai fait ce que j'avais à faire. Il ne m'a pas laissé le choix.

— Vous aviez une *multitude* d'autres choix. » C'était à nouveau Lillian qui parlait, la voix tremblante d'épuisement. « Votre père ne vous a pas pris l'entreprise familiale parce qu'il vous déteste. Il l'a fait parce qu'il vous *aime*, Percy. Parce qu'il regrette d'avoir passé sa vie à travailler sans jamais voir sa famille. Il ne voulait pas qu'il vous arrive la même chose, ne le comprenez-vous pas ? »

Une ombre traversa le visage de Percy, et l'espace d'un instant Signa se demanda si ces propos avaient fait mouche. S'il restait une lueur dans son âme. Mais l'obscurité reprit le dessus dans le regard du jeune homme quand il secoua la tête, refusant l'idée.

Ils n'avaient plus le temps de discuter. Plus le temps de débattre. Le feu était sur les talons de Percy. « Plus rien de tout ça n'a d'importance. » Il regarda Lillian droit dans les yeux. Ceux de Signa. « Ce feu brûlera votre corps, et je serai enfin débarrassé de vous. Et cette fois, Signa, vous n'aurez pas l'occasion de sauver qui que ce soit. »

Les flammes se reflétèrent sur l'acier dans la paume de Percy – un canif. Petit, aiguisé, assoiffé de sang. Il visa la gorge de Signa, mais rata sa cible quand Sylas poussa Signa sur le côté, suffisamment fort pour lui couper le souffle, et le couteau s'enfonça dans son épaule.

Signa ressentait toutes les émotions de Lillian, encore plus fort que les picotements causés par la lame – la peine, la douleur et, plus puissante que tout, la compréhension qu'il n'y avait pas de salut possible pour Percy. Elle leva la tête pour jeter un dernier regard à son fils, pour s'en souvenir éternellement comme le bébé qu'on avait placé dans ses bras vingt ans plus tôt, puis Lillian se tourna vers Sylas. « Faites-en ce que vous voulez. Je ne peux plus le protéger », fut tout ce qu'elle dit, chaque mot brisé, et elle relâcha son emprise sur le corps de Signa.

Signa tomba à quatre pattes, la main sur la poitrine et haletant d'avoir retrouvé son souffle tandis que Percy abattait à nouveau le couteau sur elle. Avant qu'il ait pu frapper, Sylas s'interposa entre eux et saisit la lame dans la paume de sa main. Percy essoufflé, le regard fou, essayait de baisser la main. Il poussait la lame sans succès, incapable de faire bouger le couteau. De couper. De faire quoi que ce soit. « Qu'est-ce qu'il se passe ? » Sa lèvre tremblait, sa peau était livide. « Qu'est-ce que vous faites ? » Percy regarda Signa à la recherche d'une explication, tremblant comme une feuille prise dans une tempête.

Sylas ne vacillait pas, toujours la lame à la main. Signa attendait que du sang coule. Qu'il tressaille de douleur. Mais il n'y avait pas la moindre égratignure sur son gant.

Elle eut l'impression qu'on avait écrasé ses poumons pour les vider de leur air quand elle l'entendit murmurer : « Ce n'était pas comme ça que je voulais que ça se passe. Je suis navré, Petit Oiseau. »

Ses épaules se troublaient et se fondaient avec la nuit. Signa comprit la peine dans sa voix à mesure que les ténèbres s'assemblaient à ses pieds et l'engloutissaient jusqu'à ce qu'il ne soit plus Sylas, mais le faucheur de la nuit. Le donneur de mort. Une à une, les étoiles s'éteignirent, jusqu'à ce que la nuit soit noire et que la seule lumière vienne des flammes déchaînées qui scintillaient sur la neige et s'inclinaient devant lui. Il attira la nuit à lui, revendiqua la lune en guise de faux, et en pointa l'extrémité sur la gorge de Percy.

L'ange de la Mort se tenait devant elle, et Signa n'arrivait plus à respirer.

C'était Sylas qui l'avait amenée à l'Épineuse. Pour l'aider, pas à pas. Il l'avait conduite jusqu'au Grey's, au jardin, à la bibliothèque. C'était avec lui qu'elle avait chevauché au clair de lune. Lui qui lui faisait remettre en question ses sentiments pour l'ange de la Mort.

L'ange de la Mort et Sylas ne faisaient qu'un.

Elle ne pouvait pas lui demander pourquoi. Pas encore, tout du moins, car Gundry était aux pieds de son maître. Le chien n'était plus de ce monde. Tout comme les ténèbres avaient enveloppé Sylas, elles s'étaient enroulées autour de Gundry, rallongeant sa gueule et aiguisant ses incisives. Il avait triplé de taille jusqu'à arriver aux épaules de l'ange de la Mort avec des pattes plus larges que la tête de Signa, les yeux d'un rouge sang, tandis que les ténèbres dégouttaient de sa gueule haletante. *C'est de la faim,* comprit Signa. Il avait faim.

« L'heure est venue de faire ton choix. » L'ange de la Mort lui parlait, sa voix douce comme un nectar. Comme du vin au miel dans lequel elle pourrait se noyer. « C'est le moment de décider pour quel monde tu es faite. Deux options s'offrent à nous : le laisser s'enfuir et espérer qu'il change, car si nous l'envoyons devant un tribunal, il sera certainement pendu. Ou...

— Ou ? »

L'ange de la Mort posa une main sur son épaule, où la blessure du couteau avait déjà commencé à guérir. Il l'aida à se relever de sorte qu'elle ait le dos contre son torse, qu'elle soit face à Percy et aux flammes qui carbonisaient la tombe de Lillian. « Ou tu revendiques sa vie comme tienne et tu accordes à Bliss le temps qu'il restait à Percy. Tu n'es pas maudite. Tu es une faucheuse. Tu es la nuit incarnée, la transporteuse d'âmes. Tu es le pont entre les vivants et les morts – un oiseau en cage prêt à s'envoler. Alors déploie tes ailes, Signa Farrow, car tu ne connais pas de limites. Déploie tes ailes, et alors, oh, nous volerons. »

Cela sonnait juste. C'était si simple, comme si quelque chose au fond d'elle vibrait et savait que c'était la bonne réponse. Que c'était le bon choix.

Tu n'es pas une chose fragile à protéger. Ces mots que l'ange de la Mort lui avait exprimés un jour résonnaient dans sa tête, encore et encore. *Tu es plus intrépide que le soleil, Signa Farrow, et il est temps que tu brilles.*

Il avait raison. Elle n'avait plus peur de ce qui se tramait en elle, et elle en avait assez de s'excuser pour ce qu'elle était. Signa ne se contenterait pas de briller ; elle mettrait le feu. Elle scintillerait plus fort qu'une étoile aux côtés de l'ange de la Mort et revendiquerait enfin tout ce qu'elle était. Tout ce qui lui appartenait.

Elle s'abandonna contre lui et laissa le bourdonnement du pouvoir la parcourir. C'était comme de la glace dans ses veines et du feu dans son cœur. Elle n'avait plus ni inquiétudes ni peurs, car à mesure qu'elle laissait le pouvoir la consumer, elle comprenait que ces peurs n'avaient aucun sens. Elle n'en voulait plus. Elle deviendrait la souveraine de la nuit. La donneuse de mort. Une faucheuse d'âmes. Et elle commencerait son règne ce soir.

« En es-tu certaine ? » La voix de l'ange de la Mort était une caresse au milieu du chaos.

Signa n'avait jamais été aussi sûre d'elle. Elle avait apprécié Percy ; elle l'avait aimé comme un frère. Mais elle comprenait à présent pourquoi l'ange de la Mort s'était comporté de la sorte. Elle comprenait pourquoi il avait infligé des morts prématurées parce qu'il s'était montré égoïste. Parce qu'il voulait la protéger.

Pour Bliss, elle se comporterait de la même manière. Pour Elijah, pour l'Épineuse, elle serait égoïste. Percy avait fait son choix, et l'heure était venue qu'elle fasse le sien.

Si Percy n'éprouvait aucun remords pour ses péchés, Signa s'assurerait qu'il les regretterait.

Quand Signa fit face à son cousin, elle avait la nuit dans les yeux, et des cheveux argentés comme la lumière des étoiles. Elle n'avait pas besoin de parler. Elle se contenta de vouloir soulever le jardin mort sous lui comme une cage, et le monde se plia à sa volonté. Des ronces mortes déchirèrent la neige et les flammes, des racines prirent Percy au piège ; ce dernier s'efforça de les déchirer à coups d'ongles, désespéré de se libérer. « Relâchez-moi ! » Il la regardait à travers son piège d'épines et de plantes rampantes, bouche bée. Elles s'enroulèrent autour de ses poignets, le maintenant au sol. « Au nom du ciel, qu'êtes-vous ? »

Pour une fois, elle avait une réponse. « Je suis libre. » Puis elle se tourna vers Gundry et laissa le chien des enfers festoyer.

QUARANTE-QUATRE

Signa ne s'attarda pas pour voir quel sort subirait l'âme de Percy. Qu'il choisisse la vie après la mort ou de rester sur terre, ou que l'ange de la Mort décide de revendiquer son âme comme sienne, elle ne voulait pas le savoir. Elle s'assit dos à un arbre, juste devant le jardin, et sentit à peine la morsure de la neige imprégnant ses vêtements ou la fumée qui encombrait toujours ses poumons, alors même que l'incendie du jardin était éteint.

C'était terminé. Après tout ce temps, les Hawthorne se verraient épargnés d'autres tourments. Ou du moins ceux qui étaient encore là, mais Signa ne voulait pas y songer. Elle enroula les bras autour de ses genoux, s'efforçant d'intégrer ce qu'elle avait vu et fait, et ne releva la tête que quand deux pieds pâles translucides apparurent devant elle.

Lillian s'assit à côté d'elle ; elle n'était plus si terrifiante. Les plaies autour de sa bouche commençaient à guérir, et ses yeux n'étaient plus vides. Elle ressemblait plus à une femme qu'à un esprit. Une jeune femme triste aux yeux humides qui regardait la fumée se dissiper dans le ciel.

« Merci », dit Lillian. Elle parlait doucement d'une voix quelque peu éraillée de s'être tue pendant si longtemps, comme si elle luttait pour se rappeler comment former des mots. Signa tourna la tête pour regarder l'esprit qui posa une main sur son bras.

Elle ressentit son toucher hésitant comme quelqu'un sentirait le vent sur sa peau, doux et un peu froid. « Vous n'avez pas à me remercier. » Sa voix était plus dure qu'elle ne l'aurait voulu. « Je n'ai pas pu les sauver tous les deux. »

Même si le rire de Percy qui la faisait tournoyer à travers le salon résonnait dans sa tête, elle ne regrettait pas son choix. Les années qu'aurait vécues Percy reviendraient à Bliss. Il lui devait bien ça. Mais la froideur de sa décision la surprenait. Elle avait su quoi faire si vite, si facilement, et elle n'avait pas hésité un instant.

Signa était bien une faucheuse. Et même si elle ne savait pas ce que cela impliquait pour son avenir, elle ne pouvait plus faire marche arrière.

L'ange de la Mort émergea des portes du jardin, ses ténèbres glissant sur lui pour révéler la forme de Sylas, mais avec des cheveux couleur argent plutôt que noirs. Les yeux de Signa se posèrent sur ses yeux sérieux, et elle détourna le regard. Elle lui parlerait bientôt, mais en présence de Lillian, ce n'était pas le bon moment. L'ange de la Mort se gratta le cou, ne comprenant que trop bien. Rien dans son expression ne laissait deviner le sort de Percy. Peut-être Signa lui poserait-elle cette question-là aussi un jour. Mais pas aujourd'hui.

L'ange de la Mort tendit la main vers l'esprit de Lillian et lui demanda d'une voix douce et enfumée : « Êtes-vous prête ? »

Lillian fronça les sourcils et leva la main jusqu'à ce que son attention soit attirée par le bruit de sabots qui approchaient à toute vitesse. Elle tourna la tête et émit un doux hoquet de surprise quand Elijah fit son apparition, l'air hagard sur sa monture. Il remarqua Signa aussitôt, car c'était la seule visible à ses yeux, avant de se tourner vers la fumée.

« Le jardin. » Elijah, les yeux rivés sur la fumée, émit un cri étranglé en descendant de sa monture avant de trébucher en direction du portail.

Lillian se tourna vers son mari, posant les mains sur sa poitrine. Sur sa bouche. Sa lèvre inférieure tremblait quand elle s'avança vers lui tout doucement et posa une main sur son dos.

Il inspira quand elle le toucha. Le dos raidi, les yeux baignés de larmes, il se tourna vers Signa et murmura : « Est-elle là ? » Chaque mot fragile. Chaque respiration menaçant de le briser. « Ma femme, est-elle là ? »

Signa avait passé dix-neuf ans à éviter la vérité. À éviter tout ce qui la rendait différente. Mais ses pouvoirs ne lui paraissaient plus si négatifs. On pouvait y trouver une certaine beauté également.

« Oui, lui dit-elle tandis que Lillian posait le front sur le dos de son mari, passant les bras autour de lui. Elle est juste là. »

Elijah posa une main hésitante là où les bras de Lillian s'enroulaient autour de lui, tremblant de tout son être. « Je savais que vous étiez là. Tout ce temps, je savais que vous étiez restée avec moi.

— Oui, mon amour. » Lillian s'exprimait clairement, la seule hésitation venant d'un chevrotement de sa voix dû à l'émotion qu'elle avait peine à contenir. « Je suis restée avec vous tout ce temps. »

Même s'il ne pouvait pas la voir, et probablement pas l'entendre, il inclina la tête, posa le front sur le portail du jardin et ferma les yeux d'où coulaient des larmes. « J'aurais dû prendre un plus grand soin de cet endroit, dit-il. Je n'aurais jamais dû fermer ce portail. »

Une brise se leva, ouvrant tout grand le portail. Il n'y avait pas trace de Percy à l'intérieur. On ne voyait que de la neige, des arbres carbonisés et des volutes de fumée qui disparaissaient dans la nuit.

« Alors ouvrez-les à présent », murmura-t-elle dans sa nuque. Son corps commençait à disparaître sur les bords. Signa savait qu'elle serait restée éternellement si elle l'avait pu, mais ils n'avaient plus le temps. Son esprit se désagrégeait en petites volutes portées par le vent. « Ouvrez-les, et profitez de mon jardin. Venez vous y promener en pensant à moi. »

L'ange de la Mort fit un pas en avant. « Il ne te reste pas beaucoup de temps si tu souhaites traverser », dit-il, non pas sévèrement mais d'un ton ferme. Qu'elle décide de partir ou non, son esprit n'en avait plus pour longtemps dans ce monde.

Lillian serra son mari plus fort. « Je suis avec vous, mon amour, et je le serai pour toujours. Quand vous aurez envie de me voir, regardez le fruit de notre amour, et je serai là. Prenez soin d'elle, comme je prendrai soin de notre fils. » Elle le relâcha et se retrouva les bras ballants.

Comme s'il sentait son absence, Elijah se retourna. « Restez. Je ferai mieux à présent, je vous le jure. Mais restez, Lillian. Restez. Je ne sais pas vivre sans vous. »

À travers ses larmes, Lillian sourit. « Alors vous l'apprendrez. » Elle lança un dernier long regard à son mari, puis se retourna pour caresser la crinière de Mitra et déposer un dernier baiser sur son encolure. Les oreilles de Mitra se couchèrent.

« J'ai été heureuse dans cette vie, dit Lillian à Signa. Je n'ai jamais été aussi heureuse qu'ici avec lui, et je ne changerais ça pour rien au monde. Vous lui direz de ma part, voulez-vous ? »

Signa inclina la tête, les yeux brûlants. Ces deux êtres devant elle avaient trouvé l'amour dont elle avait rêvé toute sa vie. Il n'était peut-être pas parfait, mais c'était un véritable amour.

Elle se tourna vers les ténèbres au milieu desquelles l'ange de la Mort attendait à côté de Lillian, et elle se demanda ce que l'on pouvait ressentir quand on connaissait cet amour pour l'éternité. « Je le lui dirai », lui promit-elle, ce qui attira l'attention d'Elijah juste quand Lillian saisit la main du faucheur d'âmes.

L'ange de la Mort jeta un dernier regard à Signa tandis que Lillian faisait ses derniers pas dans ce monde. *Je reviendrai bientôt. Je t'expliquerai tout.*

Signa avait hâte ; elle en avait assez des puzzles. Mais pour l'instant, elle se tourna vers Elijah et lui dit de la voix la plus douce possible : « Elle est partie, Elijah. Elle est enfin en paix. »

Puis elle le prit dans ses bras quand il tomba à genoux devant le portail du jardin et se mit à pleurer.

QUARANTE-CINQ

Le temps que Signa et Elijah retournent aux écuries, l'aube s'était frayé un chemin dans le ciel.

Signa était soulagée qu'Elijah n'ait pas insisté pour savoir ce qu'il s'était passé dans le jardin. Qu'il n'ait pas encore posé de questions sur Percy, ou sur la façon dont elle avait su que Lillian était bel et bien partie. Elle profitait du répit que son silence lui procurait. L'opportunité de se glisser dans son lit juste avant que le soleil ne se lève.

Elle ressentit la présence de l'ange de la Mort avant de le voir, le froid familier qui s'immisçait en elle jusqu'à la moelle. Le froid glacial qu'elle avait appris à savourer qui lui faisait ouvrir les yeux et aiguisait son attention.

Il n'était pas entouré de ses ténèbres, mais avait pris la forme du garçon d'écurie qu'elle connaissait, un chien à ses côtés. Gundry regarda Signa, sauta sur le lit, et tourna en rond plusieurs fois avant de se rouler en boule à ses pieds.

« Je comprendrais que tu ne veuilles pas me parler, dit l'ange de la Mort – ou devait-elle l'appeler Sylas à présent ? Mais je te promets que je répondrai à tes questions en toute honnêteté, si tu es prête à les poser. »

Bien sûr qu'elle était prête à les poser. Un million de questions se bousculaient dans sa tête. « Depuis combien de temps es-tu à l'Épineuse ? fut sa première question. Depuis combien de temps joues-tu cette comédie ? »

Il garda la tête baissée. « Je n'ai jamais vraiment travaillé à l'Épineuse, admit-il, faisant une grimace quand Signa se frotta les tempes. Aux yeux des autres habitants du domaine, Sylas Thorly n'a jamais existé. À part pour toi, j'étais invisible. » Il s'assit au bord du lit près de Gundry, mais se releva promptement quand elle lui donna un vif coup de pied. Elle n'avait pas la moindre intention de le laisser se détendre ne serait-ce qu'un instant.

Elle prit son temps pour lui répondre, le laissant mariner le temps qu'elle repense à tout ce qu'il s'était passé ces dernières semaines. Quand Elijah avait envoyé quelqu'un la chercher chez sa tante Magda, elle avait effectivement trouvé bizarre qu'il la fasse voyager avec un jeune homme qui ne faisait pas partie de la famille. À la gare également, il était parti devant sans parler à qui que ce soit, et il l'avait laissée le rattraper. Mais tout à l'Épineuse était étrange, et elle s'était simplement dit que Sylas n'était pas poli. « Les desserts dans le train », dit-elle tout haut, se rappelant qu'il les avait dévorés. Il y goûtait probablement pour la première fois. « Elijah ne m'a pas l'air du genre à me les avoir offerts. »

Sylas laissa les ténèbres former une chaise sous lui. Il s'y prélassa si confortablement qu'elle lui jeta un regard noir jusqu'à ce qu'il se redresse. « Je n'ai pas pu m'en empêcher. J'étais tellement en colère le jour où je suis venu te chercher, Signa. Tu avais l'air de mourir de faim. »

C'était le cas, mais cela ne voulait pas dire qu'elle devait lui être reconnaissante de lui avoir autant menti. Ensuite, il l'avait menée jusqu'au jardin… Où il s'était perdu de sorte qu'il puisse apparaître comme l'ange de la Mort et l'aider à pénétrer à l'intérieur. C'était également lui qui l'avait menée au Grey's, et à la bibliothèque. À chaque étape – qu'il se présente sous cette forme ou sous la forme de ténèbres – il était à ses côtés pour l'aider. Mais… « M'aidais-tu vraiment ? murmura-t-elle. Ou connaissais-tu la vérité depuis le début ? »

Sous le clair de lune, ses yeux n'étaient plus sombres et gris cendré mais de la couleur de la lumière des étoiles, comme ses cheveux. Ils conservaient une certaine obscurité cependant, comme si des astres tourbillonnants avaient élu domicile dans ses yeux. Signa comprit alors que c'était sa véritable apparence – le visage qu'il ne dévoilait jamais à personne. Il n'avait jamais été aussi beau. « Si j'avais connu la vérité, je te l'aurais dite. » C'était une réponse ferme et honnête. « Je n'ai jamais voulu que tu perdes Bliss. Je n'ai jamais voulu que tu perdes *qui que ce soit*. Quand Lillian est morte, elle ne savait pas qui l'avait tuée et, par conséquent, je ne le savais pas non plus. C'était à toi de le découvrir. Et tu as fait ça avec brio, Signa. Tu as sauvé une vie.

— Oui, mais j'ai dû en prendre une autre pour ce faire. » Alors même qu'elle le disait à voix haute, elle ne s'en voulait pas autant qu'elle l'aurait souhaité. Elle avait voulu aider les Hawthorne, et pourtant elle avait pris un enfant à Elijah. Malgré cela, elle ne culpabilisait pas. La mort de Percy, en ce qui la concernait, était juste. Et en échange, Bliss vivrait une longue vie en bonne santé.

C'était une vie prise pour une vie gagnée, et sans cadavre… Peut-être les Hawthorne ne sauraient-ils jamais ce qu'il était advenu de Percy.

« Je veux savoir pourquoi tu as fait ça, dit soudain Signa. Pourquoi te servir de cette forme si ce n'est pour me berner ? »

L'ange de la Mort ressemblait à une sculpture, la faible lueur faisait ressortir les creux de ses joues comme il contractait la mâchoire. « Je sais que tu n'es pas bête, Petit Oiseau. Je n'avais pas l'intention de me moquer de toi, et je ne me suis pas rendu compte de ce dans quoi je m'embarquais ni de la ruse que je mettais en place avant qu'il ne soit trop tard. Et pour cela, je te prie de m'excuser. Mais quant à mes raisons, j'admets que c'était simplement lié à mon désir égoïste de découvrir qui tu étais. Comme je te l'ai déjà dit – j'ai passé toute mon existence à t'attendre. À attendre quelqu'un à qui parler. Quelqu'un que je pourrais toucher. Quand j'ai compris que c'était toi… J'ai eu besoin de savoir qui tu étais.

» Puis tu m'as demandé de l'aide, poursuivit-il, et j'ai voulu être là pour toi. Mais je savais que je ne pouvais pas t'aider dans la forme qui t'était familière car tu avais peur de moi. Tu m'as dit un jour que tu me détestais, c'est pourquoi j'ai gardé l'apparence de Sylas. Pas seulement pour te faire venir jusqu'à l'Épineuse, mais pour passer du temps avec toi et t'aider, sans les stigmates. Sans la peur. Si je t'avais approchée avec mes ténèbres, tu ne m'aurais jamais fait confiance. »

Il avait raison, et même si elle était en colère qu'il lui ait menti, elle était également quelque peu soulagée. Soulagée qu'il soit resté avec elle, peu importait la forme, car Bliss était toujours en vie. Et au final, c'était tout ce qui importait.

Il se leva et lui prit la main. « Je ne vais pas prétendre comprendre ce que tu traverses, puisque je ne suis pas né comme toi, et que je n'ai jamais été humain. Mais je resterai à tes côtés à chacun de tes pas, à supposer que…

— À supposer que quoi ? »

Les astres étaient comme une toile derrière lui et brillaient aussi fort que ses yeux d'argent. Même la lune semblait les rapprocher quand il lui posa la question : « À supposer que tu veuilles bien de moi ? »

L'ange de la Mort lui avait dit un jour que le destin des gens était prédéterminé, et elle se demanda si elle ne regardait pas enfin le sien en face. Elle avait passé tant de temps à résister. Elle avait passé tant de temps à lutter contre cette partie d'elle – et oh, qu'elle était épuisée ! Elle était fatiguée de faire semblant. Fatiguée de prétendre être celle qu'elle n'était pas tout en fuyant tout ce qui la faisait se sentir bien et entière. Fatiguée des questions, des puzzles, des devinettes.

Elle voulait juste… *être*.

Elle savait qui elle était à présent, et elle ne se cacherait plus. Elle était une faucheuse d'âmes, elle était une ange de la Mort, et les ténèbres étaient sa maison. *Il* était sa maison.

C'est pourquoi elle enroula ses doigts autour des siens. « Ni toi ni moi ne serons plus jamais seuls. »

QUARANTE-SIX

La guérison de Bliss était un long processus.

Signa n'aurait souhaité ça à personne. Bliss passa des jours à l'agonie, recroquevillée dans son lit, la respiration superficielle et la vision floue. Elle passait ses nuits à dépérir, la peau tendue sur des os fragiles, incapable de manger sans tout vomir. Signa et Elijah se relayaient à son chevet, lui racontant parfois des histoires. Parfois, quand Bliss était dans un bon jour, ils discutaient avec elle. Et parfois, Signa restait assise en silence, le regard rivé sur un coin de la chambre tandis que Bliss dormait, confiante qu'ils devaient seulement faire preuve de patience.

Sa santé finit par s'améliorer. Elle cessa de vomir au bout de deux semaines, et un matin vers la fin de l'hiver, Bliss parvint à se lever du lit toute seule pour regarder la neige tomber par la fenêtre. Comme un poulain qui viendrait de naître, elle tenait à peine debout. Mais si Signa avait appris quelque chose dans sa vie de solitude, c'était la patience. Et comme elle attendait que l'on prépare l'ancienne maison de ses parents, Queue-de-Loup, pour son arrivée, elle avait tout son temps.

Bliss n'appréciait pas vraiment d'avoir besoin d'aide les premiers mois, et insistait souvent pour que sa cousine se dépêche de quitter le manoir maintenant qu'elle avait vingt ans et qu'elle avait hérité de sa fortune. Insistant sur le fait qu'elle ne voulait pas d'aide, qu'elle n'en avait pas besoin. Mais Signa avait compris depuis le temps que Bliss avait beau dire, elle ne le pensait pas vraiment, et comme Signa avait passé le plus clair de sa vie à souhaiter avoir quelqu'un qui serait là pour elle, elle refusait de quitter le chevet de sa cousine. Il fallut du temps pour progressivement remettre de la chair sur ses os et pour qu'elle reprenne des forces, mais au début du printemps, Bliss était de nouveau capable de marcher toute seule.

Elijah n'aurait pas pu être plus heureux pour sa fille, qu'il surveillait de près. Les fêtes à l'Épineuse avaient complètement cessé, remplacées par du temps passé ensemble dans le jardin. Signa n'aurait jamais deviné que le père et la fille étaient si semblables si elle n'en avait pas eu la preuve chaque matin au petit-déjeuner, tous deux portant des chaussons à table et enclins à faire de grandes déclarations sur pourquoi telle ou telle saveur de scones qu'ils mangeaient à ce moment-là était la meilleure. Un matin, Bliss avait demandé à Warwick d'aller chercher la cheffe cuisinière, qui rit, les joues roses, en écoutant Elijah et Bliss babiller à expliquer pourquoi il leur faudrait absolument des scones au citron, à la rose, ou au chocolat pour leur prochain thé.

Ils avaient désormais tant d'entrain que Signa eut du mal à s'y faire. On aurait dit que quelqu'un avait apporté un balai à l'Épineuse, fait le ménage des toiles d'araignées et chassé l'obscurité – ouvrant les rideaux pour laisser entrer la lumière.

Pas un jour ne passait sans qu'ils ne pensent à Lillian, tout comme pas un jour ne passait sans que Signa ne pense à

Percy et à son triste sort. Elle avait gardé ce fardeau pour elle-même, ne voulant pas briser à nouveau les cœurs de Bliss et d'Elijah alors qu'ils se reconstruisaient tout juste. Percy et Lillian avaient tous deux quitté l'Épineuse pour ne plus jamais y revenir.

Les habitants de l'Épineuse reprenaient goût à la vie, mais il restait encore à Signa un point à régler.

Marjorie était revenue un après-midi. Ils l'avaient cherchée en vain jusque-là, mais lorsqu'elle avait appris que son fils avait disparu, elle était venue chercher des réponses. Elle et Elijah s'étaient enfermés dans son bureau, mais quand Signa avait cherché à écouter aux portes, Warwick l'avait chassée. Elle avait ensuite attendu, impatiente, à faire les cent pas dans les couloirs tandis que Marjorie disparaissait dans son ancienne chambre. Signa traîna près de la porte, marchant sur la pointe des pieds jusqu'à ce qu'elle s'entrouvre et qu'apparaisse Marjorie, une malle de voyage dans les bras.

Marjorie lui jeta un regard et pinça les lèvres. « Bonjour, Miss Farrow.

— Bonjour, Miss Hargreaves. » Tout ce que Signa avait prévu de lui dire lui échappa aussitôt. Elle se retrouva dans un silence gêné, les mains jointes devant elle, mal à l'aise. « J'espérais pouvoir échanger avec vous ? »

Marjorie n'était plus la gouvernante guindée que Signa avait connue. Au lieu de cela, c'était une femme affublée de cernes sous les yeux qui aurait sans doute tout donné pour échapper à cette conversation. Signa ne pouvait pas lui en vouloir, mais elle fut soulagée de voir Marjorie soupirer, poser sa malle, et l'inviter à l'intérieur de sa chambre. Elle était vide. Marjorie fit signe à Signa de s'asseoir sur une chaise à dos droit décorée au pochoir de fleurs jaunes avant de s'asseoir en face d'elle.

« Je suis contente de voir que vous allez bien, dit Signa, peinant à articuler ses mots. Nous vous avons cherchée un moment.

— J'en suis bien consciente. » La voix de Marjorie était froide, mais Signa fut soulagée de ne pas y déceler de dureté. Il n'y avait guère d'affection non plus, mais Signa supposait qu'elle pourrait s'y faire. « Je suis simplement venue prendre des nouvelles de Percy, et rassembler mes affaires. Si vous avez quelque chose à me dire, vous feriez bien de vous dépêcher. »

Signa inspira profondément pour trouver les mots. « Je vous dois des excuses. Je voulais assurer la sécurité de Bliss, mais je n'avais pas les preuves nécessaires pour vous accuser. Je suis navrée. »

Marjorie accepta ses excuses d'un signe de tête, mais son expression ne s'adoucit pas. « Ce n'est rien. J'admire votre affection pour les Hawthorne, et nous savons toutes les deux que votre accusation n'était pas infondée. »

Signa se mordit la lèvre inférieure. Marjorie avait raison – même si elle était innocente, elle avait des taches de belladone sur le bout des doigts.

« J'ai trouvé les baies juste avant que vous ne m'accusiez », dit Marjorie.

Signa avait la sensation qu'on lui faisait miroiter la dernière pièce du puzzle. Elle n'avait avoué à personne la vérité concernant Percy. Au lieu de cela, elle annonçait à ceux qui lui posaient la question qu'elle ne l'avait jamais trouvé dans le jardin cette nuit-là, et qu'elle n'avait pas vu qui y avait mis le feu. Elle disait que Percy s'était enfui, craignant pour sa vie et porté par la colère que lui procurait le projet de son père de vendre le Grey's. Avec l'aide de l'ange de la Mort qui passait ses nuits à l'Épineuse, murmurant de manière subliminale l'histoire à toutes les oreilles endormies, tous les habitants du manoir acceptèrent la nouvelle réalité. Une grande partie des domestiques avait été congédiée dans l'espoir que la personne qui empoisonnait la nourriture en ferait partie, et même si Signa culpabilisait pour ces départs, l'ange de la Mort gardait un œil sur les domestiques pour s'assurer qu'ils obtenaient tous des positions convenables.

Quand Bliss commença à guérir, Signa laissa Elijah croire qu'il s'était débarrassé du coupable une bonne fois pour toutes. Il avait alerté les autorités qui avaient ouvert une enquête, mais sans preuves ni confession, le dossier était vite tombé à l'eau. Bien qu'insatisfait de ne pas avoir de conclusion définitive, Elijah préférait clairement passer du temps avec Bliss plutôt que d'insister pour que l'enquête se poursuive.

« Donc vous saviez que les baies de belladone appartenaient à Percy ? » demanda Signa à Marjorie, ne souhaitant pas tourner autour du pot.

Les cheveux roux de Marjorie étaient attachés sur sa nuque, et des taches de rousseur émaillaient la peau sous ses yeux fatigués. Elle ressemblait tant à son fils à ce moment-là que l'estomac de Signa se noua.

« Je n'ai jamais dit où je les avais trouvées.

— C'était inutile. » Signa se détourna, incapable de la regarder plus longtemps tant elle lui faisait penser à Percy. « Je sais que c'était lui le responsable. Je suis la seule au courant, et j'ai bien l'intention que cela reste ainsi. Les Hawthorne n'ont pas besoin d'avoir le cœur brisé une fois de plus. »

Le soulagement de Marjorie se manifesta par une déglutition et une brève expiration. « J'espère que vous comprendrez que je n'ai pas eu le temps de rassembler mes esprits ou de décider qu'elle serait la meilleure façon de procéder quand j'ai compris ce qu'il se passait. Je voulais lui en parler. L'épargner si possible. C'est mon fils, et j'avais besoin de temps pour réfléchir.

— Le temps est un luxe dont Bliss ne bénéficiait pas. » Signa tordit ses jupes dans ses mains. « J'avais tort, mais alors que vous avez hésité, je suis passée à l'acte. Et c'est cet acte qui a sauvé la vie de Bliss. Je suis navrée de vous avoir accusée, vraiment navrée. Mais j'espère que vous comprendrez que moi aussi je pensais faire au mieux si l'on considère les options qui s'offraient à moi. »

Une veine saillait sur le front de Marjorie tandis qu'elle lissait sa robe. « Elijah m'a dit que Percy était parti. » Elle aurait voulu en dire davantage, l'ombre d'une question poignant dans son affirmation. « Mon fils reviendra-t-il un jour, Miss Farrow ? »

Signa était confiante dans son choix quand elle avait décidé d'attribuer les années restantes de Percy à Bliss, et elle l'était aussi à présent, le menton bien haut, regardant Marjorie droit dans les yeux. « Il ne reviendra jamais à l'Épineuse. Ça, j'en suis certaine. »

Marjorie ne perdit pas un instant pour se lever, les yeux humides, déterminée. « Dans ce cas, il est temps que je m'en aille. J'ai un train à prendre, je pars à la campagne. Il est temps pour moi de commencer une nouvelle vie, loin d'ici. »

Signa se fit alors le serment de garder pour elle les vrais sentiments de Percy pour Marjorie. Il valait mieux mentir, n'est-ce pas ? Laisser Marjorie croire qu'il l'aimait. Qu'il n'avait pas souhaité sa mort. « Alors je vous souhaite une bonne continuation, dit Signa avec un léger signe de tête. J'espère que vous trouverez un endroit splendide où vous installer. »

Marjorie acquiesça et, d'un salut, elle disparut dans le couloir et franchit les portes de l'Épineuse.

Signa jeta un dernier regard à la pièce vide avant de sortir dans le couloir et de fermer la porte derrière elle. Avec la dernière pièce du puzzle en place, il était vraiment temps pour elle de passer à autre chose.

Tu t'en es bien sortie.

Un frisson familier lui parcourut les bras et le dos et l'ange de la Mort apparut derrière elle, passant ses bras autour de sa taille. Elle se laissa aller contre lui, apaisée par le réconfort qu'il lui apportait. « Tu m'observais ?

— Pas pour t'espionner », répondit-il tout haut, se penchant pour que ses mots lui caressent l'oreille. Il la serra plus fort, couvrant son cou de baisers. Signa se demanda vaguement de quoi elle aurait l'air aux yeux de quelqu'un passant dans le couloir, mais elle n'en avait que faire. C'est l'ange de la Mort qui reprit ses distances dans un petit rire rauque. « Et si on allait dans ta chambre ?

— C'est pour ça que tu es venu ? » le taquina-t-elle en le prenant par la main. Elle ne se fit pas prier. Toute la semaine elle avait laissé sa fenêtre ouverte quand elle se glissait sous les draps, attendant qu'il la rejoigne. Et chaque nuit il avait ignoré l'invitation.

Elle mena l'ange de la Mort jusqu'à sa chambre ; les ténèbres le quittèrent progressivement, et il ne resta qu'un jeune homme aux cheveux argentés avec des astres dans les yeux. Il soupira de contentement quand Signa l'embrassa dans le cou, le long de la mâchoire… Il s'écarta avant qu'elle atteigne ses lèvres.

Signa eut un mouvement de recul elle aussi. « Tu n'en as pas envie ? Je peux arrêter si…

— Signa Farrow, je n'ai pas envie d'arrêter le moins du monde. Mais il faut qu'on parle. » Il s'assit au bord du lit et murmura, comme si parler doucement pourrait adoucir la nouvelle, « Ce sera plus compliqué pour nous de se voir à partir de maintenant. »

Elle s'assit à côté de lui et plia ses jambes sous elle. « Que veux-tu dire ?

— Je veux dire que Bliss est presque guérie, dit-il. Tu as résolu le meurtre de Lillian et l'Épineuse va mieux. Tu ne peux me voir que quand le voile entre nos deux mondes est levé et que la mort attend non loin.

— Mais j'ai des baies de belladone, rétorqua Signa. Je peux te voir quand je veux. »

Il leva une main de ses genoux et la prit dans les deux siennes. « À l'occasion, peut-être. Mais je refuse d'être une nouvelle cage dans laquelle tu passes ta vie, Petit Oiseau. Je ne veux pas que tu comptes sur ce genre de stratagème juste pour me voir.

— Mais je *veux* te voir. » Elle sentit l'appréhension monter en elle. « Qu'est-ce que tu es en train de me dire ? »

Son inquiétude était si palpable que l'ange de la Mort se rapprocha d'elle et lui donna un coup d'épaule malicieux. « Un jour, nous serons ensemble sans barrière, lui promit-il. Et nous nous verrons encore d'ici là – nos chemins se croiseront, comme ils se sont toujours croisés. Mais je veux que tu vives. Je ne veux pas que tu en viennes à regretter le temps passé dans ce monde, mais je veux que tu y repenses tendrement. »

Elle venait tout juste de se faire à l'idée de sa nouvelle vie – au fait que son destin était différent de celui qu'elle avait passé tant de temps à essayer de se créer. Elle venait tout juste d'accueillir les parts d'obscurité en elle, de l'accueillir *lui*, et maintenant que faisait-il ? Essayait-il de la mettre en garde et de lui faire prendre ses distances ? « Si c'est ce que tu veux pour moi, alors tu ne me quitteras pas, dit-elle d'un air sévère.

— Ce n'est pas par choix. » Il serra fort sa main. « Je ne pourrai pas te voir tous les jours, et je m'efforce d'être réaliste sur ce point. Je refuse que tu manges des baies juste pour que nous puissions passer cinq minutes ensemble. » Signa retira sa main des siennes, car elle n'avait qu'une envie, le maudire. Mais elle ravala cette émotion grandissante, car elle aurait le temps de la ressentir plus tard.

« Je t'ai déjà choisi. » Sa voix était dure. « Ne t'avise pas de faire preuve de diplomatie à présent. Le monde est grand, mais je suis sûre que nous trouverons le moyen de nous retrouver.

— Effectivement, confirma-t-il. Mais quand tous ceux que tu connais seront morts, je serai toujours là, Signa. Ce n'est pas facile pour moi non plus ; je n'ai jamais rien tant voulu que d'être avec toi. Que tu veuilles de moi. Mais je ne veux pas que tu sois si concentrée sur le monde des morts que tu en oublies de profiter de celui des vivants. Tu comprends ? »

Elle le comprenait parfaitement. Mais Signa n'avait aucunement l'intention de renoncer à une personne de plus qu'elle avait appris à aimer. « Je vivrai ma vie, lui dit-elle, et je te trouverai dans ces moments volés. C'est à moi de prendre mes décisions, et je décide que nous trouverons un moyen. Nous *essaierons*. Et en attendant, j'aimerais profiter du temps qu'il nous reste. »

L'ange de la Mort déglutit quand Signa se déplaça sur le lit. Heureusement qu'elle portait toujours sa robe pour le thé – une robe sans corset, qu'elle pouvait facilement enlever toute seule. Elle posa les yeux sur lui, l'interrogeant en silence, et l'ange de la Mort répondit en se tournant vers elle pour l'attirer à lui de sorte qu'elle soit à califourchon sur ses genoux. « En es-tu certaine ? demanda-t-il. Même en sachant que nous risquons de ne pas nous voir avant un moment ?

— Tu es la seule chose dont je sois certaine. » Elle guida ses mains jusqu'aux lacets de sa robe. « Nous trouverons un moyen. » Ce n'est que quand ses doigts glissèrent entre les lacets de soie pour les défaire qu'elle ferma les yeux et laissa glisser sa robe, s'efforçant de mémoriser la sensation de ces doigts sur sa peau, qui la caressaient du cou aux hanches. La sensation, juste après, de son torse contre le sien. Son pouce qui dessinait de doux cercles à l'intérieur de sa cuisse.

Peu importait combien de temps il faudrait, elle l'attendrait, et quand elle douterait, ou quand il lui manquerait, elle se rappellerait cet instant quand il l'allongea sur les draps, et où la nuit elle-même la consuma.

ÉPILOGUE

Signa cherchait l'ange de la Mort partout ces jours-ci. Il ne lui rendait plus visite la nuit. Ni quand elle allait voir Mitra aux écuries où un autre valet d'écurie avait pris sa place, comme si Sylas n'avait jamais existé. L'ange de la Mort ne lui rendait pas visite, même quand ses pensées s'égaraient vers la pression de son corps sur le sien ou quand elle avait soif du pouvoir qui bourdonnait dans ses veines par la même occasion. Il n'était pas non plus présent à ce moment-là, parmi les danseurs et les commères à l'Épineuse. Elle cherchait son costume noir contrastant avec les murs dorés. Son masque aux cornes diaboliques qui se faufilerait parmi les invités. Comme à chaque fête depuis son entrée en société, elle le cherchait par-dessus le bord de sa flûte de champagne, perturbée de ne pas avoir la chair de poule dans le cou et que sa colonne vertébrale soit chaude plutôt que glacée.

J'ai envie de te voir. Elle était contente, au moins, de pouvoir encore communiquer avec lui. Même si tout cela était très frustrant, il était toujours un faucheur d'âmes et où qu'il s'aventure, la mort s'ensuivait inévitablement. Et Signa devait bien admettre qu'elle aimait beaucoup sa vie à l'Épineuse et ceux qui en faisaient partie. Il était grand temps que sa vie soit plus calme.

Il lui répondit d'une voix mielleuse. *Voudrais-tu que je provoque une épidémie de peste ? Dans ce cas, nous nous verrions régulièrement.*

Signa pouffa de rire et but une autre gorgée de champagne, sur le point de le mettre en garde de ne pas lui faire miroiter de prendre du bon temps, quand une voix grave lui parvint derrière elle.

« Quel plaisir de vous revoir, Miss Farrow ! » Elle n'avait pas eu de nouvelles de Lord Wakefield depuis le bal de Noël quatre mois plus tôt, quand elle avait raté la dernière valse promise. Elle espérait qu'il n'était plus intéressé, mais la lueur dans son regard lui indiqua le contraire. Comme tous les prétendants, cependant, plus vite elle lui ferait peur, plus vite elle pourrait commencer sa vie de célibataire avec pour seul compagnon la nuit.

Ce soir-là, cependant, Everett et elle n'avaient d'autre choix que de se parler. « Permettez-moi de vous présenter mon père, dit-il, Sa Grâce le duc de Berness, Julius Wakefield. » À côté d'Everett se tenait un homme visiblement de la même famille. Il faisait une tête de plus que Signa, avec des yeux enfoncés et de larges épaules. Il arborait un air qui donnait froid dans le dos à Signa, car sa façon de la regarder lui rappelait celle dont on inspectait un cheval de concours avant d'engager un pari.

L'idée de faire une révérence à quelqu'un qui l'observait de la sorte suffisait à lui donner la chair de poule de dégoût. Et pourtant, elle s'inclina car cet homme était le nouveau propriétaire du Grey's et devait en prendre le contrôle le mois suivant, selon un accord qui stipulait qu'il devrait partager les bénéfices avec les Hawthorne. Elijah dansait dans les couloirs depuis que l'accord avait été signé. Même Byron n'était plus aussi revêche à cette idée qu'on aurait pu s'y attendre. Il serait rémunéré, sa famille serait à l'abri du besoin pour toujours et elle conserverait son éminent statut. Une famille qu'il avait désormais l'intention de fonder, à en croire sa façon de courtiser la salle entière.

Comme la fête était l'occasion de célébrer la transaction avec Everett et son père, Signa se mordit la langue et baissa la tête à l'attention de Lord Julius pour ne pas créer de problèmes à Elijah. « C'est un plaisir de faire votre connaissance, Votre Grâce », dit-elle d'une voix sirupeuse. Il lui fallut un terrible effort pour garder le sourire quand il continua de l'inspecter trop longtemps avant de poser la main sur l'épaule d'Everett.

Ce n'est qu'alors, ayant visiblement jugé Signa suffisamment méritante, que le duc sourit. « Tout le plaisir est pour moi, Miss Farrow. Mon fils m'a beaucoup parlé de vous. Vous ressemblez tant à votre mère, vous savez. » Son ton se durcit quelque peu. « Mais vos yeux sont terriblement singuliers. »

Signa but une gorgée de champagne. « Vous avez raison, ils sont terriblement singuliers, Votre Grâce. Car ils me permettent de voir les esprits. » Quand elle laissa ses lèvres se courber en un sourire faussement timide, Julius émit un rire grave provenant des profondeurs de son ventre.

« J'ai raté quelque chose ? » Elijah apparut derrière lui, attiré par son rire. Il rayonnait de l'intérieur. « Vous charmez le duc, Signa ?

— Votre nièce est une superbe jeune femme, dit Julius. Mais je n'en attendais pas moins. Mon Everett est totalement sous le charme. »

Everett paraissait prêt à se liquéfier, former une flaque, et disparaître pour toujours sous terre. Signa, le cou moite et les joues rouges, était prête à le rejoindre. Tous deux détournèrent le regard vers les murs dorés, le lustre en cristal, le sol, les danseurs, tout pour ne pas se regarder mutuellement.

Pourras-tu me rendre visite ce soir, si je meurs de honte ? demanda Signa à l'ange de la Mort qui avait bien mal choisi son moment pour se taire.

Elijah, bénie soit sa magnifique âme, comprit vite le malaise et détourna l'attention de Julius d'Everett et Signa. « Je pense qu'il va être temps pour nous de porter un toast. Venez avec moi et commençons par aller nous chercher un autre verre. » Il entraîna Julius dans la foule de sorte qu'Everett et Signa se retrouvèrent seuls, tous deux les yeux rivés par terre et cherchant ce qu'ils pourraient bien dire pour ne pas aggraver leur embarras.

« Quelle conversation fascinante », dit Everett, s'éclaircissant la gorge et se grattant la nuque.

Sa timidité était si charmante que Signa sourit. « Comment allez-vous, Lord Wakefield ? Cela fait un moment que nous ne nous sommes pas parlé. »

Elle s'attendait à ce qu'il rie avec elle et à ce qu'il fasse le timide, mais il répondit, visiblement confus. « Oui, effectivement. Mais – pardonnez-moi d'être aussi direct – quand vous n'êtes pas revenue danser avec moi au bal de Noël, j'ai supposé que mon intérêt n'était... pas partagé. »

Il avait raison, car même si danser avec lui était charmant, ce n'était pas comparable avec une danse dans les bras de l'ange de la Mort. Malgré tout, Everett était un homme bon, et elle ne voulait pas le blesser. « Veuillez m'excuser. L'excitation de la soirée a eu raison de moi et j'ai perdu la notion du temps. »

Malheureusement, Everett ne comprit pas ce qu'il en était, car son visage s'illumina. « Alors dansez avec moi ce soir. »

Signa ne savait pas comment refuser. Troublée, et la culpabilité la prenant aux tripes, elle lui offrit son carnet de bal et Everett se dépêcha d'y inscrire son nom, non pas pour une, mais pour deux danses. Plus tard, elle devrait trouver le moyen de l'éconduire délicatement. Mais pour ce soir, elle espérait que l'ange de la Mort ne l'observerait pas.

Eliza Wakefield, en revanche, l'observait attentivement. Quand Signa le remarqua, Eliza détourna promptement le regard et se mit à rire à ce que ceux qui l'entouraient racontaient. Signa se crispa. Elle espérait qu'elle n'aurait pas à parler à Eliza ni à sa discrète amie, Diana – elle avait déjà refusé à deux reprises de prendre le thé avec elles. Mais il était impossible de ne pas remarquer Eliza, avec son affreux éventail qui ressemblait à un napperon et qu'elle agitait dans tous les sens.

Everett la surprit les yeux rivés sur Eliza et fronça les sourcils, car Signa arborait une expression contrariée sur laquelle elle n'avait guère de contrôle. « Il y a un problème ? »

Elle secoua la tête. « J'admirais simplement la robe d'Eliza. Elle est si belle, ses couleurs sont si vives et si… jaunes.

— Père voulait qu'elle porte quelque chose d'audacieux. Il est pressé de la voir se marier, je pense. Il a reçu des gentlemen toute la semaine. Je pense qu'elle sera bientôt promise à Sir Bennet. » Il fit un signe de tête discret en direction d'un homme de l'autre côté de la piste de danse. Signa dut se mordre la langue pour ne rien dire. Sir Bennet n'était pas déplaisant physiquement, mais il était assez âgé, les cheveux blancs et la peau ridée autour des yeux. Il marchait le dos voûté, les épaules courbées.

« Ce n'est pas le prétendant le plus jeune, dit Everett, devinant ce que pensait Signa sans qu'elle ait eu besoin de le dire, mais il est tout à fait respectable. Il lui offrirait une vie agréable. »

Ça c'était certain, si l'objectif d'Eliza était de devenir une riche veuve dans une poignée d'années. Quoi qu'il en soit, Signa fit de son mieux pour hocher la tête. Elle était sur le point de demander pour quelle raison se précipiter alors qu'Eliza était encore si jeune, quand une magnifique robe bleu foncé d'une soie éblouissante avec un corset ajusté attira son regard. Bliss ressemblait à une vraie princesse quand elle s'avança sur la piste de danse. Elle se délectait des regards et des murmures de son nom comme si cela lui avait terriblement manqué. Sa peau bronzée paraissait à nouveau juvénile. Une lueur brillait dans ses yeux vifs.

Quand elle vit le regard de Signa posé sur elle, Bliss lui adressa un large sourire et se faufila jusqu'à sa cousine pour lui prendre la main. « Oh, c'est magnifique », soupira-t-elle, jetant un coup d'œil aux plateaux de pâtisseries et de champagne. Elle n'avait que faire d'accaparer Signa.

Everett s'éclaircit la voix. « Bonsoir, Miss Hawthorne.

— Oh, salut Everett. » Bliss ne le regarda pas suffisamment longtemps pour noter sa surprise devant ce salut informel, mais préféra étudier les femmes qui s'affairaient dans la salle de bal et leurs magnifiques robes. C'était comme si un voile chatoyant avait recouvert la fête maintenant que Signa regardait Bliss admirer la scène. Tout lui paraissait mille fois plus beau. Signa avait eu recours à l'innommable pour protéger sa cousine, mais cela en valait la peine. Cela en valait profondément et irrévocablement la peine.

Les yeux avides de Bliss passèrent la foule en revue, s'illuminant quand ils se posèrent sur une femme qui se dirigeait vers elles – Charlotte.

Le cœur de Signa se serra. Elle avait passé ces derniers mois à éviter Charlotte et ses yeux inquisiteurs. Elle se trouvait dans les bois le soir de l'incendie, et si quelqu'un risquait de ne pas croire à son histoire concernant Percy, c'était bien elle.

« Bliss, je suis ravie de vous voir bien portante », dit Charlotte, radieuse et plus belle que jamais dans une robe de soie rose pivoine. Elle prit les mains de Bliss dans les siennes, son sourire discret mais sincère. « Votre frère a-t-il pu venir ce soir ? » Et bien que sa question s'adressât à Bliss, les yeux de Charlotte glissèrent vers Signa.

« Nous n'en avons pas de nouvelles pour l'instant, dit Bliss, la lueur dans ses yeux ternie. Mais je suis sûre qu'il en enverra dès qu'il sera installé.

— Oui, bien sûr. » Charlotte serra les mains de Bliss, mais Signa lisait le doute sur son visage.

Elle fut soulagée quand Elijah tapota une flûte en cristal pour attirer l'attention de la foule. Les invités se turent, même Eliza, dont le rire cessa quand Julius lui jeta un regard noir qui lui fit aussitôt baisser son éventail.

« Nous tenions à vous remercier de vous être joints à nous ce soir », commença Elijah. Byron se tenait sur sa droite, avec Julius juste derrière lui. « Le Grey's fait partie de ma famille depuis quatre générations. Nous, les Hawthorne, l'avons géré fièrement, et nous avons un immense respect pour cette institution. Tant de respect que, comme elle est devenue plus grande que nous, nous ne sommes pas bêtes au point de penser que nous pouvons continuer à la gérer seuls. À partir d'aujourd'hui, nous souhaitons accueillir Sa Grâce, Julius Wakefield, au sein du Grey's, et annoncer officiellement notre partenariat avec la famille Wakefield. Nous voulions vous prendre à témoin de ce moment, alors que nous embarquons pour une nouvelle aventure dont nous espérons qu'elle se poursuivra de nombreuses années. »

Elijah brandit un contrat avec tant de verve que plusieurs invités se mirent à applaudir. Il le présenta à Julius qui s'avança, une plume à la main, pour signer le document. Après y avoir ajouté son nom, il adressa à la foule qui applaudissait un sourire bien rodé. « J'ai hâte d'entreprendre cette nouvelle aventure, dit-il, et je me réjouis de ce partenariat ! »

Le sourire d'Elijah n'aurait pu être plus éclatant. Et bien que moins enthousiaste, Byron leva son verre pour un toast.

« À notre partenariat, dit-il. Et aux belles années qu'il a devant lui. »

Signa leva sa flûte avec eux, comme le reste des convives, faisant tinter leurs verres avec une exubérance joviale qui animait la salle de bal.

Julius mit un point d'honneur à finir son verre de champagne en une seule fois. Trois choses se passèrent alors :

Tout d'abord, Julius suffoqua, les yeux exorbités et serra une main sur sa poitrine et l'autre se griffant la gorge.

Ensuite, Eliza hurla quand il tomba, du sang s'accumulant dans sa bouche. Everett se précipita vers lui en poussant un cri désespéré, et Signa le suivit.

Enfin le froid coupa le souffle de Signa et la fit tomber à genoux auprès de Julius : l'ange de la Mort le surplombait. Il baissa les yeux vers Signa et soupira. « Tu devrais faire attention aux vœux que tu formules, Petit Oiseau. » Puis il cueillit l'âme de Julius.

L'esprit regarda Signa. *« Ah,* dit Julius en penchant la tête pour l'observer. *Il semblerait que vous m'ayez dit vrai sur vos yeux. »*

Oh, elle aurait pu *tuer* l'ange de la Mort. Elle n'en aurait pas l'occasion car les gens autour d'elle se déplacèrent soudain moins vite avant de se figer. L'ange de la Mort vint se tenir aussitôt près d'elle, crispé, tandis qu'une silhouette qu'elle n'avait pas remarquée se penchait à côté d'eux – un jeune homme à la peau brune chaleureuse et aux yeux couleur d'or fondu.

Il inspecta les éclats de la flûte de champagne tombée de la main de Julius, ramassant un tesson pour le tenir à la lumière. Quelques gouttes de liquide s'y trouvaient encore et Signa n'en crut pas ses yeux quand elle remarqua que la couleur était un peu trop bleue. L'odeur n'était pas normale non plus. Une pointe d'amertume sous l'alcool. Une odeur d'amande amère.

Ce n'était pas de la belladone, mais Signa savait reconnaître du poison quand elle en avait sous les yeux.

« Le destin est une chose étrange, n'est-ce pas ? » La voix de l'homme semblait aussi ancienne que la terre, ses mots un grondement si grave qu'il fit trembler les flûtes de champagne. Signa se rapprocha de l'ange de la Mort quand ces yeux dorés se tournèrent vers elle, incapable de détourner le regard. Elle comprit aussitôt à qui ils appartenaient.

« Quel plaisir de vous rencontrer enfin, Signa Farrow, murmura le Destin. Il semblerait que vous ayez un autre meurtre à résoudre. »

REMERCIEMENTS

Le voyage qui permet de transformer un livre d'une idée dans votre tête en une histoire tangible que les lecteurs peuvent tenir entre les mains est une prouesse qui nécessite une petite armée de gens merveilleux qui méritent tous d'être remerciés.

Alors merci à Pete Knapp, le meilleur agent au monde. J'ai parfois l'impression que tu es littéralement l'autre moitié de mon irrémédiable type A de cerveau, et je n'ai pas les mots pour expliquer à quel point c'est merveilleux. Cette industrie est comme un train qui aurait déraillé pour finir sur les rails de montagnes russes sans fin. Ce qui implique que c'est un terrible défi que de s'y aventurer et que je suis d'autant plus reconnaissante de pouvoir avoir une confiance totale en mon partenaire d'affaires dans ce chaos, de savoir que tu assureras toujours mes arrières. Tu es un agent merveilleux – je t'en prie, ne quitte jamais cette industrie. Je suis gâtée, et je mourrais tout simplement sans toi.

Chez Little, Brown Young Readers, merci à mon éditrice Hallie Tibbets pour avoir offert une fabuleuse nouvelle maison à l'histoire de Signa et de l'ange de la Mort. Tu es une magicienne de l'édition et cette histoire est bien plus forte et bien plus solide grâce à toi.

Deirdre Jones, merci pour ton intervention et d'avoir pris cette histoire sous ton aile. Je suis si excitée à l'idée de travailler avec toi sur la suite.

Alvina Ling, Megan Tingley, Jackie Engel, Marisa Finkelstein et Virginia Lawther, merci beaucoup d'avoir participé à l'éducation de ce livre et de l'avoir aidé à entrer en société dans ce monde.

Robin Cruise, pour tes corrections magiques et pour m'avoir appris que je n'ai pas besoin de mettre des virgules partout. Je ferai au mieux pour m'approprier cette leçon à l'avenir, mais je ne peux pas te promettre que des virgules ne se faufileront pas ici et là.

Les relectrices Chandra Wohleber et Kerry Johnson pour vos yeux affûtés et votre aide pour relever les plus petites erreurs.

La graphiste Jenny Kimura, la directrice d'art Karina Granda, et l'illustratrice Elena Masci qui ont doté ce livre de la couverture la plus éblouissante et parfaite dont j'aurais pu rêver. Elle est encore mieux que je ne l'aurais espéré.

Du côté marketing et ventes, merci, Stefanie Hoffman, Shanese Mullins, Savannah Kennelly, Christie Michel, Shawn Foster et Danielle Cantarella, pour avoir soutenu et avoir tant fait parler de ce livre, et pour avoir œuvré à ce qu'autant d'yeux que possible se posent dessus.

Pour l'équipe britannique chez Hodder & Stoughton, merci, Holly Powell, d'avoir été présente dès le début avec tes yeux aiguisés d'éditrice pour aider à donner vie à cette histoire. Lydia Blageden et Teagan White, pour avoir donné un magnifique visage à cette histoire en Grande-Bretagne avec un design si spectaculaire. Je suis vraiment gâtée d'avoir deux des plus belles couvertures. Natasha Quereshi, Callie Robertson, Kate Keehan, Sarah Clay, Matthew Everett, c'est tellement génial de travailler avec votre équipe, j'apprécie vraiment que vous ayez défendu mon livre.

Au sein de mon agence, Park & Fine Literary and Media, merci à Abigail Koons et Ema Barnes d'avoir œuvré avec diligence pour mettre *Belladonna* dans les mains d'autant de gens que possible à travers le monde. Stuti Telidevara, merci pour toute ton aide à la planification et à l'organisation, et d'être tout simplement merveilleuse. Emily Sweet et Andrea Mai, pour vos esprits stratégiques et votre travail méticuleux.

Abby Ranger, ta contribution pendant les premières étapes de création de l'histoire a été déterminante et très appréciée.

Debbie Deuble Hill, extraordinaire agent de cinéma, merci pour ta foi infaillible, ta confiance dans cette histoire et pour ton dévouement à lui trouver la parfaite maison pour passer à l'écran.

Nicole Otto, humaine admirable, merci d'avoir été la première à me sortir de la gadoue, et d'accepter que je t'envoie tous mes textes à paraître quand je panique. Tu es une crème et j'ai hâte de te revoir.

À mes amis qui ont été déterminants dans la création de cette histoire, et sans lesquels je ne survivrais pas dans le monde de l'édition : Rachel Griffin, Adrienne Young, Kristin Dwyer, Shelby Mahurin, Diya Mishra et Haley Marshall. Je suis tout à fait consciente que je ne suis pas une mince affaire. Merci de supporter mes manigances. Vous faites partie des gens que je préfère dans le monde, et je suis éternellement reconnaissante de vous avoir dans ma vie.

Bri Renae, merci d'avoir été une de mes premières lectrices, et de m'avoir permis de croire que cette histoire avait quelque chose de spécial. Mais aussi pour m'avoir faire découvrir l'idée des *Shadow Daddies*[1] et des scones. Un jour, on en fera une tradition.

Jordan Gray, merci pour ta gentillesse et ton enthousiasme, et pour ton superbe œil éditorial. La robe de bombasine au début du roman n'est due qu'à toi.

Shea Standefer et Tomi Adeyemi, pour votre foi en moi et pour le barbecue coréen. Toujours pour le barbecue coréen.

À tous les auteurs et aux critiques qui ont pris le temps de lire *Belladonna* avant sa sortie et de faire une note publicitaire, je vous en suis éternellement reconnaissante. J'aime tant ce livre, et c'est très important pour moi que vous l'ayez aimé, vous aussi.

À ma *street team*[2] : je ne peux pas tous vous citer pour vous remercier, mais sachez que j'apprécie vraiment chacun d'entre vous. Toute votre excitation, la publicité que vous me faites et vos magnifiques photos. Vous avez rendu cette expérience si incroyablement extraordinaire.

Peter Gundry, il me paraîtrait injuste de ne pas vous remercier. J'ai écouté votre musique chaque jour pendant des années tout en travaillant sur ce roman. Je suis vraiment navrée de n'avoir pu donner votre nom qu'au chien, mais vous devez admettre qu'il est sacrément cool.

Josh, dire que cela a été une épopée pour en arriver là, ce ne serait pas exagérer. Merci d'être resté à mes côtés à travers tout ce stress, les soirées tardives et les longs week-ends, et merci d'être un formidable partenaire.

Maman et papa, je préférerais vraiment que vous ne lisiez pas celui-ci, mais, hélas, je sais que vous le lirez et je vous

1. *Note de la traductrice* : entité sombre attirante sexuellement.
2. *Note de la traductrice* : une équipe de lecteurs qui travaillent ensemble à promouvoir le livre.

en suis reconnaissante. Merci de toujours croire en moi et de me soutenir quel que soit l'objectif grotesque que je me fixe.

Pookie et Rowdy, c'est le dernier livre que nous avons écrit ensemble, et vos truffes humides qui me donnent de petits coups au visage et essaient de me distraire de l'écriture chaque jour me manqueront pour toujours. Ne vous inquiétez pas, Mooka et Meadow font un excellent boulot pour faire honneur à votre héritage.

Dieu, pour m'avoir donné l'histoire et les mots, et pour avoir mis ce livre dans toutes les bonnes mains en chemin.

Et enfin, à tous les lecteurs qui sont arrivés jusqu'ici. C'est grâce à vous que j'exerce ce métier. Merci, merci, merci.